여름 손님들

THE SUMMER GUESTS
Copyright ⓒ 2025 by Tess Gerritsen
All rights reserved.
Korean translation copyright ⓒ 2025 by MIRAE JIHYANG
Korean translation rights arranged with Jane Rotrosen Agency
through EYA Co.,Ltd

이 책의 한국어판 저작권은 EYA Co.,Ltd 를 통해
Jane Rotrosen Agency와 독점 계약한
도서출판 미래지향이 소유합니다.
저작권법에 의하여 한국 내에서 보호를 받는 저작물이므로
무단 전재 및 복제를 금합니다.

THE SUMMER GUESTS

여름 손님들

테스 게리첸 지음
박지민 옮김

일러두기
- 본문의 주는 옮긴이의 것입니다.
- 이 소설은 허구의 작품입니다. 이름, 등장인물, 조직, 장소 및 사건은 작가의 상상력의 산물입니다. 생사 여부와 관계없이 인물, 그 외의 모든 유사성은 순전히 우연에 의한 것입니다.

제이컵에게

1장

메인주 퓨리티, 1972

생의 마지막 날, 퓨리티 경찰관 랜디 펠레티에는 메리골드 카페에서 커피 한 잔과 블루베리 머핀을 주문했다.

이것은 음주 운전자, 과속하는 관광객, 가끔씩 돌출하는 사나운 너구리로부터 마을의 거리와 도로를 안전하게 지키며 순찰차 안에서 보낸 외로운 시간들에 대한 보상으로, 항상 야간 근무를 마친 후 주문하는 음식이었다. 그는 단골석인 코너에 있는 창문가 테이블에 앉아 아침 햇살의 따스함을 즐기며 중심가 거리에서 일어나는 일을 주시했다. 훌륭한 경찰이라면 비번일 때도 경계심을 늦추지 않는 법이다. 마찬가지로 중요한 것은 카페를 지나치는 사람들 또한 창문을 통해 그가 그곳에서 상황을 주시하고 있다는 걸 인지할 수 있다는 점이다. 조그만 지역 사회에서는 이런 보여주기식도 매우 중요하고, 문제가 발생한다면 마을 사람들은 바로 여기 메리골드의 창가 테이블에 앉아 있는 지역 경찰관을 찾을 수가 있을 것이다.

"리필해 드릴까요?" 여종업원이 커피 주전자를 그의 커피잔 위에서 든 채 말했다.

"물론이죠, 칼라."

"어젯밤은 별일 없었나요?" 그녀는 그가 평소 즐겨 마시는 진한 블랙커피를 따라주며 물었다.

"꽤 조용한 편이었어요."

그녀는 웃으며 말했다. "우리는 그게 좋아요!"

"우리도 마찬가지죠."

"머핀 하나 더 가져다드릴까요? 오븐에서 갓 나온 신선한 머핀이에요."

그의 허리 라인이 결코 환영할 만한 일은 아니었지만, 으르렁거리는 배 속은 기꺼이 그녀의 제안을 받아들였다. 마을의 가십거리와 맛있는 빵을 공급해 주는 칼라를 누가 거절할 수 있겠는가? 그녀가 주방으로 돌아가자, 그는 최신판 「퓨리티 위클리」를 펼쳐 들고 1면의 헤드라인 뉴스를 훑어보았다.

올해 여름 예약률 사상 최고치

오크 거리에서 흑곰 목격

자동차 사고로 두 명이 병원으로 실려 가다

그는 종이를 넘겨 3페이지에 있는 지역 경찰 소식을 들여다보았다. 지난 한 주 동안의 모든 교통 법규 위반과 911 신고에 대한 세부 사항들은 이미 알고 있었기 때문에 굳이 읽을 필요는 없었지만, 일종의 습관이었다.

    코리, 제임스, 매사추세츠주 보스턴 : 과속
    심슨, 리처드, 메인주 퓨리티 : 등록 만료
    앨런, 조나단, 메인주 오거스타 : 공공 음주
    비데만, 스콧, 뉴욕주 올버니 : 노상 방뇨

대체로 전형적인 7월의 한 주였고, 현재 마을에 거주 중인 인구의 절반은 휴가를 맞아 멀리서 온 관광객들이었다. 이들은 자유분방했고 종종 술에 취해있곤 한다. 매년 여름이면 매사추세츠와 뉴욕 등지에서 도시의 더위와 악취를 피해 메인으로 몰려든다. 랜디의 임무는 그들이 그들 자신이나 다른 사람을 다치게 하지 않도록 막는 것이며, 그들이 집으로 돌아갈 때 조금이나마 지갑을 가볍게 들고 갈 수 있도록 친절히 손을 흔들어주는 것이었다.

가게 현관문 종소리가 울렸다. 랜디는 두 명의 외지인이 메리골드에 들어오는 것을 보았다. 바깥 기온이 20도에 가까운데 검은 가죽 재킷을 입고 있는 것을 보면 두 사람은 마을 주민이 아니라는 것을 알 수 있었다. 그들은 문 앞에서 잠시 멈춰 서서 카페 안을 살피듯 훑어보다가 랜디를 발견하고선 순간적으로 얼어붙었다.

'맞습니다, 여러분. 법 집행 기관이 당신들을 지켜보고 있습니다.'

"이봐요 친구들, 자리가 필요한가요?" 칼라가 말했다. 그녀에게는 여든 살이 넘은 노인도 친구가 될 수 있고, 나쁜 행동을 한다면 엉덩이를 때려주는 것도 마다하지 않을 것이다.
"음, 네." 마침내 한 남자가 말했다.
랜디는 칼라가 그와 몇 테이블 떨어진 곳으로 그들을 안내하는 것을 지켜보았다. 랜디가 두 사람을 주시하기 좋은 자리였다. 그들은 랜디의 시선을 피하려는 듯 메뉴판을 집어 들고 아침 식사 메뉴를 열심히 살펴보고 있었다. 그 행동도 그들을 더 자세히 관찰하게 만드는 하나의 요소였다. 그는 난폭한 청소년과 음주운전자를 상대하는 데 더 익숙했지만, 큰 사건은 때때로 작은 마을에서도 일어날 수 있다는 걸 알고 있었고, 자신은 그 문제를 처리할 준비가 되어 있다고 믿고 싶었다. 그는 가끔 「퓨리티 위클리」의 헤드라인을 상상하기도 한다. 아니, 「보스턴 글로브」는 어떤가.

메인주 경찰이 홀로 2인조 수배범을 체포하다

그들이 무장을 하고 있는지는 알 수 없었지만, 미리 대비하는 것도 나쁘지 않다는 생각에 랜디는 손을 뻗어 조용히 권총집을 풀었다. 그들은 메뉴판을 유심히 살펴보고 있는데, 한 장에 불과한 메뉴판에는 프랑스식 토스트와 달걀프라이 외에 어떤 색다른 메뉴도 표기되어 있지 않다는 점이, 이 커플이 뭔가 수상하다는 또 다른 단서를 제공하고 있다.
둘 중 키가 작은 남자가 갑자기 메뉴판 너머로 랜디를 흘끗 쳐다보았다. 순간이었지만 두 사람의 시선이 스쳐 지나가듯 마주쳤다. 잡았다. 랜디의 시야에 칼라가 커피 주전자를 들고 그들의 테이블 쪽으로 걸어가는 장면이 포착된다. 그때 시내 중심가 근처 도로 쪽에서 맹렬한 자동차 엔진 소리가 들려왔다.

랜디는 두 남자에게 집중하느라 창문 너머로 쏜살같이 지나가는 흰색 밴을 보지 못했다.

타이어의 신경질적인 마찰음과 금속과 금속이 부딪치는 섬뜩한 소리가 들려오자 그제야 창문 밖으로 고개를 돌렸다. 깨진 유리가 길바닥에 널려 있었고, 설마, 저건…… 시첸가?

"오, 맙소사!" 칼라는 손에 커피 주전자를 움켜쥐고 창밖을 바라보며 외쳤다.

랜디는 허둥지둥 일어나 카페 밖으로 뛰어나갔다. 첫 번째 시체는 불과 몇 미터 떨어진 곳에 피가 낭자한 채로 누워 있었다. 척추가 기괴할 정도로 뒤틀린 상태의 남성이었는데, 발이 이상한 방향으로 꺾여있어 마치 몸을 해체했다가 잘못 조립한 것처럼 보였다. 도로 근처 거리에는 분홍색 블라우스가 찢어진 채 한쪽 가슴이 드러난 또 한 명의 여자 시신이 보였다. 랜디는 시신들에서 시선을 떼고 경적이 들리는 도로 쪽을 바라보았다. 도로 건너편에 널브러져 있는 세 번째 시신의 여성은 몸이 거의 납작하게 찌그러져 있었고, 쇼핑백에선 오렌지와 사과가 쏟아져 나와 있었다.

거리의 블록 끝에는 그 흰색 밴이 주차돼 있던 파란색 세단의 측면을 들이박고는 멈춰 섰다.

세상이 정적에 휩싸이며 멈춰버린 느낌이었고, 그를 뒤따라온 가죽 재킷의 두 남자는 공포에 질려 입을 벌리고 서 있었다. 랜디는 겁에 질려 입을 손으로 막고 있는 보행자들을 지나갔다. 대량 살육의 정지된 프레임에서, 오직 랜디 혼자만이 흩뿌려진 깨진 유리와 피가 낭자한 거리를 가로질러 움직이고 있었다. 충돌한 차량으로 다가갔고 흰색 밴에 인쇄된 '타킨 파인 카펜터리'라는 상호를 보았다. 랜디는 이 밴을 알고 있었다. 운전자 또한 알고 있다. 엔진에서 검은 연기가 피어오르고 있었고, 이는 더 큰 재앙을 예고하는 무서운 전조였다.

운전석 창문으로 샘 타킨이 앞으로 쓰러져 운전대에 엎드려 있는 모습이 보였다. 랜디는 재빨리 문을 잡아당겨 열었다. 뚜렷이 보이는 부상의 흔적이나 피는 보이지 않았지만 샘은 신음하며 몸을 떨고 있었다.

랜디는 손을 뻗어 안전벨트를 풀며 소리쳤다. "어서 내려요!" 아무런 반응이 없었다. "샘? 샘!"

갑자기 샘의 고개가 튀어 올랐고 랜디는 샘 타킨으로 보이는, 검은 머리의, 각진 얼굴의 샘을 바라보다…… 그의 눈이……. 눈에 무슨 문제가 생긴 걸까? 동공은 바닥이 보이지 않는 연못처럼 검게 확장되어 있었다. 외계인의 눈이었다. 아니, 땀을 흘리며 떨고 있는 이 생명체는 분명 사람처럼 보였다. 하지만 그는 마치 샘이 아닌 다른 누군가인 듯했다. 다른 무언가.

랜디는 검은 연기가 뿜어져 나오는 것을 흘끗 쳐다보았다. 당장 샘을 꺼내야 한다. 그는 샘의 팔을 잡고 잡아당겼다.

"저리 가!" 샘이 비명을 질렀다. "내게서 떨어지라고!" 그는 랜디의 얼굴을 할퀴고 손톱으로 살을 찔렀다.

얼굴이 욱신거려 랜디는 잠시 몸을 빼고 비틀거렸고 뺨에서 피가 흘러내리는 것을 느꼈다. '대체 무슨 일인 거지?' 흥분한 랜디는 샘을 차에서 세차게 끌어 내렸고 둘은 길바닥에 나뒹굴기 시작했다. 샘은 계속 몸부림을 치며 랜디와 몸싸움을 했다. 필사적으로 그를 제압한 랜디는 양손으로 멱살을 꽉 쥐어 잡고 몸을 바닥에 눌렀다. 랜디가 너무 세게 멱살을 잡았는지 샘의 눈은 튀어나오려 하고 얼굴은 끔찍한 보라색으로 어두워졌다.

"그만, 그만해!" 랜디는 소리쳤다. "대체 왜 이러는 거야!"

랜디는 샘이 그의 권총집에 손을 뻗는 것을 느끼지도 못했고, 샘은 이미 권총집에서 손을 뗀 상태였다. 순식간에 자신의 총구가 노려보고 있었다.

"그러지 마, 샘. 그러면 안 돼."

하지만 그를 바라보고 있는 것은 샘 타킨이 아니었다.

그리고 방아쇠를 당긴 사람도 샘 타킨이 아니었다.

2장
-
매기

현재

완벽한 여름 저녁이었다. 매기와 그녀의 친구들은 피크닉 테이블에 둘러앉아 마티니를 마시며 쌍안경으로 새들을 바라보고 있었다. 잘 정돈된 벌판 위로 제비들이 마치 색종이 조각처럼 빙빙 소용돌이치며 내려앉았다. 모두들 긴장을 풀고 웃음기를 띠며 무장을 해제하고 있었다.

매기는 완전히 확신이 들지는 않았어도 오늘 밤 아무도 총기를 챙길 필요를 느끼지 않았을 거라 생각했고, 사실 그게 무슨 소용이 있을까도 싶었다. 그들은 모두 깨진 유리 조각 하나만으로도 상대를 제압할 수 있는 사람들이었고, 지금 이 순간 각자가 쉽게 깨트릴 수 있는 마티니 잔을 들고 이번 달 독서 모임에서 선정한 책에 관해 이야기하고 있었다. 『새의 재능』. 이 책은 매기가 선정한 책이었기 때문에, 오늘 밤 즐거운 술자리와 책을 위해 채택한 이름인 '마티니 클럽' 모임의 호스트는 매기였다. 사실 이런 모임에서의 식사는 항상 포틀럭으로 진행되었기 때문에, 호스트의 주된 책임이자 가장 중요한 부분인 충분한 양의 술을 준비하는 것은 그리 힘든 일이 아니었고, 그래서 호스트 역할을 하는 것은 부담스러운 일도 아니었다. 이 모임을 위한 충분한 양이란 세 가지 브랜드의 보드카, 두 가지 브랜드의 진, 드라이 베르무트, 레드 및 화이트 와인, 그리고 저녁 식사 후에 마실 싱글 몰트 위스키를 의미한다.

오늘은 날씨가 따뜻했기 때문에 진과 보드카, 버몬트, 아이스 버킷을 챙겨 피크닉 테이블로 나가 들판의 풍경을 감상했다. 3년 전, 매기는 퓨리티에 처음 왔을 때, 이 경치 덕분에 블랙베리 농장을 구입하고 마침내 이곳에서 뿌리를 내리기로 결심했다. 이 마을에서 매기는 어느 정도 마음의 평화를 찾은 듯했다. 여름에는 신선한 달걀을 모아 지역 농산물 직거래 마켓에서 판매를 했고, 겨울에는 눈을 삽으로 치워가며 갓 부화한 병아리를 돌보고 채소밭을 가꾸기 위해 종자 카탈로그를 정독했다.

하지만 계절에 상관없이 네 명의 친구들과의 저녁 시간은 계속되었다. 이들은 메인주 퓨리티로 이주하기 훨씬 전부터 수십 년 동안 알고 지냈고, 지금은 다른 은퇴자들과 조용히 어울리며 살고 있다. 사람들은 그들의 이전 경력에 대해 거의 질문하려 하지 않았고 비밀에 싸여있도록 내버려두었다. 그들은 자신들끼리만 공유할 수 있는 비밀을 간직하고 있었다.

잉그리드 슬로컴은 스스로를 바텐더로 임명하고선 이미 스테인리스 스틸 칵테일 셰이커 얼음을 힘차게 흔들며 두 번째 마티니를 만들고 있었다. 그 즐거운 소음을 들으며 매기는 데클란, 벤,

잉그리드 네 명이 함께 비밀 장교 훈련생으로 처음 인연을 맺었던 훈련소 '캠프 피어리' 시절을 떠올렸다. 매기는 지금 그들의 얼굴을 둘러보면서 젊은 시절 그때의 모습을 그려보았다.

벤 다이아몬드. 짧고 굵은 목에 근육질 체격으로 범인을 얼어붙게 할 정도의 눈빛을 가진 남자. 잉그리드 슬로컴. 독수리의 눈을 가진, 어떤 폐쇄된 장소에서도 가장 빨리 탈출할 방법을 찾아낼 수 있는 여자. 그리고 데클란 로즈. 미소만으로도 낯선 사람의 경계를 허물어뜨릴 수 있는 믿음직한 외교관의 아들. 이들의 머리는 더 희어졌고(벤의 경우는 완전히 삭발을 한 상태이지만) 얼굴 주름과 뻣뻣한 관절, 몇 킬로그램이나 불어난 몸은 세월의 흐름은 거스를 수 없다는 증거이다. 하지만 같은 캠프 출신의 베테랑들은 세월의 침범에도 굴하지 않는 여전히 도전을 열망하는 사총사였다.

그리고 잘 만들어진 마티니.

"제비들이 점점 사라져가는 게 안타까워요." 제비들이 공중으로 날아오르자 데클란이 제비들을 바라보며 말했다. "다음 세대쯤이면 메인주에 더 이상 제비가 남아있지 않을 겁니다." 그는 자신의 쌍안경을 벤에게 건네주었다. "자, 이걸로 보세요, 아주 잘 보여요."

새를 그다지 좋아하지 않는 벤은 제비들을 무심히 쳐다보고 있을 뿐이었다. 빡빡 깎은 머리에 희미하지만 위협적인 느낌의 찡그린 얼굴은 누가 보아도 그를 조류 관찰자로 보이게 하지는 않았다. "어디서 들었어요? 제비가 사라져 간다는 얘기요?"

"지난달 「퓨리티 위클리」에 실렸던 글입니다. 조류 관찰 칼럼이었죠."

"그런 종류의 칼럼도 읽어요?"

"조류 관찰은 감시를 포장하기 위한 훌륭한 위장술입니다. 만약 적들에게 잡혀서 거짓 연기를 해야 한다면 기본 지식 정도는 알아두는 것이 좋아요."

"한 잔 더 드실 분?" 잉그리드가 물었다. "로이드가 전채요리를 가져왔는데 아마 약간 짤 듯해요. 모두들 입안을 지속적으로 적셔주는 게 좋을 것 같네요."

벤이 번쩍 손을 들었다. "헨드릭스 진으로 부탁해요. 베르무트는 빼고요. 새 이야기를 하다 보니 그새 입안이 바짝 말랐네요."

"자, 간식 도착이요!" 잉그리드의 남편 로이드는 그의 자랑거리인 전채요리, 페타 꼬치와 아티초크 채소 요리, 절인 버섯, 살라미 조각 등을 들고 나오면서 유쾌하게 말했다. "너무 많이 먹지는 마세요"라고 그는 경고했다. "제 브라치올레가 오븐에서 데워지고 있습니다."

벤은 갓 완성한 마티니를 건네는 잉그리드를 바라보았다. "저 남자가 당신을 위해 이런 요리들을 해주는데 어떻게 100킬로그램이 안 넘는 거죠?"

"어마어마한 절제력." 잉그리드는 그렇게 말하며 그녀의 잔과 함께 의자에 자리를 잡았다.

"자, 그럼, 이달의 선정 도서에 대해 토의할 준비가 되셨나요?" 데클란이 말했다.

벤이 끙 신음을 내며 말했다. "그래야 한다면요."

"전 이 책이 정말 훌륭하다고 생각했기 때문에." 데클란은 새로 산 자이스 쌍안경을 흔들어 보이며 말을 이었다. "이 책은 저에게 미에 대한 관념을 업그레이드할 수 있는 영감을 주었습니다."

"지난달에 읽었던 말도 안 되는 첩보 스릴러보다 훨씬 좋은 책이었어요." 로이드가 그의 넉넉한 몸을 잉그리드 옆 의자에 구겨 넣으며 덧붙였다. "소설가들은 절대 제대로 이해할 수 없는 내용들이죠."

"여러분들이 가장 좋아했던 챕터는 어디였나요?" 데클란이 물었다.

"참새에 관한 챕터였어요." 매기가 대답했다. "참새는 너무 흔하고 평범하기 때문에 대부분의 사람이 참새를 어떻게 무시하는지에 대한 내용들이 좋았어요. 하지만 참새는 영리하게도 거의 전 세계 우리의 일상에 침투해 있죠."

벤이 살짝 헛웃음을 내며 말했다. "새에 대해 말하는 건가요? 아니면 우리에 관해 말하는 건가요?"

"그러고 보니 비슷한 점이 있네요." 잉그리드가 동의하며 말했다. "참새는 조류계의 비밀 요원이네요. 눈에 잘 띄지도 않고 나서지도 않죠. 그렇기에 사방에 존재하면서도 누구의 주의도 끌지 않을 수 있네요."

"어, 잠깐만요." 벤이 말했다. "이거 처음일 수도 있겠는데요? 이번 책은 우리 모두가 실제로 읽고 온 거 아닌가요?"

그들은 서로를 바라보았다.

"이건 엄연히 독서 모임이라고 알고 있었는데요." 잉그리드가 말했다. "우리가 비록 마티니를 즐기기 위해 여기 있다고 해도 말이죠."

"그리고 맛있는 저녁도요." 로이드가 덧붙였다. "마침, 지금 막 저녁이 준비될 것 같네요."

하지만 아무도 움직이지 않았다. 모두들 너무도 편안하게 의자에 앉아 술을 마시며 경치를 감상하고 있다. 멀리서 매기의 이웃인 열네 살짜리 소녀 캘리가 파란색 작업복을 입고 염소와 저지 소를 이끌고 들판을 가로질러 헛간으로 돌아가고 있고 소에게 달린 종소리도 울려 퍼졌다. 캘리가 손을 흔들자 모두들 소녀에게 손을 흔들어주었다. 귀뚜라미의 울음이 들리고 제비들은 여전히 머리 위를 날아다니며 곡예비행을 계속했다.

잉그리드는 조용히 속삭이듯 중얼거렸다. "인생에서 이런 것들보다 더 나은 순간들이 있을까요?"

'아니, 그렇지 않을 것이다.' 입안에서 보드카의 알싸함이 느껴지고 산들바람에 갓 베어낸 건초의 향기가 느껴지는, 보기 드문 완벽한 순간이었다. 그리고 소중한 데클란이 매기의 옆에 앉아 웃고 있었다. 예순여덟의 그는 한때 검은색이었던 머리카락이 이제는 은색으로 변했지만, 세월은 그의 아일랜드적인 외모를 더욱 깊이 있게 만들었고, 인생의 가을을 맞이한 지금의 모습에 매기는 감사할 따름이었다.

언제 모든 것이 무너질지 모르는 위기의 끝자락에서 경력을 쌓아왔기 때문에, 모두가 건강하고 안전하며 눈앞의 재난이 보이지 않는 지금의 이 순간이 얼마나 소중한지 느끼고 있으며, 한편으론 순간의 덧없음이라는 것도 잘 알고 있다. 재난은 언제든, 누구에게든 닥칠 수 있다. 자동차 사고, 심장마비, 엑스레이에서 발견된 의심스러운 혹. 친구들에게 둘러싸여 황혼이 들판 위로 부드럽게 내려앉는 이 완벽한 저녁에도 문제는 다가오고 있다는 것을 매기는 알고 있었다.
언제가 될지 몰랐을 뿐.

3장
수잔

그들은 조지 코노버를 트렁크에 싣고 북쪽 메인으로 향했다. 수잔은 돌아가신 시아버지의 유골을 여행 가방과 함께 트렁크에 넣는 건 조금 무례하다고 생각했지만, 가족 중 아무도 반대하지 않는데 왜 신경을 써야 할까? 수잔은 시아버지를 거의 알지 못했고, 3년 전 에단이 자신과 딸 조이를 그의 부모님께 소개했을 때 처음 만났었다. 블레이저와 보트 슈즈를 즐겨 신는 보스턴 사람인 조지는 충분히 예의 있게 우리를 대해주었다. 하지만 자신의 가족에 새롭게 추가된 두 사람이 코노버라는 이름에 걸맞은 자격이 있다는 것을 증명할 때까지 판단을 유보하듯 냉정한 거리를 뒀던 사람이었다. 3개월 전 그가 뇌졸중으로 세상을 떠났을 때 수잔은 특별한 슬픔을 느끼지는 못했다. 낯선 사람의 불에 탄 유골이 유골함에 담겨 있다는 것 이외에는 어떤 것도 느끼지 못할 만큼 시아버지에 대해 거의 아는 게 없었다. 그럼에도 불구하고 그를 다른 짐과 똑같이 취급한다는 것은 예의에 어긋나는 행동이라는 생각이 들었다.

그러나 조지의 미망인은 수잔의 그런 감정을 공유할 생각은 없어 보였다. 에단의 어머니를 모시러 브루클린에 들렀을 때, 고인이 된 남편의 유해를 여행 가방 사이에 끼워 넣은 것은 바로 엘리자베스 자신이었으며, 마지막에 트렁크를 닫은 것도 실은 엘리자베스였다.

수잔은 어깨 너머로 뒷좌석에 앉은 조이와 엘리자베스를 흘끗 쳐다보았다. 두 사람은 나란히 앉았지만 서로 전혀 대화를 나누지 않았다. 열다섯 조이는 클릭과 손가락의 미끄러짐만으로 대화가 이루어지는 가상의 커다란 거품 안에 고립된 전형적인 10대 소녀의 모습으로 스마트폰에 온 집중을 하고 있었다. 엘리자베스 역시 자신만의 거품 속에 갇힌 듯, 북쪽 방향으로 메인주 해안을 따라 이상한 이름의 마을들을 지나고 있을 때 무심히 창밖 풍경만을 바라보고 있었다. 위스카셋, 다마리스코타, 왈도보로. 아마도 지난여름, 그녀와 남편 조지가 이 고속도로를 타고 호숫가에 있는 여름 별장에 갔던 기억이 떠오를 것이다. 결혼한 지 55년이 지난 후, 이제 메인으로 함께 가는 마지막 여행이지만, 그녀의 얼굴에서는 슬픔을 전혀 찾을 수가 없었다. 엘리자베스는 은발의 금욕주의자처럼 꼿꼿하고 바른 자세로 앉아 있었다. 현실주의자이자 감정이 메마른 엘리자베스답게.

"저기요, 에단?" 조이가 에단에게 말을 걸었다. "그 집에 메이든 호수가 있다고 했잖아요. 왜 호수 이름을 그렇게 부르는 거죠?" '에단.' 조이는 여전히 그렇게 불렀다. 조이가 그를 마침내 아빠라고 여기기까지 얼마나 걸릴까? 수잔은 남편이 신경 쓰여 흘끔 바라보았지만 에단은 아무렇지 않다는 듯 안경 너머로 전방의 교통 상황을 차분히 바라보고 있었다.

"오래전에 어떤 소녀가 그곳에서 익사했기 때문에 메이든 호수라고 부른다고 하더라."

"정말요? 그게 언제예요?"

"음… 엄마? 엄마는 알아요?" 에단이 뒷좌석을 흘끔 바라보고는 물었다.

엘리자베스는 이제 몽상에서 깨어난 듯했다. "아마 적어도 100년 전의 이야기일 거야. 한 무리의 여학생들이 노 젓는 배를 타고 나갔다가 배가 뒤집혔어. 대충 그렇게 들었던 것 같아."

"그 여자애는 수영을 못했대요?"

수잔은 딸을 돌아보며 말했다. "모두가 너처럼 인어공주는 아니란다, 얘야."

"당시에는 여자들이 입어야 할 옷들이 훨씬 많았지. 패티코트, 긴 드레스. 부츠도 신었고. 그런 것들이 그 소녀를 끌어내렸을지도 모르지."

"이 웹사이트에 따르면 메이든 호수의 수심은 최대 13미터라고 하네요." 조이가 휴대폰을 스크롤하며 말했다. "맞는 거 같아요?"

"글쎄, 모르겠는데." 에단이 대답했다.

"그치만 가족 모두가 매년 여름이면 그곳에 가지 않았나요?"

"엄마와 콜린이 그랬지. 난 오랜만에 가는 거라……." 그는 백미러를 통해 뒤를 흘끗 살펴보았다. "엄마, 호수는 얼마나 깊어요?"

엘리자베스는 한숨을 내쉬고 대답했다. "그게 중요한 문제라도 되니?"

"충분히 깊기만 하다면 물속에 물어뜯을 만한 생물이 있을 수도 있죠." 조이가 말했다.

"물론이지. 오리에게 물어뜯겨 죽을 수도 있지." 에단이 조이의 말에 대꾸했다.

"에단." 조이가 볼멘소리를 했다.

"진실을 말하자면, 호수에는 널 해칠만한 건 아무것도 없어, 조이. 메인주에는 하물며 독사 한 마리도 없단다."

"다행이네요. 제가 유일하게 겁내는 동물이 뱀이거든요."

"근데 경고하는데, 물이 아주 차가울 거야. 이곳의 호수들은 8월이나 돼야 물이 따뜻해지거든."

"물이 차가운 건 상관없어요. 언젠가 북극곰처럼 물속으로 다이빙해 보고 싶거든요."

"나보다 낫네."

"하루에 열 번씩 수영하러 갈 거예요. 빨리 뛰어들고 싶어요!"

에단이 웃으며 말했다. "차가운 물에 부딪힐 때 지르는 너의 비명을 빨리 듣고 싶구나."

수잔은 지난 몇 달 동안 영감을 떠올리기 위해 의자에 앉아 컴퓨터 화면만 멍하니 쳐다보던 에단의 웃음소리를 다시 들으니 기분이 좋아졌다. 소설가가 그냥 하나님께 진심으로 기도만 하면 영감이 떠오른다거나, 마법의 알약을 먹으면 문장이 거침없이 써지거나, 주문을 외우면 글귀가 저절로 페이지에 적히면 좋겠다고 나에게 하소연하던 기억이 났다. 첫 번째 소설이 출간된 지 5년이 지났지만 두 번째 소설은 아직 나올 기미가 보이지 않았고, 최근 몇 달 동안은 두 번째 소설이 다시는 나오지 못할지도 모른다는 두려움이 점점 더 커가는 것 같았다. 자기는 단지 자신을 작가라고 부를 수 있는 대담함을 가진 사기꾼에 불과하다고 생각하기도 했다. 자신이 만족할 만한 글을 한 페이지도 쓰지 못하고 있으면서 어떻게 보스턴 칼리지에서 작문 수업을 듣는 자신의 학생들에게 글쓰기의 권위자로서 글을 가르칠 수 있을까? 라고 자책도 했다. 그의 눈 밑에 그림자가 깊어지고 영구적인 일 그러짐이 인상으로 새겨지면서 패배감이 그의 얼굴을 바꾸어 놓는 것을 그녀는 옆에서 지켜보았다. 밤이 되면 에단이 옆에서 뒤척이는 것을 느꼈고, 그를 잠 못 들게 하는 것은 책이라는 사실을 잘 알고 있었다. 쓰여지기를 거부하는 책. 그녀는 작가의 정신세계가 어떤 식으로 작동하는지는 잘 몰랐지만, 머릿속에서 수십 개의 다른 목소리가 자신의 이야기를 자기 방식대로 들려주라고 외치고 있는 것 같다고 상상하곤 했다. 일종의 광기 비슷한 것이라고 할까.

어쩌면 아버지의 추도식에 참석하기 위해 컴퓨터 앞에서 끌려 나와 머릿속에서 끊임없이 떠드는 캐릭터들에게서 벗어나는 것이 그에게는 다행이었을지도 모른다. 보스턴에서 점점 멀어지면서, 그의 목 근육이 이완되고 입꼬리가 위로 조금씩 올라가며 긴장의 겹들이 하나씩 벗겨지는 것을 그녀는 확인하고 있었다. 그에게는 메인주로 향하는 이 여행이 필요했다. 둘 모두에게 필요했을지도 모른다. 물가에 있는 집에서 보내는 2주간의 휴가는 우리에게 꼭 필요한 것이었다.

수잔은 다시 차창 밖으로 시선을 돌린 시어머니를 바라보며 물었다. "자리는 편안하세요? 혹시 무슨 걱정 있으신 건 아니죠, 엘리자베스?"

"도착하면 얼마나 많은 일을 해야 할지 생각 중이다."

"엄마, 걱정하지 않아도 돼요." 에단이 말했다. "형이 아침에 문자를 보냈는데, 형과 브룩이 침실을 모두 정돈해 놓았으니 손 하나 까딱할 필요가 없다고 했어요. 다락방에 키트를 올려보낼 테니 조이는 우리 옆 침실에서 잘 수 있을 거라고도요. 아, 그리고 아서와 한나가 오늘 밤 칵테일 마시러 올 거예요." 그는 수잔을 바라보았다. "부모님 친구들 기억하지? 한나 그린과 아서 폭스. 결혼식 때 뵀었잖아. 그분들도 호수 근처에 별장이 있거든."

수잔은 결혼식 날의 온갖 기억들 사이에 묻혀 그들에 대한 기억은 흐릿해져 있지만 "그럼, 기억하지"라고 대답해 두었다. 결혼식장에서 사랑스러운 눈빛으로 그녀를 바라보던 에단. 노란 들러리 드레스를 입고 환하게 웃던 조이. 그리고 갑자기 천둥번개가 치면서 흠뻑 적어 웃고 떠들던 하객들이 모두 안으로 도망쳐야 했던 기억들. 그녀는 80대의 키가 크고 귀족적인 풍모를 보이던 아서가 오랜 친구인 조지와 바에서 이야기를 주고받던 모습을 기억해 냈다. 호숫가에서 에단과 그의 형 콜린을 돌보던 자신의 모험담을 신나게 떠들던 60대의 풍만한 여성 한나 그린의 모습도 마찬가지로 흐릿하게 그려졌다.

"추도식에는 모르는 사람들이 꽤 있을 거야." 에단이 수잔에게 말했다. "지역 목사님이 주재를 하고 요트 클럽의 아버지 친구분들도 참석할 거라고 했어." 그는 백미러로 엘리자베스를 흘끗 쳐다보고는 말했다. "옛날 생각 날 거예요, 엄마!"

"에단, 조심해!" 수잔이 급히 외쳤다.

에단이 갑자기 브레이크를 꽉 밟자 차가 급정거하면서 모두가 안전벨트를 착용한 채 앞으로 몸이 퉁겨져 나갔다. "오우, 이런." 그는 갑자기 멈춰 선 앞의 자동차 행렬을 바라보며 중얼거렸다. "엄마, 괜찮아요?"

"목적지에 무사히 도착만 하면 좋겠구나."

"이렇게 교통이 몰리는 줄 몰랐어요."

"몇 년 동안 여기 오지 않았잖니. 많이 변했어." 엘리자베스는 가볍게 숨을 내쉬고는 다시 말했다. "모든 게 변했지."

교통은 정체 상태였다. 길게 늘어선 차들이 언덕길 꼭대기에서부턴 시야에서 사라졌다.

"사고가 있는 걸 거예요." 수잔이 말했다.

사이렌 소리가 수잔의 말을 확인해 주었다. 수잔이 뒤로 고개를 돌리자 번쩍이는 불빛이 그들을 향해 달려오고 있었다. 구급차는 마비된 교통을 뚫고 지나쳐갔다.

"심각한 문제가 아니었으면 좋겠는데." 에단이 걱정스러운 목소리로 말했다.

번쩍이는 불빛이 언덕길을 내려가며 시야에서 사라지자 수잔은 부서진 차들과 상처 입은 시체들이 떠올랐다. 수잔은 간호사로서 교육과 훈련을 받았고, 지금은 더 이상 병원이 아닌 학교 의무실에서 일하고 있지만, 생명을 구하려 할 때의 긴장감과 모든 게 잘못될 수도 있다는 공포심을 아직 잊지 않고 있었다. 수잔은 다른 모든 것은 잊은 채 휴대폰만 바라보고 있는 딸을 돌아보았다. 엘리자베스 역시 다시 자신만의 생각에 빠져든 듯했다. 앞길에서 어떤 공포 드라마가 펼쳐지고 있든 두 사람에게는 아무런 상관도 없는 것 같았다.

차들이 다시 움직이기 시작했다. 언덕을 오르자 구겨진 자동차 두 대가 시야에 들어왔다. 차 위에 묶여 있었던 여행 가방이 내동댕이쳐지고, 길에는 휴가용 옷가지가 색종이처럼 흩어져 있었다. 도랑에는 얼음 상자와 보라색 테니스화가 빠져 있었다. '이들은 휴가를 위해 메인으로 떠나면서 이런 일이 기다리고 있을 거라고 상상이라도 했을까.' 수잔은 그런 생각이 들었다. 반바지와 자외선 차단제를 여행 가방에 챙겨 넣으며 누가 이런 생각을 할 수 있겠는가? 그들은 호숫가에서 느긋한 하루를 보내고 해변에서 랍스터 요리를 먹을 줄 알았겠지. 대신 병원 침대에 누워있게 될 줄이야…….

아니면 다시는 집에 가지 못할 수도.

∞

그녀가 처음 본 메이든 호수는 가문비나무와 소나무로 뒤덮인 벽을 뚫고 들어간 햇빛에 반사된 작은 물빛에 불과했다. 해안도로를 따라 내려가면서 더 많은 부분을 볼 수 있었지만, 크리스마스의 반짝이처럼 부분 부분 반짝임만 보였을 뿐 전체 모습은 볼 수가 없었다.

"저 아래 저기, 호수인가요?" 조이는 마침내 휴대폰을 내려놓고 창밖을 바라보며 말했다.

"응, 저기가 바로 메이든 호수지." 에단이 대답했다.

"도착하면 바로 수영복으로 갈아입을게요."

"내일 아침까지 기다리는 건 어때? 먼저 콜린의 가족들과 시간을 보내야 해. 결혼식 이후로 키트를 한 번도 보지 못했잖아." 수잔이 말했다.

"그때 보니, 저와 별로 대화하고 싶지 않은 것 같던데요."

"오, 그건 그냥 키트의 스타일이야. 네 사촌은 수줍음이 많을 뿐이야." 에단이 조이에게 말했다.

수줍음이라는 단어가 결혼식 피로연 내내 엄마 브룩의 주변을 맴돌며 말없이 구부정한 자세로 있었던 십 대 소년을 한마디로 표현할 수 있었다. 올해 그 아이는 열일곱 살이었고, 몇 달 후면 대학에 입학할 나이가 된다. 그동안 사회성을 조금이라도 더 길렀을지 모르겠다.

자갈길을 따라 달리다가 바닥에 박힌 나무 표지판 앞에 잠시 멈춰 섰다.

문뷰
무단 침입 금지

금지 표지판은 어떤 장식도 없이 단순한 글자체로 새겨져 있었으며, 진입로 아래쪽에 무엇이 기다리고 있는지에 대한 힌트도 전혀 주지 않았다.

"이 나무들을 정리해 줄 사람들을 불러야 해요, 엄마." 좁은 진입로를 내려가면서 나뭇가지가 차 옆을 긁는 것을 본 에단이 말했다.

"네 아버지는 너무 오랫동안 여기를 방치했어. 다른 생각할 것들이 많았지."

"전화해서 마을에 이걸 처리해 줄 사람이 있는지 알아볼게요."

"네 형이 잘 처리할 거다."

잠시 침묵이 흐른 뒤 에단이 중얼거렸다. "당연히… 형이 잘 처리하겠죠."

갑자기 숲이 열리고 오후의 햇살에 반짝이는 메이든 호수의 풍경이 모습을 드러냈다. 그리고 코노버 가족의 여름 별장인 문뷰도 어렴풋이 보였다. 엘리자베스가 그곳을 별장보다는 시골집이라고 불렀기 때문에 수잔은 소박한 무언가를 예상했지만, 이곳은 단순한 시골집이나 별장이 아니었다. 여러 개의 지붕과 4개의 굴뚝, 넓은 잔디밭, 커다란 데크가 있는 거대한 집이었다. 에단이 콜린의 BMW 뒤에 주차를 하고 수잔은 차에서 내려 소나무와 풀, 축축한 흙의 향긋한 냄새를 들이켜며 깊은 심호흡을 했다. 머리 위 나뭇가지에서 지저귀는 새 한 마리를 제외하고는 완벽히 고요했고, 호수 표면은 물결 하나 없이 흐트러지지 않아 마치 평평한 유리를 보는 듯했다.

스크린 도어가 삐걱거리며 열렸다가 쾅 하고 닫혔다. "드디어 왔구나!" 에단의 형인 콜린이 외쳤다.

수잔은 콜린과 그의 가족이 데크 계단에서 내려와 인사하는 것을 보려고 고개를 돌렸다. 에단은 한때 콜린과 브룩을 황금빛 커플이라고 불렀는데, 금발의 외모뿐만이 아니라 쉽고 우아하게 미끄러지듯 인생을 살아가기 때문이었다. 브룩은 환하게 빛나는 페이지보이 스타일의 금발 머리에 머리핀을 꽂고 핑크색 스웨터와 그녀의 가느다란 허리를 감싸는 카디건을 입고 있어 여느 때처럼 스타일리쉬했다. 그녀 뒤에는 마치 배경에 섞이려는 듯 어깨를 구부린 채 덥수룩한 금발 머리로 얼굴을 반쯤 가린 아들 키트가 숨어 있었다. 다른 사람들이 포옹과 인사를 나누는 동안 키트는 적당한 거리를 유지하면서 어색한 인사만 건넸다.

"몇 시간 전에는 도착할 줄 알았어." 에단과 트렁크에서 여행 가방을 내리던 콜린이 말했다.

"교통 상황이 안 좋았어. 게다가 사고도 있었고."

콜린은 잠시 멈춰서 트렁크 안을 들여다보았다. "이 상자, 음…… 아버지?"

"오, 내가 옮기마." 엘리자베스는 남편의 도자기 유골함이 들어 있는 상자를 트렁크에서 침착하게 꺼내며 말했다. "이제 이걸 더 이상 신경 쓰지 않아도 되니 다행이구나."

콜린과 에단은 어머니가 아버지의 유해를 집 안으로 옮기는 모습을 지켜보았다. 스크린 도어가 그녀의 뒤에서 쾅 닫혔다.

"음… 엄마가 상실감을 잘 극복하고 있는 것 같네." 콜린이 무미건조하게 말했다.

"3개월이나 지났으니까."

"그렇게 길지는 않은 시간이야."

그때 브룩이 다가와 콜린에게 말을 건넸다. "누구나 자신만의 방식으로 슬픔을 극복해, 콜린. 그리고 당신 엄마는 감상적인 타입은 아니니까."

"그렇긴 하지." 콜린은 트렁크를 닫으며 말했다. "아버지를 변기 위에다 놓지 않은 것만도 다행이지."

엘리자베스를 따라 집 안으로 들어선 수잔은 두 발짝 정도 들어가자마자 멈춰 서서 넓은 거실을 신기하게 바라보았다. 천장부터 바닥까지 내려오는 통창을 통해 햇살이 들어와 광택이 나는 원목 바닥을 더욱 반짝이게 했다. 머리 위로는 성당식의 천장에 들보가 아치형으로 뻗어있었다. 한쪽 벽면을 가득 채운 가족사진 갤러리는 수십 년 동안의 코노버 가족을 기록하고 있었다.

브룩이 수잔에게 몸을 기울여 속삭였다. "그들은 여기가 그저 시골집이라고 하죠."

"제가 예상했던 것과는 전혀 다른데요."

"무엇을 기대했어요?"

"모르겠어요. 호수 위의 오두막이나 이층 침대?"

브룩은 웃으며 말했다. "코노버 가족은 이층 침대를 사용하지 않는답니다. 다행이죠. 그렇지 않았다면 그 많은 세월 동안 꾸준히 여길 오지는 못했을 거예요."

수잔은 벽에 걸린 가족사진으로 시선을 돌렸다. 메인주 코노버 가문의 역사를 담은 사진으로, 젊은 엘리자베스와 조지가 친구들과 함께 호숫가에 서 있는 모습이 담겨 있었다.

"이 사진들은 모두 여기서 찍은 거예요?" 수잔이 물었다.

"똑같은 소나무 바로 옆에서 찍은 사진들을 보세요. 저기 카누가 있는 곳 옆에 있는 소나무예요. 수년에 걸쳐 얼마나 나무가 자랐는지 사진을 보면 알 수 있죠. 엘리자베스는 매년 여름마다 저 나무 옆에서 사진을 찍게 했대요. 여기, 콜린이 태어난 직후에 찍은 사진이에요." 브룩은 엘리자베스의 품에 안긴 금발의 천사 같은 아기를 가리켰다. 사진을 잠시 바라보다 그녀는 엘리자베스가 다른 아기를 안고 있는 사진, 검은 머리카락을 가진 아기의 사진으로 넘어가며 말했다. "그리고 여기 에단이 처음 등장합니다." 이제는 튼튼한 유아가 된 콜린이 새 동생을 바라보며 얼굴을 찡그리고 있었다.

수잔은 아기였을 때에도 두 형제는 달랐다고 생각했다. 세월이 흐르면서 그 차이는 분명해졌다. 안경을 쓰고 진지한 표정을 짓고 있는 마른 아이에게서 그녀는 이미 미래의 남편을 볼 수 있었다. 그때도 에단은 손에 책을 들고 있었다. 반면에 키가 크고 금발인 형 콜린은 강한 자신감을 내비치고 있었고, 그 자신감은 의심할 여지 없이 그를 월스트리트로 이끌었다.

계단을 내려오는 발소리가 들렸다. 수잔이 고개를 돌려 보니 보라색 수영복을 입은 딸이 거실을 서성이고 있었다. "조이?"

"그냥 물 한 방울만, 엄마. 나랑 같이 나가요!"

"짐 풀어야 해."

하지만 조이는 이미 스크린 도어를 열고 나가 데크 계단을 내려서고 잔디밭을 가로질러 물가로 달려가고 있었다. 당연히 그러겠지. 조이는 근처에 물이 있다면 뛰어들지 않고는 못 배기는 성격이었다.

수잔은 딸을 따라 집을 나섰고 잔디밭의 중반쯤에 다다랐을 때 조이가 호수로 뛰어들며 기쁨의 비명을 지르는 것을 들었다.

"거대한 수영장을 혼자서 사용하는 것 같아!" 조이가 소리쳤다.

수잔은 전용 선착장에 발을 디딘 후 편안하게 물에 떠 있는 딸을 내려다보며 미소를 지었다. "너무 춥지는 않니?"

"이 정도로는 어림없어요."

수잔은 찬란한 붉은 금빛으로 반짝이는 수면을 미끄러지듯 떠다니는 조이를 바라보며 인어가 살기에는 그리 차가운 물은 아니겠다고 생각했다. 아비새의 울음소리와 물살을 가르는 조이의 발놀림을 제외하면 이곳의 오후는 마법처럼 조용했다. 눈에 띄는 거라곤 카약을 타고 지나가는 한 남자뿐이었다.

그가 손을 흔들기를 기대하며 손을 흔들었다. 메인주에서는 사람들이 그렇게 하지 않나? 아닌가? 그들은 서로 손을 흔들곤 하던데.

남자는 응답하지 않았다. 햇빛이 내리비친 호수의 눈부심이 그의 얼굴에 반사되어 제대로 얼굴을 알아볼 수 없었지만, 그는 단지 그녀를 잠시 돌아볼 뿐, 노를 저어 그대로 떠나버렸다.

"기다릴 수가 없었던 모양이지?" 에단이 그의 가족에 합류하기 위해 미소를 지으며 잔디밭을 걸어오고 있었다.

"아이를 탓할 수 있나. 하루 종일 차 안에 갇혀 있었던 셈이니."

그는 수잔의 허리에 팔을 감싸고 잠시 동안 함께 서서 물개처럼 매끈하고 반짝이는 검은 머리카락을 가진 조이의 머리가 물속을 들락날락하는 모습을 지켜보았다.

"너무 아름다워. 내가 만약 당신이었다면 여름 내내 이곳에서 시간을 보냈을 거야." 수잔이 남편에게 머리를 기대며 말했다.

그는 어깨를 으쓱했다. "좋은 곳이지."

"뭔가 성의 없는 동의 같은 느낌인데."

"부모님 집이니까. 내 집도 아닌데 뭐."

"그래도 모든 가족은 이곳에서 환영받는 거 아니었어? 브룩과 콜린은 매년 여름을 이곳에서 보낸다고 했잖아, 안 그래?"

"그렇지."

수잔을 남편을 바라보았지만, 그는 마치 그녀가 볼 수 없는 어떤 과거를 들여다보는 것처럼 물 건너편을 응시하고 있었다. 분명 행복하지 않았을 과거를. "당신은 이곳에 대해 나에게 얘기해 준 게 거의 없는 거 같네. 여기로 돌아오지 않아야 할 무슨 이유라도 있는 거야?"

그는 한숨을 쉬더니 거대한 몸통과 가지가 펼쳐진 나무 하나를 가리켰다. "저 단풍나무 보이지?"

"저게 왜?"

"내가 일곱 살 때 오후 내내 나무에 갇혀 내려오지 못한 적이 있었어. 콜린이 나무 밑에서 돌을 던지면서 기다리고 있었기 때문에 겁에 질려 있었거든. 한나 그린이 오고 나서야 내려올 수 있었어."

"맙소사, 정말 나쁜 녀석이었네."

"그런 어리석은 기억 따위는 잊어버려야 한다고 생각하겠지만, 내가 이곳에서 기억하는 모든 여름은 그런 식이었어. 골목대장, 콜린. 결국 언젠가부터 이곳에서 함께 하는 걸 그만두었어. 여기 온 지 몇 년은 됐을 거야. 이제 난 그저 여름 손님으로 이곳을 방문하는 기분이야."

"당신은 손님이 아니야, 가족이지."

"알지, 알아."

"이번 여름은 다르게 만들어 보는 건 어떨까, 오케이?"

에단은 그녀를 바라보며 미소 지었다. "이미 다른걸. 당신과 조이가 있잖아."

"몇 주 동안 도시를 벗어나면 우리에게 좋을 것 같았어, 기분 전환으로 말이야. 이번 여행은 어쩌면 아버님이 주신 선물일 수도 있어. 아버님의 유골을 뿌리기 위해 우리가 모두 메인에 오게 된 거잖아. 책상에서 좀 떨어져서 심호흡을 크게 해봐. 여기서 뭔가 영감을 얻을 수도 있고 말이야. 당신 책에 사용할 무언가를 보거나 들을 수도 있지. 책 사인회에서 만났을 때 당신이 했던 말을 잊지 못해. 작가라면 좋은 경험이든 나쁜 경험이든 낭비되는 것은 없다고 말했었잖아."

"아, 그렇지. 내 최고의 작업 멘트."

"음, 나에겐 어느 정도 효과가 있었던 것 같네."

에단은 수잔을 끌어안았다. "미안해."

"뭐가?"

"최근 들어 내가 너무 재미없었지. 이 멍청한 소설과 멍청한 캐릭터 때문에 정신이 반쯤은 나가 있었잖아. 당신으로부터 나를 멀어지게 만든 그들이 미워지기 시작했어."

"우리에게 언젠가는 돌아오기만 하면 돼."

그는 미소를 지으며 그녀의 입술에 자신의 입술을 살짝 포개었다. "짐을 풀러 가야겠어."

"그래야지."

"이웃들이 칵테일을 마시러 곧 나타나기 시작할 거야."

"그리고 난 저녁을 준비하는 걸 도와야지." 그녀가 덧붙였다.

그렇게 말하면서도 둘은 움직이지 않고 있었다. 이곳은 너무나 아름다웠다. 오직 두 사람, 액체로 된 불처럼 반짝이는 호수, 물 위를 미끄러지는 딸의 모습. 그 모든 것들이.

완벽한 여름 저녁이라고 이 기분을 조금 더 지속해 보자고 그녀는 생각했다.

4장
-
루벤

여름 손님들이 돌아왔다.

루벤 타킨은 메이든 호수에서 카약을 타고 노를 저으며, 오두막집 또는 별장들 중 어느 곳에 사람이 거주하고 있고, 어느 곳은 아직 텅 빈 채로 주인이 돌아오기만을 기다리고 있는지 살펴보았다. 그는 이 호수에서 65년 동안 얼음을 동반한 폭풍우, 늦겨울과 초봄 사이 진흙탕의 계절, 덜컹거리는 선풍기 옆에서 땀을 흘리며 잠을 청했던 숨이 막힐 정도로 더운 여름밤 등을 보내며 평생을 살아왔다. 그래서 이 호수의 리듬과 계절의 변화를 너무나 잘 알고 있었다. 봄에 첫 붉은배 개똥지빠귀가 언제 도착하는지, 청개구리들의 합창 소리가 언제 황소개구리의 울음소리로 이어지는지, 갓 부화한 아비새 새끼가 언제 어두운 솜털을 간직한 채 엄마에게 업혀 첫 모습을 드러낼지를 알고 있었다.

또한 메이든 호수 근처의 사람들이 해마다 언제 들어오고 나가는지, 어떤 모습을 하고 있는지 은밀히 지켜볼 수 있었다.

아서 폭스는 보통은 날씨가 여전히 불안정하고 수영하기에는 물이 너무 차가운 때에, 때로는 너무 이르다 싶은 5월도 마다하지 않고 그해 호숫가의 사람들 중 가장 먼저 도착하곤 했다. 올해 아서는 6월 둘째 주에 뉴욕 번호판을 단 세련된 파란색 벤츠를 타고 별장에 나타났다. 그는 도착하고선 창고에서 카누를 꺼내 물가로 내려오는 데 어떤 시간도 낭비하지 않았다. 아서는 비록 여든두 살이었지만, 보통 사람은 지역 인부를 고용해야 하는 힘든 작업들, 가령 카누를 물가로 옮기는 일은 직접 해낼 정도로 여전히 건장했다. 그는 육체노동에 대한 도전을 즐기는 듯했다. 부유층은 종종 서민 놀이 하는 걸 좋아하고, 메인주는 그런 환상으로 빠지기에 좋은 곳이었다.

오늘 오후 아서는 셔츠를 벗고 소박한 정원사 역할을 자처하며 호수의 광경을 가리는 나뭇가지들을 열정적으로 잘라내고 있다. 루벤이 카약을 타고 지나가는데 아서가 그를 발견하고는 갑자기 나뭇가지 자르기를 멈췄다. 그러나 아서는 루벤에게 한마디 말도 하지 않았고, 웃거나 손을 흔들지도 않았다. 물론 오늘 누구도 루벤 타킨에게 손을 흔들지는 않았지만. 대신 아서는 그를 노려보며 이렇게 말하는 듯했다. '난 당신을 지켜보고 있어.'

루벤은 다음 집을 향해 노를 저었다. 한나 그린의 집이었다.

한나는 기다란 안락의자에 몸을 펴고 일광욕을 하고 있었다. 예순한 살이 된 한나는 통통하게 살이 쪄서, 겨울 눈처럼 하얀 피부가 마치 더위 속에서 부풀어 오른 빵 반죽 덩어리처럼 보였다. 그녀는 고인이 된 베세즈다의 그린 박사 부부로부터 별장을 물려받았고, 그 별장과 함께 루벤에 대한 부모의 반감도 같이 물려받았다. 그의 시선이 느껴졌는지, 아니면 물속에서 노 젓는 소리가 들렸는지, 그녀는 갑자기 안락의자에서 일어나 똑바로 앉아 루벤을 바라보았다. 아서 폭스처럼 한나도 웃거나 손을 흔들지 않았다. 대신 그녀는 의자에서 일어나 집으로 들어가며 문을 닫아버렸다.

루벤은 계속 노를 저었다.

다음 별장에서 그는 노 젓기를 멈추고 그의 카약이 둥둥 떠다니도록 내버려두었다. 전용 선착장과 두 대의 카약이 놓여있는 넓은 잔디밭을 바라보았다. 이 집은 호숫가의 별장들 중 가장 큰 집이었는데, 달을 향해 바라보고 있어 '문뷰'라고 불렸다. 루벤은 코노버 부부가 도착하기 전이라도 가정부와 정원사, 관리인이 집을 정리하는 모습을 보고 그들이 곧 올 것임을 미리 알 수 있었다. 루벤의 작은 오두막집은 이 집의 바로 건너편에 자리 잡고 있었고, 수년 동안 거실 창문을 통해 코노버 가족이 오고 가는 모습을 지켜보았다. 루벤이 아홉 살이었을 때 당시 젊은 신혼이었던 엘리자베스와 조지 코노버는 문뷰를 사들였고, 늘어가는 가족들을 위해 지속적으로 별장을 확장하고 주변을 현대적인 감각으로 꾸며가는 것을 지켜보았다. 항상 책 뒤에 숨어 있던 둘째 아들 에단과 달리 팔짱을 끼고 서 있기를 좋아하고 늘상 싸움을 일삼던 금발의 큰아들 콜린과는 여러 번 얽힌 적이 있었다.

세월이 흐르면서 별장은 콜린과 그의 금발 공주 같은 아내, 그리고 콜린의 아들과 유모를 수용하기 위해 계속 확장되었다. 코노버 일족 중 루벤을 사람처럼 바라본 사람은 유모가 유일했다.

마치 그가 미소 짓고 손을 흔들 자격이 있다는 듯이.

그 가족들이 유모마저도 루벤에게 등을 돌리게 하기 전까지는.

루벤은 노를 이용해 카약을 물 위에서 멈춰 세웠다. 그러고는 잠시 제자리에서 문뷰를 바라보기만 했다. 데크에는 테이블과 의자 여섯 개가 놓여있었고, 위층의 창문은 모두 열려있어 겨울의 탁한 공기가 빠져나가고 있었다. 조지 코노버가 몇 달 전에 세상을 떠났다는 소식을 들었지만, 그의 미망인 엘리자베스는 큰아들 콜린, 그리고 그의 가족들과 마찬가지로 이곳으로 다시 돌아왔다. 그녀의 작은아들 에단은 몇 년 동안 방문하지 않았기 때문에 루벤은 가족 사이에 불화가 생겼다고 생각하고 있었다.

그래서 에단이 집에서 나와 선착장에 서 있는 한 여성에게 다가가기 위해 잔디밭을 걷고 있는 걸 보고 루벤은 깜짝 놀랄 수밖에 없었다. 이전에는 본 적이 없던 여성이었다. 갈색 머리에 날씬한 체격의 그녀는 루벤에게 손을 흔들었고, 그는 너무 갑작스러운 친근한 행동에 놀라 손을 흔들어주지 못했다. 그녀는 아직 모른다고 생각했다. 그녀는 나를 두려워해야 한다는 것을.

보라색 수영복을 입은 요정 같은 10대 소녀도 마치 물속의 생물처럼 호수를 활보하고 있었다. 한 번도 본 적이 없는 또 다른 방문객이었다. 에단 코노버가 마침내 결혼했다는 소식을 들었던 기억이 나자, 그와 팔짱을 끼고 있는 여성이 새 아내이고 물속의 소녀가 의붓딸이라는 사실을 깨달았다. 조지 코노버의 추모식을 위해 코노버 가족 모두가 메인으로 돌아온 것이다.

'그 개자식이 지옥에서 썩기를.'

루벤은 카약을 돌려 문뷰의 반대편 해안을 향해 노를 저어가기 시작했다. 지금쯤이면 누나가 낮잠에서 깨어날 시간이고, 침대에서 휠체어로 옮기는 데 그의 도움이 필요하다. 그리고 누나를 목욕시켜야 하고, 저녁 식사를 준비하고 주방을 정리해야 하며, 아비게일의 약을 챙겨야 한다. 저녁에 해야 할 일들이 눈앞에 펼쳐졌지만, 석양으로 빛나는 물 위를 미끄러지는 카약을 느끼고 수면 위를 날아다니는 잠자리를 감상하는 호수 위에서의 이 순간만큼은 온전히 그의 몫이었다. 그러다 건너편에 어렴풋이 보이는 하늘을 할퀴고 있는 발톱처럼 생긴 문뷰의 굴뚝을 바라보며 다시 몸서리를 쳤다.

'모든 것이 또 바뀔 것이다. 코노버 가족이 마을로 돌아왔다.'

5장
수잔

    수잔은 참새가 마음을 담아 지저귀는 멜로디에 잠에서 깨어났다. 평소 가족 중 가장 먼저 아침에 눈을 뜨던 그녀는 에단이 옆에 없는 것을 보고 깜짝 놀랐다. 보스턴에서는 대개 새소리가 아니라 아파트 건물 밖에서 들려오는 이른 아침의 버스와 쓰레기 트럭의 굉음이 그녀를 깨우곤 했다. 어쩌면 호수에서 수영을 하거나 퓨리티 마을로 드라이브를 떠나는 것 외에는 아무 일정도 없이 9시 30분에 침대에 누워 있는 것이 얼마나 호사스러운 일인지 모르겠다. 그리고 늦은 아침 향긋한 커피 향에 잠기운에서 깨어나는, 이런 게 모든 휴가의 일반적인 모습이어야 한다.
    이번에는 집안의 다른 누군가가 만든 커피로.
    수잔은 청바지와 셔츠를 입고 맛있는 냄새를 따라 아래층 주방으로 내려갔다. 그곳에서 그녀는 식탁에 앉아 종이를 펼쳐놓고 무언가를 열심히 쓰고 있는 에단을 발견했다. 맨발로 식당에 들어오는 그녀에게 그는 눈길도 주지 않았다. 수잔은 그의 얼굴에서 무언가에 맹렬히 집중하는 표정을 알아보았다. 그녀는 방해하고 싶지 않아서 커피 주전자에 가서 조용히 커피 한 잔을 따랐다. 크림을 꺼내고 냉장고 문을 닫은 후에야 에단은 그녀가 식당 안에 있다는 사실을 깨닫고 고개를 똑바로 들었다.
"안녕." 그가 안경을 벗으며 말했다.
"안녕. 이게 다 뭐야?" 급히 써 내려간 단어들로 뒤덮인 종이들을 고개로 가리키며 수잔이 말했다.
"떠오르고 있어." 그는 믿기지 않는다는 듯 고개를 저으며 웃었다. "마침내 오고 있다고!"
"당신이 작업하고 있던 그 이야기?"
"아니, 이건 완전히 다른 이야기야. 무슨 일이 벌어진 거지? 오늘 아침에 일어났는데 그냥 모든 것들이 떠올랐어. 갑자기 스위치가 켜진 것처럼 문장들이 흘러나오는 거야. 이곳에서 있었던 모든 일과 어릴 적 들었던 모든 이야기가 떠오르면서 오랜만에 다시 호수의 세계로 돌아간 것 같아. 아니면 그냥 보스턴을 떠날 필요가 있었던 걸지도 모르지만."
우울한 기운이 드리우고 그의 문장들을 숨막히게 눌러왔던, 실패의 구름이 그를 짓누르던 그곳, 보스턴. 그곳을 떠난 지금, 몇 달 만에 처음으로 그녀가 결혼했던 에단, 행복한 에단의 모습을 보고 있었다.
"지금 생각하니 노트북을 가져올 걸 그랬나 싶어." 그가 말했다.
"그거 없이도 페이지가 잘 넘어가는 것 같은데." 그녀는 그의 빈 커피잔을 집어 들고 다시 채워주었다. "다들 어디 있어?"

"엄마와 아서는 예배를 맡아주실 목사님을 만나러 갔어. 콜린과 브룩은 쇼핑하러 간 것 같고. 키트는 아직 침대에." 그는 어깨를 으쓱했다. "십 대잖아."

"그럼 조이는?"

"어딘가에 있겠지?"

그녀는 부엌 창문으로 가서 호수를 바라보았다. 역시나, 바로 그곳에서 조이는 다른 소녀와 함께 물장구를 치며 웃고 떠들고 있었다. 젖은 머리가 아침 햇살에 반짝였다.

"저 여자애는 누구야?" 수잔이 물었다.

"방금 만난 것 같은데. 이곳에 사는 아이인가 봐."

"잘됐네! 여기서 새 친구를 찾았다니 기쁜데. 조이가 대화할 사람이 없을까 봐 걱정했었거든."

"언제나 키트가 있잖아."

그녀는 고개를 돌려 에단을 바라보았다. "진심이야? 그 애는 어제 조이에게 '저기'라는 말조차 한마디 안 했어. 저녁 내내 브룩에게 붙어 있었지."

"얼마나 수줍음이 많은지 알잖아, 외동아들이라."

"이제 열일곱 살이에요. 이쯤 되면 거의 다 자란 거 아니야." 수잔은 잠시 멈칫했다. "그 애한테 다른 문제가 있는 건 아니야?"

에단은 새 종이를 집어 들었다. "키트는 어릴 적 매우 아픈 아이였어. 병원을 자주 들락날락했었지. 브룩이 그 애를 보호하기 위해 조금 과하게 행동했던 건 어쩌면 당연한 일인지도. 암튼 문제가 있다면 브룩에게 있지 않을까 생각해." 에단은 그렇게 얘기하고는 갑자기 고개를 돌려 수잔을 쳐다보았다. "아, 말하는 걸

깜빡할 뻔했네. 한나가 쇼핑하러 바 하버에 가려고 하는데 당신도 같이 가고 싶은지 물어봐 달래."

"그럼, 당신은 하루 종일 뭐 할 거야?"

그는 식탁에 놓인 종이들을 가리켰다. "너무 잘 되고 있어서 당장은 멈추고 싶지 않아."

"아, 그럼. 물론이지. 당신은 여기 남아서 계속 해." 수잔은 창문으로 눈을 돌려 다른 여자아이와 함께 호수에서 즐겁게 물놀이를 하고 있는 딸을 바라보았다. 조이는 새 친구가 생겼고, 에단은 다시 글을 쓰고 있다. 이보다 더 좋은 하루의 시작이 있을까? "바 하버를 보고 싶네. 한나에게 전화해 볼게."

∞

한나 그린은 수다 떨기를 좋아했다. 그녀는 바 하버까지 가는 내내 얘기를 했고, 크랩 케이크와 샐러드로 점심을 먹으며 수다를 떨었고, 중심가에 있는 기념품 가게를 둘러보면서도 이야기가 끊이지 않았다. 수잔은 그 모든 수다에 신경을 집중하지는 않았다. 결혼하지 않고 혼자 살았던 한나는 코노버 형제에 대한 풍부한 일화를 나누는 게 즐거워 보였다.

"오, 그 둘은 한 쌍이었죠!" 한나는 돌아오는 차 안에서 말했다. "콜린, 걔가 대부분의 문제를 일으킨 장본인이에요. 항상 동네 애들이랑 시비를 붙고는 사과를 거부했죠. 콜린은 절대 사과를 하지 않았어요. 결코 자기 잘못이 아니니까요. 조지는 상황을 수습하기 위해 몇 번이나 아이 부모들을 방문해야 했어요. 하지만 에단은 말썽을 피운 적이 없었죠. 항상 조용한 아이였어요. 공상가였죠."

수잔은 미소를 지었다. "그이는 여전히 공상가예요. 그래서 결국은 작가가 된 것 같구요."

"사실 저는 아이들 돌보는 일을 하고 싶지 않았지만 엘리자베스의 설득에 넘어갔어요. 물론 돈도 무시할 수는 없는 요소였죠." 한나는 수잔을 흘끗 보며 윙크를 하고는 계속 말을 이어갔다. "오히려 돈을 두 배로 벌 수 있었으니까요. 엘리자베스도 돈을 주었고, 아빠도 나를 집에서 나가게 하려고 돈을 줬어요. 참 나, 무슨 비밀 얘기라도 하는 건지. 아무튼 당시 어른들은 아이들에게 신경 쓸 겨를도 없었고 그러고 싶어 하지도 않았어요. 그냥 저희를 풀어놓고는 각자의 삶을 살고 싶어 했죠. 저는 겨우 초등학생이었어요. 그런데 그들 여섯은 매일 저녁 칵테일을 마시러 자리를 비웠어요. 상상이 가세요?"

"집에 혼자 두고요?"

"글쎄요, 옆집에 있긴 했지만 뭐, 집에 혼자 있는 건 마찬가지죠. 그들은 항상 술을 많이 마셨어요. 그들의 삶이 제게도 영향을 미친 것 같아요. 콜린에게도요. 정오에는 와인, 5시에는 하이볼을 마시죠." 그녀는 수잔을 바라보았다. "하지만 에단은 그러지 않았어요. 당신은 술에 취하지 않는 사람과 결혼한 거예요."

"아서는 그때 결혼을 했었나요?"

"아서?" 한나는 코웃음을 쳤다. "아니요, 그는 확실한 총각이죠. 어떤 여자가 그런 남자를 견딜 수 있겠어요?"

"여섯 명의 어른이 매일 저녁 칵테일을 마신다고 하셔서요. 그럼 나머지 한 명은 누구였나요?"

"아, 우리 아버지 비서요."

"여기에서도 비서가 있었어요?"

"당시에 우리는 여기에서 일 년 내내 살았어요. 아빠의 일 때문에 메릴랜드로 이주하기 전까지는요. 전 메인주를 떠나 아는 사람이 아무도 없는 베세즈다에 있는 학교에 가는 게 정말 싫었어요. 매년 8월이 빨리 와서 이 호수로 돌아갈 날만 손꼽아 기다렸죠. 마치 고향에 다시 돌아가는 것처럼요. 그리고 매년 코노버의 아이들은 키가 커졌고 얼굴은 더욱 잘생겨졌어요. 그러다 에단이 대학에 갔고, 이후로는 그를 거의 볼 수 없었어요." 그녀는 수잔을 바라보았다. "그나저나 전 에단의 소설을 좋아했어요. 소설이 나오고 바로 읽었죠. 에단에게 말할 기회가 없었던 것 같네요."

"꼭 말해 주세요. 당신에게서 그 말을 들으면 정말 기뻐할 거예요."

"다음 책은 언제 출간되나요?" 수잔이 즉답을 피하자 한나는 살짝 얼굴을 찡그렸다. "두 번째 책 계획은 있는 거죠. 아닌가요?"

"대학에서 강의하느라 너무 바빴어요. 그리고 두 번째 책이라는 게 어떤지 아시잖아요. 첫 번째 소설에 버금가는 정도는 돼야 한다는 압박감이 너무 커요."

"오, 이런." 한나는 자신이 민감한 주제를 꺼냈다는 걸 깨달았는지 잠시 침묵을 지켰다. "그렇죠⋯⋯ 힘들 거예요. 그 가족에서 둘째 아들이 되는 것과 마찬가지로. 항상 콜린과 비교되곤 했으니까요."

골든 보이. 자신이 더 성공한 형제라는 증거로 맞춤 정장과 맨해튼의 어퍼 웨스트사이드 주소가 필요했던 아들. 에단이 가족과 함께 여름을 보내는 것을 피했던 것도 당연한 일이었다. 그 단풍나무를 볼 때마다 에단은 더 크고 건장한 형이 아래에서 자신을 조롱하며 돌을 던질 때 나뭇가지에 매달려 있어야 했던 날을 떠올려야 했을 것이다. '콜린이 가족들의 골든 보이일지는 모르지만, 난 더 착하고 다정한 동생과 결혼을 했지.' 수잔은 생각했다. '더 나은 형제.'

∞

수잔은 위층 침실의 책상에 앉아 일에 집중하고 있는 에단을 발견했다. 그를 불렀지만 알아차리지 못한 것 같았다. 헤드폰을 귀에 착용하고 있었기 때문에 듣지 못하는 상황이었다. 다가가 어깨를 두드렸을 때 그는 깜짝 놀라 자리에서 벌떡 일어났다.
"끝나려면 멀었어?"
헤드폰을 벗자 스타워즈 사운드트랙이 희미하게 흘러나왔다.
"미안, 뭐라고 했어?"
수잔은 책상에 쌓여 있는 종이 더미들을 흘끗 쳐다보았다. "와우, 정말 바쁜 하루를 지내고 있네. 언제 위층으로 올라온 거야?"
"아래층은 방해 요소가 너무 많아서. 사람들도 드나들고, 그리고 브룩이 세탁기를 돌리기도 했고." 그는 스타워즈 음악을 껐다.
"근데, 지금 몇 시나 된 거지?"
"거의 4시가 다 돼가. 다들 아직도 외출 중이야?"

"그들 모두를 추적하고 있진 않았는데. 엄마는 아직 아서와 함께 있는 것 같긴 하고."

"그럼 조이는?"

"조이는 밖으로 나간 것 같은데. 아침에 만난 여자애랑."

창밖을 내다보았지만 소녀들은 보이지 않았다. 사실, 들어올 때에도 호수에서 누구도 발견하지 못했다. "게네들 어디로 간다고 말하진 않았어?"

"소 뭐라고 한 것 같은데……." 그는 말하면서 종이들을 깔끔하게 정리하고 있었다.

"뭐라고?"

"그 아이 집에서 소와 염소를 키운다고 하는 것 같더라고. 그래서 동물들을 보러 그 집에 간다고 신나 했었어."

'소와 염소라.' 조이가 보스턴에서는 볼 수 없었던 무언가 신선하고 건전한……. 아무튼 좋은 모습이다.

"저녁 시간에 맞춰서 돌아오기만 한다면야." 수잔은 그렇게 말했다.

∞

"요즘 애들이 어떤지 알잖아." 아서 폭스는 잔에 얼음을 떨어뜨리고 진토닉을 따른 다음 라임 조각을 넣었다. "벌써 집으로 돌아오기에는 너무 즐거운 시간을 보내고 있나 보군."

"그리고 이번 여름날들은 해가 매우 긴 것 같아." 엘리자베스가 덧붙였다. "조이는 지금 얼마나 시간이 늦었는지 모를 수도 있어. 조금 있으면 곧 나타날 거야."

호수의 또 다른 고요한 여름 저녁, 바람은 전혀 불지 않고 호수의 물은 액체로 만든 금처럼 반짝였다. 어제 수잔도 매력적이라고 느꼈던 여름철의 의식, 칵테일과 카나페를 위해 아서와 한나는 또 한 번 코노버 가족에 합류했다. 하지만 매력적이라 생각했던 어제와 달리 오늘 저녁은 짜증만 났다. 수잔은 거실에서 브룩과 콜린의 웃는 얼굴과 와인 한 잔을 더 따르는 한나를 둘러보았다. 그 누구도 7시가 다 되도록 조이가 집에 돌아오지 않았다는 사실을 전혀 신경 쓰는 것 같지 않았다.

수잔은 휴대폰을 보며 얼굴을 찡그렸다. "평소에는 늦을 것 같으면 미리 알려주는 편인데 말이죠."

"휴대폰 안테나 바가 몇 개나 떠 있어요?" 브룩이 물었다.

"하나요."

"글쎄, 그게 문제일 수도 있어요. 여긴 마치 광야에 있는 것 같거든요. 조이가 지금 사각지대에 있을 수도 있어요."

아서는 콧방귀를 뀌었다. "그렇긴 하지. 아마 메인주의 절반은 사각지대일걸."

"키트가 아무에게도 말하지 않고 방황했던 때를 기억하죠?" 브룩이 말했다. "너무 걱정되어 경찰에 신고했는데, 10분 정도 지나고 키트가 집으로 돌아왔어요. 정말 당황스러웠죠. 아이는 '탐험을 하고 왔어요'라고 말했어요."

수잔은 생각했다. '하지만 키트는 남자아이잖아.' 여자아이는 더 취약하고 포식자의 눈에 띄기 쉬우며, 이 마을은 조이에게 낯설기도 하기 때문에 더욱 걱정스러웠다. 보스턴에서는 조이와 친구들은 도시의 한쪽 끝에서 다른 쪽 끝까지 지하철로 이동할 수 있었다. 또한 아이들은 어느 동네가 안전하고 어느 동네는 피해야 하는지 잘 알고 있었다.

수잔은 대화에 귀를 기울이지 못하고 다시 휴대폰을 쳐다보았다. 보트가 전복되고 수상비행기가 추락했던, 아서가 팔굽혀펴기 대회 결승전에서 콜린을 물리치고 우승했던, 오래전 이야기들은 더 이상 신경 쓰지 않았다. 수잔은 그들의 얘기를 귀담아듣는 듯 애써 고개를 끄덕이고 미소를 지으며 그 이야기들을 견뎌내는 것 외엔 다른 선택지가 없었다.

여전히 조이로부터 연락이 오지 않았다.

"괜찮을 거예요, 걱정 말아요." 수잔이 휴대폰을 다시 주머니에 집어넣는 모습을 보며 브룩이 말했다.

"그리고 아직 놀아야 할 시간이 많이 남아있지." 아서가 끼어들었다. "이 집의 두 아이는 어렸을 적엔 해가 지면 늑대 무리처럼 뛰어다니며 소란을 피우곤 했었어. 여름에 아이들이 이곳에서 하는 일이지." 그는 콜린과 에단이 활과 화살을 들고 있는 벽에 걸린 사진을 가리켰다. "저 작은 야만인들을 좀 봐! 몇 살이었지?"

"저는 열한 살 정도였을 거예요. 그럼, 에단은 여덟 살이었겠네요."

"그 활로 누군가의 고양이를 쏘려고 하지 않았니? 이웃들과 꽤나 시끄러웠던 기억이 나는군."

콜린이 웃으며 말했다. "이번이 다섯 번째 간청이에요, 제발요."

"올해는 꼭 기념사진을 찍는 걸 잊지 말아라." 엘리자베스가 말했다. "한동안 찍지 않았는데 이제 온 가족이 모두 모였으니 다시 찍을 때가 되었구나."

'우리 모두가 함께인 거라는데, 조이 넌 지금 어디 있는 거니?' 수잔은 생각했다.

에단의 팔이 그녀의 허리를 감싸는 것을 느꼈다. "호수 주변을 한 번 더 둘러볼게." 그가 조용히 수잔에게 말했다. "동네 아이들이 보트 선착장에서 노는 걸 좋아하거든. 아마 거기 있을지도 몰라."

"응, 부탁할게."

모두들 벽에 걸린 사진을 바라보고 있느라 에단이 집 밖으로 빠져나가는지조차도 알아채지 못했다. 호숫가에서 보낸 가족들의 여름을 담은 사진들에 집중하고 있는 그들은 또한 수잔의 두려움에도 무관심했다. 아니면, 수잔이 태연한 척 연기를 한 덕분에 잘못된 정보를 그들에게 주는 걸지도. 어쩌면 그들은 오래된 사진에서 나오는 오래된 일화들에 수잔을 집중하도록 함으로써 그녀의 주의를 분산시키고 불안을 좀 완화시키려 하는지도 모른다. 그렇다면 그녀를 걱정시키고 싶지 않다는 그 자선적인 의도는 효과를 보지 못한 것 같다. 여전히 불안하고 걱정스러운 건 물론이고, 그녀가 지금 느끼는 감정은 무시당한다는 것, 묵살되었다는 것이다.

"여길 봐, 우리가 얼마나 젊었는지." 아서는 하단에 1968이라고 적힌 사진을 가리키며 말했다. 사진에는 한나 그린의 부모님, 아서와 함께 소나무 아래 서 있는 젊은 엘리자베스와 조지의 모습이 담겨 있었다. 당시 아서는 훤칠한 미남이었고, 대머리에 안경을 쓴 그린 박사 위로 우뚝 솟아 있었다. 맨 가장자리에는 사진에서 잘려 나간 형체 없는 누군가의 손을 잡고 있는 어린 한나가 있었다.

엘리자베스는 호수에서 보낸 여름 사진들을 보며 말했다. "세상에, 나이 들어가는 내 모습을 보는 게 좋은 기분은 아니야." 매년 키가 커지는 콜린과 에단. 중년으로 무르익어가는 한나의 모습들도 보였다. "흰머리와 주름만 늘어가는군."

아서가 윙크를 하며 말했다. "당신은 좋은 와인처럼 잘 숙성되고 있어요, 엘리자베스."

"아니면, 식초로 변할 수도 있겠죠."

"그리고 보세요, 마침내 누가 도착했는지!" 콜린이 윤기 나는 검은 머리카락을 가진 여성의 품에 안긴 금발 아기의 사진을 가리키며 말했다. 젊은 여성의 어두운 피부와 대조적으로 아기는 창백하고 거의 병든 것처럼 보이기까지 했다. "여기, 보모와 함께 있는 우리 키트의 사진입니다."

브룩은 키트를 팔로 감쌌다. "키트는 나에겐 여전히 아기예요."

수잔은 빈혈기가 있어 보이는 유아에서 빈혈기가 있어 보이는 청소년으로 성장하는 키트의 사진에 관심이 있는 척하며 그들과 함께 하기 위해 노력했다. 키트가 어렸을 때 얼마나 아팠는지, 복통에 대해 제대로 된 처방을 못 했던 의사가 얼마나 한심했는지에 관한 얘기들을 수잔은 진정 듣고 싶지 않았다. 자신의 아이가 실종되었을지도 모를 때에는 다른 아이의 아픔에 공감할 수가 없음에도, 브룩은 아들의 건강을 지키는 것을 사명으로 삼고 아버지만큼 키가 큰 지금의 아들을 어떻게 키워왔는지에 대한 이야기를 멈추지 않았다. 콜린만큼 키가 클지도 모른다고 생각이 들긴 했지만, 저렇게 똑바로 서지 않고 인간 물음표마냥 구부정한 자세를 취하고 있기 때문에 뭐라고 판단하기는 힘들다고 수잔은 생각했다.

이제 그들은 술을 다시 잔에 채워 넣고, 더 많은 얼음 조각을 딸랑거리며, 진과 라임 조각을 밀어 넣고 있었다. 더 많은 이야기가 흘러나왔고, 모두들 침착하고 편안한 표정이었다. 대화에서 완전히 빠져나와 창밖을 응시하고 있던 브룩의 소중한 키트만 빼고는.

수잔은 에단이 집으로 들어오는 소리를 듣고는 조이를 찾았다는 잔인한 희망을 느껴보려 했지만, 고개를 돌려 쳐다보았을 때 그가 한 일이라곤 고개를 절레절레 흔드는 것뿐이었다.

그녀는 다시 한번 휴대폰을 들여다보았다. 새로운 메시지는 없었다.

∞

수잔은 저녁 식사에 거의 손을 대지 못했다. 모두가 닭고기구이와 으깬 감자, 샐러드를 먹는 동안 수잔은 계속 휴대폰만을 쳐다보며 메시지가 오기를 기다렸다. 그녀는 이미 해안도로를 따라 몇 군데 집의 문을 두드리고는 딸을 본 사람이 있는지 물어본 상태였다.

"걱정하는 건 알지만 이곳은 작고 안전한 마을이란다." 엘리자베스가 말했다. "우리 애들이 어렸을 적엔 그런 걱정을 한 적이 없었어."

"남자애들이었으니까요."

"조이는 친구랑 같이 있는 거 아니었니? 그러면 혼자가 아니야."

"아무래도 휴대폰이 터지지 않는 지역에 있는 것 같아요." 콜린이 말했다. "이 지역은 신호가 잡히지 않는 곳이 많아요. 숲속에서 지내게 되면 성가신 일 중의 하나죠."

아주버니가 침착하게 식사를 계속하면서 접시에 칼을 긁어대고 음식에서 눈을 떼지 않는 모습을 보면, 이것도 단지 귀찮은 일 그 이상 이하도 아니라고 생각하는 듯했다. 그런 자기 확신이 월스트리트에서는 분명 도움이 되었을 것이다. 하지만 그의 말이 옳을지라도 그의 행동이 거슬리는 것은 어쩔 수 없었다. 아이들은 메인주의 숲속 어딘가 휴대폰이 터지지 않는 사각지대에 있을 것이다. 조이는 아직 소를 키우는 새 친구의 집에 있을 테고, 너무 즐거운 시간을 보내고 있는 나머지 엄마에게 전화하는 것을 까맣게 잊어버렸을 것이다. 정말 무심한 행동이다. 수잔은 조이가 집으로 돌아오면 배려심 없던 행동에 대해, 엄마를 신경쇠약에 걸리게 하지 않는 방법에 대해 엄하게 훈계해야겠다고 생각했다.

에단이 테이블 아래에서 손을 뻗어 그녀의 손을 잡았다. 그는 적어도 걱정스러운 표정을 짓고는 있었다. "시내 쪽을 한 번 더 살펴봐야겠어. 누군가 조이를 본 사람이 있을지도 모르고."

"나도 같이 갈게."

"아니, 당신은 여기 있어. 우리 중 한 명은 조이가 집에 돌아올 때 여기 있어야 해." 그는 그렇게 속삭이며 저녁 식사 자리를 떠났다.

수잔은 다시 휴대폰을 흘끗 쳐다보았다. 여전히 메시지는 없었다.

저녁 식사가 정리되고 아서와 한나가 떠난 후에도 상황은 바뀌지 않았다. 엘리자베스는 안락의자에 앉아 책을 읽고 있었다. 키트는 다락방으로 사라졌다. 브룩과 콜린은 단어 만들기 게임인 스크래블 보드를 펼쳤다.

수잔은 데크로 나가 호수 건너편을 바라보았다. 맑은 밤, 마법 같은 밤이었고 호수는 반사된 별빛으로 반짝였다. 그때 호수 반대편 집의 데크에서 한 남자의 실루엣을 발견했다. 그는 뒤쪽 창문틀에 어깨를 기대고 서 있었다. 어제 카약을 타고 있던 그 남자일까? 얼굴은 확인할 수 없었지만, 그녀가 그를 바라보고 있는 것처럼 그도 그녀를 바라보고 있다는 것을 느낌으로 알 수 있었다.

'뭔가 잘못되었어.' 코노버 가족들은 느낄 수 없을지 몰라도 그녀는 알 수 있었다.

수잔은 휴대폰을 꺼내 911에 전화를 걸었다.

6장
-
조

순찰차를 몰고 퓨리티의 메인 도로를 달리던 조 티보듀 경찰서장 대행은 이번엔 정말 바쁜 여름이 될 거라고 생각했다. 메리골드 카페는 저녁 내내 손님들로 가득 찼고, 창문 너머로 지친 여종업원 두 명이 마무리 청소를 하는 모습을 지켜보았다. 두 개의 판매대는 이미 마감을 했고, 밤 9시 15분임에도 남은 슈거콘의 판매대 앞에는 여전히 아이스크림을 사기 위해 사람들이 참을성 있게 줄지어 서 있었다. 마을 곳곳에서는 적막하고 외로운 겨울을 버티던 주민들의 귀를 즐겁게 하는, 여름철 방문객들의 발길에 의한 금전등록기 여닫히는 소리가 울려 퍼지고 있었다. 아직 6월에 불과했고 8월이 되면 거리는 관광객들이 서로 어깨를 부딪히며 걸어야 할 정도로 가득 찰 것이고, 조는 피할 수 없는 교통 체증과 사소한 절도 사건, 관광객 간의 주먹다짐 등을 감당해야 할 것이다. 조는 그것들은 관광이 생명인 마을에 사는 대가라고 생각했다. 관광객이 없었다면 퓨리티는 메인주의 여느 마을처럼 텅 빈 상점과 무너져가는 보도로 어려움을 겪었을 테니. 여름 손님들은 퓨리티에 돈을 가져다주었다. 또한 그들이 일으키는 문제들로 인해 조는 실직하지 않을 수가 있었다.

'웨일 스파우트 펍'에 다다르자 조는 속도를 늦추고 주차장을 주시했다. 오늘 만약 소란이 발생한다면, 과음과 테스토스테론으로 인해 다툼이 생길 가능성이 가장 높은 이곳이 강력한 후보지이다. 주차된 차들 사이를 서성이는 두 명의 젊은 숙녀들이 보였다. 웃음이 가득한 목소리로 담배를 주고받으며 주차장을 거닐고 있었다. 조는 그녀들을 잘 알고 있었다. 하이힐을 신고 잔뜩 올라간 치마를 입은 이곳 마을의 아이들이었다. 이십 대 초반의 여성들은 세상을 알만큼의 나이를 먹었지만, 또한 언제든 문제에 휩싸일 만큼의 어린 나이이기도 했다. 그런 신발을 신고선 문제에서 도망치기가 힘들 텐데. 순찰차가 천천히 지나가자 그녀들은 도전적인 표정으로 뒤를 돌아보더니 술집으로 재빨리 들어가 버렸다.

'그래, 내가 계속 지켜보겠어. 누군가는 해야 할 일.'

조는 조선소를 지나 마을 선착장으로 내려갔고, 그곳에는 6척의 랍스터잡이 어선들이 부두에 묶여 있었다. 관광객 몇 명이 스웨터를 입고 한가로이 늦은 밤의 물가를 산책하고 있었다. 여름의 초입이었기에 항구에 불어오는 바람은 여전히 쌀쌀했고, 바닷물은 수영하는 사람의 심장을 멈추게 할 정도로 차가웠다. 작년 가을에는 해안에서 불과 수십 미터 정도 떨어진 곳에서 바다에 빠진 마흔 살 남성의 시신을 인양한 적이 있었다. 그 남자는 수영을 꽤 잘했다고 하지만, 건장한 젊은 사람들도 이 차가운 물을 견디기에는 역부족이었다. 조는 부두에서 걸음걸이가 불안정한 사람, 술에 취해 비틀거려 물에 빠질 위험이 있는 사람이 있는지 살폈지만 당장 도움이 필요한 사람은 보이지 않았다. 지금까지는.

그녀는 저녁 순찰 경로에 따라, 깔끔하게 정돈된 빅토리아와 카페 왕조 시대 스타일의 주택과 건물들이 있는 퓨리티 마을의 중심지를 통과한 다음, 사료 가게와 주유소를 지나 해안에서 떨어진 서쪽으로 향했다. 내륙으로 3킬로미터쯤 더 들어가자 다음으로 주목할 문제의 지역에 도착했다. 메이든 호수. 이곳 호숫가에 위치한 별장 몇 채가 최근에 침입을 당한 적이 있다. 도난당한 물건은 카메라, 각종 장신구, 현금 수백 달러 정도로 큰 피해는 아니었지만, 그녀의 아버지를 포함한 대부분의 마을 사람이 문을 잠그지 않는 이 마을에서는 사소한 범죄도 불안함을 유발했다.

작년에 전임 경찰서장이 교통사고로 사망한 이후 조는 (마을의 선정위원회가 그녀의 직무를 공식화하기 전까지는) 경찰서장 직무대행을 맡았기 때문에 마을 안전의 책임이 자신의 어깨에 달려있음을 알고 있고, 그 무게감 또한 충분히 느끼고 있었다. '퓨리티'라는 이름이 어른의 지도 없이도 아이들이 자전거를 타고 다니고, 밤에는 창문을 열어놓고 잠을 잘 수 있는 마을처럼 들릴 수 있지만, 사실 사람들이 믿고 싶은 만큼의 그런 순수한 마을은 아니었다. 그 어떤 마을도 그렇지 않겠지만. 경찰이라는 직업을 가진 그녀는 고풍스러워 보이는 집들의 내부에서 어떤 추악한 일들이 벌어지는지 알 수 있었다. 바깥세상이 눈치채지 못하더라도 어느 집에서나 벌어질 법한 일들을 어느 정도는 짐작해 볼 수 있다.

조는 항상 그녀 집의 모든 문들을 잠가놓는다.

조는 호수의 보트 선착장에서 엔진을 끄고 잠시 차에 앉아서 해안을 따라 빛나고 있는 불빛들을 훑어보며 고요함을 즐기고 있었다. 침입 사건은 계절 별장들이 늘어선 호수의 서쪽에서 발생했다. 그 집들은 1년 중 8개월 동안을 비워 놓아도 될 만큼의 세컨드 하우스를 살 수 있는 은행 계좌가 넉넉한 외지 사람들의 것이었다. 반대편 호숫가에는 부들 같은 여러해살이풀들과 진흙탕이 곳곳에 포진해 있으며, 현지 사람들이 대대로 소유하고 있는 훨씬 더 소박하고 작은 오두막집들이 있었다. 그녀와 로비 고든 둘 다 그해 열네 살이었고, 그 비좁은 작은 집에서 학교 친구 스무 명과 한여름 파티를 즐겼었다. 어떻게든 그녀와 로비는 그들의 사생활을 보호할 수 있는 그늘진 작은 공간을 찾아냈고 입술을 맞췄다. 그 키스는 달콤했지만 충격적이지는 않았고, 첫 키스라는 상징 때문인지 기억에 오래 남아있다. 둘은 어색함에 서로를 바라보며 웃음을 터뜨렸다. 그것은 그들의 유일한 키스가 될 거라고 예감했기 때문에 둘 모두 별로 신경 쓰지 않았다. 그냥 친구 사이로 지내는 게 훨씬 편할 거라고 생각했고 수년 동안 실제로 그렇게 지내왔다.

로비는 이제 결혼한 전기 기술자가 되었고, 수요가 많은 다른 숙련공처럼 그 또한 번영을 누리고 있었다. 조는 마을에서 그의 작업용 밴을 볼 때마다 우리가 오두막집 뒷마당에서 들었던, 파티에서 흘러나오던 음악과 웃음소리, 별빛에 아름답게 반짝이던 호수를 그가 여전히 기억하고 있는지 궁금했다. 가끔은 로비도 우리가 친구 이상의 관계를 선택했다면 어땠을까, 하고 생각해 본 적이 있을지 궁금했다. 비록 오늘 밤 이렇게 순찰차에 홀로 앉아있게 되었지만, 그녀는 자신의 선택을 후회하지 않았다. 집에 돌아가면 반려견만이 홀로 나를 기다리고 있는 장면을 발견하게 되더라도 말이다.

백미러에서 한 쌍의 헤드라이트가 깜빡였다. 조는 차가 다가오는 걸 지켜보았는데, 차를 세울 곳을 찾고 있는 것처럼 천천히 움직였다. 법을 준수하는 시민들이라도 경찰 순찰차를 보면 으레 겁을 먹기 마련이었고, 그 차도 마찬가지였다. 차는 멈추지 않았고 제한 속도를 철저히 지키며 곧장 해안도로로 차를 돌렸다. 운전석에는 남성이, 그 옆에는 여성이 앉아 있었는데 아마도 그들의 사생활을 지켜줄 공간을 찾으려는 듯했다.

여기는 그런 곳이 아닙니다.

조는 차량 번호와 시각을 함께 적어 두었다. 언제 어떤 사건의 세부 사항과 연결될지 모르기 때문이다. 시동을 걸었다. 교대 근무가 끝날 때까지 2시간이 남았다. 그 시간이면 다시 시내로 돌아가 요주의 장소를 둘러보고 부두로 내려가 어떤 문제가 발생하고 있는지 살펴보기에 충분한 시간이었다. 현재로서는 모든 것이 평화로웠다.

그때, 그녀의 전화가 울렸다.

7장

실종된 십 대.

조는 자주 정신없고 불안한 상태의 부모로부터 비슷한 전화를 받곤 한다. 대부분은 친구 집에서 뻗쳐 있거나 숙취로 잠이 들어 버렸거나, 길을 잘못 들어 벌레에게 물리고 배고픈 상태로 숲속을 비틀거리며 헤매는 식이며, 이 아이들은 하루나 이틀 안에 부모 앞에 나타나곤 했다. 이 마을에 거주하는 아이인 경우, 조는 아이가 이전에 문제를 일으킨 적이 있는지, 친구가 누구인지 등 배경 정보를 알고 있었기 때문에 어디서부터 수색을 시작해야 할지, 그리고 그 신고가 정말 정당한 것인지에 대한 판단의 실마리를 얻을 수 있다.

하지만 코노버 가족은 여름을 즐기는 사람들이었다. 조는 그들에 대해 거의 아는 것이 없었다.

물론 그들의 이름은 익히 들어 알고 있다. 그들은 메이든 호숫가에서 가장 큰 별장 중 하나인 문뷰를 소유하고 있었고, 대부분은 그곳 사람들끼리 지내는 걸로 알고 있었다. 조는 이전에 딱 한 번 문뷰의 전화를 받은 적이 있었는데, 몇 년 전 여름에 조지 코노버가 카누가 파손되었다고 신고했을 때였다. 춥고 이슬비가 내리던 날, 조는 문 앞에 서서 안으로 초대받기를 기대하며 기다렸던 기억이 났다. 퓨리티에 사는 대부분의 사람이라면 비를 피해 들어오기를 권하고, 차나 커피 한 잔, 케이크 한 조각을 권유받았을 테지만, 조지 코노버는 그러지 않았다. 아니, 그는 그저 우비를 입고 나와 그녀를 이끌고 잔디밭을 지나 물가로 내려가 풀밭에 놓인 카누를 가리켰을 뿐이었다.

"여기 누군가 구멍을 뚫어놓은 게 보이죠?"

"이런 짓을 할만한 누군가를 짐작하십니까?" 조가 물었다.

"음, 누가 그랬는지 정확히 알겠어요." 조지는 호수 건너편에 있는 오두막집을 바라보았다. "항상 그였어요. 루벤 타킨. 그는 몇 년 동안 이런 짓을 해왔어요. 우리 집 데크에 썩은 생선을 가져다 놓거나, 손자의 유모를 괴롭히기도 했죠. 돌을 던져 창문을 깨버리기도 했는데, 아주 비싼 유리창이었어요. 그때도 경찰에 신고했었죠."

"그 신고는 언제였죠?"

"오래전이었어요, 당신이 근무하기 전. 하지만 이건 다른 경우에요. 카누에 구멍을 내놓으면 위험할 수도 있어요. 제 손자가 카누를 타기라도 했다면 큰 곤경에 처할 수도 있었겠죠."

"타킨 씨가 왜 이런 행동을 한다고 생각하시죠?"

"그 사람은 미쳤으니까요, 알겠어요? 그리고 그의 아버지가 무슨 짓을 했는지 아시잖아요? 그가 시내 중심가에서 죽였던 사람들."

"그건 무척 오래전 일이에요, 선생님. 그리고 그건 루벤이 아니라 그의 아버지였어요."

"하지만 같은 가족입니다. 이봐요, 그냥 이 사건을 접수해 주세요. 이 사건을 기록으로 남기고 싶습니다." 그렇게 말하고는 그는 다시 집으로 들어갔다. 결국 그는 조를 집으로 초대하지 않았다.

조는 이번엔 어떤 대접을 받을지 궁금해하며 다시 한번 코노버의 집 문 앞에 섰다. 커피와 케이크는 기대하지도 않지만, 약간의 예의라도 갖춰주었으면 좋겠다고 생각했다. 한 여성이 초인종에 응답했다. 문을 연 여성은 40대 중반의 날씬한 몸매에 청바지를 입고 셔츠 소매를 팔꿈치까지 급하게 밀어 올리고 있었다. 조는 그 여자의 긴장된 얼굴과 당황한 눈빛을 보고는 한번에 실종된 아이의 엄마임을 알 수 있었다.

"저는 퓨리티 경관인 조 티보듀입니다. 수잔 코노버 씨인가요?"

"들어오세요. 어서, 들어와요!" 수잔은 너무 불안한 나머지 조를 집 안으로 들어오라는 손짓을 하면서도 심하게 손이 떨리고 있었다. 조가 문 안으로 발을 딛기도 전에 수잔은 떨리는 목소리로 말을 이어갔다. "제 딸 조이는 열다섯 살인데 전에는 이런 일이 한 번도 없었어요. 절대로요. 몇 시간 동안 전화를 받지 않고 제 문자에 답장도 전혀 하지 않고 있어요. 뭔가 잘못됐어요, 확실해요. 다른 가족들은 몰라도 전 느낄 수 있어요……." 수잔은 숨이 차는지 잠시 말을 멈췄다. 그녀는 숨을 들이마시고는 흐느끼는 소리로 말을 이었다. "딸이 어디 있는지 제발 알려주세요."

한 남자가 다가와 수잔의 허리에 팔을 감았다. 검은 머리, 안경, 걱정스러운 눈빛. "여보, 앉아서 얘기하자. 모두 차분히 앉아서 얘기하면 좋겠어. 경관님도 우리 모두와 이야기 나누길 원할 거야."

"조이의 아버님 되시나요?" 조가 물었다.

그가 고개를 끄덕였다. "에단 코노버입니다." 그는 거실을 향해 손짓했다. "들어가시죠."

조가 거실로 들어갔을 때 다른 가족 4명이 앉아 있었다. 집에 경찰이 들어오는 것은 흔한 일이 아니었기 때문에 가족들은 불안한 시선으로 그녀를 바라보았다. 십 대 소년은 조를 쳐다보지 않고 소파에서 잘생기고 근사한 금발 커플 사이에 구부정하게 앉아 앞머리를 늘어뜨린 채 자기 무릎을 내려다보고 있었다.

"이런 혼란은 아무래도 시기상조인 것 같아." 안락의자에 앉은 은발의 여성이 이런 상황이 불만인 듯 말했다. 그녀의 당당한 자세와 권위적인 어투는 그녀가 이 가족의 가장 윗사람이라는 것을 분명히 보여주었다. 그녀는 흔들림 없이 조를 응시했다.

"여러분 이름을 좀 적어도 될까요?" 조가 수첩을 꺼내며 말했다.

"엘리자베스 코노버입니다." 은발의 여성이 대답했다.

조는 고개를 끄덕였다. "몇 년 전에 조지 코노버 씨를 뵀었어요. 남편분 맞죠? 카누에 문제가 생겼다고 신고를 했었어요."

"조지는 3월에 세상을 떠났습니다. 우리는 그의 추모식을 위해 메인으로 돌아온 거예요."

"유감입니다." '그 남자가 예의 없는 얼간이라고 해도요.' 조는 수첩에 이름을 적기 시작했다. "다른 분들은요?"

"콜린 코노버입니다." 금발의 남자가 끼어들었다. "저는 에단의 형입니다. 아직은 걱정할 단계가 아니라는 어머니의 말에 동의합니다. 조이는 새 친구를 만났고 둘은 함께 나갔어요. 애들이 어떤지 아시잖아요. 새 친구와 노느라 시간관념에서 잠시 멀어졌을 수도 있어요."

조는 그를 바라보았다. 깔끔한 헤어스타일, 브룩스 브러더스 옷, 광택이 나는 로퍼. 모든 것이 '요트 클럽'이라고 외치고 있었다. 그의 손목에서는 인상적인 시계가 빛을 내고 있었다. 조는 시계에 익숙하지 않아 브랜드를 알아볼 수는 없었지만, 자신의 연봉보다 비싼 시계라는 사실에는 의심의 여지가 없었다. 그는 배지를 달고 있는 여자라도 주저하지 않고 끼어들 타입의 남자였다.

"이쪽은 제 아내 브룩입니다. 그리고 우리 아들, 키트."

콜린 같은 부류의 남자에게는 똑같이 세련된 아내가 필요했고, 파란색 캐시미어 민소매 스웨터와 잘 다림질된 흰색 슬랙스를 입은 브룩 코노버는 확실히 그 조건에 부합하는 여성이었다. 하지만 두 사람 사이에 헐렁한 청바지와 티셔츠를 입고 구부정한 자세로 앉아 있는 십 대 소년은 전혀 어울리지 않는 모습이었다. 그는 마치 소파 속으로 사라지려는 듯 몸을 깊숙이 접고 있었다.

"다들 여기, 이 집에서 지내고 계시나요?" 조가 그들을 둘러보며 말했다.

"그렇습니다." 콜린이 대답했다.

"이곳에서 조이를 마지막으로 본 사람은 누구신가요?"

잠시 침묵이 흘렀다. 그리고 에단이 조용히 말했다. "저였을 거예요." 그는 수잔이 앉은 자리 뒤에 서서 그녀의 어깨에 손을 얹었다. "10시, 10시 30분 정도였을 거예요. 조이가 위층으로 올라와 방금 만난 여자애의 집에 놀러 가겠다고 말했어요. 조이가 이 별장에 머무는 건 처음이라 아는 사람이 없었어요. 같이 놀던 여자애는 호숫가의 별장에 놀러 온 아이가 아니라 이 마을 주민인 것 같았어요."

"그 소녀의 이름을 말해 주던가요?"

그는 고개를 저었다. "압니다, 알아요. 물어봐야 했었는데, 제 눈에는 모두 괜찮아 보였어요. 조이와 비슷한 또래의 여자애와 아침부터 함께 수영하고 있었어요. 별다른 문제가 있겠어요? 여기 아이들이 호수에서 하는 일이잖아요. 다른 아이들을 만나고 함께 놀고 친구로 사귀고……."

"당시에 따님은 무슨 옷을 입고 있었나요?"

"드레스로 갈아입었어요. 빨간색과 분홍색…… 제 생각에는요." 그는 한숨을 쉬었다. "미안합니다. 제가 별로 신경을 쓰지 못했던 것 같네요. 만약 제가…"

"작게 부푼 소매가 있었을 거예요." 수잔은 거의 속삭이듯 작은 목소리로 말했다. "몇 년 전에 샀는데, 너무 많이 빨아서 이제는 거의 해어졌어요. 몸도 많이 자라서 치맛자락이 허벅지까지 올라오는데, 딸아이가 제일 좋아하는 드레스라서 못 입게 할 수가 없었……." 수잔의 목소리는 점점 희미해졌다.

조는 드레스에 대한 설명을 수첩에 적었다. 아버지는 기억하지 못하지만 엄마는 기억할 수 있는 세부 사항들. 그 옷을 세탁하고 접어두기를 반복했던 엄마. 딸의 길어지는 다리를 따라 올라가는 드레스 밑단이 신경 쓰였던 엄마. "그래서 조이는 10시가 좀 넘어서 나갔어요. 그리고요?"

에단이 한숨을 내쉬자 거실의 모든 공기가 빠져나가는 것 같았다. "시간 가는 줄을 몰랐어요." 그는 미안함 가득히 사실을 인정했다. "위층에서 일하느라 정신이 없었네요."

"하루 종일 여기에 계신 건가요?"

"아니요. 정오쯤 종이를 사러 시내에 나갔다가 점심을 먹으러 메리골드에 들렀어요. 그래도 2시 안에는 집에 돌아왔어요."

"다른 분들은요? 아이가 나가기 전에 본 기억이 나는 분요?" 조가 가족들을 둘러보았지만 대체로 고개를 절레절레 흔드는 대답들이 돌아왔다. 십 대 소년을 제외하고는. 소년은 눈이 마주치는 게 부담스러운 듯 바닥에 시선을 고정하고 있었다.

"넌 어때… 키트?" 조가 소년에게 물었다.

"얘는 저와 함께 있었어요." 브룩이 대답했다. "콜린이 하이킹을 간 후 키트와 저는 차를 몰고 시내로 나갔어요. 그리고 2시 30분쯤 집으로 돌아와 좀 더 편한 신발로 갈아 신고 다시 나갔죠. 조이는 전혀 보이지 않았어요."

"알겠습니다." 조는 수첩을 닫았다. "조이의 방을 봐도 될까요?"

"왜죠?" 엘리자베스가 물었다.

그 질문이 조를 짜증 나게 했다. 마치 자신이 하는 모든 행동을 정당화해야 할 필요가 있다는 듯, 마치 이 작은 마을의 경찰인 그녀가 이 상황을 엘리자베스가 만족할 만큼 처리할 수 없다는 듯.

수잔이 일어섰다. "제가 위층으로 모셔다드릴게요."

조는 그 여자가 너무 불안정해 보여서 계단을 제대로 올라갈 수 있을지 걱정했지만, 그녀는 끈질기게 난간을 붙잡고 2층으로 꾸역꾸역 올라갔다. 조이의 침실을 보는 순간 한눈에 이 공간은 십 대 소녀가 지내는 곳이라는 사실을 알 수 있었다. 여행 가방이 바닥에 열려있었고 팬티와 양말, SS 사이즈의 분홍색 티셔츠가 널려있었다. 비누와 선탠로션 냄새가 공기를 떠다니고 있었고 서랍장 위에는 청소년용 단행본이 쌓여 있었다. 수중 생물과 인간 반반인 여주인공의 빨간 머리가 물속에서 소용돌이치는 표지로 보아 판타지 소설임이 분명해 보였다.
"조이가 일기장 같은 걸 가지고 있지 않나요?" 조가 물었다.
"아니요, 일기를 쓰진 않을 거예요." 수잔이 잠시 멈칫했다. "세상에, 제가 내 딸을 다 아는 게 아니라는 말처럼 들리네요. 하지만 전 다 알아요."
"열다섯 살이에요, 코노버 부인." 조가 부드럽게 말했다. "그 나이의 소녀들은 항상 부모에게 모든 것을 말하지는 않습니다."
"조이는 그런 애가 아니에요! 저도 학교에서 보건 선생님으로 일하고 있기 때문에 십 대들을 잘 알죠, 얼마나 기만적으로 행동할 수 있는지요. 언제든 문제에 휘말릴 소지가 있다는 사실도요. 하지만 제 딸은 그렇지 않아요. 문제를 일으킨 적도 없었고 제가 걱정해야 할 거리도 만들지 않았어요. 조이는 까다롭거나 복잡한 아이가 아니에요." 수잔은 비틀거리며 침대에 털썩 주저앉았다. "맙소사, 이런 일이 일어나다니 믿을 수가······."
조는 지금껏 '이런 일이 일어나다니 믿을 수가 없다'라는 말을 몇 번이나 들었던가? 조는 가정을 방문해서 어쩔 수 없이 전달해야 하는 소식을 말하기 위해 얼마나 고통스러웠는지 기억했다. '죄송합니다, 사고가 발생했습니다.' '숲에서 남편분을 찾긴 했습니다만······.' '유감입니다, 아드님이 살아 돌아오지 못했습니다.' 어떤 가족도 제복을 입은 경관으로부터 나쁜 소식을 들을 준비가 되어 있지는 않다. 아무도 자신의 세상이 무너졌다는 사실을 믿고 싶어 하지 않는다.

하지만 아직은 그럴 시기가 아니었다. 조이 코노버는 살아 있고 건강하며 엄마가 어떤 일을 겪고 있는지 전혀 모르는 생각 없는 십 대처럼 행동하고 있는 것일 수도 있다. 조이는 당장 오늘 밤에라도 문을 열고 들어올지 모른다.

"조이에게 휴대폰은 있죠?" 조가 물었다.

수잔은 고개를 끄덕였다. "네, 하지만 제 전화나 문자를 전혀 받지 않아요."

"앱을 사용해서 아이의 위치를 찾아보셨나요?"

"에단이 시도해 봤지만, 위치를 찾을 수 없습니다,라는 메시지만 떠요. 전원이 꺼진 건지, 아니면 사각지대에 있다는 뜻인지 모르겠어요."

"전화번호와 휴대폰 ID가 필요합니다. 휴대폰의 위치를 추적하는 데 도움이 될 것 같습니다."

"물론이에요."

"아이의 페이스북 페이지도요. 아이가 사용하는 다른 모든 소셜 미디어도 부탁드려요."

"저한테 전화도 하지 않는데 글을 올렸을까요?"

"조이가 온라인에서 누구를 만났는지 확인해야 합니다. 누군가가 함께 어디론가 떠나자고 설득했을 수도 있어요."

"그건 말도 안 돼요." 수잔은 턱을 치켜들고 조의 눈을 똑바로 바라보았다. 이 순간 전까지만 해도 두려움이 그녀를 위축시키고 패배자인 것처럼 만들었다. 하지만 지금 수잔은 숨겨져 있던 힘의 원천을 끌어내어 몸을 곧고 바르게 펴고 있다. 좀 더 행복한 상황이었다면 그녀는 단단한 턱과 촘촘한 눈썹, 주근깨 코를 가진 건강한 뉴잉글랜드 스타일의 잘생긴 여성으로 보일 수도 있었을 것이다. 잘생겼다는 표현이 맞을 것 같고, 아래층 동서와 같은 미인 스타일은 아니었다. 불안감이 이목구비를 짓누르고 있는 오늘 밤은 더더욱이.

"제 딸은 가출 같은 건 하지 않을 겁니다." 수잔이 말했다.

조는 고개를 끄덕이고 옆에 앉았다. "따님에 대해 말씀해 주시죠. 딸이 어떤 아이인지 말이죠. 친구들, 관심 있는 것들 등등요."

수잔은 잠시 생각에 잠겼다. "우리 조이는 정말 예뻐요. 다정하고 친절하죠." 그녀는 고개를 숙이고는 속삭였다. "그 아이는 완벽해요."

많은 부모들이 자녀에 대해 그렇게 믿는다. '아이들은 완벽합니다. 절대 잘못할 일이 없을 거라고요.' 조는 직업상 때때로는 진실에 눈을 떠야 했던 사람이었다. '조니가 정말 그 차를 훔쳤습니다.' '네, 빌리가 헛간에 불을 지른 게 맞습니다.' 부모들은 종종 자녀가 어떤 사람인지, 진정한 모습은 어떤 것인지 알지 못한다. 수잔 코노버도 그중 한 명은 아닌지 궁금했다.

"남자 친구가 있나요? 아니면 그럴지도 모르는 사람이라든…"

"아니요."

"확실한가요?"

"저를 믿지 않으시죠, 그렇죠?"

"코노버 부인, 우리 아이들이 무슨 일을 벌일지 우리가 항상 알고 있는 건 아닙니다."

"경관님은 이해하지 못해요." 수잔이 다시 고개를 들었다. "조이와 저는 절친한 친구예요. 아빠가 암으로 돌아가셨을 때 조이는 겨우 여덟 살이었고, 몇 년 동안은 우리 둘뿐이었어요. 조이와 저는 세상에 함께 맞서 싸웠어요. 우리는 서로를 믿습니다. 저는 제 딸을 잘 알기에 조이를 믿어요."

"그럼, 지금 남편분은 조이의 양아버지라는 겁니까?"

수잔은 고개를 끄덕였다. "몇 년 전 그의 책 사인회에서 만났어요. 그는 작가예요, 소설가죠. 결혼한 지 2년 됐어요. 에단은 작년에 조이를 정식으로 입양했고요."

그래서 수잔과 그녀의 딸은 코노버 가문에 새로 들어온 사람이 되는 셈이었다. 엘리자베스 코노버의 냉정함과 콜린 코노버의 오만함을 본다면 이 가문과 결혼한 어떤 누구도 부러워하지 않을 것이다.

"저는 딸을 누구보다 잘 알고 있어요. 딸에게 몰래 사귀는 남자 친구가 없다는 사실도 알고 있어요. 조이는 나에게 말도 하지 않고 가출을 한다면, 제가 얼마나 충격을 받을지도 잘 알고 있을 거예요. 딸은 학교와 수영팀, 판타지 책을 좋아하죠. 동물들도 좋아해요." 수잔은 고개를 저었다. "그래서 그 소녀의 집으로 놀러 갔을 거예요. 그 바보 같은 소 때문에요."

조는 마지막 사항을 적으려다 몇 초간 멈칫했다. "무슨 소요?

무슨 말씀이죠?"

"조이와 함께 놀던 아이가 소와 염소를 몇 마리 키운다고 했어요. 그래서 조이가 그 여자애 집에 가고 싶었던 거라고 에단이 그러더군요. 동물들을 보려고요."

"그 소녀를 보셨어요?"

"멀리서만 봤어요."

"어떻게 생겼는지 대충이라도 보셨나요? 체형이라던가."

"조이 나이 정도 됐어요. 밝은 갈색 머리, 조이처럼요."

'그리고 그 소녀는 소를 키우고 있다.' 조는 눈 덮인 들판을 가로지르는 갈색 머리 소녀의 모습이 갑자기 생생하게 떠올랐다. 저지 소 한 마리와 염소 여덟 마리가 그 소녀의 뒤를 따르고 있는 광경. 조는 지난겨울에 그 소녀가 사는 농장을 몇 번 방문했었다. 그 집에 들어가 본 적도 있었기 때문에 그곳을 잘 알고 있으며, 집 안에서 나던 나무 연기와 탄 커피 냄새를 기억한다. 조는 심장이 쿵쾅거리는 걸 느끼며 물었다. "그 소녀의 이름이 캘리 윤트 아니었나요?"

"아까 에단이 말했듯이 그 애의 이름은…" 수잔이 갑자기 말을 멈추더니 되물었다. "그 아이가 누군지 짐작하는 건가요?"

"실례하겠습니다." 조는 자리에서 일어섰다. "전화 한 통 해야겠어요."

8장
-
매기

심야에 울리는 침입자 알람은 결코 좋은 일이 아니다. 매기는 위기의 그늘에서 오랫동안 일해 왔기 때문에, 문제의 첫 징후에도 신경이 예민해졌다. 경계 경보음은 그녀를 깊은 잠에서 깨어나게 했다. 달빛이 침실 커튼 사이로 은은히 비치고 있었다. 침대 협탁의 디지털시계가 0시 7분을 가리키고 있었다. 누군가 또는 무언가에 의해 작동한 것인지, 휴대폰에서 경보음이 계속 울리고 있었다. 맥박이 빨라진 매기는 자리에서 일어나 감시 카메라 화면을 보기 위해 휴대폰에 손을 뻗었다.

그때 초인종 소리가 집안에 울려 퍼졌다. 결국은 스텔스 공격이 아닌 누군가의 공개적인 방문을 알리는 것이었다. 휴대폰 화면을 곁눈질하니 현관 앞에 서 있는 사람은 이웃 루터 윤트였다. 머리카락은 흐트러져 머리가 은빛 후광으로 물들었고 얼굴은 불안에 떠는 모습이 역력했다. 캘리가 가장 먼저 떠올랐다. '안 돼,

손녀에게 무슨 일이 생긴 거야.'

매기에게는 자녀가 없었지만 여느 부모처럼 정신없이 허겁지겁 침대에서 일어났다. 잠옷에 가운을 걸칠 생각도 하지 않고 슬리퍼에 발을 집어넣고 아래층으로 내려가며 불을 켰다. 현관에 도착했을 때 루터는 문을 두드리고 있었고, 그녀가 문을 잡아당겨 열었을 때 그는 여전히 주먹을 허공에 쥐고 다시 문을 두드리려 하고 있었다. 그는 덥수룩한 수염을 기른 거구의 남자였고 그를 모르는 사람이라면 현관 밖의 어둠 속에 서 있는 그를 무서운 광경으로 여겼을 것이다.

"루터, 무슨 일이에요? 캘리는 괜찮은 거죠?"

"아, 그럼요, 그럼요. 늦은 밤에 너무 미안해요. 하지만 캘리가 잠들 때까지 기다려야 했어요. 손녀가 무슨 일인지 모르게 하고 싶었거든요."

"지금, 괜찮으세요?"

"전 괜찮아요, 하지만······." 그는 한숨을 쉬었다. "맙소사, 이런, 제게 문제가 생긴 것 같아요."

문제. 매기는 얼마든지 문제를 해결할 준비가 돼 있었다. 그녀는 수십 년간 문제 상황에 대응하며 경력을 쌓았었다. 일단은 캘리에게 아무 일도 일어나지 않았다는 사실에 안도하며 그녀는 한 발짝 물러섰다. "들어오세요. 옷 좀 입고 커피 끓일게요."

10분 후, 루터는 식탁에 앉아 있었고 매기는 두 개의 머그잔에 콜롬비아산 커피를 채우고 있었다. 매기는 항상 집에서 가장 안전한 공간이 부엌이라고 여겼고 루터는 그런 안전이 필요한 사람처럼 보였다. 은퇴한 MIT 교수였지만, 오늘 밤은 유달리 평소 즐겨 입는 헐렁한 청바지와 해진 플란넬 셔츠를 입고 있는 모습이 완벽한 농부처럼 느껴졌다. 만약 어두운 저녁의 도시에서 마주친다면 누구나가 그를 여분의 잔돈과 따뜻한 잠자리가 필요한 사람이라고 여길지도 모른다. 하지만 5분만 그와 대화를 나눠보면 루터가 운이 나쁜 사람이거나 자선이 필요한 사람이 아니라는 사실을 알 수 있다. 루터는 자신의 외모나 타인의 시선에 전혀 신경을 쓰지 않는 결과 이런 외향을 갖추게 되었다.

그는 얼굴을 문지르며 신음했다. "정말 엉망진창이네요."

매기는 머그잔을 식탁에 올려놓고 그의 맞은편에 앉았다. "얘기해 봐요."

"실종된 소녀가 있어요. 메이든 호수에 머무는 여름 손님들 중 한 명이에요."

"네, 들었어요."

"어떻게요?"

"제 친구 잉그리드 슬로컴이 경찰 무전을 모니터링하는 게 취미거든요. 나머지 사람들에게도 말해줬어요." 루터는 매기의 친한 친구들을 알고 있기 때문에 '나머지'가 누구를 뜻하는지 굳이 설명할 필요가 없었다. 루터는 마티니 클럽 멤버들이 어떻게 친구가 되었는지, 지난겨울 납치된 손녀를 구출하는 데 도움을 준 그들의 특이한 기술은 어디서 배웠는지 자세히 알지는 못한다. 그는 매기와 동료 친구들에 대해 모르는 것투성이였지만 아주 현명하게도 너무 많은 질문을 하지 않았다.

"실종된 소녀의 이름은 조이 코노버입니다." 루터가 말했다. "열다섯 살이에요." 그의 목소리가 흔들리고 있었다. "우리 캘리보다 한 살 더 많아요."

"잉그리드 말로는 그 소녀가 마지막으로 목격되었던 시간이 정오쯤이라고 하던데요."

그가 고개를 끄덕였다. "그때쯤 제가 보트 선착장에 그 아이를 내려주었으니까요."

매기는 그를 쳐다보았다. 그러니까 정오 무렵에 마지막으로 목격했다는 사람이 루터였던 셈이다. 이 정보는 듣지 못했던 정보였다. "어떻게 그 아이를 태워주게 된 거죠?"

"캘리와 그 여자애는 오늘 아침 메이든 호수에서 수영하다가 만났어요. 제가 10시쯤 캘리를 데리러 갔는데, 둘이 죽이 잘 맞았나 봐요. 우리 농장을 구경하러 오겠다고 하더군요. 둘은 한동안 농장을 돌아다니며 동물들과 놀았어요. 그리고 다시 그 아이를 호수로 데려다준 거죠."

"내려줄 때 별일은 없었나요?"

"그냥 그게 다예요. 그리고 몇 가지 용건들이 있어서 주도인 오거스타로 차를 몰았어요. 집에 돌아오니 7시쯤 되었더군요. 식사를 마치고 밤에 잠자리를 준비하고 있었는데 조 티보듀에게서 전화가 왔어요. 혹시 조이와 같이 있느냐고 묻더군요." 그는 손으로 머리를 쓸어 넘기며 기름진 머리카락을 얼굴에서 걷어냈다. "그런데, 매기. 그다음에 내가 한 행동은 경솔했어요."

"뭘 했는데요?"

"캘리는 친구의 실종으로 많이 속상해했어요. 그래서 전… 저는 그저 도움이 되고 싶었어요. 캘리가 납치됐던 지난 2월이 계속 떠올랐어요. 캘리를 구하기 위해 했던 모든 일들과 제 심정이

어땠는지요. 그 가족들에게 최대한 도움이 필요하다고 생각해서 그들을 만나러 갔어요. 그 가족은 호숫가의 가장 큰 별장에 머물고 있어요. 문뷰라고 불리더군요. 우리에게 무슨 일이 있었는지, 어떤 행동을 했는지 정확히 설명해야겠다고 생각했죠. 하지만 그곳에 도착하고선 상황이 지옥으로 변해버렸어요." 그는 흙으로 얼룩진 자신의 손톱을 내려다보았다. "우선은 씻고 옷을 갈아입어야 했는데 미처 그럴 생각은 못 했어요. 그 가족들은 저를 한 번 보고는……." 그는 고개를 저었다. "그들은 제 모습을 별로 맘에 들어 하지 않았죠."

당연한 일이었다. 예순아홉의 나이에도 루터 윤트는 십 대 소녀는 말할 것도 없고 대부분의 남성을 압도할 수 있을 만큼의 덩치와 힘을 가지고 있었다. 매기는 문뷰의 사람들이 이 수염 난 엄청난 덩치의 남자를 보고 어떤 생각을 했을지 짐작할 수 있었다. '야만인. 그리고 이 사람이 조이를 트럭에 태우고 있었다.'

"선착장에 여자애를 내려줬다고 말했어요. 그곳이 아이를 마지막으로 본 곳이니 호수 주변부터 수색해야 한다고 얘기했죠. 아이가 호숫가에서 실종됐으면 그곳을 가장 먼저 찾아봐야 하는 게 논리적이잖아요. 하지만 그들은 제 말을 듣지 않으려 했어요. 저를 마치 무슨 괴물이라도 되는 양 쳐다보기만 하더군요. 그때 조 티보듀가 제 트럭을 살펴봐도 되는지 물어보길래 차 키를 줬어요. 그녀에게 샅샅이 수색하고, 범죄연구소에서 현미경으로 살펴봐도 된다고 말했어요. 제가 얼마나 협조적인지 보여주고 싶어 아예 트럭을 넘겨주었어요. 그녀의 동료 경찰관인 마이크가 저를 집으로 데려다줬고요."

"좋은 생각이 아니었던 것 같아요, 루터. 소녀의 가족을 만나러 갔던 거요."

"이젠 알겠네요."

"당신은 그들에게서 멀리 떨어져 있어야 해요. 경찰이 처리하도록 두세요. 그 가족들이 당신을 위협적이라고 생각할 거리를 주지 말아야 해요."

"그 가족들은 이미 그렇게 생각하고 있어요. 그리고 캘리는 친구가 실종된 것에 대해 매우 불안해하고 있어요. 그런데 경찰이 절 의심할지도 모른다는 말을 캘리가 듣기라도 하면……."

"조 티보듀는 섣불리 결론을 내리지 않을 거예요. 그녀는 좋은 경찰이에요. 당신도 잘 알잖아요."

"네, 알아요. 하지만 그 코노버 가족은……. 그들은 절 주시하고 있어요. 그 소녀를 찾지 못하면 저를 비난할 거라고요."

"왜요? 단지 그 아이를 선착장까지 태워줬다는 사실로요? 당신이 죄가 없다는 것을 증명하는 데 오랜 시간이 걸리진 않을 거예요. 경찰은 아이를 내려준 후의 동선을 조사할 거고, 알리바이가 있다는 것을 증명하면 문제없어요."

그는 입도 대지 않은 커피를 내려다보고만 있었다. 정적 속에서 냉장고의 윙윙 소리가 부자연스럽도록 크게 들렸다. 그의 침묵이 길어지면서 매기의 불안감도 서서히 커져갔다.

"루터? 알리바이가 있죠?"

그는 한숨을 쉬었다. "확인될 수 있는 게 아무것도 없어요."

"호수에 여자아이를 내려주고 무슨 일이 있었죠? 몇 가지 볼 일이 있었다고 했잖아요."

"오거스타에서요."
"오거스타에서 들른 곳을 확인해 줄 뭔가가 없어요?"
"없어요."
"거기서 뭘 하고 있었던 거죠?"
그는 커피를 빤히 쳐다보고 있다 입을 열었다. "전… 그러니까… 새 트랙터 몇 대를 둘러봤어요. 농기구도요."
"누구랑 대화를 나누지 않았어요? 판매원이라든가?"
"아뇨, 그냥 돌아다니며 살펴보기만 했어요. 무슨 물건들이 있나."
"그리고 이후에 간 곳은요?"
"그건 중요하지 않아요."
"중요해요. 절 믿어도 된다는 걸 알잖아요. 그냥 어디에 갔는지만 말해줘요."
마침내 그는 매기의 시선을 똑바로 마주했다. "지금 당장은 매기, 당신에게 날 믿어달라고 부탁하는 수밖에 없어요. 내가 아이를 선착장에 내려주었을 때, 그 아인 분명 살아 있었어요. 아무런 문제 없이. 그 후에 무슨 일이 일어났는지 난 몰라요. 제가 아는 건 그 애를 건드리지 않았다는 사실이에요. 머리카락 한 올도 건드리지 않았어요." 그는 몸을 곧추세우고 똑바로 앉으며 말했다. "그리고 그것이 신께 맹세할 수 있는 진실입니다."

9장

작은 마을에선 아이가 실종되면 금세 소문이 퍼지게 마련이다. 부모들은 아이들을 더욱 품에 꼭 껴안게 되고, 어디에선가는 마술처럼 자원봉사자들이 나타나 수색을 돕곤 한다. 매기는 호수 선착장 주차장에 모인 인파를 훑어보면서 너무 많은 자원봉사자가 모인 것 같다고 생각했다. 이들 대부분은 조이 코노버를 만난 적도 없는 지역 주민들이었지만, 지금껏 발명된 가장 강력한 동원 도구 중 하나인 마을의 페이스북에 의해 하룻밤 사이에 이 많은 인원이 소환되었다. 매기는 낯익은 얼굴들을 발견할 수 있었다. 철물점의 행크, 우체국의 해롤드, 그리고 메리골드 카페의 재닌. 모두들 수색에 있어선 아마추어이지만 아이의 실종은 모두에게 최악의 악몽이었기 때문에 기꺼이 도울 준비가 되어 있었다.

"글쎄요, 이거 완전 난장판인데요." 잉그리드가 말했다.

매기와 네 명의 친구들은 주차장 가장자리에 서서 질서 정연과는 거리가 먼 군중들을 살펴보고 있었다. 이들 다섯은 적어도 모자와 물병, 자외선 차단제, 방충제 등 그날의 임무를 위한 장비들은 갖추고 있었다. 또한 단서가 될 만한 것들을 발견할 경우를 대비해 증거물 가방도 챙겨왔다. 다른 누군가가 보기에는 한가롭게 하이킹 나온 다섯 명의 은퇴한 할머니 할아버지로 보이겠지만, 이 은퇴자들은 범죄 현장에 투입될 만반의 준비를 하고 온 사람들이었다.

다른 봉사자들에 대해선 그렇다고 말할 순 없겠다. 의도는 좋지만 훈련되지 않은 군중은 범인의 신발 자국을 짓밟거나 오물을 떨어뜨려 증거를 없애는 등 단서를 의도치 않게, 너무나 아무렇지 않게 파괴해 버릴 수 있다. 그리고 이 군중 속에는 도움을 주려고 온 사람이 아닌, 수색의 진척 상황을 확인하고 진실에서부터 주의를 돌리기 위해 온 사람이 있을 가능성도 항상 존재한다. 매기는 낯익은 얼굴들을 보며 궁금한 생각이 들었다. '과연, 난 여러분들을 얼마나 제대로 알고 있는 걸까요?'

"저기 조가 오네요." 순찰차가 주차장에 들어서자 벤이 말했다. "아마, 조는 군중을 몰고 다니는 법을 알고 있나 봐요."

조는 결연한 표정으로 턱에 힘을 주고 포니테일에서 흘러내린 금발 머리카락을 흩날리며 차에서 내렸다. 남자만큼 큰 체격은 아니었지만 전사의 결연한 걸음걸이로 걷고 있는 조는 당당해 보였다. 조가 호루라기를 불었는데 그 소리가 너무 날카로웠는지 일제히 그녀를 쳐다보았다.

"여러분, 모두들 이렇게 와주셔서 감사합니다." 조가 소리쳤다. "하지만 여러분들 모두가 덤불을 형성하고 있으면 수색에 차질이 생길 수도 있습니다."
"9시에 여기서 만나기로 했어요. 우리가 필요하다고 했다구요!" 한 남자가 소리쳤다.
"누가 그러던가요?"
"페이스북에서요!"
멀리 떨어져 있는데도 매기는 조의 고통스러운 표정을 확인할 수 있었다.
"저희는 그냥 돕고 싶을 뿐이에요." 메리골드의 재닌이 말했다. "만약 제 아이가 실종되었더라도 온 마을 사람들이 아이 찾는 걸 돕길 바랐을 거예요!"
다른 목소리도 이어졌다. "저도 그러고 싶어요!"
"저도요!"
조는 손을 들어 주민들의 외침을 자제시켰다. "저와 동료 경관들이 이미 호숫가와 주요 도로로 이어지는 길들을 샅샅이 수색했습니다. 이 지역은 이미 수색을 마친 곳이에요."
"뭔가 놓친 게 있을 수도 있잖아요. 우리가 수색을 돕는 게 상황을 더 악화시킨다는 건가요?"
"알았어요." 조는 한숨을 쉬었다. "좋아요, 정말 돕고 싶다면 최소한 팀으로 나눠서라도 수색을 진행해 주세요. 중요한 단서라고 생각되는 것들을 발견하면 우리에게 알려줘요. 판단은 우리에게 맡겨주세요. …… ……"
"이 사람들이 모든 것을 망치기 전에 먼저 움직여야 해요." 멀리서 조가 군중들에게 주의 사항을 알리고 있을 때 잉그리드가 말했다. "루터가 그 소녀를 여기에 내려준 게 진실이라고 가정하면, 여자애는 저 방향으로 걸어서 집에 갔을 겁니다" 잉그리드는 서쪽으로 구부러진 길을 가리켰다. "그렇다면 우린 그곳부터 시작해야 해요."

"그가 진실을 말했다고 가정했을 때요?" 매기가 물었다.

"우리들은 항상 의심을 즐겨야 해요. '눌리우스 인 베르바.' 누구의 말도 곧이곧대로 듣지 말라."

"글쎄요, 전 루터를 믿어요."

"그가 이웃이라서요?"

"아니요, 그는 그런 어설픈 범죄를 저지르기에는 너무 똑똑하기 때문이에요."

"우연한 기회에서의 범죄는 말 그대로 깊이 생각하고 저지르는 범죄가 아니에요. 생각해 보세요. 여자애가 그의 트럭에 타고 있어요. 주변엔 목격자도 없고 게다가 그는 덩치도 크고 힘도 세서…"

"잉그리드, 제발요. 우리가 지금 얘기하고 있는 사람은 루터 윤트예요."

"그래도 고민해 봐야 할 부분은 있지 않을까요? 그를 오산한 걸 수도요. 우리가 생각했던 사람이 아닐 수도 있다는 거죠."

매기는 그 점에 대해 반박하기가 힘들었다. 그녀가 살아온 경력을 보면 모든 것과 모든 사람에 대해 의문을 품을 준비가 항상 되어 있었기 때문이다. 매기는 인생에서 몇 번이나 자신이 잘 알고 있다고 생각했던 사람들에게 실망하고 심지어 충격을 받은 적도 있었다.

보트 선착장을 나와 서쪽 호숫가를 따라 길을 나서면서 매기는 루터에 대한 진실이 아직 그녀에게 닿지 않은 것인지 궁금했다. 두 사람의 우정에 눈이 멀어 그가 숨겨왔던 어두운 면은 보지 못한 것이 아닌지.

그들은 수색 대열로 늘어져 나란히 걸어갔다. 데클란과 매기는 비포장도로의 한쪽 가장자리를, 잉그리드와 로이드는 반대편 가장자리로, 벤은 중앙으로 걸어가며 수색을 진행했다. 길 가장자리에는 가시덤불과 키가 큰 풀이 우거져 있었고, 증거를 찾기 위해선 잡초를 헤집어가며 천천히 움직여야 했다. 날은 이미 더워지기 시작했고 그들의 움직임은 각다귀와 모기떼를 불러일으키고 있었다. 햇빛 차단용 모자와 장화를 신은 백발의 등산객 다섯이 어깨를 나란히 하고 마치 군인처럼 정밀하게 움직이며, 가끔 담배꽁초나 쓰레기들을 살펴보기 위해 허리를 구부리는 모습은 누가 보더라도 이상하게 여길법한 광경이었다. 수색을 하며 길을 따라가다 가끔 등장하는 호숫가의 별장은 상록수 커튼에 가려 지붕과 전용 선착장만이 간신히 엿보였고, 그것은 이곳 별장들이 가진 많은 장점 중의 하나였다. 이 호숫가를 따라 자리한 별장들은 일 년 내내 거의 비어 있음에도 불구하고 인상적인 가격이 매겨질 만큼 인상적이었다.

"이곳에 사는 사람들은 더 깔끔할 거라고 생각하지 않습니까." 로이드가 덤불 속에 버려진 빈 맥주병을 끄집어내며 말했다. 그는 병 속으로 나뭇가지를 집어넣고 자세히 들여다보기 위해 병을 들어 올렸다. "하이네켄. 병 라벨이 아직 깨끗한 편이군요. 여기 버려진 지 얼마 되지 않았어요."

잉그리드가 배낭에서 종이봉투를 꺼냈다. "증거가 될 수 있겠어요."

"그런 빈 병 쓰레기가?" 벤이 물었다.

"아, 이 호숫가 집들에서 도난 신고가 몇 건 있었어요. 도둑이 목이 말랐을 수도." 잉그리드는 종이봉투에 병을 넣었다. "여기 넣습니다. 운이 좋으면 지문이 선명하게 남아있을지도 몰라요."

"저기 진입로가 있네요." 데클란이 말했다. 그는 땅에 박혀있는 나무 표지판을 가리켰다.

문뷰
무단 침입 금지

그들은 길게 뻗은 나뭇가지로 이루어진 터널을 내려다보며 잠시 그 경고 문구에 대해 생각했다. 집 자체는 우거진 상록수라는 커튼에 가려져 보이지 않았다. 모기의 윙윙거리는 소리를 제외하면 이곳은 섬뜩할 정도로 고요했다.

"소녀가 여기까지 걸어왔다면 이 진입로를 걸어서 내려갔을 거예요." 매기가 말했다.

로이드는 표지판을 향해 손짓했다. "이 문구는 진심일까요?"

"오, 제발." 잉그리드가 한숨을 쉬었다. "언제 '무단 침입 금지'라는 표지판 따위가 우릴 막은 적이 있었나요? 가시죠."

그들은 다시 전처럼 부채꼴 대형으로 펼쳐 진입로를 걸었지만, 진입로를 잠식한 숲으로 인해 다리를 할퀴는 묘목과 블랙베리 가시를 헤치느라 주춤거리며 지나가야 했다. 마침내 진입로가 끝나고 집이 시야에 들어왔을 때, 그들은 모두 걸음을 멈추고 문뷰라는 별장을 바라보았다. 이 집의 주인은 여름 별장이라고 부르겠지만, 이 집은 메인주라는 문구가 적힌 관광 안내 책자에 나옴 직한 거대한 호숫가의 저택이었다. '그래, 삶이란 이래야지.' 집 마당에는 푸른 잔디밭이 호수까지 흘러내렸고, 물 위에는 작은 전용 선착장이 떠 있었다.

날이 점점 더워지고 벌레가 집요하게 따라붙자 매기는 지금 당장 호수에 뛰어들어 등을 대고 하늘을 올려다보면 얼마나 좋을까 생각하며 그리움 가득한 눈으로 물을 바라보았다. 농장과 불과 2킬로미터밖에 떨어지지 않았지만, 매기는 많은 시간을 일에 투자하느라 올해는 아직 수영을 하지 못했다. 곧 여름이 지나고 서늘한 기운이 감돌기 시작하면 호수에 떠 있을 기회는 내년으로 미뤄야 한다. '나에게 남은 여름은 몇 번이나 될까?'

현관문이 갑자기 열리고 한 남자가 나타났다. 주름 하나 없는 빳빳한 바지와 옥스퍼드 셔츠를 입은, 익은 벼 색깔에 가까운 깔끔한 금발의 40대 후반 남자였다. "무슨 일이시죠?" 정중한 말투였지만 그의 목소리 톤은 전혀 다른 메시지를 전달하고 있었다. '우리가 소유한 땅에서 뭐 하고 있는 거죠?'

"저희는 조이 코노버를 찾는 데 도움을 주고 있습니다." 잉그리드가 말했다.

"그래서 당신들은 누구…?"

"걱정하는 주민들입니다."

"보트 선착장에서 모두들 모이는 거 아니었나요?"

"수색팀들이 이미 그곳을 수색하고 있어요. 하지만 조이가 만약 여기까지 걸어왔다면…"

"이보세요." 그가 끼어들었다. "우리 가족 모두 새벽부터 일어나서 아이를 찾느라 지쳤어요. 전문가도 아닌 분들이 저희 마당을 배회할 필요는 없어요. 아내가 지금 경찰과 통화 중이니 괜찮으시다면 집 밖으로 나가주세요."

"무슨 일이 있는 거니, 콜린?" 은발의 한 여성이 현관에 나타났다. 그녀는 가족 중 가장 나이가 많은 사람일 것 같았지만 누구나 생각하는 그런 수수한 노인은 아니었다. 머리는 짧고 맵시 있게 잘려있고, 청바지를 잘록한 허리에 두른 그녀는 침입자들을 강력한 권위로 바라보았다.

"제가 알아서 할게요, 엄마. 방금 이 사람들에게 나가달라고 부탁했어요."

"하지만 저희가 도와드릴 수 있어요. 새로운 관점으로 살펴보면 무엇을 발견하게 될지는 알 수 없으니까요. 우리는 이런 일에 경험을 가지고 있습니다."

"아니요, 이 정도면 충분한 것 같군요." 그녀는 단호히 말했다. "우리에게 지금 필요한 건 사생활이 보호되는 거예요."

매기는 진입로에서 타이어가 삐걱거리는 소리를 듣고 고개를 돌렸다. 퓨리티 경찰의 순찰차가 막 정차하고 있었다. 조 티보듀는 차에서 내리며 매기와 그녀의 친구들이 이번엔 어떻게 다시 한번 수사 과정에 끼어들 예정인지 궁금해하는 표정으로 일행을 향해 얼굴을 찡그렸다.

"이 사람들이 무단 침입을 하고 있습니다." 콜린이 조에게 외쳤다.

"네, 알겠습니다." 조가 콜린에게 대답했다.

"나가달라는 요청을 했는데 그럴 생각이 없어 보입니다."

"저희는 그저 도움을 제공하고자 했을 뿐입니다." 잉그리드가 말했다.

"이 마을에서는 경찰이 일반인과 수사를 진행하는 게 정상적인 절차인가요?" 나이 든 여성이 차갑게 물었다.

"코노버 부인, 일단 아드님과 함께 안으로 들어가시죠?" 조는 인내심이 바닥난 표정으로 말했다. "제가 얘기해 보겠습니다."

조는 그들이 다시 집으로 들어갈 때까지 침묵을 지켰다. 현관문이 닫히는 순간 조는 매기를 향해 고개를 돌렸다. "여기서 뭐 하는 거죠?"

"조이 코노버를 찾고 있었죠."

"그건 내가 할 일이지 당신들 일이 아닙니다."

"저희가 도와드릴게요."

"운영해야 할 농장이 있지 않나요?"

"그렇죠."

"그리고 나머지 분들도요." 조는 매기의 친구들을 둘러보았다. "해야 할 일이나 다른 취미 뭐 그런 거 없나요? 골프 같은 거?"

"그다지 도전적이지가 않아서." 잉그리드가 말했다.

"돕고 싶은 마음은 압니다. 은퇴 생활이 지루할 수 있다는 것도요."

"그것 때문에 우리가 여기 있는 게 아니에요." 매기가 말했다.

"그럼, 왜 여기 있는 건가요?"

"루터 윤트가 제게 도움을 요청했기 때문이죠."

조는 잠시 멈칫했다. "윤트 씨가 부인에게 무슨 말을 했죠? 정확히 말해 주셔야 합니다."

"당신이 그의 트럭을 범죄연구소로 견인해 갔다더군요. 이제 용의자가 된 셈이라고. 하지만 우리 둘 다 윤트 씨가 그 소녀를 해치지 않았다는 걸 알잖아요, 조."

"아직 어떤 것도 결정된 건 없어요. 자, 이제 모두 나가주시면 제가 제 일을 좀 할 수 있지 않을까요?"

잉그리드는 조에게 종이봉투를 내밀며 말했다. "당신의 일이라면, 그에 걸맞게 자, 이게 당신의 일에 도움이 좀 될 것 같군요."

"이게 뭐죠?" 조가 물었다.

"진입로 초입 근처에서 발견한 빈 맥주병이에요. 하이네켄, 클래식. 최근에 버려진 것으로 보이는데, 아마도 채취 가능한 지문과 DNA가 묻어있지 않을까 합니다. 어쨌든 그게 우리가 한 일입니다." 잉그리드는 남편을 바라보았다. "이리 와요, 여보. 우린 범죄 현장에서 쫓겨나는 것 같아. 우리가 할 수 있는 다른 수단을 생각해 봐야겠어."

네 명의 친구들이 진입로를 따라 걸어 올라갈 때 매기는 뒤에 남아있었다. 매기는 올해 초 자기 집 진입로에 시체가 버려진 사건에서 처음으로 조 티보듀를 만났고, 그 조사 과정에서 조는 자신이 끈질긴 수사관임을 증명한 바가 있었다. 매기는 조에게서 결단력 있고 고집스러웠던 자신의 젊은 시절 모습을 보았다. 하지만 우리 다섯 명의 도전을 받으면서 조는 좀 더 분발해야 했고, 우리를 꺼릴 수밖에 없었을 것이다. 그래서 둘만의 조용한 대화가 더 효과적일지도 모른다는 생각이 들었다.

"저희가 정말 도움이 될 수 있어요. 우리에게 사건을 대하는 몇 가지 요령들이 있다는 걸 알고 있잖아요."

조는 고개를 저었다. "이 가족과 관련된 사건이라 하나부터 열까지 세심하게 주의를 기울여야 합니다. 부인도 들었잖아요. 엘리자베스 코노버가 아마추어와 함께 경찰이 일하는 것에 대해 어떻게 생각하는지."

"우리가 이 일에 관여한다는 사실을 특별히 그녀에게 알릴 필요는 없어요."

"만에 하나라도 그녀가 알게 된다면 아주 난리가 날 거예요."

"우리는 눈에 띄지 않는 데 아주 능숙합니다."

"제발, 매기. 일을 복잡하게 만들지 말아 주세…" 휴대폰 벨이 울리자 조는 얘기를 멈추고 휴대폰을 꺼냈다. "티보듀입니다." 그녀는 대답 후 상대편 얘기를 몇 초간 듣더니 갑자기 고개가 번쩍 튀어 올랐다. "어디서 발견됐대요? 방금 신고된 건가요? 알았어요, 사진을 보내주시면 가족들에게 보여줄게요." 조는 전화를 끊고 현관으로 몸을 돌렸다. 방금 전화로 들은 소식이 무엇이든, 너무 급박한 소식인지 매기가 그곳에 있다는 사실도 잠시 잊고 있었다. 조는 몸을 똑바로 세우고 숨을 고른 후 문을 두드렸다.

이번에는 젊은 여성이 나타났다. 며칠 동안 잠을 자지 못한 듯 갈색 머리는 흐트러진 모습이었다. 피곤에 지쳐 뺨이 움푹 패고 얼굴에 혈색이라곤 사라진 그녀는 두려움과 희망이 뒤섞인 표정으로 조를 바라보았다. 그 소녀의 엄마일 거라고 매기는 생각했다.

"수잔, 보여줄 게 있어요." 조가 그렇게 말하며 휴대폰을 내밀어 보였다.

"오, 세상에, 찾은 건가…"
"아뇨, 아직 조이를 찾은 건 아닙니다. 어제 오후 1번 국도에서 발견한 겁니다. 도롯가에 있었다고 하더군요. 운전자가 오늘 아침 벨파스트 경찰서에 신고했어요. 배낭입니다."
매기는 귀를 기울이기 위해 가까이 다가섰다. 조가 내민 사진을 볼 때의 수잔 코노버 얼굴을 자세히 볼 수 있을 만큼 충분히 가까이. 수잔은 손으로 입을 막았지만 목에서부터 올라오는 울부짖는 소리를 막기에는 역부족이었다. 흐느끼는 소리가 커지면서 수잔의 남편으로 추정되는 한 남자가 집 밖으로 나왔고 즉시 그녀를 팔로 감싸 안았다. 그녀는 남편의 어깨에 얼굴을 묻고 몸을 떨면서 축 늘어졌다.
"에단?" 조가 그 남자를 바라보며 물었다. "이거, 조이의 배낭인가요?"
그는 사진을 보고는 고개를 끄덕였다. "어디서 발견됐죠?"
"어제 오후에 한 운전자가 이곳에서 남쪽으로 약 25킬로미터 떨어진 1번 국도의 길가에 놓여있는 것을 발견했어요. 그는 차를 세우고 배낭을 주웠대요. 그 운전자는 자전거나 오토바이에서 떨어지지 않았나 추정했고, 오늘 아침이 되어서야 경찰에 신고했답니다." 조는 잠시 말을 멈췄다. "배낭 안에서 조이의 학생증이 들어있는 지갑과 현금 22달러가 발견됐어요."
"그럼, 휴대폰은요? 휴대폰은 어떻게 된 거죠?"
"배낭에 휴대폰은 없었습니다."
"그럼 아직 휴대폰을 지니고 있을지 몰라요. 휴대폰을 추적하기만 하면…"

"아직 휴대폰 추적이 안 됩니다. 어제 정오쯤에 기지국 한 곳에서 마지막 신호가 잡혔어요."

"거기가 어디죠?"

"도로변에 위치해 있는데, 이 지역에서 가까운 곳입니다."

그 대화들은 다른 가족들을 집 밖으로 끌어냈다. 엘리자베스 코노버와 아들 콜린, 그리고 금발 여성이 뒤를 이어 밖으로 나섰다.

"조이를 데려다줬다는 그 남자는 어때요?" 콜린이 물었다. "트럭을 몰았던 그 농부요. 휴대폰에 대해 뭔가 아는 게 있지 않을까요?"

"윤트 씨는 협조적이었습니다." 조가 말했다.

"그게 무슨 의미죠? 뭘 뜻하는 건가요?"

"그는 자발적으로 차량을 저희에게 맡겼어요. 범죄연구소에서 조사 중입니다."

"하지만 그에 대해 뭘 알고 있죠? 범죄 기록은 있나요? 이런 사건과 관련된 짓을 한 적…"

"저는 윤트 씨를 압니다." 매기가 끼어들었을 때, 그들은 모두 그녀를 바라보며 이제야 그녀가 그곳에 서 있었다는 사실을 알아차린 듯했다. "사실은 그를 아주 잘 알고 있죠. 그가 진실을 말하고 있다는 데에는 의심의 여지가 없습니다."

"우린 당신이 누군지 전혀 모르는데 당신 말을 믿으라고요?" 콜린이 언짢은 표정을 지었다.

금발의 여자가 콜린의 팔을 붙잡았다. "그냥 둬."

"아니, 말해야겠어. 여긴 하나도 변한 게 없어요, 안 그래요? 이 지역 주민들은 항상 자신들 스스로를 방어하고 서로를 보호하죠."

"콜린!" 그의 어머니가 소리쳤다. "이러는 건 아무 도움이 안 돼. 제발, 모두 안으로 들어가자. 우리끼리 차분히 얘기 좀 해야겠다."

매기는 가족들이 집안으로 물러날 때까지 기다렸다가 조에게 다가갔다.

"어제 정오쯤 마지막으로 휴대폰 신호가 잡혔다고 했죠?"

"네."

"그리고 이후 어떤 신호도 안 잡혔나요?"

"네, 휴대폰이 꺼져 있거나 손상됐을 거예요."

매기의 시선은 한낮의 태양 아래 반짝이는 호수로 옮겨졌다. '아니면, 물속에 있을지도.' 아무 말 없이 매기는 소나무 그늘에 놓인 카누 한 쌍과 흰색 야외용 안락의자 세 쌍을 지나 경사진 잔디밭을 내려갔다. 그녀는 문뷰의 전용 선착장에 발을 디딘 후 호수 건너편, 반대편 호숫가에 있는 훨씬 더 소박한 오두막집들을 바라보았다. 한 달 정도만 더 지나면 저 집들은 모두 예약이 완료되어 사람들이 데크에서 일광욕을 하고 물놀이를 즐기고 있을 것이다. 지금은 시즌 초반이기 때문에 대부분의 집은 비어 있는 상태이다. 소녀가 루터의 트럭에서 내리는 모습을 본 사람은 아무도 없었단 얘기가 된다. 현재로선 소녀에게 무슨 일이 일어났는지 목격할 수 있었던 사람은 아무도 없다.

조가 옆으로 오자 선착장의 판자가 삐걱거리는 소리가 들렸다.

"그럼, 이제 이 건은 납치라고 봐야겠군요." 매기가 말했다.

"지금은 확실히 그렇게 보입니다. 처음엔 여느 십 대들처럼 잠시의 일탈을 즐기는 게 아닐까 생각했어요. 가출해서 친구와 함께 어디선가 숨어서 지내고 있을 거라고. 아니면 사고가 났거나. 물에 뛰어들어서 익사했을 수도 있다고 생각했어요. 그렇다면 시신이 떠오르기를 기다리면 되는 거죠. 하지만 이젠 배낭이 모든 것을 바꾸어 놓았어요."

"1번 국도 남쪽에서 발견됐다고 하셨죠?"

"네, 아마도 차 창문 밖으로 던져졌을 겁니다. 범인이 증거를 버린 거죠."

"남쪽으로 향했다면 포틀랜드나 보스턴으로 데려갈 수도 있겠군요. 아니면 그 너머 어디론가."

"우리가 결코 찾을 수 없는 곳이겠죠."

"루터는 이런 짓을 하지 않았을 거예요, 조."

"당신이 그렇게 믿고 있다는 것을 알고 있습니다."

"손녀가 있어요. 그가 캘리를 얼마나 사랑하는지 보셨잖아요. 더군다나 손녀가 납치당하는 일을 겪었어요. 그가 캘리 또래의 여자애를 해칠 수 있다는 생각은…"

"가능성이 희박하다는 건 알지만, 용의자로 간주할 수밖에 없어요. 더군다나 코노버 가족은 확실히 그렇게 생각할 겁니다."

"그들은 그를 몰라요."

"그가 트럭에 조이를 태우고 있었다는 사실은 알지요. 살아있는 조이를 마지막으로 본 사람이라는 것도 알고 있고요. 그리고 세상에, 그 사람 좀 봐요! 숲에서 막 걸어 나온 털북숭이 오래된 빅풋처럼 생겼다구요. 이런 사람들에게 루터는 살인자와 똑같은 모습으로 보일 거예요."

"이런 사람들? 그게 무슨 뜻이죠?"
"부인도 아실 겁니다, 이들은 돈이 많다는걸요. 그리고 아마 우리를 시골 얼뜨기 정도로 생각해서 우리가 내리는 모든 판단에 회의적이고 의심이 들 거예요."
매기가 별장을 보려고 고개를 돌렸을 때 위층 창문에서 움직임이 보였다. 얼굴 하나가 그들을 내려다보고 있었다. 아까 보았던 가족 중 한 명이 아닌 덥수룩한 머리의 젊은 남자였다. "저 남자애는 누구죠?" 매기가 물었다.
조가 고개를 돌리자 창문 안의 소년은 재빨리 시야에서 사라졌다. "손자, 키트예요. 콜린의 아들요. 좀 별난 애죠."
"무슨 의미죠?"
"어젯밤에는 저한테 한마디도 안 했어요. 벙어리처럼 말이 없었어요. 어머니가 모든 말을 대신해 주더군요."
"아마 경찰에게 겁을 먹었는지도 모르죠."
조는 빤히 자신을 내려다보았다. "제가 무섭다고요?"
"당신이 아니라 제복이겠죠. 경찰에게 안 좋은 경험이 있을 수도요. 확인해 볼 가치가 있지 않을까요?" 매기는 다시 호수로 돌아섰고, 거센 바람이 수면에 파문을 일으키고 있었다. "우리가 관여할 수 있도록 배려해 주세요, 조."
"제가 한 말 못 들었어요? 당신들 중 누구도 이 일에 연루되지 않았으면 좋겠어요."
매기는 부엌 식탁에 앉아 겁에 질려 떨고 있던 루터를 떠올렸다. 루터는 항상 그녀가 필요할 때 그녀 곁에 있어 주었다. 눈더미에서 트럭을 끌어내야 했을 때든, 지난겨울 암살자의 총알을 피해야 했을 때든 언제나 그녀를 구하기 위해 달려왔다. 그는 언제나 그녀를 도울 준비가 되어 있었다. 이웃으로 지내면서 루터는 몇 번이고 그의 충직함을 보여주었다. 이제 매기의 차례였다.
"우리는 이미 이 일에 연루된 것 같아요. 좋든 싫든 말이죠."

10장
-
조

조는 루터 윤트의 진입로에 차를 세우고 시동을 끈 채 잠시 앉아서 이 문제를 어떻게 접근할 것인지 생각했다. 아이들과 관련된 일은 그녀의 전공이 아니었다. 조는 미성숙한 두뇌와 치솟는 호르몬으로 인한 어리석고 무분별한 제멋대로인 십 대들을 너무나 많이 다루어 왔다. 대부분 그녀의 경고는 귓등으로 흘려보내졌고, 그러면 차가 부서지고 뼈가 부러지고, 우리 아이가 그런 짓을 할 거라고 믿지 못하는 부모는 충격을 받아 쓰러지는 등 예상 가능한 결과를 초래했다. 조 자신은 그런 일탈을 경험해 본 적이 없었고, 그런 아이들에 대한 인내심은 더더욱 없었다.

캘리 윤트는 그런 아이들 중 한 명이 아니었다. 소녀는 재택교육을 받고 있으며, 항상 어울려 노는 친구는 소녀를 타락으로 이끌 수 있는, 나쁜 영향을 미치는 그런 종류와는 거리가 먼 네발 달린 친구들이었다. 지금 조에게 문제가 되는 거라면 캘리의 순수함이었다. 가장 가까운 핏줄이자 사실상 유일한 생존 가족인 자신의 할아버지를 유괴 용의자로 의심하는 민감한 질문들을 그 소녀에게 어떻게 해야 할까?

그녀는 순찰차에서 내려 농장 냄새를 맡았다. 분뇨, 건초, 햇볕에 데워진 클로버와 티모시 밭의 향기. 루터가 직접 지은 집은 소박하지만 튼튼했고 폭설과 눈보라, 폭풍 등에도 잘 견딜 수 있도록 전문가적인 안목으로 설계되었다. 지난겨울에 이 집을 방문한 적이 있었는데, 먼지가 많고 각종 책들과 걸려 있는 허브 묶음 등으로 어수선했던 기억이 났다. 그때의 방문은 환영받지 못했기에 이번 방문 또한 특별히 더 친절함이 묻어날지는 의문이었다.

문을 두드리자 루터가 찡그린 얼굴과 헐렁한 작업복을 입고 나타났다. 그는 곧바로 문을 닫고 집 밖으로 나섰다.

"안녕하세요, 윤트 씨. 제가 여기 온 이유는…"

"제 트럭 조사는 다 마쳤나요? 다시 가져가도 되는 거죠?"

"아직 주립 범죄연구소에 있어요."

"농장을 운영하려면 그게 필요해요. 얼마나 오래 걸릴까요?"

"필요한 만큼만 조사하고 바로 돌려드릴게요. 트럭 때문에 온 건 아니에요. 손녀와 얘기를 좀 해도 될까요?"

그는 닫힌 문을 힐끗 쳐다보더니 조를 다시 바라보고 부드럽게 말했다. "왜죠?"

"조이와 함께 아침 시간을 보냈어요. 캘리가 뭔가를 알고 있거나 우리에게 도움이 될 만한 말을 들었을지도 몰라서요."

"내 손녀와 대화할 때는 다른 사람이 함께 있어야 해요. 당신 혼자서는 안 됩니다."

"물론입니다. 아이들에게 질문할 때의 표준 절차죠."
"그럼, 제가 함께 있어도 되는 건가요?"
잠시 생각을 하던 조는 고개를 끄덕였다. "네, 그렇게 하시죠."
루터는 문을 열고 그녀를 안으로 들였다. "캘리는 지금 숙제하고 있어요."

이렇게 날 좋은 화창한 오후의 숙제는 대부분의 아이들이 가장 하고 싶어 하지 않는 일이었다. 캘리가 앉아 있는 식탁에 펼쳐져 있는, 언뜻 봐도 극강의 통증을 유발할 만한 이 숙제는 더욱이 아니었다. '미적분학 입문.' 이해할 수 없는 기호로 가득한 페이지들이 식탁에 펼쳐져 있었다. 도대체 누가 이 화창한 여름날에 이 열네 살짜리 아이에게 미적분학 공부를 하라고 시킨 걸까?

'공학 교수. 바로 그 사람.'

캘리는 조를 보자마자 연필을 내려놓았다. "찾았나요?"

"아니, 아직은 아니야. 그래서 너와 얘기를 좀 하고 싶어." 조는 의자를 꺼내 식탁에 소녀와 마주 앉았다. "조이와 만난 아침부터 헤어질 때까지 모든 걸 말해 줄 수 있겠니? 조이가 말한 모든 것, 네가 기억하는 모든 것을."

"매기 아줌마가 이미 저에게 물어봤는데요."

"매기 아줌마가? 언제?"

"몇 시간 전에요. 메이든 호수에서 돌아온 직후였어요." 루터가 대신 대답했다.

"제가 기억하는 모든 것을 말했어요. 아줌마와 친구분들이 조이를 찾아 줄 거예요."

"매기 아줌마와 친구분들은 경찰이 아니야."

루터가 신음 비슷한 소리로 말했다. "그래야만 할지도 모르죠."

조는 잠시 호흡을 가다듬으며 밀려오는 짜증을 욱여넣었다. 그러고는 간신히 차분한 어조로 말했다. "매기 버드는 좋은 의도로 걱정을 덜어드리려 그렇게 말한 거예요, 윤트 씨. 하지만 그녀가 이번 조사에서 할 수 있는 역할은 아무것도 없어요."

"제 생각에는 그녀가 당신보다 한 발쯤은 앞서 있는 것 같은데요. 지난 2월에 그랬던 것처럼요."

그건 사실이었다. 때문에 가슴이 찔리는 듯한 느낌이었다. 버려진 농가에 갇혀 있던 캘리를 구출한 사람은 조가 아니었다. 장소를 찾아내 소녀를 풀어준 것도, 병원으로 데려간 것도 매기였다.

조는 차분한 숨을 내쉬었다. "좋아, 캘리. 매기 아줌마에게 한 말을 나한테도 말해주는 게 어때?"

"아줌마에게 물어보시면 될 텐데요."

'그래, 그때 그 일은 절대 잊지 못하게 되겠군.'

"아니, 난 직접 듣고 싶은데. 조이 코노버를 어떻게 만났는지부터 말해줄래?"

캘리는 고개를 끄덕였다. "어제는 정말 더웠어요. 일찍 허드렛일을 끝내고 할아버지께 아이들이 모여 노는 호숫가에 데려다주실 수 있냐고 물어봤어요. 평소에는 자전거를 타고 가는데 체인이 고장 나는 바람에. 할아버지도 우체국에 가야 한다고 하셔서 할아버지와 함께 가게 된 거예요."

"그래, 호수에 도착했는데. 그래서?"

"한 여자아이가 수영하는 걸 봤어요. 정말 오랫동안 물속에 잠겨 있어서 혹시 익사한 건 아닐까 걱정되었어요. 그래서 헤엄쳐서 그곳으로 다가갔더니 그 애가 바로 튀어나오는 거예요. 3분 동안 숨을 참는 훈련을 하고 있다고 했어요. 나도 그게 가능할까? 라고 물었더니 시합을 해보자고 했어요. 매번 조이가 저를 이겼죠. 인명구조요원 시험에 합격했지만 아직 16세가 되지 않아서 인명구조요원 일을 할 수 없다고 했어요. 조이는 올림픽에 나가고 싶어 하는데 그러려면 매일 훈련이 필요하다고 했어요."

이야기가 복잡하고 곁가지로 흐르고 있었다. "자, 그럼. 어떻게 너와 조이가 함께 집에 오게 됐는지 말해줄래? 누구의 생각이었어?"

"우리 둘 다요. 염소랑 소를 키우는데 보고 싶냐고 물었더니 아빠한테 물어보겠다고 했어요. 조이 아빠가 허락하고 할아버지는 우체국에서 호수로 돌아오셔서 저희를 집에 데려다주었죠."

"조이는 어제 기분이 어때 보였어? 행복해 보였니, 불행해 보였니?"

"조이는 꽤 좋아 보였어요." 루터가 갑자기 끼어들었다.

"캘리?" 조는 루터의 말을 신경 쓰지 않고 계속 캘리를 응시했다.

"조이는 좋았어요." 캘리가 메아리처럼 똑같이 말했다. "할아버지 말씀대로요. 우울하거나 화가 나 있거나 하지 않았어요. 가출 이야기도 하지 않았구요. 가족에게 무슨 문제가 있다거나 이런 것도 없었어요. 새 아빠를 좋아하고, 남자 친구가 없어요. 조이는 가출을 원하는 사람들과 온라인에서 대화 같은 건 하지도 않았어요. 수영과 다이빙을 배우고 있다는 이야기와 염소젖 짜는 모습을 보러 다음에 다시 올 수 있냐는 이야기만 했어요."

매기가 궁금해했을 법한 모든 질문과 그에 대한 답변이 종이 한 장에 패키지로 잘 정리되어 있는 듯했다. 조는 매기의 훨씬 앞서가는 발자취를 따라가는 것은 불필요하다고 느꼈다. 도대체 그 여자는 어떻게 항상 이럴 수 있지?

"알았다." 조가 한숨을 내쉬었다. "그래, 조이는 몇 시에 농장을 떠났니?"

"점심시간이 가까워지고 있었어요." 루터가 다시 끼어들었다. "오거스타로 떠나야 해서 호수에 데려다주겠다고 말했어요."

"캘리? 너도 그렇게 기억하니?"

"네, 할아버지 말씀대로요."

조는 루터를 바라보았다가 다시 소녀를 보았다. 두 사람의 이야기는 어쩌면 이렇게도 완벽히 일치할까. 루터를 이 조사에 참여시킨 최대의 단점이었다.

"매기 아줌마가 물어봤으니까 경찰관님도 이 사실을 알고 싶으실 거예요." 캘리가 말했다. "조이는 떠날 때 배낭을 메고 있었어요. 그리고 빨간색과 분홍색 드레스와 샌들을 신었고요. 샌들을 기억하는 이유는 로지가 조이의 발을 밟아서 다치게 할까 봐 걱정했었기 때문이에요."

"로지?"

"제가 키우는 소요." 캘리는 약간 격앙된 한숨을 내쉬었다. "매기 아줌마와 얘기해 보세요. 아줌마는 이 모든 것을 알고 있고 경찰관님을 도와 줄 수도 있을 거예요."

"분명 그럴 거야." 조는 중얼거렸다.

"조이는 메인주를 좋아했어요. 조이는 절대 도망가지 않아요."

"그럼, 어디 있을 거 같아, 캘리?"

소녀는 침묵 속으로 빠져들었다가 마치 할아버지는 답을 알고 있다는 듯 할아버지를 바라보았다. 루터는 슬픈 표정으로 고개를 저었다.

"그건 우리가 생각하고 싶지 않은 일입니다." 루터가 힘겹게 말했다.

'저도 마찬가지입니다.'

조는 순찰차 옆에 멈춰 서서 들판 건너편 블랙베리 농장 쪽을 바라보았지만 매기의 트럭은 보이지 않았다. 그 여자는 지금쯤 무엇을 하고 있을까? 아니, 그 다섯 명의 은퇴자는 모두 어디서 무엇을 하고 있을까? 그들이 스스로 이름 붙인 '마티니 클럽'. 조금은 우스꽝스럽고 어딘가 건방져 보이기도 한 이름이다. 하지만 조는 그들에 대해 충분히 알고 있었기 때문에 그들이 만만하거나 아무런 영향력이 없으리라곤 생각하지 않는다. 그들은 조가 칼을 겨누고 싶지 않은 사람들이었고 다행히 그들도 조에게 마찬가지일 것이다. 우리 모두는 같은 편에서 일을 하고 있다.

지금까지는.

11장
-
매기

제임스 본드는 애스턴 마틴을 몰지만 데클란은 볼보를 몰았다. 최신 모델은 아니지만 8년 된 가솔린 세단으로, 데클란 자신과 꼭 닮은 클래식한 모델이었다. 스포츠카는 아니었지만 건장하고 안전한, 그 역시 데클란을 닮은 점이었다. 외교관이었던 돌아가신 그의 아버지 역시 볼보를 선호했고, 데클란은 중세 교회와 통에서 숙성한 스카치의 가치를 인정하는, 전통을 따르는 사람이었다. 그래서 그는 1820년대 지어진, 주로 선장들이 거주했던 집에서 살고 있다. 그 집에는 부인이 배를 타고 나간 남편을 기다리던 지붕 위의 망대가 있고, 데클란이 직접 표면을 손질한 오래된 목공예품들이 있었다. 데클란은 단순히 오래된 것을 좋아한다.

'그래서 그가 나와 많은 시간을 보내는 것일지도 모른다.' 매기는 그렇게 생각했다.

과속은 항상 이목을 끌기 마련이기 때문에 그들은 1번 국도를 타고 묵직한 속도로 남쪽으로 이동하고 있었다. 훈련의 영향이든 타고난 성격 때문이든 두 사람은 본능적으로 남의 주의를 끌지 않으려고 노력했다. 지금 그들의 모습을 본 사람들은 등대를 구경하거나 해변 식당에서 조개 튀김을 먹으려는 노부부라고 생각할 것이다. 매기는 훈련소에서 함께 훈련할 때부터 오랫동안 서로를 알고 지냈기 때문에 가끔은 그들이 노부부인 것처럼 느껴지기도 했다. 네 명이 함께했던 그 훈련소 시절, 데클란은 역사학 박사 학위와 매력적인 구식 매너를 지닌 조용한 사람이었다. 또한 칠흑 같은 검은 머리에 반짝이는 눈을 가진 눈에 띌 만큼 잘생긴 외모를 가졌었다. 세월이 머리카락을 은빛으로 물들였고 얼굴에 주름을 더했지만, 그만큼 세월은 그를 더 성숙하고 멋들어지게 만들 뿐이었다. 아니면, 전 세계 각자의 자리로 모두 흩어지기 전, 그 수십 년 전에 이미 눈치채야 했을 그의 매력을 단순히 지금 이 마을에서 재회하고 나서야 그의 가치를 알아본 걸 수도. '영원히 모르는 것보다야 늦게라도 알게 된 게······.'

벅스포트 마을을 뒤로하고 1번 국도를 따라 시어스포트로 향하면서 데클란이 말했다. "좀 더 구체적인 시간대가 있었으면 좋겠어요. 배낭이 늦은 오후에 처음 발견되었다는 건 알겠는데, 얼마나 오랫동안 거기에 놓여있었는지는 모르잖아요. 언제부터 도롯가에 방치되어 있었을까요?"

이 도로의 제한 속도는 시속 55마일이었지만 당연히 아무도 제한 속도를 지키지 않았고, 안전에 민감한 데클란도 시속 62마일로 대담하게 달리고 있었다. 이 속도로 달린다면 도롯가에 버려진 배낭을 발견하기도 어려울뿐더러 차를 세워 배낭을 주우려는 운전자도 거의 없을 가능성이 있다. 모두들 어딘가로 가기 위해 서두르고 마음은 목적지에 있고, 시선은 앞을 주시할 것이다.

매기는 로이드 슬로컴이 준비한 지도를 살폈다. 거기에는 퓨리티에서 남쪽으로 이동 가능한 모든 길이 밝은 노란색으로 표시되어 있었다. CIA 본부에서 분석가로 일했던 로이드는 수년간 위성 이미지를 연구하며 모든 비포장도로와 적이 이용 가능한 모든 샛길의 흔적을 찾아냈다. 그는 지리적 세부 사항에 대한 강박적일 정도의 집중력을 아직도 잃지 않았다.

"그 지점에 가까워지고 있어요." 매기는 휴대폰을 흘끗 쳐다보고는 말했다. 조 티보듀는 마지못해 대략적인 GPS 좌표를 공유했고, 이제 배낭이 발견된 곳에서 400미터 이내에 접근했다. 이 구간의 대부분은 숲과 잡초가 우거져 있었고 길가에 가끔 밝은 자줏빛 루핀이 피어있을 뿐 정확한 위치를 파악하는 데 도움이 될 만한 랜드마크가 존재하지 않았다. "좋아요, 여기서 멈춰요."

데클란은 갓길에 차를 세웠고 두 사람은 볼보에서 내렸다. 잠시 동안 그들은 길가에 서서 지나가는 차량을 바라보았다. 지나가는 차들 사이에 어느 정도 간격이 있었기 때문에 누군가가 창밖으로 쓰레기를 던진다고 하더라도 뒤차의 눈에 띄지 않을 수 있는 거리였다.

"보안 카메라는 보이지 않는군요." 데클란은 국도를 스캔하며 관찰하고 있었다.

"6킬로미터쯤 전의 식당에서 카메라를 봤어요. 로이드의 지도에 따르면 그 카메라에 찍히지 않고 여기로 올 수 있는 지선 도로가 있어요."

"그런데 루터는 그 카메라에 찍혔을 거고요. 오거스타로 가는 길에 지나쳤을 테니까." 데클란은 고개를 저었다. "그렇다면 그 영상은 루터에게 불리한 증거가 될 거예요, 매기."

안 돼, 그 영상은 그를 궁지로 몰 것이다. 조이가 살아 있는 걸 마지막으로 본 사람도, 배낭이 버려진 지점을 향해 운전하는 모습이 카메라에 잡힌 사람도 모두 그였다.

매기는 길을 따라 걸으며 잡초와 도로를 살펴보았다. 경찰이 이미 이 지역을 수색했기 때문에 중요한 것이 발견될 거라고는 기대하지 않았지만, 십 대 소녀의 반항적인 도피가 아니라 정말 납치라고 가정했을 때는 납치범의 관점에서 살펴볼 수 있도록 이 곳을 방문해야만 했다. 하지만 여전히 가출의 가능성도 배제할 수 없었고, 그래서 잉그리드는 조이의 소셜 미디어 게시물을 샅샅이 뒤지며 가족 관계에 문제가 있었다는 힌트라도 찾길 바라고 있다. 매기는 직업도 없고 생활비도 거의 벌지 못했던 알코올 중독자 아버지의 밑에서 자랐던 자신의 십 대 시절을 떠올렸다. 몇 번이나 탈출하고 싶었던 기억이 떠올랐다. 무엇이든 집어타고 어디로든 멀리 떠나고 싶었다. 북극곰과 자유의 땅 알래스카라도. 혹시 조이도 마찬가지인가? 조이는 버스 안에서 몇 마일을 달아났다는 사실에, 탈출에 성공했다는 사실에 흥분했었을까?

데클란이 나머지 멤버들과 공유하기 위해 별것 아닌 이 길의 주변들을 모든 각도에서 포착해 사진을 찍는 동안 매기는 조이의 마음 상태를 추정해 보고 있었다. 열다섯이란 나이는 특히나 소녀에게는 복잡한 시기였다. 양아버지가 생겼고 그 양아버지는 잘 알지도 못하는 대가족을 이끌고 나타났으니까. 그리고 얼음 같은 눈빛의 할머니를 포함해 일곱 식구가 한 지붕 아래 지내게 되었다. 매기는 그 집, 그 상황에서 벗어나고 싶어 하는 소녀의 모습을 상상해 볼 수 있었다.

그렇다면 왜 배낭을 버려두고 떠났을까? 납치인 것처럼 보이게 해서 모두를 혼란스럽게 하려고? 아니다. 열다섯 살 아이의 관점에서는 그건 말이 안 된다. 매기는 정보 요원으로 너무 오랜 세월을 보냈고, 보이는 그대로가 아닌 거울로 가득 찬 세상을 보는데 익숙해져 있었다. 하지만 이건 단지 십 대 소녀의 문제이고 자신이 지금 존재하지도 않는 복잡함을 불러내고 있다는 것에는 의심의 여지가 없다.

가장 간단한 대답은 납치였다. 납치범은 남쪽으로 차를 몰고 가다가 이곳에 소녀의 배낭을 버렸다. 하지만 분명 그 납치범은 배낭이 발견될 가능성이 있고 경찰이 배낭에서 지문을 채취할 거라는 사실을 알고 있었을 것이다. 배낭을 버림으로써 그는 증거를 남긴 셈이다. 그건 말이 안 되는 일이다.

사진 촬영을 끝낸 데클란이 매기를 바라보았다. "여긴 별다른 게 없어요. 잉그리드가 우리보단 좀 더 운이 있었으면 좋겠네요. 이제 그 식당에 들러서 영상을 공유해줄 수 있는지나 알아봅시다."

매기는 고개를 끄덕였다. "그리고 나서 조와 얘기해 봐야겠어요."

∞

친구들에게 경찰서에 간다고 말하지 않았지만, 데클란과 매기는 퓨리티 경찰서 주차장에 차를 세웠을 때, 늘 그렇듯 먼지 하나 없이 반짝반짝 빛나는 슬로컴의 흰색 SUV가 몇 칸 건너에 주차된 걸 보았다. 잉그리드가 경찰 무전을 계속 모니터링한 결과인지, 아니면 위기의 상황에서 일종의 어떤 촉이란 게 있어서인지는 몰라도 그녀는 항상 다른 사람들보다 한발 앞서 있는 것처럼 보였다.

매기와 데클란은 잉그리드가 조의 책상 앞에 서서 그녀의 또 하나의 전설적인 심문을 조가 받고 있는 모습과 로이드가 경찰서 칸막이 탕비실에서 여유롭게 커피를 타고 있는 것을 발견했다. 로이드는 매기에게 윙크를 보내며 고개를 끄덕였다. 그는 마치 자신의 부엌에 서 있는 것처럼 편안한 표정이었다. 슬로컴 부부는 그 방면에선 정말 뻔뻔하다고 해야 할까?

조는 "여러분께 더 이상 드릴 말씀이 없습니다"라고 항변했다. "조이 코노버는 아직 실종 상태이고, 주 경찰이 수색에 참여했으며, 아직 어떤 제보나 목격자가 없습니다." 조는 그제서야 매기와 데클란을 발견하고는 한숨을 내쉬었다. "이건 뭐죠? 다들 한꺼번에 절 공격하려는 겁니까?"

"오우, 이건 계획되지 않은 매복 공격이네요." 매기가 말했다.

"그래요, 그쪽은 그럼 무얼 알고 싶으신 건가요?"

"여자애 가방이요. 한번 살펴봐도 될까요?"

"아니요."

"내용물만 보면 돼요."

"범죄연구소에서 가지고 있기 때문에 어쩔 수가 없네요."

"휴대폰은요?" 로이드가 커피에 설탕을 넣고 저으며 말했다. "아직인가요?"

"네."

"지오펜스 영장*은 받았습니까?"

"네, 하지만 제공업체로부터 아직은 어떤 통화 데이터도 받지 못했습니다."

"그럼 포그는요?" 잉그리드가 물었다. "그 소녀의 폰이 거기서 나타나던가요?"

"포그에 대해 어떻게 아세요?"

"다들 알지 않나요?"

"아뇨, 슬로컴 부인. 다들 포그에 대해서 몰라요."

하지만 잉그리드는 그 '다들'에 해당하는 사람이 아니었다. 그리고 잉그리드는 모바일 앱으로부터 위치 데이터를 수집하는 법 집행 기관이 사용하는 위치 추적 도구에 대해 알고 있었다. 만약 조이가 휴대폰으로 수백 개의 앱 중에 하나라도 접속했다면 그 위치가 포그에 표시되었을 것이다.

"그 여자애의 휴대폰이 전혀 활성화되지 않았던가요?" 매기가 물었다.

"꺼져 있거나 파괴되었거나 둘 중 하나입니다. 그게 저희가 현재 휴대폰에 대해 파악하고 있는 전부예요."

---

* 지오펜스는 지리(Geography)와 울타리(Fence)의 합성어로, 위치 기반 서비스와 센서 기술을 결합하여 가상의 경계나 해당 영역 내에서 발생하는 사건을 감지하고 대응할 수 있게 해주는 기술. 지오펜스 기술을 활용하여 특정 시간 동안 특정 지리적 위치 내에 있던 기기의 위치 데이터를 구글과 같은 기업으로부터 확보할 수 있도록 하는 유형의 수색 영장이다.

"그러니까, 그 여자애는 소셜 미디어에서도 활동하지 않았어요. 지난 36시간 동안 새로운 게시물이 하나도 없어요." 잉그리드가 말했다.

조는 잉그리드에게 얼굴을 찌푸렸다. "조이의 계정을 뒤져본 건가요?"

로이드는 아내의 어깨를 두드렸다. "아내는 쉽게 지루해하는 편이죠. 그나마 그런 것들이 아내를 바쁘게 만들어줘요."

잉그리드는 "그 여자애는 정말 건전한 아인 것 같았어요"라고 인정했다. "제가 파헤칠 수 있는 어두운 비밀도 없었어요. 학교생활, 수영팀, 그리고 언어 관련 판타지 소설에 대한 이야기뿐이었죠. 문제를 일으킬 것 같은 아이는 아니었어요."

조는 고개를 끄덕였다. "어머니도 그렇게 말씀하시더군요."

"소녀의 계부인 에단 코노버에 대해서도 알아봤어요."

"왜요?"

"새 아버지가 나타났다고? 갑자기 사라진 십 대 소녀? 이런 생각이 들게 마련이죠. 하지만 어쨌든 이 남자는 서류상으로는 깨끗해 보여요. 마흔다섯 살에 범죄 전과는 물론이고 주차 위반 딱지도 없어요. 그는 작가이자 보스턴 칼리지에서 작문 강사로 일하고 있습니다."

"여기 그 사람 책을 읽은 사람이 있나요?" 데클란이 물었다.

모두들 고개를 흔들었다.

"그가 출간한 소설은 한 권뿐입니다. 5년 전 작품이죠. 『더 우먼 인 그린』, 살인 미스터리입니다."

"오, 다음 북클럽 선정 도서로 그 책이 좋을 것 같지 않아요?

저녁 식사는 녹색을 테마로 하면 어떨까 싶은데요? 사그 파니르를 직접 만들어보고 싶어졌어요." 로이드가 재밌다는 듯 끼어들었다.

조는 인내심이 바닥났다는 걸 보여주기 위해 한숨을 크게 내쉬었다. "여러분, 이건 독서 모임의 일종이 아닙니다, 알겠습니까? 이제 다들 비켜주시면…"

"우선, 이메일 하나만 확인 좀 해보세요." 매기가 조의 말을 끊었다. "저희가 동영상 파일을 하나 보냈어요."

"무슨 동영상요?"

"블루핀 레스토랑 보안 카메라에서 찍은 겁니다. 배낭이 놓여 있던 곳에서 북쪽으로 6킬로미터 떨어진 곳이고, 1번 국도의 교통 상황을 일부 확인해 볼 수 있어요. 유용하실 겁니다."

"검토해야 할 다른 수천 가지 항목에 추가하도록 하겠습니다." 조는 동료 경관 한 명이 들어오는 것을 힐끗 쳐다보았다. "마이크, 이 방문객들을 건물 밖으로 안내해 주겠나?"

마이크는 그들을 향해 두 발짝 다가서다 방문객들이 모두 그를 향해 고개를 돌리자 그 자리에서 얼어붙었다. 비록 무기와 배지로 무장을 했지만, 백발의 노인 네 명은 그가 다루도록 훈련받은 그 이상의 숫자였다.

잉그리드는 미소를 지었다. "저희는 이만 나가겠습니다, 감사했어요. 하지만 곧 다시 돌아올 겁니다."

12장
-
수잔

아래층에서 대화하는 소리가 들렸고, 수잔을 방해하지 않으려는 그들의 목소리는 작고 침울해 보였다. 서랍장 위에는 엘리자베스가 몇 시간 전에 가져온 점심 쟁반이 아직 손도 대지 않은 채 놓여있었다. 치킨샌드위치와 토마토수프 한 그릇이 놓여있는데, 둘 다 그녀가 소화 가능한 음식이 아니었다. 피처럼 새빨갛게 변한 수프는 확실히 아니었다. 수잔은 아래층에서 누군가 문을 두드리는 소리를 들었고, 새로운 목소리가 합류했다. 아서 폭스. 맙소사, 집에 한 사람이 더 추가됐군. 그들이 모두 그녀의 고통을 덜어주고 도와주려 노력한다는 것을 알고 있지만, 그들의 노력은 그녀를 더욱 짜증 나게 할 뿐이었다. 동정 어린 시선들. 그녀에게 반복적으로 음식을 먹이려고 시도하고, 반복적으로 차 한 잔을 권했다. 수잔은 음식이나 차를 원한 것이 아니라 딸을 원했다. 조이의 머리카락 냄새를 맡고 싶었고 아이의 웃음소리를 듣고 싶었고 자신의 뺨에 닿는 딸의 부드러운 뺨을 느끼고 싶었다.

"끔찍한 일이야." 아서가 아래층에서 말하는 소리가 들리더니 목소리가 다시 잦아들어 중얼거림으로 바뀌었다. 아서는 관계의 피라미드에서 늘 하던 것처럼 꼭대기에서 상황을 지휘하고 있었다. 그는 메인주 경찰의 아는 친구에게 전화를 걸어 조 티보듀에 대해 알아보고, 그녀가 이 일을 감당할 수 있는지 물어보았다. 아서는 추적견에 대해서도 알아보았다. 그 개는 시체가 아닌 산 사람을 찾도록 훈련됐다고 아서가 수잔에게 확신을 주려 했지만, 수잔은 추적견이 두 가지 용도 모두로 사용된다는 사실을 알고 있다. 아무도 수잔에게 시체 탐지견이라는 말을 꺼내지 못했다. 그들은 감히 상상도 하지 못했다.

수잔은 문뷰에서의 첫날 밤을 떠올렸다. 조이는 발그레해진 피부와 달콤한 냄새를 풍기며 샤워를 마치고 나와 침대에 누워있던 수잔 옆에 웅크리며 누웠다. 조이가 여덟 살, 매튜의 죽음에 대한 슬픔이 채 가시지 않고 절망감에 젖어 있었을 때 시작했던 우리만의 굿나잇 포옹. 코노버 가족 및 그 이웃들과 함께한 첫날은 우리를 압도할 만큼 피곤함이 느껴졌고 수잔과 조이는 서로에게 익숙한 포옹이 주는 조용한 위안이 필요했다. 지금은 침대에 앉아 두 팔로 자신을 껴안고 있지만 수잔은 여전히 조이가 품에 안겨 있음을 손끝에서 느낄 수가 있었다.

'넌 반드시 살아있어. 그렇지 않다면 내가 알아챘을 거야, 안 그래?'

문에서 부드러운 노크 소리가 들렸다. 수잔은 고개를 들어 문 앞에 서 있는 브룩을 바라보았다. "수잔? 들어가도 돼요?"

수잔은 고개를 끄덕이고는 몸을 똑바로 세웠다.

"포스터를 인쇄하기 전에 괜찮은지 확인해 보려고요. 에단은 좋다고 생각하지만, 당신도 한 번 보셔야 할 것 같아서요." 브룩은 종이 한 장을 내밀었다.

수잔은 종이에서 웃고 있는 조이의 사진을 바라보았다.

실종
조이 헬먼 코노버, 15세
갈색 머리, 갈색 눈, 160센티미터, 48킬로그램
6월 21일 메인주 퓨리티에서 마지막으로 목격됨

"보상." 수잔이 말했다. "보상 부분이 있어야죠."

"키트도 그렇게 생각했어요. 하지만 어머님이 보상을 받든 안 받든 웬만한 보통의 사람이라면 누구나 협조를 할 거라고 말했어요. 그리고 콜린은 보상의 금액을 결정해야 하는데, 그러면 인쇄만 늦어질 뿐이라고 하더라고요."

물론이겠지. 돈 많은 콜린은 숫자와 논리에 집중하는 사람이었다. 시아주버니는 효율성을 중시했다.

"우선 50장 정도 인쇄해야 할 것 같아요. 내일 조금씩 나눠서 마을 곳곳에 게시할 예정이에요." 브룩이 말했다.

"해안가 쪽은요?"

"물론이죠." 브룩은 한숨을 쉬었다. "포스터 붙이는 것 외에 제가 할 수 있는 일이 더 있었으면 좋겠어요. 키트가 실종된다면 어떤 기분일지 상상이 안 돼요. 제가 어떻게 대처를 할 수 있을지요." 그녀는 수잔 옆 침대에 앉았다. "정말… 이제 모든 게 무의미해 보여요. 이 어리석은 의식 말이에요."

"네?"

"추도식요. 그게 마치 엄청나게 중요한 일이나 되는 것처럼 여전히 목요일로 예정되어 있어요. 하지만 많은 사람들이 올 계획이고 엘리자베스는 취소하기에는 너무 늦었다고 말하더군요."

수잔은 시아버지의 추도식에 대해선 완전히 잊고 있었다. 애초에 이곳에 온 이유도 조지 코노버가 자신의 유골을 이곳에 뿌리고 싶다는 유언을 지키기 위해서였다. 조지가 아니었다면 우리 가족은 보스턴에 안전하게 있었을 것이다. 죽은 사람을 탓하는 것은 부당한 일이긴 하지만, 아무튼 이런 일이 벌어진 건 그의 잘못이라는 생각도 들었다.

"추도식에 꼭 참석할 필요는 없어요. 참석하지 않더라도 우리는 이해해요."

"네, 참석이 힘들 것 같네요. 여기 있어야 해요. 경찰이 올지도…"

"물론이에요. 제가 같이 있어 줄까요?"

"그럴 필요는 없을 것 같아요."

"전 그 추도식을 전혀 신경 쓰지 않아요. 어차피 별로 가고 싶지 않았거든요. 아, 제 말은, 저도 아버님을 충분히 좋아했어요. 저에게 항상 친절했어요. 하지만 친해지기는 정말 어려운 사람이었죠. 이 가족과 20년을 함께하고 있지만 아직도 그들을 이해하려고 노력 중이에요." 그녀는 수잔의 손을 동정 어린 눈길과 함께 꽉 잡아주었다. "당신과 에단은 보스턴, 우리 가족은 맨해튼에 있다 보니 함께 시간을 많이 보내지 못한 게 아쉽네요. 이번 2주간이 그 기회가 되길 바랐어요. 그리고 콜린은 에단과 함께 시간을 보내길 정말 고대하고 있었죠. 하지만 지금은……." 브룩은 한숨을 쉬었다.

"콜린이 기대하고 있었다고요?"

"물론이죠. 근래에는 에단을 볼 기회가 거의 없었으니까요. 그들은 이 호숫가에서 행복한 시간을 많이 보냈어요."

에단이 이곳에서 보낸 소년 시절의 여름을 묘사한 방식과는 상당히 다른 느낌이었다. 각자의 눈을 통해 바라보았던 과거는 얼마나 다르게 느껴지는 것일까? 콜린은 정말 동생을 그렇게도 괴롭혔던 모든 과거의 일에 대해 눈이 멀어버린 걸까? 하지만 수잔은 자신에게도 오해가 있었다는 사실을 인정해야 했다. 디자이너 드레스에 어퍼웨스트사이드 주소까지 갖춘 브룩을 처음 만났을 때, 그녀를 모든 것을 다 갖춘 여성으로 보았다. 하지만 이제 수잔은 외관으로 완벽해 보였던 그녀의 삶에도 균열이 있음을 발견했다. 뻔뻔하고 거만한 남편, 병적으로 수줍음이 많은 아들. 누구의 삶도 완벽할 수 없었고, 브룩은 이전의 어색함에도 불구하고 정말 친구가 되려고 노력했다.

"고마워요, 포스터. 그리고 모든 것에요."

"뭐든 기꺼이 할게요." 브룩이 일어섰다. "우선, 인쇄소에 전화할게요. 내일 아침 일찍 이 포스터를 붙이자고요."

브룩이 계단을 내려가는 소리가 들렸고, 아서가 다른 사람들 목소리 위로 주 경찰에 관해 떠드는 소리도 함께 울려 퍼지고 있었다. 이 침실에 영원히 숨어 있을 수는 없지만, 지금은 집에 너무 많은 사람들이 있고, 수잔은 그들을 마주하기도, 그들이 보내는 시선과 동정의 중얼거림을 견디기도 힘들었다. 심지어는 남편이 다가오는 것조차 견디기 어려웠다. 에단이 조이를 아끼는 건 사실이지만, 양아버지가 된 지 2년밖에 되지 않은 그가 수잔이 겪는 고통을 이해하기는 힘들 것이다.

침대에서 일어나 문을 열자 아래층에서 들려오는 목소리가 더 또렷해졌다. 콜린은 저녁으로 피자를 주문해야 하느냐고 물었다. 엘리자베스는 오늘 밤은 아무도 요리할 기운이 없으니 그게 좋겠다고 대답했다. 그들의 삶은 계속되고 있었다. 나의 딸은 실종되었고 이들은 다음 끼니를 논의하고 있었다. 수잔은 침실을 나와서 조이의 방으로 들어갔고, 문을 닫아버려 그들의 목소리를 차단했다.

딸의 체취가 담긴 침대에 엎드려 깊은 심호흡을 했다. 조이가 숨을 내쉬었던 공간에서 그녀 또한 같은 공기를 들이마셨다. 침대 옆에는 갓 세탁한 수건과 옷이 담긴, 오늘 아침에는 없었던 바구니가 놓여있었다. 브룩이 건조기에서 꺼내 위층으로 가져온 것이 분명했다. 맨 위에는 조이가 메인으로 오던 길에 입었던 티셔츠가 있었다. 수잔은 그 옷을 꺼내 얼굴에 대어 보았지만 딸의 냄새가 아닌 세탁비누의 향기만이 났다. 조이의 향기가 전혀 느껴지지 않는 이름 없는 솜의 냄새. 다시 옷을 바구니에 넣으려고 할 때, 세탁물 더미 아래에서 붉은색 천 조각이 살짝 보이는 것 같았다. 놀라울 정도로 수잔에게 익숙한 붉은 색조. 그녀는 세탁물을 파헤쳐 소매 끝이 부푼, 너무 많이 빨아서 거즈처럼 투명해 속이 비칠 정도의 빨간색과 분홍색 드레스를 꺼냈다. 수잔은 조 티보듀가 마지막으로 조이를 봤을 때 무엇을 입고 있었는지 물었을 때 에단이 했던 말을 떠올리며 그 드레스를 바라보았다.

'드레스로 갈아입었어요. 빨간색과 분홍색. 제 생각에는요.'

이건 말이 안 된다. 조이가 납치되었을 때 이 드레스를 입고 있었다면 왜 바구니에 갓 세탁한 채로 있단 말인가? 수잔은 한나와 함께 바 하버에서 돌아오던 오후를 떠올렸다. 집에 들어왔을 때 세탁기가 돌아가던 것이 기억났고, 갑자기 그 부분이 중요해 보였다. 만약 조이가 이 드레스를 빨래통에 넣었다면 어떤 옷으로 갈아입었을까? 사라졌을 때 조이가 입고 있던 옷은 무엇이었을까?

수잔은 자리에서 일어나 조이의 열린 여행 가방에서 옷을 꺼내기 시작했다. 속옷과 브래지어, 티셔츠와 반바지, 청바지가 쏟아져 나왔다. 조이의 수영복은 가방 안에 없었다. 조이가 수영복을 입고 동네 소녀와 수영하던 모습을 기억했다. 물장구를 치며 웃고 있었다. 그리고 그다음엔? 조이는 수영복을 널어 말렸을 것이다.

욕실로 달려가 샤워봉과 수건걸이를 흘끗 쳐다보았다. 수영복은 거기 없었다.

그녀는 아래층으로 뛰어 내려가 엘리자베스와 아서의 놀란 표정을 뒤로하고 세탁실로 곧장 달려갔다. 세탁기 안에는 젖은 수건과 키트의 티셔츠 두 벌이 있었지만 조이의 보라색 수영복은 보이지 않았다. 수잔은 그 수영복을 산 날을 기억했다. 조이는 수영장에서 훈련하는 시간이 많아서 수영장 염소에 저항력이 있는 스피도 수영복이어야 한다고 주장했다. 그리고 수경. 조이의 수경은 어디에 있을까?

"수잔?" 에단이 문 앞에서 근심 어린 얼굴로 바라보고 있었다.

수잔은 뒤로 물러서며 세탁기에 기대었다. 아니, 그건 불가능해. 딸은 수영을 너무나 잘했기 때문에. 2분 30초 동안 숨을 참을 수 있고 어떤 학교 친구들보다 더 깊은 곳까지 자유롭게 잠수할 수 있었다. 아이는 마치 인어와 같았다. 어떻게 그럴 수가…….

"무슨 일이야?" 에단이 물었다.

"호수…….", 수잔은 손으로 입을 막았지만 어쩔 수 없이 흐느낌이 쏟아져 나왔다. "호수를 수색해야 해요."

13장
-
조

"사방을 모두 찾아보았어요." 수잔은 조이의 침실 구석에서 팔로 온몸을 감싼 채 서 있었다. 남편 에단은 옆에 서서 그녀를 기대주었지만 수잔은 어떤 위로의 손길도 닿지 않는 슬픔 속에 갇혀 있는 듯했다. "모든 욕실, 세탁실, 데크도요. 사라졌어요. 수영복이 없다고요."

조는 수잔의 정신없던 수색이 남긴 여파를 살펴보고 있었다. 빈 여행 가방은 바닥에 널브러져 있었고 지퍼가 달린 모든 칸은 열려있었으며 조이의 옷과 소지품들은 침대와 바닥에 흩어져 있었다. 수잔은 연방 요원이나 된 듯 온 곳을 구석구석 뒤져본 것 같았고, 조이의 수영복이 이 집 어디에도 없다는 사실은 의심의 여지가 없는 듯했다.

"아래층으로 내려가자, 자기야. 티보듀 서장님이 방을 다시 한 번 수색해 보게. 브룩이 차를 끓였어."

"차는 됐어."

"위층에 이렇게 있으면 방해만 될 뿐이야."

수잔이 그에게서 몸을 비틀었다. "이건 말도 안 돼요! 딸은 인명구조요원 시험에도 합격했어요. 조이는 수영을 할 수 있다고요!"

"우리 모두 아래층으로 내려가는 게 어때요? 얘기 좀 하죠." 조가 말했다.

나머지 가족들과 이웃인 아서 폭스, 한나 그린이 함께 거실에 모였다. 오후 6시가 다 되어가는 시간이었고, 이 수영복 실종 사건으로 인해 저녁 식사에 차질이 생겼지만, 그렇다고 해서 그들이 주류 캐비닛에 손을 뻗는 것은 막지 못했다. 아서와 한나, 그리고 콜린 모두 손에 술을 들고 있었다. 조가 수잔, 에단과 함께 계단을 내려올 때 콜린의 술잔에서 부딪히는 얼음 조각 소리를 제외하고는 거실은 조용했다.

"수영복이 선착장에서 날아간 것은 아닐까요?" 브룩이 말했다. "거기서 말리려고 했을 수도 있잖아요."

"수경도 없어졌어요. 수경이 바람에 날아가지는 않았을 거예요." 에단이 말했다.

모두가 이런 세부적인 사항을 고려해 보려는 듯 잠시 동안 침묵하다 이후 멈칫했다. 모두들 당연한 결론에 도달했기 때문이었다.

조가 에단에게 질문했다. "마지막으로 조이를 보았을 때 그 빨간색과 분홍색 드레스를 입고 있었다고 했잖아요. 그런데 그 드레스가 여기 집 안에 있단 말이에요."

"그때 빨랫감이 많았어요. 제가 옷을 넣으려고 했을 때 그 드레스는 이미 세탁기 안에 들어가 있었을 거예요." 브룩이 대신 대답했다.

"세탁을 몇 시에 시작했나요?"

"2시 30분쯤에요. 집으로 돌아와 세탁기를 돌리고 키트와 저는 신발을 갈아 신었어요."

"루터 윤트가 정오 조금 전에 조이를 보트 선착장에 내려줬다고 했어요. 그럼 조이는 집에 돌아와서 옷을 갈아입었던 거예요. 정오쯤에 여기 누가 있었나요?" 조가 방 안을 둘러보니 고개를 젓는 사람들만이 보였다.

"정오에는 엘리자베스와 저는 목사님을 만나고 있었어요." 아서가 대답했다.

"전 하이킹을 하러 나갔습니다." 이번엔 콜린이 대답했다.

조는 에단을 바라보았다. "전에 종이를 사러 시내에 갔다고 했죠?"

에단이 비참한 표정을 지었다. "내가 여기 있었으면 좋았을 텐데. 누군가가 여기 있었어야 했어요."

"지금 그게 중요한 문제니? 누가 집에 있었고 없었는가의 문제가?" 엘리자베스가 에단에게 말했다.

'중요하지 않지.' 조는 생각했다. 이제 사건의 순서가 명확해 보였기 때문에 정말 중요하지 않은 문제가 되었다. 조이 코노버는 보트 선착장에서 집으로 걸어와 드레스를 벗고 세탁기에 넣었다. 그리고는 수영복으로 다시 갈아…….

'수영을 하러 갔다.'

조는 창문 너머로 석양 무렵 햇살에 호수가 반짝이는 것을 보았다. 조는 거울처럼 반짝이는 표면의 밑을 떠다니는 조이의 시신을 상상했다. 부패의 첫 단계가 시작되고, 피부도 쭈글해지는, 굶주린 물고기와 양서류의 유린을 바라보는 시신의 눈을 상상했다. 며칠 동안 시체가 방치되면 박테리아가 번식하여 가스로 장이 부풀게 된다. 그 가스는 썩은 살덩이를 기괴한 풍선으로 만들어 수면으로 떠올라 잔잔한 물 위를 떠다니게 한다.

"하지만 어떻게 익사할 수가 있어요?" 키트가 물었다.

조는 소년을 바라보았다. 소년은 갑자기 밝은 빛에 노출된 야행성 동물처럼 그녀의 시선에 움츠러드는 것 같았다.

"제 말은…… 조이는 수영을 잘하니까. 그렇지 않나요?" 키트는 수잔을 바라보았다. "조이는 학교 수영팀에 있다고 했잖아요. 상도 받았고."

"수영을 잘하는 사람도 곤경에 처할 수 있단다." 조가 말했다.

"하지만 배낭은요?" 브룩이 물었다. "종국에는 여기서 몇 킬로미터 떨어진 곳에 버려진 거잖아요. 그게 어떻게 설명이 되죠?"

조 또한 해답을 알 수 없었다. 브룩의 말이 맞았다. 이건 말이 안 되는 일이었다. 조는 감당하기 힘든 사건에 버거워하는 작은 마을의 경찰을 모두가 의심스럽게 바라보며 자신을 판단하고 있다는 것을 느낄 수 있었다.

"그럼 휴대폰은요?" 아서가 말했다. "조이가 그걸 가지고 수영하지는 않았을 거 아닙니까? 그럼 어디 있는 거죠?"

"아서의 말이 일리가 있어요." 엘리자베스가 말했다. "해답이 없는 질문들이 너무 많네요. 아직은 어떤 것도 가정해서는 안 됩니다." 그녀는 수잔을 바라보았다. "그렇지 않니?"

수잔은 고개를 떨구었다. "모르겠어요. 더 이상 아무것도 모르겠어요!"

"전화 좀 하고 오겠습니다. 실례합니다." 조는 집 밖으로 나와 가족들이 통화를 듣지 못하도록 잔디밭을 따라 물가로 향했다. 석양 무렵은 고요했고 호수는 물결 하나 흐트러지지 않을 정도로 잔잔해 액체로 만든 황금빛 광택의 비단처럼 보였다. 조이 코노버가 수영 챔피언이라 하더라도 익사의 가능성을 무시할 수는 없다. 부정맥으로 기절하거나 경련으로 다리에 쥐가 났을 수도 있다.

지난여름 피처 호수에서 발견된 14세 소년이 떠올랐다. 모두가 그 소년은 수영을 잘했다고 말했다. 메인주 워든 서비스[*]가 출동해 소년의 시신을 수습했었다. 잠수부들이 소년의 시신을 찾아 호숫가로 이동해 조심스럽게 배 밖으로 들어냈던 기억이 났다. 조는 조이 코노버의 시신이 그렇게 물 밖으로 끌어올려지는 걸 기대하지 않지만, 어쩌면 지금쯤 조이는 이 반짝이는 수면 아래에 누워 있을지도 모른다. 납치도 살인도 아닌 비극적인 사고. 워든 서비스를 불러야 할 때이다.

그녀는 휴대폰을 꺼내 동생 핀에게 전화를 걸었다.

---

[*] 1880년에 설립된 가장 오래된 자연 보호법 집행기관이다. 주로 메인주 어업, 야생동물 법규 관련 집행과 야생, 위험 지역에서의 구조 및 구난 활동을 하고 있다.

14장
-
매기

 매기와 친구들은 메이든 호숫가의 작은 언덕에 자리를 잡고 앉아 메인주 워든 서비스의 수색선이 물 위를 왔다 갔다 하는 모습을 지켜보고 있었다. 그들은 오랜 시간 지속될 구조대의 수색을 지켜보기 위해 터키식 전채요리와 오이 샌드위치, 허브향이 나는 태국식 썸머롤 등을 도시락으로 준비해 왔다. 다소 조화가 이루어지는 메뉴라고 할 순 없지만 이것이 포틀럭의 매력이기도 하니깐.
 로이드는 당연히 와인을 챙겼다. 아이스박스에 차갑게 식힌 로제 스파클링와인 두 병. 더운 여름날에 딱 맞는 음료였다. 로이드는 와인을 플라스틱 컵에 따르며 말했다. "감시를 해야 한다면 한시도 눈을 떼지 않을 만큼 최선을 다해야겠죠." 로이드는 감시나 잠복 업무 등에 종사해 본 적은 없지만, 전쟁 같은 현장 이야기를 많이 들었기 때문에 현장 근무는 자신의 취향이 아니라는 것을 익히 알고 있었다. 로이드는 매기에게 잔을 건네며 말했다.
"그리고, 이렇게 마시기에 안성맞춤인 날이기도 하고."
"훨씬 힘든 임무들이 많았죠." 매기는 쌍안경을 내려놓고 와인 한 모금을 마셨다. 그녀의 동료들은 이미 더위에 지쳐 힘들어 보였기 때문에 와인이 이 상황에서 가장 완벽한 음료인지는 의문이 들었다. 벤은 바위 위의 도마뱀처럼 뻗어있었고 틸리 모자를 얼굴 위로 끌어내렸다. 데클란은 관절의 뻣뻣함을 풀기 위해 무릎을 접었다 폈다 하는 동작을 하고 있었다. 그 순간, 잉그리드만이 워든 서비스의 수색선을 스와로브스키 쌍안경으로 쫓으며 아래에서 벌어지는 수색을 예의주시하고 있었다.
"저 아래 별일은 없어?" 로이드가 아내에게 물었다.
"수색망을 따라 탐색하고 있어. 탐지기에는 아직 아무것도 잡힌 게 없는 것 같네."
"오, 저기 봐요. 딱따구리 한 마리가 있네요." 데클란이 나무 하나를 가리켰다.
잉그리드의 쌍안경이 허공을 휘저어가며 죽어가는 참나무를 두드리는 근사한 새 한 마리에 초점을 맞췄다. 로이드도 쌍안경을 들었고, 벤도 더위로 멍한 상태에서 깨어나 눈을 부릅뜨고 새를 바라보았다. 나이가 들면서 새를 관찰하는 사람이 되고, 나아가 고가의 광학 장비에 투자하게 되는 이유는 무엇일까? 젊은 시절, 위험하기 그지없는 우리 인간이라는 종에 모든 정력을 집중했다면, 이제는 부리와 깃털을 가진 종을 예전처럼 치열하게 관찰하면서 훨씬 더 큰 즐거움을 느끼고 있기 때문일까.
"오호, 저기 짝꿍이 오네요!" 로이드가 외쳤다.

이제 모두 쌍안경으로 선명한 주홍색의 두 번째 딱따구리가 나무줄기에 내려앉아 머리를 박고 있는 모습을 주시하고 있었다. 그들의 감시 임무는 한 쌍의 새에게 납치되었다.
'이만하면 됐다. 이제 본업으로 돌아갈 시간이다.' 매기는 다시 호수로 시선을 돌렸다. 지금이 8월이었다면 카약과 수영하는 사람들, 모터보트 한두 척은 물 위에 떠 있었을 텐데, 오늘은 메인주 소속의 배만이 마치 물고기를 잡듯 수중음파탐지기로 호수를 훑고 있을 뿐이다. 수색팀은 시체가 표류해 있을 가능성이 가장 큰, 바람이 불어오는 쪽의 반대편 끝에 위치한 보트 선착장에서 수색을 시작했다. 그 이후로 보트는 천천히 바람을 안고 지그재그 방향으로 움직이며 물속에 이상 징후가 발견되는지 스캔했다. 매기는 이런 작업을 관찰하는 게 처음이었지만, 이미 흥미를 잃어버린 상태였다. 보이는 거라곤 7미터짜리 배가 수면 위를 왔다 갔다 하는 것뿐이었다. 피크닉 준비를 했던 것이 다행일 정도였다. 한동안 이곳에 있어야겠지만 적어도 굶주림에 지치지는 않을 테니까.
이번 수색은 일반 대중에게도 매력을 잃은 게 분명했다. 오늘 아침만 해도 수색선이 처음 물 위로 떴을 때 사람들은 호숫가 양쪽을 따라 줄지어 서서 뭔가 흥미로운 일이 일어나기를 기다리고 있었다. 퓨리티 마을 사람들에게 이것은 텔레비전에서 보던 것과 같은 실제 범죄 쇼가 바로 자신들의 뒷마당에서 펼쳐지고 있는 셈이었다. 하지만 현실은 시체가 번쩍하고 나타나 수색팀이 발견해 내고 끝이 나는 텔레비전과는 달랐다. 지루한 작업이 이어지자 대부분의 관중은 자신의 차로 떠내려갔다. 하지만 수잔과 에단 코노버는 여전히 물가에 남아있었다. 매기는 쌍안경을 통해 부부가 서로 팔짱을 끼고 수색선에 시선을 고정하고 있는 모습을 볼 수 있었다. 나머지 코노버 가족은 어디에도 보이지 않았다.

엔진이 갑자기 후진으로 굉음을 내며 속도를 줄였다.

매기는 문뷰의 수십 미터 맞은편에 정박한 수색선에 쌍안경의 초점을 맞췄다.

"그들이 배를 멈춰 세웠어요." 벤이 말했다.

이제는 다섯 명 모두 쌍안경으로 호수에 집중했고 딱따구리 한 쌍은 모두에게서 잊혔다. 배 위의 구조대원들은 장비를 장착하기 위해 웅크려 앉았다. 모터가 꺼지고 새들의 지저귐과 딱따구리들이 참나무를 쪼는 소리만이 조용히 울렸다. 매기의 등에서 땀 한 줄기가 흘러내렸지만 이제는 더위도, 마신 와인의 효과도 더 이상 느껴지지 않았다. 이제는 완전히 정신을 바로잡고 다음 일을 지켜보는 데 집중했다.

두 명의 구조대원이 스쿠버 장비를 착용했다.

그들은 무언가를 발견했다.

15장

수잔

'맙소사. 세상에.'

수잔은 발밑에서 땅이 흔들리는 것을 느꼈고 손을 뻗어 에단의 손을 잡았다. 뒤에서 들리는 발소리에 돌아보니 조 티보듀가 무전기를 손에 들고 침울한 표정으로 걸어오고 있었다. 조는 그들을 자극하지 않으려는 듯 조심히 다가왔다.

"아무것도 아닐 수 있어요." 조가 다가서며 말했다.

"잠수부들이 왜 내려가는 거죠? 뭘 발견한 건가요?" 에단이 물었다.

"호수 바닥에서 불규칙한 신호가 잡혀서요. 확인해 보러 내려가는 중입니다. 일단 두 분, 집으로 들어가시죠? 시간이 좀 걸릴 수 있어요. 안에 있는 게 더 편할 것 같습니다."

"아니요." 수잔이 말했다.

"제발, 코노버 부인."

"안 된다고요!" 너무 날카로운 소리에 수잔은 자신이 낸 목소리인지 헷갈릴 정도였다. 수잔을 가장 두렵게 한 것은 조 티보듀의 차분한 말투였다. 마치 무엇을 발견했는지 이미 알고 있다는 듯. 마치 최악의 상황에 대비해 자신을 준비시키려는 듯.

수잔은 두 번째 대원이 방금 뛰어든 곳을 바라보았다. "'불규칙'이라는 말이 뭘 뜻하는 거죠? 그들이 뭘 본 건가요?"

"일단 들어가세요. 정보를 더 얻게 되면 바로 알려드릴게요, 약속해요."

어떻게 저렇게 침착하고 냉정할 수 있을까? 오늘의 지극히 평범한 그들의 일상이 수잔을 분노케 했다. 태양은 여전히 빛나고 새들은 나무에 앉아 지저귀고, 그리고… 나의 세계는 곧 무너질 것만 같았다.

"수잔." 에단이 그녀의 팔을 잡았다. "안으로 들어가자, 제발."

수잔은 남편의 부축을 받으며 걸었고 데크 계단을 겨우 올라 집 안으로 들어갔다. 가족들은 주방 식탁에서 점심 식사를 펼쳐놓고 있었다. 콜드 컷과 과일샐러드, 감자칩이 놓여있었는데, 키트는 아삭거리는 소리를 시끄럽게 내며 음식을 먹어치우고 있었다. 우리는 밖에서… 지금 호수에서……. 어떻게 태연히 식탁에 둘러앉아 음식을 먹어치우고 있지?

엘리자베스가 에단의 얼굴을 보자마자 물었다. "무슨 일이니? 뭘 찾았니?"

"확실하지는 않은데 방금 잠수부들이 물속으로 들어갔어요."

"오, 안 돼." 엘리자베스는 자리에서 일어나 거실 창문으로 걸어갔다.

"경찰은 우리가 집 안에 있기를 원해요." 에단이 말했다.
"왜 그래야 하는 거지?"
"방해가 될까 봐 그런 것 같아요."
"우리가 무슨 죄수도 아니란." 콜린은 자리에서 일어나 창가에 있는 엘리자베스 옆에 합류했다. 그러자 나머지 가족들 모두 그곳으로 걸어가 정박해 있는 수색선이 잔잔하게 흔들리고 있는 호수를 바라보았다.
"아무것도 아닐 수도 있어요." 브룩이 말했다.
에단이 고개를 끄덕였다. "경찰도 그렇게 말했어요. 호수 바닥에 불규칙한 신호가 잡히는 거라고요. 돌덩어리 같은 뭔가 큰 물체가 있을 수도 있죠. 우리 모두 자리에 앉았으면 해요."
하지만 아무도 움직이지 않았다. 그들은 여전히 창가에서 호수를 바라보고 있었다. 조 티보듀가 가장 깊은 수심이 13미터밖에 안 된다고 했지만, 그 깊이라면 시신을 삼킬 만하고 비극을 숨길 만큼 충분히 깊었다. 수잔은 호수 바닥에 누워 물 위에서 비치는 햇살을 바라보는 모습을 떠올려 보았다. 수면에서 사람들이 그 아래 깊은 곳에 무엇이 있는지 전혀 깨닫지 못한 채 헤엄치는 광경을 상상해 보았다. 수잔은 창문에 기대어 손을 유리창에 대고 과연 얼마나 오랫동안 비명을 참고 이 광경을 보고 있어야 할지 궁금했다.
"수색대원들이 돌아온 것 같아요." 콜린이 말했다.
두 개의 머리가 방금 수면 위로 떠올랐다. 대원 중 한 명이 손을 뻗어 배 위에 있는 대원에게 줄을 던지자 대원이 줄을 잡고 당기기 시작했다. 줄에 이끌려 물속에서 무언가가 떠올랐다. 너무나 선명해서 섬뜩하기까지 한, 밝은 노란색의 무슨 모양이라 해야 할지…….

시신용 가방.

'아니, 아니. 아닐 거야.' 수잔은 마음속으로 외쳤다.

수잔은 집 밖으로 뛰쳐나갔다. 에단이 자신의 이름을 부르는 소리를 들었고, 스크린 도어가 닫히는 소리와 데크 계단을 내려오는 발소리를 들었다. 수잔이 물가에 다다르자, 조 티보듀가 재빨리 달려들어 팔을 낚아챘다.

"코노버 부인! 수잔!"

"조이예요? 내 딸인가요?"

두 대원이 배에 올라탔다. 엔진 시동이 걸리고 배는 선착장으로 움직이기 시작했다.

조가 에단에게 명령조로 말했다. "부인을 집으로 데려가세요."

에단이 수잔의 팔을 잡았다. "가자, 여보."

수잔은 몸을 빼내더니 진입로를 지나 비포장도로를 향해 달려갔다. 나무들 사이로 언덕을 타고 올라오는 모터의 그르렁거리는 소리를 들을 수 있었다. 그녀는 수색선보다 먼저 선착장에 도착하기 위해 필사적으로 배와 경주를 하고 있었다. 조이가 사라지던 날 걸었을 바로 그 길, 조이를 집으로 데려다주어야 했을 그 길을 따라 계속 달리고 또 달렸다.

배의 엔진이 멈췄다.

수잔은 마지막 커브를 돌아 선착장을 향해 전력 질주를 했다. 선착장의 주차장에 도착했을 때 마침 수색선이 선착장으로 미끄러져 들어왔다. 두 명의 수색대원이 배에서 뛰어내려 무릎까지 차오르는 물속으로 뛰어들었다. 수잔이 그들을 향해 전력 질주하자 그들은 깜짝 놀라 고개를 들어 쳐다보았다.

"우리 애예요? 말해주세요!" 수잔은 울고 있었다.

"부인." 그들 중 한 명이 말했다. "물러나 계세요."

수잔은 그를 밀치고 물속으로 뛰어들었다. 그리고 잠수 사다리를 타고 배로 올라섰다.

"오우!" 조타수가 소리쳤다. "당신은 이 배에 승선하면 안 됩니다!"

하지만 그녀는 멈추지 않았다. 주차장에서 조 티보듀가 그녀를 향해 외치는 소리가 들려도, 수색대원이 막으려 해도 그녀는 멈추지 않았다. '내 딸. 내 아가가 저 안에 있어.'

수잔은 노란색 시신용 가방 옆에 엎드렸다. 가방에선 여전히 물이 뚝뚝 흐르고 있었다. 그녀는 떨리는 손으로 지퍼를 잡아당겨 가방을 열었다. 그리고 놀라움에 휩싸인 채 가방 안을 바라보았다.

"핀, 그녀를 배에서 내려줘!" 조가 소리쳤다.

누군가의 손이 수잔을 뒤로 끌어당겼지만, 끌려가는 동안에도 그녀의 눈은 가방의 내용물에 고정되어 있었다. 텅 빈 눈으로 응시하고 있는 인간의 해골에.

뼛조각들. 오직 뼈만이 남아있다.

딸이 아니었다.

16장

조

"시신을 수습하는 일이 이보다 더 쉬울 수는 없지." 조의 동생 핀이 말했다.

둘은 조의 차를 타고 오거스타에 있는 검시소로 향했다. 핀이 메인주 북쪽의 아루스툭 카운티로 전근을 한 이후, 둘은 예전처럼 오지에 텐트를 치거나 개와 함께 산을 오르며 함께 보내는 시간을 자주 가질 수 없게 되었다. 핀은 항상 그녀의 가장 친한 친구였다. 정말 누가 핀을 좋아하지 않을 수 있을까? 핀은 아버지인 오웬보다 키가 더 크고 마른 편이었으며, 아버지와 같은 우스꽝스러운 웃음과 어슬렁거리는 걸음걸이를 가졌다. 하지만 아버지와는 달리 핀은 또래 여성과 대화하는 것을 조금 더 두려워했기 때문에 영구적인 독신으로 머무르게 될지도 모르겠다.

하지만 핀은 누나와의 대화에는 멈춤이 없었다.

"적어도 이번 인양은 쉬웠어. 2월에 있었던 것과는 달리. 얼음

밑으로 잠수하는 게 정말 싫거든. 특히나 그 호수는 타닌으로 가득 차서 지옥처럼 음산했어."

"스노모빌을 타던 애 사건 말이야?"

"응. 영하 20도까지 내려가던 날이라서 물속에 들어가기 정말 힘들었지. 그리고 그 애의 엄마와 아빠가 바로 호숫가에 서서 지켜보고 있었거든. 아들이 이미 죽었다는 걸 알면서도 겨우 버티고 있었을 거야. 그들의 생각이 틀렸기를 바라면서. 내가 가방에서 시신을 꺼냈을 때 세상에, 표현할 수 없는 비명을 들었어. 야생동물처럼이라고 해야 하나. 그런 일은 절대 익숙해지지가 않아. 누나, 난 시체, 심지어 엉망이 되어버린 시체도 다룰 수 있어. 하지만 그 부모를 다루는 데는 영 소질이 없어."

"아니, 그게 제일 어려운 일이지."

"그 조이라는 아이의 어머니가 지켜보고 있었는데, 우리가 인양한 시신이 그 소녀가 아니어서 정말 다행이었어. 아이 어머니는 거의 미친 사람처럼 보였거든."

'그랬었지.' 조는 생각했다. 수잔 코노버는 거침없이 수색선을 기어올라 지체 없이 시신용 가방을 열어버렸지. 하지만 어떤 엄마가 시신용 가방에 담긴 아이에게 다가가려는데 반쯤 미치지 않을 수가 있을까?

"그럼, 실종된 소녀가 어디 있을 거라고 생각해?" 핀이 물었다.

"모르겠어."

"적어도 그 호수에 있는 건 아니잖아. 평탄한 자갈 바닥이어서 수색하기는 쉬웠어. 탐지기에서 다른 이상 징후도 없었고."

"대신에, 또 다른 수수께끼를 건네주셨군요." 조는 한숨을 쉬었다. "아주 고마워."

"음, 그곳은 메이든 호수라고 불리잖아. 그러니까 소녀든 아가씨든 적어도 한 명은 그곳에서 익사한 것은 맞잖아."

"100년 전 일이야. 그리고 그 여자는 마운틴 뷰 묘지에 묻혀있고."

"그러면 그 해골은 누구야?" 핀은 조를 바라보았다. "혹시 짐작 가는 게 있어?"

"누군진 모르겠지만, 그 사람이나… 그 소녀나… 그 아래에서 외로운 시간을 보냈겠지."

"얼마나 오래일까, 어떨 거 같아?"

"몇 달? 몇 년?" 조는 검시소 주차장에 들어서고 출입문에 가까운 쪽으로 차를 세웠다. "답을 얻을 수 있길 바라자고."

∞

"아니, 티보듀 남매가 행차하셨군!" 와스 박사가 조와 핀이 부검실로 들어서자 미소로 인사하며 말했다. 조는 몇 년 전 메인주 형사 사법 아카데미에서 학생으로서 첫 부검을 보았을 때 수석 검시관이었던 와스 박사를 처음 만났다. 그날까지 조는 죽은 사람을 가까이서 본 적도 없었고, 더군다나 시신의 내부를 들여다본 적도 없었다. 조는 다른 학생들과 함께 부검대 앞에 서서 와스 박사가 첫 번째 절차인 절개를 하는 것을 지켜보았다. 칼날이 피부를 가르는 광경과 갈비뼈가 갈라지는 소리를 듣는 공포는 끔찍했다. 하지만 흉강이 열리고 장기가 드러난 후, 그녀가 본 것은 핀과 함께 들판에서 사냥하고 꺼냈던 사슴의 내장과 매우 흡사했다. 속을 들여다보면, 인간도 동물과 매한가지라고 생각했고, 그래서 나머지 부검 과정은 좀 더 쉽게 지켜볼 수 있었다. 하지만 여전히 첫째 과정인 절개 장면은 그녀를 움찔하게 했다. 온전한 사람의 형태인 시체 피부가 잘려 나가는 장면을 보다 보면 마치 나의 피부가 찢기는 듯한 느낌이 들었기 때문이다.

조는 오늘 방문에서 메스나 피부 절개를 보지 않아서 다행이라고 생각했다. 대신 부검대 위에 놓인 것은 해부학적 위치에 맞춰 대략적으로 배열해 놓은 뼈들이었다. 지금 그 뼈들을 허리를 구부리고 자세히 살펴보고 있는 사람은 주 법의학 인류학자인 줄리 볼버딩 박사이다. 아카데미에서 그녀의 신체 분해에 관한 강의는 속을 뒤틀리게 할 정도의 슬라이드쇼 덕분에 전설이 되었다. 온종일 사람의 뼈를 끓이고, 썩은 살에서 구더기를 채집하는 한 여성으로서의 볼버딩 박사는 마치 부엌에서 즐겁게 요리하며 노니는 은발의 할머니처럼 평온해 보였다.

"줄리, 기억하죠? 조 티보듀와 남동생 핀." 와스가 말했다. "조는 지금 퓨리티 경찰서장 대행이에요. 핀은 워든 서비스에서 일하고 있고요. 핀이 그 유골을 건져냈죠."

"누나와 남동생? 가족끼리 공유라면 보안 유지는 잘 되겠네요, 그렇잖아요?" 볼버딩이 농담을 걸었다.

"아카데미에서의 강의 잘 들었습니다." 조가 말했다.

"그럼, 이제 얼마나 기억하고 있는지 볼까요." 볼버딩은 부검대에 놓인 뼈를 향해 고개를 까닥였다. "나중에 퀴즈가 있을 겁니다."

"알폰드 형사를 기다려야 해요." 와스 박사가 말했다. "곧 도착할 겁니다."

조는 알폰드의 이름이 언급되는 순간 움찔했다. 이번 건은 살인 사건으로 의심되기 때문에 통상적으로 주 경찰이 사건을 담당하는 건 맞지만 왜 하필 알폰드여야만 했을까? 지난 2월 매기의 집 앞에 여성의 시신이 발견되었을 때 이미 한 번 그와 얽힌 적이 있었다. 조가 담당하는 마을에서 일어난 사건이었음에도 알폰드는 그녀를 사건 수사에서 사실상 배제했었다.

부검실 문이 열리고 로버트 알폰드가 들어왔을 때 조는 불길한 기시감을 느꼈다. 역시나 그는 그녀를 한 번 쓱 쳐다볼 뿐이었다. 그가 짓는 표정을 보면 최소한 그녀보다는 더 불쾌해 보인다는 것을 알 수 있었다.

"조 티보듀 기억하시죠?" 와스가 물었다.

알폰드는 마지못해 고개를 끄덕였다. "물론입니다."

"그리고 이쪽은 조의 동생, 핀입니다."

알폰드가 웃었다. "이게 뭐예요, 가족 출근의 날인가요?"

"저는 메인주 워든 서비스 소속입니다." 핀은 그렇게 말하며 조에게 한 걸음 다가서며 연합 전선을 형성했다. 티보듀 가족은 항상 함께였다. "저는 유골을 인양한 다이버입니다."

"본론으로 들어가 볼까요?" 볼버딩이 말하며 핀을 바라보았다. "인양 과정에 대해 말씀해 주시고, 위치에 관해서도 설명 부탁드려요."

"메이든 호수에서 인양했어요. 최대 수심은 약 13미터인데, 유골은 서쪽 해안에서 15미터 떨어진 수심 6미터 정도 깊이에 놓여 있었습니다. 수색 시작 후 2시간 남짓 지났을 때 탐지기에서 불규칙한 신호를 발견했습니다. 바닥에는 자갈과 퇴적물이 섞여 있었습니다. 물의 투명도는 괜찮은 편이었고 해류도 잔잔했습니다. 그리고 그날 바람은 남쪽에서 불어왔습니다."

"그럼, 이 유골은 의도치 않게 발견된 거고요? 정작 실종된 소녀를 찾기 위해 수색을 했다고 들었는데요."

조가 고개를 끄덕였다. "월요일에 실종된 15세 소녀를 수색하고 있었습니다. 그 소녀의 가족은 이곳 메이든 호수에 있는 여름 별장에 머물고 있어요."

"뭐, 이건 확실히 그 소녀의 뼈는 아니겠죠. 이 뼈들은 꽤 오랫동안 호수에 있었어요." 볼버딩이 말했다.

"얼마나 오래 있었던 것 같습니까?" 알폰드가 물었다.

"쉽게 대답하기 어렵네요." 볼버딩은 장갑을 낀 손으로 두개골을 집어 들었다. "염분이 없는 담수에서는, 특히나 여름에는 시체가 한 달 안에 모두 손상될 수도 있어요."

"그럼 이 유골의 사망 시점이 한 달 전일 수도 있다는 말입니까?"

"서두르지 맙시다, 이제 막 시작했으니. 보다시피 이 뼈에는 사체 지방의 흔적조차 없습니다. 이런 걸 흔히 시랍 또는 분해된 지방 조직이라고 부릅니다. 수몰된 시신에서의 지방은 수년 동안 시신에 남아있을 수 있습니다. 여기에 지방이 없다는 건 한 달보다 훨씬 더 오래 잠겨있었다는 것을 의미합니다. 또한 관절이 모두 완전히 분리되어 있고, 게다가 수근골 몇 개가 사라졌습니다. 손목뼈 말이에요. 단순히 몇 달이 아니라 몇 년 동안 수몰되어 있었을 가능성이 높다는 뜻입니다." 볼버딩은 핀을 바라보았다. "모두 수거한 게 확실해요?"

"네. 그리고 관련성이 있을지도 몰라 주변 돌덩어리와 퇴적물, 파편 이것저것을 같이 수거했습니다. 저기 저 가방에 있습니다." 핀은 금속 쟁반에 놓인 노란색 비닐 주머니를 가리켰다.

"잘했군요. 그것들이 도움이 될지도 몰라요. 다만 이 여자의 신원을 확인하는 데 도움이 되는 정보가 없다는 점이 아쉽네요."

"이 여자… 라고요?" 조가 물었다.

"아, 네." 볼버딩은 골반을 가리켰다. "개인의 성별을 알려주는 골격과 관련된 단서에 대한 강의 기억하시나요? 골반 후미, 이 치골궁의 모양을 보세요. 그리고 장골의 모서리 윤곽도 한 번 보세요. 이 개체는 분명 여성입니다. 그리고 대퇴골의 길이를 기준으로 보면……" 그녀는 줄자를 꺼내 넓적다리뼈에 갖다 댔다. "키는 160에서 165센티미터 사이인 것 같아요. 이 역시 여성이라는 결론을 뒷받침합니다."

"어른이라는 가정에서요?" 조가 물었다. "아직 다 자라지 않은 사람일 가능성은요?"

"사랑니 네 개를 가지고 있으니 적어도 18세 이상입니다. 그리고 골단선은 닫혀있어요."

"뭐라고요?" 핀이 물었다.

와스가 설명했다. "긴 뼈의 끝에 있는 연골판. 성장이 멈추면 이 판이 닫히고 뼈는 융합되는 거지."

"이 역시 그녀가 성인이었다는 것을 말해줍니다." 볼버딩이 척추뼈 중 하나를 집어 들었다. "골변연도 없고 골다공증 진행도 없어요. 그래서 특별히 나이가 많지 않았을 거라고 추정이 되고요."
그녀는 두개골에 손을 뻗어 아래쪽을 확인하기 위해 돌려보았다.
"그리고 두개기저부의 봉합도 완전하지 않아요."

"그건 무슨 뜻이죠?" 핀이 물었다.

"신생아의 두개골은 자궁을 빠져나올 수 있도록 약간 유연해야 합니다. 실제 두개골은 느슨하게 연결된 별도의 뼈들로 구성되어 있습니다. 수년에 걸쳐 뼈들이 융합되기 시작하면 성인의 두개골처럼 단단해집니다. 두개골에서 마지막으로 봉합되어야 할 곳 중의 하나가 여기, 아래쪽입니다. 두개기저부 봉합." 그녀는 두개골을 사람들에게 보여주었다. "이 봉합선이 아직은 뼈로 완전히 채워지지 않은 것이 보이시나요?"

"그럼, 모든 걸 종합했을 때 몇 살 정도라고 생각하십니까?" 조가 물었다.

"30대 중반을 넘지 않았을 겁니다." 볼버딩 박사는 두개골을 부검대 위에 조심스럽게 내려놓았다.

'젊은 여자. 내 또래일지도.' 조는 유골을 바라보며 생각했다. 수십 번의 계절이 바뀌고 몇 년이 흐르는 동안 이 여인은 메이든 호수 바닥에 누워 있었다. 그 위의 물은 얼었다 녹기를 반복했을 테고, 피부와 살이 벗겨져 나갔을 것이다. 그리고 이제 이 부검대에 놓인 것만이 남았다.

"미결 실종 사건은 없습니까?" 알폰드가 조에게 물었다.

조는 고개를 저었다. "제가 아는 한 없습니다. 전 퓨리티에서 자랐고, 실종된 여성에 관련한 어떤 것도 들은 바가 없어요."

알폰드가 볼버딩에게 말했다. "기간을 좀 좁혀본다면 도움이 될 것 같습니다. 얼마나 오래일까요? 수십 년? 한 세기?"

"저도 그러고 싶지만, 완전히 골격만 남아서……."

"옷가지는 없었을까요?" 알폰드가 핀을 바라보았다. "유골 주변에 혹시 도움이 될 만한 거라도."

"죄송합니다만, 말씀드렸듯이 관련성이 있다고 생각되는 모든 정보를 수집했습니다."

"그래요, 돌덩어리."

알폰드의 무시하는 말투에 핀이 당황하는 모습을 보고 조는 보호 본능이 발동했다. 핀은 산소통을 업고 물속으로 뛰어든 사람이다. 이 뼈들을 수거해 수면 위로 끌어올리는 힘든 작업을 한 것도 핀이었다. "옷을 잘 차려입고 호수로 들어가 직접 확인해 보시겠어요, 형사님? 워든 서비스가 정확한 좌표를 알려줄 수 있을 거라고 확신합니다."

"뭐, 수영복이 아닌 옷을 입고 있었다고 해도 지금쯤이면 거의 썩었을 겁니다." 볼버딩이 대화를 끊으며 말했다. "특히 그녀가 면이나 레이온을 입고 있었다면 말이죠. 코넬 대학교의 연구에 따르면 면직물은 담수에서 1년 이내에 거의 백 퍼센트 생분해된다고 합니다. 그녀가 적어도 그 정도로 오래 있었다면 그런 작용도 고려해야 합니다. 옷이 사라진 것은 놀라운 일이 아니에요."

"그렇다면 그녀가 얼마나 오래 거기 있었는지 모른다는 겁니까?" 알폰드가 말했다.

"아, 아직 끝나지 않았어요. 바쁘시다는 건 알겠지만 형사님, 조금만 기다려 주세요."

볼버딩은 부패의 힘에 의해 두개골에서 분리된 아래턱뼈를 집어 들었다. "여기서 답을 찾을 수 있습니다. 치열이 매우 양호하고 오른쪽 세 번째 어금니가 아말감으로 때워져 있습니다."

"충치를 때운 흔적이 있다고요?" 조가 물었다.

"네. 하지만 치과용 아말감은 꽤 오래전부터 사용됐습니다. 실은 최초의 아말감은 1500년대에 사용되었죠. 하지만 지난 100년 동안은 아말감의 구성 성분이 꾸준히 바뀌었습니다. 그 성분을 통해 어느 시대에 사용되던 것인지 알게 되면 범위를 좁히는 데 도움이 되겠죠."

"이제 몇십 년으로 좁혀졌군요." 알폰드가 비웃었다. "그래도 몇 세기보다는 낫죠."

볼버딩은 안경 너머로 그를 바라보았다. "형사님, 더 중요한 일이 있으시다면 나중에 보고서를 보내드리겠습니다."

"그 호수 주변에는 별장들이 꽤 있습니다." 핀이 말했다. "며칠이 지나면 물에 잠긴 시체가 가스로 가득 차서 수면 위로 떠올랐을 겁니다. 아무도 물 위로 떠 오른 시체를 인지하지 못한 것이 이상하죠."

"아마도 비수기에 있었던 일이 아닐까. 그런데 물은 아직 얼지 않았고 말이야." 와스 박사가 말했다. "이른 봄이나 늦가을이었다면 물은 얼지 않았지만 아직 별장은 비어 있을 때이지."

"아무튼 핀이 좋은 지적을 해줬어요." 볼버딩이 말했다. "여름에 익사했다면 시신이 수면 위로 떠올라 사람들 눈에 띄었을 겁니다. 무언가가 그녀를 붙잡고 있지 않았다면 말이죠. 그래서 우리는 그녀의 사망 방식에 주목해야 합니다." 그녀는 두개골을 옆으로 돌렸다. "처음에는 놓칠 뻔했지만 자세히 보면 관자놀이 뼈에 미세한 골절이 있는 걸 확인할 수 있습니다. 죽을 정도는 아니겠지만 아마 기절을 했을 겁니다."

"배에서 넘어지며 머리를 부딪히고 배 밖으로 떨어졌을 수 있겠네요. 사고요." 조가 말했다.

그 말을 듣고는 볼버딩은 싱크대로 가서 금속 쟁반을 들고 돌아왔다. "여기 계신 훌륭한 잠수부가 유골 주변의 자갈과 퇴적물을 퍼낼 때 이것도 함께 수거했더군요." 그녀는 녹색 나일론 끈 조각을 들어 보였다. "시신에 무언가를 매달려고 사용했던 끈 같아요. 아마도 시신이 떠오르는 걸 막기 위한 돌 주머니 같은 거겠죠."

"주변에 가방 같은 건 발견하지 못했습니다." 핀이 말했다.

"면으로 만들었다면 옷처럼 썩어버렸을 겁니다. 하지만 이런 나일론은 시간이 지나면서 물러지고 변색하더라도 수십 년 동안은 썩지 않고 남아있어요."

"더 이상 범위를 좁힐 수는 없습니까?" 알폰드가 물었다.

"이제는 훌륭한 경찰의 역할이 발휘되어야 할 차례입니다. 이건은 살인 사건으로 보이니 알폰드 형사님에게 공은 넘어갔습니다. 조사를 시작하기에 충분한 정보를 드렸습니다. 성별은 여성, 나이는 18세에서 35세, 신장은 160에서 165. 고른 치열을 가졌고 오른쪽 아래 어금니에 아말감 충전물이 있습니다. 그동안…" 볼버딩은 조를 바라보았다. "티보듀 서장님 고향에서 일어난 일입니다. 만약 누군가가 퓨리티에서 실종됐었고 아직 발견되지 않았다면 그 사건 파일이 어딘가에 있을 겁니다. 그 이름을 찾아내 주세요."

17장
‑
수잔

"정말 내가 함께 있지 않아도 되겠어?" 에단이 물었다. 그는 한 발은 침실 안쪽에 다른 발은 침실 밖에 위치한 채 침실에 남아있어야 할지 가족들에게 합류해야 할지 망설이며 서 있었다. 다른 가족들은 모두 아래층에서 모자와 물병, 선크림, 엘리자베스가 식 도중 지칠 경우를 대비한 접이식 의자 등을 준비한 채 기다리고 있었다. 물론 조지의 화장한 유골이 담긴 유골함도 준비되어 있었다. 그것이 바로 이들이 모두 메인에 온 이유이자 이 저주받은 장소에 모인 이유였으니까. 오늘, 조지의 친구들과 가족들은 카메론산으로 가서 작별 인사를 하고 뼛가루를 뿌릴 예정이었다. 조지 코노버의 뼛가루는 풀잎이나 민들레 솜털에서 새로운 생명을 찾거나, 땅속에 스며들어 대지를 풍요롭게 할 것이다. 조지는 최종 유언장과 유언에서 참석자들이 부를 노래부터 낭독할 시까지 이 추모식의 모든 세부 사항을 정해주었고, 이제 참석자들은 그의 마지막 요청을 지키려 하고 있다.

수잔은 이제 더 이상 신경 쓰지 않아도 될 요구들이었다. 그녀는 침대에 앉아 손을 깍지 낀 채로 무릎에 올려놓고 에단이 방에서 나가기를 바랐다. 그들이 모두 떠나고 오로지 혼자서만 이 고통을 온전히 느낄 수 있는 시간이 오기를 기다렸다.

"난 안 가도 돼. 내가 여기 같이 있을게."

"당신은 당연히 가야죠. 아버님도 그걸 원할 거고요."

"하지만 당신을 여기에 혼자 두고 싶지 않아."

"에단!" 콜린이 아래층에서 불렀다. "곧 내려올 거야?"

에단은 어깨 너머로 흘끗 뒤를 보고 나서 다시 수잔을 쳐다보았다. "집 밖으로 나가 바람이라도 쐬는 게 좋지 않겠어? 추도식은 몇 시간이면 끝나."

"경찰이 나에게 연락을 취하려고 하면 어떻게 해?"

"전화를 하겠지."

"산에서 휴대폰이 안 터지면? 조이가 집으로 돌아왔는데 아무도 없으면? 아무튼 누군가는 여기 있어야 하는 거잖아."

"그래, 당신 말이 맞아." 에단이 한숨을 쉬었다. "나도 당신과 함께 남아야겠어."

"아니, 그러지 않는 게 좋겠어. 가, 에단. 그게 당신 가족들이 여기 온 이유야. 아버님이 원했던 일이고. 난 괜찮을 거야. 그냥 혼자 있고 싶어."

"에단?" 이번엔 그의 어머니가 아래층에서 부르는 소리가 들렸다.

"어서 가." 수잔은 남편이 침실 밖으로 나가주기를 바라며 말했다.
 마침내 그가 방에서 나가 계단을 내려갔고 수잔은 안도의 한숨을 쉬었다. 차 문이 닫히는 소리와 함께 타이어가 자갈밭을 가로질러 달리는 소리가 들렸다. 그제야 수잔은 제대로 숨을 쉴 수 있음을 느꼈다. 너무 오랜 시간 그녀는 코노버 가족과 함께 이 집에 갇혀 그들의 동정심을 받아들여야 했고, 쓸데없는 조언과 참견, 불안한 시선들을 견뎌내야 했다. 그들이 좋은 의도로 한 말이나 행동이었을지라도 너무 한정된 공간이다 보니 그녀는 질식할 것만 같았다.
 다시 한번 휴대폰을 들여다보았다. 딸의 생명줄이라도 되는 듯, 한시도 손에서 휴대폰을 놓지 않고 있었지만 새로운 문자나 음성 메시지는 오지 않았다. 그녀가 할 수 있는 거라곤 딸의 휴대폰에 전화를 수시로 거는 것뿐이었지만, 매번 똑같은 녹음 소리만 들려왔다. 얼마나 많은 메시지를 남겼단 말인가? 지금쯤 음성 사서함이 꽉 찼을지도 모른다. 조이는 그중 하나라도 들었을까? 조이는 들을 수 있는 상황일까?
 갑자기 신선한 공기가 절실해진 그녀는 아래층으로 내려가 집을 나섰다. 경사진 잔디밭을 따라 선착장까지 걸어갔다. 햇빛은 밝게 내리쬐고 물은 유리처럼 잔잔한 또 하나의 가슴 아픈 아름다운 날이었다. '어디 있는 거니, 아가야?' 이 호수는 아니었다. 이제 우리는 그것을 알고 있다. 그래 인어공주 조이는 절대 이런 고요하고 잔잔한 호수에 익사할 리가 없다. 메이든 호수의 열 배 크기라도 열 배만큼 험하다고 하더라도 조이는 쉽게 헤엄쳐갈 수 있을 것이다. 딸 대신 다른 불쌍한 영혼의 유골이 인양됐고, 호수

속에서 모든 이들에게 잊힐 만큼 오랫동안 잠겨있었다.

'이곳은 사람들이 사라지는 곳이다.'

수잔은 호수를 바라보다 문득 반대편 호숫가에서 자신을 마주보고 있는 한 남자를 발견했다. 조이가 사라진 날 저녁 호수 건너편 집의 창문틀에 기대선 그 남자의 실루엣을 본 적이 있었다. 그리고 어제 워든 서비스의 수색대가 호수를 수색할 때 그 남자가 지켜보고 있었다. 두 사람이 서로를 바라보는 동안 그녀는 그 자리에서 꼼짝할 수 없었고 시선을 떼지도 못했다. 그때 갑자기 아비새 한 마리가 날개를 퍼덕이며 두 사람 사이를 가로지르며 날아올랐고 마침내 마법의 주문은 깨졌다. 수잔은 그의 시선과 호수로부터 물러났다.

그녀는 잔디밭을 지나 서둘러 집으로 돌아왔다. 급히 들어오느라 등 뒤에서 문이 세게 닫히며 바람을 일으켰고, 테이블 위에 있던 종이들이 바닥으로 흩어졌다. 그것은 에단의 자필 원고였다. '그 빌어먹을 소설.' 그가 글쓰기에 너무 집중하지만 않았다면, 종이를 사러 집을 나가지 않았다면, 조이가 집에 돌아왔을 때 그는 집에 있었을 것이다. 소설만 아니었다면 그는 조이에게 좀 더 주의를 기울였을 것이다. 조이가 누구와 함께 있는지, 어디로 갔는지. 맙소사, 그녀는 이 종이들을 모두 불태워버리고 싶었다. 숨을 들이마시고 분노를 삼켰다. 수잔은 허리를 굽혀 제대로 정리하지 않은 채 되는대로 원고들을 주워 모았다. 마지막 원고를 주워 더미 위에 올려놓으려는 순간, 그녀의 시선이 페이지 맨 위의 문장에 닿았다.

'여기에서 모든 것이 시작되었다. 그리고, 독이 서려 있는 메이

든 호숫가의 이 집은 피비린내 나는 피할 수 없는 최후를 맞이하게 될 곳이다.'

에단은 자신의 소설이 문뷰에 관한 거라고 말한 적이 없었다.

그녀는 페이지를 순서대로 다시 섞기 시작했다. 그가 번호를 매겨놓은 게 다행이었다. 그렇지 않았더라면 원고를 재구성하기가 쉽지 않았을 것이다. 또 다른 문장이 눈에 들어왔다. 코코란과 코너 그리고 네이선이라는 이름들이 보였다. 캐릭터의 이름이 코노버, 콜린, 에단 등과 너무도 비슷해서 그가 이웃을 포함한 자기 가족에 대해 쓰고 있다는 사실이 눈에 확연히 드러났다. 한나가 아닌 헬렌이라는 딸을 둔 소설 속의 옆집 그론 부부는 실제의 그린 부부를 묘사한 것이리라. 검고 윤이나는 머리칼의 아름다운 헬렌은 위험할 정도로 유혹적인 존재이며, 다가올 폭풍을 발화할 불꽃으로 묘사가 되면서 현실이 갑자기 급선회해 판타지로 바뀌는 지점이 되어버렸다.

유혹하는 여자로서의 한나. 적어도 그 부분은 분명한 허구였다. 하지만 메이든 호수를 배경으로 하는 것과 두 형제의 대립, 의지가 굳센 어머니 등은 모두 불편할 정도로 현실과 맞닿아 있었다. 그렇지만 원고의 내용은 훨씬 더 어둡고 사악한 묘사로 느껴졌다.

수잔은 가상의 코코란 가족이 문뷰에 도착하는 원고의 첫 페이지로 다시 넘어갔다.

'여기에서 모든 것이 시작되었다. 그리고, 독이 서려 있는 메이든 호숫가의 이 집은 피비린내 나는 피할 수 없는 최후를 맞이하게 될 곳이다.'

누군가 문을 두드렸다. 깜짝 놀란 그녀는 의자에서 몸을 곧추세웠다. '조이?' 그녀는 생각했다. '누군가 조이 일로 왔구나.'

수잔은 조 티보듀가 현관 밖에 서 있을 거라고 기대하며 벌떡 일어나 문으로 달려갔다. 하지만 현관문을 열었을 때, 평생 혹독한 겨울에 의해 풍화된 얼굴과 웃음기 없는 눈을 가진 한 남자가 묘한 표정으로 데크에 서 있었다. '그 사람이야. 호수 건너편의 그 남자. 우리 집을 지켜보던 그 남자.'

"당신이 에단의 아내이군요." 그가 말했다.

수잔은 침을 삼키며 그를 지나 호수를 흘끗 쳐다보았다. 도움을 요청한다면 누군가 들을 수 있는지 궁금했다. "코노버 가족을 만나러 오셨다면 들르셨다고 전해드릴게요." 그러고는 문을 닫으려 했지만 그가 손을 들어 문을 막아섰다.

"제 이름도 안 물어보신 것 같은데요."

그녀는 숨을 고르고 똑바로 섰다. "누구라고 전해드릴까요?"

"타킨. 저기가 제 집입니다." 그는 호수 건너편에 있는 허름한 오두막집을 가리켰다. "아버지가 코노버 가족을 위해 일하셨어요."

"엘리자베스에게 알려드리겠…"

"매년 여름마다 이곳에서 가족들을 보았고 아이들이 자라는 모습도 지켜봤어요. 하지만 당신은 한 번도 본 적이 없군요." 그의 시선이 너무도 안정적이어서 오히려 그녀를 불안하게 했다. 마치 그의 파란 눈동자가 레이저처럼 그녀의 두개골을 꿰뚫는 것만 같았다. "딸은 찾았습니까?"

수잔은 그 질문에 너무 놀라 잠시 그를 쳐다보기만 하다 겨우 말을 꺼냈다. "아니요."

"하지만 수색대원들이 호수에서 누군가를 발견한 것 같던데요. 가방을 끌어 올리는 걸 봤어요."

"조이가 아니었어요. 내 딸이 아니에요." 수잔은 떨리는 숨을 내쉬었다. "가족분들에게 당신이 찾아왔었다고 전해드릴게요." 그녀는 다시 문을 닫으려고 시도했다.

"그들에게 전해주세요, 잊지 않고 있다고요. 아서 폭스에게도 꼭 그렇게 전해주세요."

"뭘 잊지 않고 있다는 거죠?"

"그들이 한 일을 잊지 않았다고만 전해주세요." 그렇게 말하곤 고개를 약간 기울이며 나지막이 덧붙였다. "당신의 딸을 빨리 찾았으면 좋겠습니다, 부인."

수잔은 그가 푸른색 카약이 묶여있는 문뷰의 선착장을 향해 잔디밭을 걷는 걸 지켜보았다. 불안정한 마음으로 문을 닫고 잠갔다. 방금의 만남은 깊은 불안을 느끼게 했고, 잠시 동안 그녀는 마비된 듯한 상태로 그의 말이 머릿속에서 메아리치는 것을 느꼈다.

'그들이 한 일을 잊지 않았다고 전해주세요.'

커피 테이블에 놓인 에단의 손 글씨 원고를 바라보았고, 이젠 그 페이지들이 그녀에게 새로운 의미로 다가왔다. '그들이 한 일.' 그녀는 지금 이 순간 코노버 가족들이 카메론산에 서서 조지를 찬양하는 모습을 상상해 보았다. 추모식은 한 사람의 결점이나 잘못에 대해 이야기하는 자리가 아니다. 오히려 그들은 찬양의 말들과 함께 그의 유골을 뿌리고 있을 것이다. 훌륭한 사람, 너그러운 인성, 좋은 남편이자 아버지이자 할아버지. 진실이든 허구이든, 칭찬의 말들을 쏟아낸 다음 그들은 다시 산에서 내려올 것이다. 임무 완수. 조지의 마지막 소원이 이루어진다.

창문으로 가서 호수 건너편을 바라보았는데 그곳에선 이미 루벤 타킨이 카약을 호숫가로 끌어올리고 있었다. '그는 무엇을 잊지 않고 있을까?'

'코노버 가족이 그에게 무슨 짓을 한 거지?'

18장

-

수잔은 타킨의 방문에 관해 가족끼리만 사적으로 얘기하길 바랐지만, 엘리자베스는 아서와 한나를 집으로 초대했다. 내리쬐는 햇볕에 흘린 땀과 벌레 퇴치제의 냄새를 풍기는 그들 모두가 한꺼번에 집으로 들이닥쳤다. 조지 코노버의 뼛가루는 카메론산의 바위와 야생화 사이에 뿌려지고 이제는 점심 식사 시간이 되었다. 브룩이 시내의 정육점에서 사 온 콜드 컷과 프랑스 치즈, 감자 샐러드 뷔페가 차려졌다. 아서 폭스는 샤르도네 와인을 땄고, 평소 은둔형 외톨이였던 키트도 접시와 은식기, 와인잔을 꺼내놓으며 동참했다. 조지에게는 추모식이 마지막 작별 인사였을지 모르지만, 다른 이들의 인생은 계속되었고 이들은 꽤 괜찮은 점심을 즐길 계획이다. 그들이 접시에 음식을 가득 채우는 모습은 수잔에게는 지긋지긋할 정도의 일상적이고 평범함으로 다가왔다.

수잔은 차가운 고기는 속이 불편할 것 같아 에단이 걱정하지 않을 정도의 당근과 셀러리 몇 조각만을 겨우 가져왔다. 그녀는 그들의 대화에 기여할 만한 것이 없었기에, 조지가 그 산의 경치를 얼마나 좋아했는지, 자신들이 모두 조지를 기리기 위해 그곳에 온 것을 얼마나 기뻐할 것인지에 대한 이야기를 조용히 듣고만 있었다. 수잔은 루벤 타킨과 그의 비밀스러운 발언에 관해 물어볼 수 있도록 이웃이 언제쯤 떠날지 궁금해하며 시계를 계속 쳐다봤지만, 아서와 한나는 오후를 이곳에서 보내기로 작정하고 자리를 잡은 것 같았다. 그리고 브룩이 커피 마실 사람을 물어보았고 한나가 "네, 주세요"라고 말했을 때 수잔은 더 이상 참기가 어려웠다. 어차피 아서에게도 전해달라고 했으니.

"루벤 타킨이 누구죠?"

그녀는 이 방에 폭탄을 던진 것이나 다름없었다. 아서는 말을 이어가던 중 갑자기 침묵했다. 다른 사람들도 모두 수잔을 바라보며 고개를 돌렸다.

이 마법의 주문을 깬 것은 키트였다. "호수 건너편의 노인 아니에요?" 하지만 모두 수잔에게 집중하고 있었기 때문에 아무도 키트의 말을 귀담아듣지 않는 것 같았다.

"왜 그 남자에 관해 물어보는 거니?" 엘리자베스가 드디어 침묵을 깨고 말했다.

"오늘 오전에 집으로 왔어요. 모두들 외출한 사이에요."

"잠깐만, 그가 여기 왔어요?" 콜린은 소리가 나도록 잔을 내려놓았다. "빌어먹을 배짱이군."

브룩은 남편의 팔을 살짝 만지며 속삭였다. "콜린."

"우리한테서 떨어지라고 몇 번이나 경고했는지 알아요? 그가 문제를 일으킬 때마다?"

"무슨 짓을 한 거죠?" 수잔이 물었다.

에단이 대답했다. "그 남자는 말썽꾼이야. 수년간 우리 가족을 괴롭혀 왔어." 그는 콜린을 바라보며 말을 이었다. "그가 우리 집 데크에 썩은 생선 봉지를 놓고 간 그 여름 기억나?"

"젠장, 당연히 기억하지." 콜린은 의자에서 일어나 창문으로 가 호수 건너편을 바라보았다. "그런데 아버진 그런 일이 벌어지는데도 계속 그를 내버려두었어. 그건 그저 많은 사건 중 일부일 뿐이었지."

"그리고 그는 애나를 스토킹했어." 엘리자베스가 말했다. "애나가 너무 겁을 먹어서 예고도 없이 그만둬버렸어. 그냥 짐을 싸서 하룻밤 사이에 떠난 거야."

"애나가 누구였죠?" 수잔이 물었다.

"키트의 유모였어. 멕시코에서 온 다정한 아가씨였지. 루벤은 그 여자에게 집착했어. 시내에까지 따라다니고 우리 선착장에서도 계속해서 괴롭혔어. 심지어 꽃을 가져다 주기도 했고. 루벤은 그녀의 아빠뻘이 될 만큼 나이가 많았지만, 그 아가씨가 자신에게 로맨틱한 관심을 보인다는 미친 생각을 했지."

"루벤에게? 그건 망상이에요!" 한나가 웃으며 말했다.

"어느 날 밤, 그가 야구 방망이를 들고 우리 집 현관 앞에 나타났어." 엘리자베스가 계속 말을 이어갔다. "콜린과 나는 외출 중이었는데 나중에 조지에게 듣기론 애나가 그 남자를 너무 무서워해서 그 자리에서 당장 그만두겠다고 했다더군. 브룩이 짐을 싸는 걸 도와주고 조지가 직접 공항까지 차로 데려다주었어. 루벤이 일주일 후 애나에게 전화를 걸어 다시 돌아오게 하려고 했지만 그 아이는 연락을 받지 않았지. 그럴 리가 있겠어?"

"우리에겐 호수 건너편의 미친 인간이라고밖에." 콜린이 말했다. "아버지가 왜 그날 밤 경찰에 신고하지 않았는지 모르겠어요. 제가 그때 있었다면…"

"그랬다면 상황을 더 악화시켰을 거야." 엘리자베스가 말했다.

수잔은 식탁을 둘러보았다. "그래서 그 일로 저 남자가 화가 난 건가요?"

"애나 문제만이 아니라 더 많은 것에 화가 났죠." 콜린이 말했다. "똑같이 반복되는 오래된 이야기예요. 가진 자와 못 가진 자의 반목. 그가 사는 판잣집의 상태를 보세요. 그리고 바로 건너편에 문뷰가 있죠. 순전히 시기심이에요."

"하지만 그는 당신들이 그에게 무슨 짓을 한 것처럼 말했어요."

"그 사람에게요?"

"그가 말하길 '그들이 한 일을 잊지 않았다고 전해주세요'라고 했어요. 그게 무슨 의미죠?"

"우리는 그에게 아무 짓도 한 적이 없습니다. 그냥 정신 나간 노인네일 뿐이에요."

한나가 말했다. "그는 항상 그런 식이었어요. 우리 부모님도 괴롭히곤 했어요. 그리고 아서, 당신 집 현관 계단엔 죽은 너구리를 두고 가지 않았었나요?"

"그 일이 기억나니?" 아서가 대꾸했다.

"여덟 살이었는데 그 일은 제게 큰 인상을 남겼어요. 게다가 그의 아버지와 관련된 끔찍한 일도 있었던 해이니까요."

수잔은 한나에게 얼굴을 찌푸리며 말했다. "그의 아버지가 무슨 짓을 했길래요?"

"콜린과 에단이 태어나기도 전의 일이에요. 루벤의 아버지가 어느 날 미쳐서 시내 중심가에서 사람들을 죽였어요. 다른 아이들이 그 얘기를 하던 게 기억나요." 한나는 아서를 바라보았다. "얼마나 많은 사람이 죽었죠?"

"그건 아주 오래전 일이야." 아서가 대답했다. "그 이야기는 꺼내지 말자고, 알겠지?"

"제발, 루벤 타킨 얘기는 그만하면 안 될까? 그 사람 이야길 듣는 것도 이젠 지겹구나." 엘리자베스도 그 의견에 동조했다.

"동감입니다." 아서는 그녀에게 공감을 표하고 말했다. "우리가 아무리 수많은 여름을 이곳에서 보냈다고 하더라도 지역 주민들은 우리를 항상 외부인으로 여긴다는 사실을 상기시켜 주는 슬픈 이야기일 뿐이야. 그들이 우리의 집을 관리하고 수리해 주고 길도 잘 유지해 주어야 하기 때문에 어쩔 수 없이 잘 지내야 하지."

"그리고 그들은 우리의 돈이 필요하죠." 콜린이 말했다.

수잔의 휴대폰이 울리자 대화는 순식간에 중단되었다. 수잔은 화면에 표시된 이름을 보고 숨이 멎을 것만 같았다.

조 티보듀였다. '조이. 조이에 대한 소식이 있습니다.'

휴대폰을 쥔 그녀의 손은 떨리고 있었다. "여보세요?"

"지금 집에 계신가요, 수잔?" 조가 물었다.

"네, 왜요? 무슨 일이에요?"

"입안을 면봉으로 채취해야 해서요. 금방 갈게요."

"잠깐만요, 채취요? DNA를 뜻하는 건가요?"

"예."

그녀는 에단이 자신의 팔을 잡는 것을 느꼈다. 식탁에 앉은 모든 사람들이 그녀를 쳐다보고 있는 것도 느꼈다. "왜죠?" 수잔의 목소리는 두려움으로 날카롭게 높아졌다. "아이를 찾았나요?"

"아니요. 하지만 다른 무언가를 발견했습니다."

19장
매기

"조이가 살아있다고 생각하세요?" 캘리가 물었다.

매기는 스테인리스로 된 급수기에 물통을 비우고 닭 모이통에 곡물을 채우는 동안 잠시 질문에 대한 답을 보류하기로 했다. 매기는 캘리에게 자신의 솔직한 진짜 생각을 말해주어야 할지 고민했다. 조이 코노버는 죽었을 가능성이 높다고. 납치되어 잔인하게 학대당하고 버려졌을 거라고. 캘리와 조이 같은 소녀들에게 이 세상은 안전한 곳이 아니며, 머릿속 아주 작은 경고의 속삭임에도 항상 주의를 기울여야 한다고. 캘리는 불과 몇 달 전에 납치의 공포를 직접 경험했기 때문에 이미 알고 있는 사실이었다. 세상이 위험한 곳이라는 사실을 누구도 캘리에게 설득할 필요는 없었다.

매기는 무응답이 최선이라고 판단했다. "잘 모르겠네."

"그래도 아줌마 생각이 듣고 싶어요."

"내 생각이 중요할까?"

"이런 사건들에 대해 잘 알고 있잖아요."

"경찰이 나보다 훨씬 더 많은 것을 알고 있단다."

"할아버지는 그렇게 말하지 않으셨어요."

'도대체 루터는 나에 대해 뭐라고 말하고 있는 걸까?' 혹, 그가 해서는 안 될 말들을……. 루터는 매기의 전 경력에 대해 자세히 알지는 못하지만, 지난겨울에 있었던 숲속 저격 사건, 캘리 납치 사건과 같은 피비린내 나는 사건들을 통해 그녀가 위험한 과거를 지녔고 그 과거를 잊고 싶어 한다는 것을 명확히 알 수 있었을 것이다.

매기가 닭장 문을 열자 암탉들이 울음소리와 함께 고개를 흔들며 사료통으로 몰려갔다. "좋은 아침, 아가씨들. 그리고 신사분." 매기는 외로운 수탉 한 마리가 암탉들 사이를 점잔을 빼며 활보하고 있는 것을 보고는 덧붙였다. 이 녀석은 매기의 발등을 날카롭게 쪼아대던, 전에 있던 수탉과는 달리 매기를 괴롭힌 적이 없는 착한 녀석이었다.

예전의 수탉은 결국에는 스튜 냄비에서 최후를 맞이했다.

그녀는 닭 무리의 숫자를 재빨리 세어본 결과 하룻밤 사이에 잃은 닭이 하나도 없다는 사실에 안도했다. 올해 초, 너구리와 살쾡이, 특히 영리한 여우 한 마리가 닭장을 동네 식당처럼 여긴 탓에 수십 마리의 닭을 잃었다. 하늘을 올려다보니 머리 위로 날아다니는 독수리는 보이지 않았다. 독수리는 항상 주위를 맴돌며 먹이 사냥의 기회를 노리는 하늘의 또 다른 포식자였다. 닭을 키우는 것의 단점은 닭을 잃는 것에 익숙해져야 한다는 사실이었다.

그녀가 닭장 측면에 있는 나무판을 들어 올리자 알둥지의 맨 윗줄이 드러났다. 지금이 하루 일과 중 가장 좋아하는 순간이다. 딸들이 남긴 선물을 모으는 일. 보물찾기처럼 갈색, 흰색, 파란색 달걀들을 골라내는데, 그중 몇 개는 아직도 따뜻할 정도로 신선한 것도 있었다. 긴 여름날은 닭의 달걀 생산을 늘렸고, 오늘도 매기는 이 많은 달걀을 모아서 판매용 상자에 담아 정리해서 캘리와 함께 매주 열리는 농산물 직거래 장터에 부스를 차려 판매할 것이다. 매일 새벽에 일어나 물과 사료를 나르고, 이동식 닭장을 새로운 목초지로 옮기고 전기 울타리를 다시 설치하는 반복되는 일에 대한 보상이자 농부로서 그녀가 사랑했던 일이었다. 닭을 키워 부자가 되지는 못했지만, 닭을 건강하게 먹이고 포식자로부터 안전하게 지키는 일은 실종된 소녀와 이름 모를 해골, 자신의 괴로운 과거에 관한 생각에서 벗어날 수 있는 환영할 만한 주의력 분산이었다.

"할아버지께선 아줌마가 경찰보다 더 똑똑하다고 하셨어요." 아라우카나 암탉 한 마리를 들어 품에 안은 캘리가 머리 깃털에 자신의 뺨을 비비며 말했다. 닭은 자신이 안전한 곳에 있다는 걸 아는 듯 캘리의 품에서 부드럽게 꼬꼬댁 소리를 냈다.

"할아버지가 많은 말씀을 하셨구나."

"경찰이 저를 찾지 못했을 때, 아줌마는 찾아냈잖아요."

매기는 달걀 바구니를 내려놓고 캘리를 바라보며 말했다. "애야, 나도 경찰을 돕고 싶지만 그들보다 더 알지는 못해. 최악의 상황에도 대비를 해야 하는 건지도 모르겠다. 조이가 가출을 한 게 아니라면…"

"조이는 도망친 게 아니에요. 농장으로 다시 놀러 온다고 했거든요. 염소젖 짜는 일도 해보고 싶다고 했어요."

그렇다면 최악의 상황을 염려해야 하는 또 다른 이유가 된다. 캘리의 말은 소녀가 납치되었다는 증거가 될 수 있다.

"아직 살아있겠죠, 그렇죠?"

"물론이지." '하지만 그럴 가능성은 작단다.'

"그럼 어디를 찾아봐야 하는지 경찰에게 알려주세요. 아줌마는 할 수…" 캘리는 잠시 멈칫하더니 시선을 다른 곳으로 옮겼다.

매기는 캘리의 시선을 잡아끈 것이 무엇인지 보려고 고개를 돌렸고, 그곳엔 경찰 차량의 파란색 불빛이 깜박이고 있었다. 경찰차는 캘리의 집 밖에 정차하고 있었다.

"할아버지. 할아버지에게 무슨 일인가가 생긴 거예요." 캘리는 닭을 내려놓고는 전력 질주했다.

"캘리? 캘리, 기다려!"

하지만 소녀는 이미 머리칼을 휘날리며 들판을 가로질러 자기 집으로 뛰어가고 있었다.

매기는 농장용 RTV를 타고 차의 바퀴가 마멋이 뚫어놓은 구멍과 풀더미를 뛰어넘으며 소녀를 쫓아갔다. 불빛을 번쩍이고 있는 경찰 순찰차. 가벼운 방문이 아님은 분명하다. '이건 좋지 않은 징조다.' 매기의 차가 막 진입로에 들어섰을 때 조 티보듀가 수갑을 찬 루터를 순찰차 뒷좌석에 태우고 있었다.

"이게 대체 무슨 일이죠, 조?"

"전 제 일을 하는 것뿐입니다." 조는 뒷문을 닫았다. "그리고 당신의 도움이 필요해요. 손녀딸을 좀 맡겨도 괜찮을까요?"

매기는 순찰차 창문으로 할아버지를 보며 울고 있는 캘리를
바라보았다. "얼마나 오래 그를 구금할 계획입니까?"

"모르겠어요."

"그런 식의 대답은 뭔가 불안한 느낌이 드는군요."

"그냥 저 아이를 잘 돌봐주었으면 좋겠어요, 아시겠죠?"

조가 루터와 함께 차를 몰고 떠나자 매기는 캘리를 품에 안았다. 캘리의 심장이 새처럼 빠르게 뛰었고 온몸은 공포로 전율하고 있었다.

"왜 데려간 거죠? 할아버지가 무슨 일을 했는데요?" 캘리는 흐느꼈다.

"모르겠다, 아가야." 매기는 아이를 계속 안고 있고 싶었지만, 해답을 찾아야 할 질문이 존재했고 전화도 해야 했다. 매기는 뒤로 물러나 캘리의 눈을 똑바로 바라보며 어깨를 잡았다. "네가 아줌마를 위해 뭔가를 해줬으면 좋겠어. 할 수 있니?"

캘리는 눈물을 닦아내며 고개를 끄덕였다.

"우리 집으로 가서 닭장의 닭들을 네가 돌봐줘야겠어."

"하지만 할아버지는요?"

"닭들에게 물을 주고 울타리를 잘 살펴. 나머지 달걀들을 잘 모아서 상자에 담아주고."

"어떻게 하실 거예요?"

매기는 숨을 고르고 몸을 곧추세웠다. "난 네 할아버지를 도우러 갈 거야."

20장
조

 루터 윤트를 모르는 사람이 그를 본다면, 위험한 사람들이 가질법한 몇몇 특징을 지니고 있다고 생각할 수 있다. 경찰이 그를 체포하러 갔을 때 그는 헛간에 새 짚을 깔고 있었고, 짚 몇 가닥과 닭 깃털이 그의 수염과 언제나 단정하지 않은 머리카락에 대롱거리고 있었다. 그는 헛간 냄새도 풍겼는데, 그의 축 늘어진 옷에는 소, 거름, 갓 깎은 건초 냄새가 배어있었다. 조는 특별히 끔찍한 냄새는 아니라고 생각했지만, 그녀와 주 경찰 로버트 알폰드 형사가 테이블을 사이에 두고 마주 앉은 작은 조사실에 그 냄새가 꽉 들어차 버렸다. 알폰드의 불쾌한 표정에서 그가 축사 냄새에 조만큼 낙천적이진 않다는 걸 알 수 있었다. 조는 지난 2월에 이웃인 매기 버드에 대한 정보가 필요해 윤트를 인터뷰한 적이 있었다. 당시 그는 매기를 맹렬히 보호하고 경찰과 정면으로 부딪치는 것을 두려워하지 않는 도전적인 태도를 보였다.

오늘 윤트는 그렇게 도전적으로 보이지는 않았다. 그는 눈에 띄게 떨고 있었고 두 손을 꽉 쥐고는 시선은 테이블에 고정하고 있었으며, 에어컨에서 나오는 바람에 하얀 닭 깃털 하나가 파르르 떨고 있었다. 조는 이 남자가 어떤 폭력을 행사할 수 있을 거라고 생각하지 않았었지만, 어제 범죄연구소의 보고서와 그의 의기소침한 태도를 보고는 루터 윤트에 대한 생각을 재고하게 되었다.

"어떻게 그 피가 트럭에 묻어있는지 말씀해 주시죠, 윤트 씨." 알폰드가 말했다.

"피에 관한 거라면 전 전혀 몰라요."

"계속 그렇게 말씀하고 계시네요."

"사실이니까요. 모르는 일이에요. 뭔가 실수나 착오가 있을 겁니다."

"범죄연구소에 따르면 그렇지 않습니다."

"이거 일종의 심리 게임인가요? 내가 하지도 않은 일을 인정하게 하려는 그런 건가요?" 루터는 알폰드를 노려보았다. "당신들의 수법이군요, 그렇죠?"

"왜 그렇게 생각하시죠? 전에 경찰과 어떤 문제가 있었던 적이 있습니까?"

"저는 무식한 사람이 아닙니다. 이런 식의 조사가 어떻게 작동하는지 알아요."

알폰드는 의자에 몸을 기대고 루터를 냉소적으로 한 번 쳐다보았다. "알고 있습니다. 당신은 무식한 사람이 아닌 건 확실해요. 사실, 굉장히 영리해 보입니다. MIT 정교수였죠. 기계공학이었나요?"

루터의 대답은 언짢은 듯한 무뚝뚝한 눈빛이었다.

"당신은 종신직이었어요. 7년마다 안식년을 가졌고요. 대학에 좋은 사무실도 있었습니다. 그런데 왜 그 직을 포기했는지 모르겠군요. 저라면 그러지 않았을 겁니다."

"당신은 제가 아니니까요."

"그럼 설명해 보세요, 윤트 씨. 아니, 윤트 교수님이라고 불러야 할까요? 왜 지금은 메인주에 살면서 소똥이나 치우고 계신 건가요?"

"소는 호감을 주는 동물이죠."

"사람과는 달리?"

"형사님이 그런 식으로 말하니까 하는 말입니다."

"보스턴에서 무슨 일이 있었던 거죠? 분명히 뭔가가 잘못된 겁니다. 어떤 곤경에 처했던 건 아닙니까? 젊은 여대생에게 색다른 신선함을 느꼈습니까? 한 명, 아니면 두 명?"

"더 이상 여학생이라고 부르지 않습니다. 그건 성차별적이기 때문이죠."

"오, 실례했습니다. 다시 물어볼게요. 혹시 매력적인 학생이랑 스캔들이 있었나요?"

"이제 와서 헛소리를 늘어놓는군요. 당신들은 손녀가 보는 앞에서 나를 내 사유지에서 끌고 나왔어요. 이유를 알아야겠습니다."

"이유를 말씀드렸잖아요. 트럭 조수석에서 혈흔을 발견했어요."

"놀랄 일도 아니죠. 저는 가축을 키웁니다. 가끔 양고기나 염소 고기를 판매하는데 도축장에서 직접 집으로 가져옵니다. 그래서 좌석에 피가 묻어있는 거겠죠."

"안타깝게도 이 특정된 피는 사람의 혈액입니다. 그리고 우연히도 조이 코노버의 혈액형과 같은 형이고요."

루터는 순간 얼어붙었다. 그는 조를 바라보았다. "거짓말이죠, 그렇죠?"

"유감스럽게도 아니에요. 그 혈액은 조이의 것과 일치합니다." 조가 대답했다.

"안돼!" 루터는 테이블에서 떨어지며 외마디를 외쳤다. "그럴 리가 없어요. 내가 말했잖아요, 선착장에 내려줬다고요!"

"정오쯤이라고 하셨죠?" 알폰드가 말했다.

"예."

"그러고 나서 어떻게 됐습니까?"

"아인 걸어갔어요. 완전히 기분이 좋았어요."

"아니요, 윤트 씨, 당신에 관해서 말하는 겁니다. 다음에 뭘 하셨죠?"

루터는 테이블 위의 꽉 쥔 자신의 손을 내려다보고 있었다. 그 몇 초간의 침묵이 조의 주의를 끌었고 그녀는 살짝 몸을 옆으로 기울였다. 그가 말하기 전에 어떤 생각을 해야 한다는 사실만으로도 위험 신호였다.

"저는 몇 가지 볼일이 있었어요. 이미 티보듀 서장님께 말씀드렸습니다."

"어디로 볼일을 보러 갔죠?" 알폰드가 물었다.

"오거스타요."

"오거스타에서 무슨 일을 했습니까?"

"트랙터 부품을 좀 살펴봤습니다. 동물들 침구로 쓸 신선한 짚도 구하고요."

"그런 것들 때문에 오거스타까지 운전해서 갔나요? 차로 한 시간 반이나 걸리는 거리를요?"

"잘 알고 있는 가게가 있어서요."

"그러고 나서요?"

"그날 저녁 7시, 7시 반쯤 집에 도착했죠. 제 손녀가 정확히 몇 시였는지 말해줄 수 있을 거예요. 저녁으로 폭찹을 만들었어요. 으깬 감자, 사과 소스…"

"저녁에 뭘 먹었는지는 상관없어요. 조이 코노버와 뭘 했는지 알고 싶을 뿐입니다."

"보트 선착장에 데려다주었다니까요."

"아니면 다른 곳 어딘가로 데려갔나요? 시외로 같이 드라이브라도 했습니까?"

"전 오거스타에 다녀왔습니다."

"숲속 조용한 곳, 사람들의 눈에 띄지 않는, 들리지도 않는 그런 곳을 찾으셨습니까? 이 마을 주변엔 그런 곳이 꽤 많죠. 소녀를 이용해 먹기 좋은 장소들요. 그 아이는 겨우 48킬로그램이었습니다. 당신이 원하는 대로 하기에 큰 어려움은 없었을 겁니다."

"맙소사, 나한테 손녀가 있어요! 내가 그런 소녀 아이를 해칠 것 같아요? 어떤 소녀든?"

"어쩌면 우리는 손녀의 생활 상황도 점검해야 할 겁니다. 캘리, 손녀 이름 맞죠? 열네 살?"

조에게는 충격적이게도, 루터는 갑자기 일어나 몸을 기울여 알폰드에게 바짝 달려들었다. "내 손녀 근처에 얼씬대기만…"

"루터!" 조가 외쳤다.

두 사람은 잠시 서로를 노려보더니 루터가 의자에 다시 앉았다. 루터의 얼굴은 불그레해지고 손은 심하게 떨리고 있었다. 조사를 시작할 때도 거친 사람처럼 보였지만 이제는 제정신이 아닌 사람처럼 보이기까지 했다. 조는 지금도 그가 소녀를 해칠 수 있다고는 믿지 않고 있지만, 알폰드는 방금 그의 잘 숙련된 도발에 루터가 폭력적으로 반응하는 것을 지켜보았다. 알폰드는 다음에도 언제든 누구에게서든지 그런 반응을 일으키게 할 수 있는 사람이다. 이 남자와 같은 방에 있는 것만으로도 신경이 곤두서고 불쾌감을 느끼게 된다.

"다시 묻죠. 조이를 어디로 데려갔습니까?" 알폰드가 물었다.

"메이든 호수에 그 아이를 내려주고 오거스타로 갔습니다."

"네, 그리고 트랙터 부품을 확인했죠. 혹시 판매 영수증 같은 거 있습니까?"

"그날은 아무것도 구매하지 않았습니다."

"그럼, 헛간에 깔 짚은 샀다고 하지 않았습니까?"

"현금으로 결제했어요. 영수증은 없습니다."

"그날 당신을 기억하는 사람이 있을까요?"

잠시 동안 긴장의 맥박. "아마 없을 겁니다."

"당신은 꽤 기억에 남을 만한 사람이에요, 윤트 씨. 이렇게 덩치가 좋잖아요. 오거스타에 다녀갔다는 걸 확인해 줄 누군가가 있을 겁니다. 짚을 판매한 사람이라든지."

루터는 고개를 떨어뜨리고 테이블에 시선을 고정했다. 상황이 좋지 않은 듯했다. 해를 끼칠 사람이 아니라고 여겼던, 이 마을에서 한 번도 문제를 일으킨 적이 없었던 그 남자가 이제 조에게는 점점 더 기만적으로 보였다. 그는 트럭에 남아있던 조이의 혈흔을 설명해 줄 수 없었다. 조이를 내려준 후 그의 행방도 확인되지 않는다.

"한동안 여기 계셔야 할 것 같군요, 윤트 씨." 알폰드가 말했다. "잠시가 아닌 훨씬 더 오래 있어야 할지도 모르고요."

"손녀가 집에 있어요. 아이를 혼자 둘 수는 없습니다."

"당신이 없으면 더 안전할 것 같다는 생각이 들기 시작하는군요."

"손녀와 얘기를 좀 해야겠어요. 설명이 필요해요."

"당신이 정말 설명을 해줘야 할 사람은 변호사입니다."

"저는 변호사가 없습니다."

"그렇다면 지금이 바로 그때일지도 모르겠네요. 만약 당신이 생각을 고쳐먹고 진실을 얘기한다면 당신이나 코노버 가족의 마음이 얼마나 더 편할지 생각해 보세요."

문을 두드리는 소리가 들렸다. 조의 동료 경관인 마이크 배첼더가 방 안으로 고개를 내밀었다. "조? 매기 버드가 왔습니다. 서장님과 얘기하고 싶답니다."

"아직 윤트 씨와 조사 중이에요." 조가 말했다.

"아뇨, 다 끝났어요." 알폰드가 자리에서 일어났다. 그는 조에게 만족스러운 듯 고개를 끄덕였다. "윤트 씨가 진실을 말할 준비가 될 때까지 기다리면 되겠군요."

21장
매기

매기는 자신의 집 앞에 살해된 젊은 여성이 발견됐을 때 주 경찰인 로버트 알폰드 형사를 처음 만났다. 그때도 그에게 호감을 느끼진 못했지만, 그가 조 티보듀를 무시하는 태도를 보면서 지금은 더더욱 어떤 호감도 느끼지 못했다. 그는 조의 영역이라 할 수 있는 그녀의 사무실 의자에 앉아 있었고, 마치 조가 마을의 경찰서장 대행이 아니라 그의 비서인 양 커피를 가져다주고 서류를 인쇄해 주길 고대하는 것 같았다. 과거 요원 시절 매기는 그런 부류의 남자들과 정면으로 맞서왔고, 그들의 무시하는 태도는 항상 존재하는 불쾌한 골칫거리였다. 하지만 때로는 무시를 당한다는 것은, 어쩌면 쉽게 간과될 수도 있다는 것을 의미했기에 유용한 면도 있었다. 시선이 닿지 않는 곳에서 일할 수 있을 때 많은 것을 성취할 수 있다.

하지만 그 순간 조는 화가 난 표정이었다. 그녀는 알폰드가 부탁한 설탕과 크림을 들고 책상으로 돌아와 그를 마주 보고 앉은 다음, 무례한 말을 억누르듯 입술을 꽉 다물고 있었다. 조는 그가 커피에 크림과 설탕을 섞어 한 모금 마시고는 그 맛에 인상을 찡그리는 것을 보며 기다리고 있었다. 사실, 그 커피는 몇 시간 동안 보온병에 놓였던 것으로 쓴맛이 나는 것은 당연할 테지만, 감히 그녀에게 새 커피를 내려달라고 부탁하면, 진정 큰일이 날 거라는 것쯤은 알고 있을 터였다.

그는 잔을 내려놓고 마침내 매기를 바라보았다. "자, 이제 왜 당신은 이웃이 결백하다고 생각하는지 말해보시죠."

"저는 그를 몇 년 전부터 알고 지냈습니다. 그는 좋은 사람이고 믿을 수 있는 사람입니다. 언제나 도움을 청할 수도 있는 사람이고요."

"예를 들면 어떤 도움을 요청하나요?"

"우리 둘은 농부니까 농부가 하는 일이겠죠. 우리는 길 잃은 가축을 모으고 울타리를 수리하고 달걀을 판매합니다. 저는 그가 사람이나 동물에게 폭력을 행사하는 것을 본 적이 없습니다. 그는 손녀를 사랑하고 손녀도 그를 사랑합니다."

"그런 이유로 당신은 그가 결백하다고 믿는 거군요."

"네, 그래요." 매기는 의자에 딱딱하게 앉아 있는 조를 바라보았다. "당신도 루터를 알잖아요, 조. 정말 그가 그 여자애를 해쳤다고 믿어요?"

"조 경관이 무엇을 믿든 상관없습니다." 알폰드가 말했다. "조이의 피가 트럭 조수석에서 발견됐습니다."

"양이 얼마나 되는 거죠?"

"루미놀을 뿌렸을 때 나타날 정도입니다."

"그건 너무 미량입니다."

"아마 닦아내려고 했겠죠. 블루핀 레스토랑의 감시 카메라 영상도 확보했습니다. 그 영상에는 그의 트럭이 소녀의 배낭이 발견된 1번 국도를 따라 주행하는 모습이 있어요."

알폰드는 데클란과 매기가 조와 공유했던 영상에 대해 이야기하고 있었다. 그리고 이제 그들은 그 영상을 루터에게 이용하고 있다.

"그 영상은 아무것도 증명하지 못합니다. 매일 수백 대의 다른 차량이 그 도로를 주행합니다. 그리고 루터는 이미 오거스타로 볼일을 보러 갔다고 말했습니다. 그렇다면 그 길을 이용했을 겁니다."

"그러면 그가 실제로 어디로 갔는지에 대한 문제가 있습니다. 그의 휴대폰 데이터에 따르면 그는 오거스타를 그냥 통과한 것으로만 나옵니다. 그는 계속 주행을 했습니다. 루이스턴까지 말이죠."

매기는 그 사실은 알지 못했다. 그녀는 체념한 듯 고개를 끄덕이는 조를 바라보았다.

"그래서 제가 윤트 씨의 인성에 대한 당신의 판단에 의존하지 않는 겁니다. 우리는 그가 어디에 있었는지에 대해 거짓말을 하고 있다는 사실을 알고 있습니다. 또 어떤 거짓말을 했을까요?" 알폰드는 시계를 흘끗 보고는 자리에서 일어나며 조에게 말했다. "그가 말할 결심이 서면 전화해 줘요."

알폰드가 건물 밖으로 나갔지만 매기는 침묵을 지켰다. 거의 마시지 않은 커피잔이 조의 책상 위에서 누군가가 치워주기만을 기다리고 있었다. 자신이 어지럽혀 놓은 것을 다른 사람이 당연히 치울 거라고 생각하며 살아간다면 얼마나 편한 삶일까?

"좋아 보이진 않아요." 조가 이 상황을 인정하듯 말했다.

"루터와 얘기해 볼게요."

"그럴 수 없다는 거 아시잖아요, 매기."

"알폰드는 알 필요 없어요. 단둘이 몇 분만 시간을 주세요. 그는 저를 믿어요. 혹시 진실을 털어놓을 수 있을지도 모르죠."

조는 매기의 제안을 생각해 보는 듯 책상을 손가락으로 두드렸다. 조는 그녀의 이전 경력을 자세히 알지는 못했지만, 인간 상호 간의 관계와 정보를 다루는 일이었고 매기가 이 상황에서 유용할 수도 있는 특별한 기술을 가지고 있을지도 모른다고 생각했다. 또한 매기의 DNA에는 신중함이 내재되어 있으며, 이 작은 규칙 위반이 알폰드의 귀에 들어가지 않을 거라는 사실도 알고 있다.

"주머니를 비워주세요." 조가 마침내 결심했다. "휴대폰은 여기 두고 가셔야 해요. 시계도요."

"진심이에요?"

"그를 볼 겁니까, 말 겁니까?"

한숨을 쉬며 매기는 시계를 벗고 휴대폰과 함께 책상에 내려놓았다. 그리고 바지 주머니를 뒤집어 동전 두 개와 휴지 한 조각을 비웠다. 심지어 똑바로 서서 조가 자신의 몸을 수색하는 것도 마다하지 않았다. 조는 비록 규칙을 어겼을지 몰라도, 최대한 규칙에 맞게 하려고 애쓰고 있었다. 조는 매기에게 탈옥에 쓰일 수 있는 위험한 무기가 없다는 것을 확인한 후, 그녀를 유치장이 있는 구역의 문으로 데려갔다.

매기는 퓨리티 경찰서의 이 구역에는 발을 들여놓은 적이 없었다. 문을 열고 들어섰을 때 그녀가 받은 첫인상은 페인트칠이 필요하다는 것이었지만 그것도 그리 놀라운 일은 아니었다. 지역 예산에서 자금을 배분할 때, 경찰서에 있는 단 두 개의 방으로 이루어진 구금시설의 외관을 개선하는 것에 누구도 우선순위를 두지 않을 것이기 때문이다. 벽은 지난 반세기 동안 벗겨지고 긁힌 채 지저분한 초록색 페인트로 칠해져 있었다. 퓨리티처럼 조용하고 심각한 범죄가 거의 없는 마을에서 이 유치장은 일 년 내내 비어 있었고, 가끔 제멋대로 행동하고 소란을 일으키는 관광객이나 음주 운전자들이 드나들었을 뿐이다. 납치 용의자처럼 이색적인 용도로 사용되는 일은 거의 발생하지 않는다.

루터의 행색이 안타까웠다. 그는 덥수룩한 머리카락과 더러운 손톱으로 인해 언제나처럼 지저분해 보였다. 체포 당시 옷을 갈아입지 못했기 때문에 그는 여전히 농장 부츠와 헐렁한 청바지를 입고 있었다. 조가 감방 문을 열었을 때, 쳐다보지도 않고 간이침대에 쓰러질 듯 앉은 채로 고개를 숙이고 어깨를 늘어뜨리고 있었다.

매기가 감방에 들어섰을 때 조는 뒤에서 문을 잠그며 말했다.
"10분 드리겠습니다."
"그 정도로는 충분치 않아요."
"이미 충분히 호의를 베풀었어요, 매기. 시간이 다 되면 돌아올게요."

둘의 대화에 루터는 고개를 들고 매기가 온 것을 알아차렸다. 조가 구금 구역에서 걸어 나가고 잠시 후 문이 쿵 닫히는 소리를 들었다. 두 개의 철통같은 문을 통과해야 하는 매기와 루터는 감옥에서 탈출하기는 불가능하다는 것은 분명히 알고 있다. 매기가 안을 둘러보았지만 의자가 없어 루터 옆 간이침대에 앉았다.

"캘리는 잘 있어요. 제가 계속 돌보고 있을 겁니다." 매기가 말했다.

그는 떨리는 한숨을 내쉬었다. "정말 고마워요."

"변호사를 불러야 해요. 잉그리드와 로이드가 포틀랜드에 괜찮은 변호사를 알고 있어요."

"하지만 전 아무것도 하지 않았어요."

"트럭에서 혈흔이 발견됐어요, 루터. 조수석에서 발견된 혈액이 조이 코노버의 것과 일치한답니다."

"어떻게 그 아이의 피가 거기에 묻었는지 모르겠어요."

"조수석 피를 보지 못했어요?"

"제 트럭이 어떤지 아시죠? 완전 엉망이라구요! 닭 깃털, 농기구들. 그리고 실내는 완전 까맣게 도배됐잖아요. 어떻게 피가 보였겠어요?"

트럭의 상태에 관한 그의 묘사는 확실히 정확했다. 그것은 결국은 농장용 차량이었고, 매기가 최근에 그의 트럭에 탔을 때 짚과 가축의 비듬이 옷에 덕지덕지 달라붙은 채 내린 경험이 있었기 때문이다.

"조이를 데려다주고 무슨 일이 있었는지 말해줘요."

"마을을 떠났어요."

"경찰에게는 오거스타에 갔다고 말씀하셨죠?"
"네."
"왜 오거스타라고 했죠?"
"별 의미는 없어요, 그냥 주도라서."
"경찰에게 한 이야기예요." 매기는 잠시 호흡을 가다듬고 말했다. "루터, 경찰이 당신 휴대폰을 추적했어요. 당신이 오거스타에 들르지 않았다는 걸 알고 있어요. 루이스턴까지 계속 달렸잖아요."
그는 아무런 말도 하지 않았다.
"재판에 가면 어차피 다 밝혀질 사실들이에요. 그러니 거기서 뭘 하고 있었는지 말씀해 주세요."
그는 한숨을 쉬었다. "당신이 날 나쁘게 생각하지 않았으면 좋겠어요, 매기."
"저는 진실이 필요할 뿐이에요. 좋든 나쁘든요."
"좋지 않아요."
"루이스턴에서 뭘 하신 거죠?"
"아무것도, 난 어떤 짓도 안 했어요."
"그럼 왜 그렇게 그곳에 간 걸 비밀로 하려는 거죠?"
"제가 계획하고 있던 일 때문에요. 견뎌낼 수 있는 용기가 있었다면 제가 했을 일입니다."
"그게 뭐였죠?"
마침내 그는 그녀의 시선을 마주했다. "어떤 사람을 죽이는 것."
잠시 동안 매기는 그가 진심을 말하고 있을 리가 없다고 생각했다. 그의 대답은 그저 경솔하게 들린다고밖에 생각할 수 없었다. '만약 내가 당신에게 그런 말을 했다면, 비밀을 위해 나는 당신을 죽여야 합니다'라는 맥락에서. 그의 눈을 바라보면서 매기는 그의 말이 진심이라는 것을 깨달았다. 그리고 실제로 루터 윤트는 평온한 성품의 사람일지 몰라도 상황에 따라서는 주저하지 않고 방아쇠를 당길 수도 있는 사람이었다.
"누구를 죽이려고 한 거죠?"
문이 열리는 소리가 그의 대답을 막아버렸다. 조가 손에 열쇠를 들고 유치장 안으로 들어와 다가오자 그는 곧 침묵에 빠졌다.
"미안해요, 매기." 조는 둘이 있는 감방의 문을 열었다. "이제 이곳에서 나가야 해요."
"아직 이야기가 끝나지 않았어요."
"전 규칙을 충분히 어겼습니다. 알폰드가 여기로 돌아오고 있는데, 만약 당신을 발견이라도 한다면 그는 수월하게 제 목을 가져가 버릴 겁니다."
매기는 마지못해 자리에서 일어섰다. "우리는 계속 알아볼 거예요, 루터. 저와 제 친구들. 조금만 버티고 있어요."
조는 매기를 감방에서 데리고 나가 문을 닫아 버렸다.
"어떻던가요?" 조가 유치장 문을 닫으며 물었다. "뭐라도 건진 게 있나요?"
"아마도요."
"그건 무슨 의미죠?"
"나중에 다시 연락드리겠습니다."
"뭐, 간단한 답이라도 해줘야 하는 거 아닌가요?"

"해답은 항상 간단하지 않으니까요, 조." 매기는 출구로 향하다가 멈춰 섰다. "요청이 하나 있어요. 조이의 배낭에 관한 건데요."

"배낭이 왜요?"

"그 안에 들어 있었던 물품 목록 있죠?"

"네."

"여성 위생용품이 있었나요?"

조는 얼굴을 찡그렸다. "그런 걸 왜 묻는 거죠?"

"그냥 생각해 볼만한 문제인 것 같아서요." 매기는 그렇게 말하며 문을 나섰다.

경찰서 밖으로 나온 그녀는 루터의 위태로운 상황이 주는 무거운 짐의 무게를 느끼며 트럭 옆에 서서 잠시 생각에 잠겼다. 루터를 알고 지낸 2년 반 동안, 그의 친절함과 용기, 캘리에 대한 전적인 헌신을 지켜보았다. 그녀가 알고 있거나 알고 있다고 생각했던 루터는 결코 소녀에게 손을 대지 않을 사람이었다. 아니면 자신이 나이가 들어가며 예전의 날카로운 예리함을 잃어버린 탓일까? 은퇴 후 느슨해진 삶은 사람을 너무 믿고 나를 점점 순진하게 만들었나? 강매하는 행상인이나 일확천금을 노려 음모를 꾸미는 자의 은발의 표적이 되어버린 걸까?

아니, 이 건과 관련해선 그녀는 확신했다. '루터 윤트는 그 소녀를 해치지 않았다.' 이제 그녀가 이 사실을 증명해야 했다.

트럭 문을 열고 차에 타려고 할 때 중심가 거리에서 낯익은 인물이 지나가는 것을 발견했다. 수잔 코노버는 마치 임무를 수행 중인 사람처럼 걸음걸이에 힘을 주고 시선은 목적지를 향해 맹렬히 집중하고 있었다. 매기는 루터가 코노버 가족이 믿고 있는 것처럼 괴물이 아니라는 것을 저 여자에게 설득하기 위한 좋은 기회라고 생각했다.

수잔은 마을 도서관에 들어가고 있었다.

매기는 급히 그녀를 따라갔다.

규모는 작을지 모르지만 마을 도서관은 퓨리티의 자랑거리였다. 1920년대에 지어진 이 벽돌 건물은 단순한 책 보관소의 역할을 넘어, 어린이에게 책 읽어주기, 뜨개질 모임과 북클럽의 장소이기도 했으며, 장미 정원 가꾸기부터 천문학까지 다양한 주제의 저녁 강연을 주최하기도 했다. 또한 현지인을 비롯해 관광객에게도 안정적인 인터넷 접속을 제공하는 곳이었고 벽을 따라 공용 컴퓨터가 줄지어 있었다.

바로 그 자리에 수잔이 앉아서 키보드를 두드리고 있었다.

매기는 수잔에게 당장 다가가는 대신 잠시 그녀를 관찰하기로 하고 잡지꽂이에서「새와 꽃」이라는 제목의 잡지를 집어 들고 근처 의자에 자리를 잡았다. 그 자리에서 매기는 수잔의 어깨 너머로 컴퓨터 화면을 바라볼 수 있었다. 수잔은 지역 맛집이나 관광명소를 소개하는, 외지에서 온 사람들이 흔히 방문하는 웹사이트를 보고 있지 않았다. 대신 디지털화된 신문을 읽고 있었고 상단에 있는「퓨리티 위클리」라는 신문의 이름만을 알아볼 수 있었다. 수잔은 인쇄 버튼을 눌렀다. 연결된 프린터가 윙윙거리며 작동하더니 용지를 토해냈다.

매기는 루터에 대해 얘기하기 위해 접근하려던 계획을 포기하고 대신 감시 모드로 전환했다. 수잔의 화면에「퓨리티 위클리」

의 또 다른 페이지가 나타났다. 더 많은 용지가 프린터에서 굴러 나왔다. 수잔은 왜 이렇게 열심히 지역 신문을 검색하고 있는 걸까? 그 오래된 기사에서 무엇을 찾고자 하는 것일까?

수잔이 자리에서 일어나 프린터에서 나온 용지들을 집어 들었다. 수잔이 걸어 나가자 매기는 잠시 잡지에 얼굴을 숨겼다. 컴퓨터를 힐끗 보니 로그아웃을 했고 도서관 홈페이지가 다시 화면에 나타났다.

매기도 따라 건물에서 나왔을 때 수잔은 반 블록 떨어진 곳에서 차 문을 열고 있었다. 그녀가 운전석에 앉기 전에 매기가 외쳤다. "수잔?"

수잔은 고개를 돌려 그녀를 바라보았다. 머리는 빗질을 하지 않은 상태였고 블라우스는 주름투성이였다. 매기는 그녀의 초췌한 얼굴에서 공포와 불면의 밤이 가져온 황폐함을 보았다.

"며칠 전 문뷰에서 만났었죠? 제 이름은 매기 버드예요."

그녀는 알아본다는 듯 고개를 끄덕였다. "수색을 도와주셨죠."

"네, 저와 제 친구들이요." 매기는 이 여자의 신뢰를 얻어야 했고, 작은 거짓말은 그 목적을 달성하는 데 도움이 될 수 있었다. "우리는 때로 지역 경찰과 협업합니다. 티보듀 서장님이 도움이 필요하면요." '지금 조에게는 확실히 도움이 필요하다.' "우리는 이 지역 사회의 눈과 귀이며, 따님을 찾기 위한 최선을 다하고 있습니다."

"고맙습니다." 수잔은 부드럽게 말하며 경찰서 쪽을 바라보았다. "사람들이 말하길 그가 그랬다고 하네요. 그 농부요. 아직 자백하지는 않았지만…"

"누가 그런 말을 해요?"

"가족들이요. 모두들 그 사람이 범인이라고 확신하고 있어요."

"수잔, 당신도 그렇게 확신하세요?"

"그 사람 체포된 거죠?" 대부분 사람들 눈에는 체포됐다는 그 사실 하나만으로도 증거가 충분하다고 여긴다.

"하지만 당신은 윤트 씨가 범인이라고 생각하세요?"

"모르겠어요." 그녀는 신의 도움이라도 구하려는 듯 하늘을 쳐다보았다. 햇빛이 그녀의 얼굴을 비추며 잔인하리만큼 주름 하나하나를 밝게 드러내고 있다. 슬픔만큼 사람을 빨리 늙게 하는 건 없었고, 무자비하게 내리쬐는 햇살 속에서 얼굴의 모든 곳에 딸을 잃은 슬픔이 새겨져 있었다. "정말…… 더 이상 무엇을 믿어야 할지 모르겠어요."

매기가 이제 하려는 말은 이 여자의 신뢰를 얻을 수 있는 모든 기회를 무너뜨릴 수 있었지만, 매기는 이 말을 해야 했고, 지금이 유일한 기회일지도 모른다. "전 윤트 씨를 알아요, 수잔. 사실 매우 잘 아는 사이죠. 그가 따님을 데려갔다고 생각하지 않아요."

수잔은 잠깐 미간을 찌푸렸다. 이 말이 실수였을지도 모른다. 루터의 편에 서는 것만으로도 매기는 그녀의 적이 될 수도 있으니까.

"당신과 친구들은 이 지역의 눈과 귀라고 하셨죠?" 수잔이 말했다.

"네, 그렇습니다."

"그럼 우리 집 호수 건너편에 사는 남자에 대해 말해주세요. 그의 이름은 루벤 타킨이라고 합니다."

"왜 그 사람에 대해 알고 싶으신 건가요?"

"남편의 가족에게 원한을 품고 있어요. 이유는 잘 모르겠지만 꽤 오랫동안의 해묵은 이야기인 것 같아요. 우리가 도착한 이후에도 계속 저희를 지켜보고 있었어요. 그냥 무심코 바라보는 게 아니라 우리를 관찰하기라도 하는 것처럼요. 그리고 어제 다른 사람들이 모두 추도식에 가고 제가 혼자 있을 때 그 남자가 찾아왔어요. 그는 그다지 친절하게 굴지는 않더군요."

"그가 당신을 협박했나요?"

"아니요. 하지만 오래전부터 그와 코노버 가족 사이에 일이 있었던 것 같고, 그는 여전히 그 일에 대해 앙심을 품고 있어요. 그래서 코노버 가족에게 여러 가지 행동으로 해를 끼쳤고요. 코노버 가족이 고용한 직원 중 한 명을 겁에 질리게 해서 떠나게 한 사건도 있더군요. 혹시 그 사람이 바로 우리가 찾으려는……." 그녀는 말을 끊고 경찰서를 바라보았다. "티보듀 서장이 제 DNA 표본을 받으러 왔을 때 그 사실을 말했더니 그 사람과 얘기해 보겠다고 하더군요. 그런데 갑자기 오늘 아침에는 윤트 씨를 체포했다는 소식을 들었어요. 결국 루벤 타킨은 중요하지 않았나 봐요. 그냥 화가 잔뜩 난 노인일 뿐일지도 모르죠."

"모든 마을에 한 명씩은 있는 법이죠."

수잔은 슬픔을 담은 채로 고개를 저었다. "아니면 두 명일 수도 있고요."

매기는 메리골드 카페를 바라보았다. "저랑 커피 한잔하실래요?"

수잔은 마치 중대한 결정이라도 하는 듯 잠시 생각에 잠겼다.

일련의 사건들이 이 여성에게 너무 잔인한 타격을 주었는지, 친절한 표정이긴 해도 커피 한 잔을 마실지 말지라는 단순한 결정조차 내리는 데도 힘겨워하고 있었다.

마침내 그녀는 고개를 끄덕였다. "네, 좋아요."

∞

카페는 반쯤 비어 있었지만 매기는 본능적으로 사적 대화가 가장 잘 보장되고 주변을 감시하기에 유리한 맨 구석으로 자리를 잡았다. 대화가 살인에 관한 것이든 과자 굽는 얘기이든, 그녀는 누군가가 대화를 엿듣는 것을 싫어했다. 메리골드는 고급 식사나 카푸치노를 즐기기에는 적당한 곳은 아니었지만 편안하고 친숙했으며, 뒷문이 공용 주차장으로 바로 연결되어 있어 급히 탈출해야 할 때면 매우 편리하다는 걸 알고 있었다.

전국의 식당과 트럭 정류장에서 흔히 볼 수 있는, 바닥에 떨어지거나 수천 번 식기세척기에 돌려도 견딜 수 있는 획일적인 흰색 머그잔에 담겨 커피가 도착했다. 잔은 우아하지 않을지라도 메리골드의 커피는 안정적인 온도와 적당한 진하기를 항상 유지하고 있다. 수잔은 감사하다는 표정으로 잔잔히 커피를 음미했다.

"세상에, 집 밖으로 나오니 살 것 같아요." 그녀는 머그잔에서 향기로운 김을 들이마시며 중얼거렸다. "가족들과 떨어져 시간을 보낼 수 있어서 좋네요."

"가족이란 복잡미묘할 수 있죠." 이것은 정신과의사 로르샤흐의 말이긴 했지만, 지금은 다른 해석의 여지가 있을 수 있다. 어서 계속 말을 이어가라는 자극이었고 수잔은 그렇게 했다.
"그들은 제 가족이라고 할 수 없어요. 전 에단과 결혼을 했지 그들이 아니에요. 하지만 좋든 싫든 그들은 에단의 가족이니 함께해야 하는 거죠. 저는 여전히 그들과 함께하는 게 편하지만은 않아요."
"그렇다면 당신은, 어쩌면 그들에게 낯선 사람처럼 보일 거예요."
"어쩌면이 아니라 사실이에요. 마치 지난 50년 동안 대화가 오고 갔던 방에 들어가 그들의 대화를 따라잡아야 하는 것 같아요. 물론 불가능하죠. 모호한 문장으로 언급하는 내용이나 그들이 내던지는 이름들을 다 알 수는 없으니까요. 조이가 사라진 지금, 전 그저 제 정신을 지키려고 애쓰고 있을 뿐입니다. 전 그들을 감당할 수 없어요. 모두가 한집에 있으니 숨을 쉴 수가 없어요. 게다가 두 이웃은 마치 가족의 일부라도 되는 듯이 항상 들락날락하죠." 그녀는 손으로 머리를 쓰다듬었다. "어서 딸을 찾아서 제집으로 돌아가고 싶어요."
매기는 손을 뻗어 고통이 극에 달한 것 같은 그녀의 손을 잡아주고 싶었지만, 조금 전 수잔이 질식할 것 같다고 말한 것을 생각하면, 그 단순한 행동이 이 여자의 사적인 공간을 침범하는 것일 수도 있다는 생각이 들었다. 매기는 그녀의 손을 잡는 대신 위로와 공감의 의미를 담은 몇 마디를 중얼거릴 뿐이었다.
"루벤 타킨이라는 사람을 말씀하셨죠?" 매기는 축 처진 분위기를 바꿀 겸 수잔에게 물었다. "가족들은 그에 대해 뭐라고 하던가요?"

"오래전부터 문제를 일으켰다고요. 무단 침입, 기물 파손."

"유독 코노버 가족만을 상대로요?"

"저희 집 이웃인 아서 폭스도 괴롭힘을 당했나 봐요. 엘리자베스는 마을 주민과 여름철 사람들 사이의 일반적인 긴장감이라고 생각하는 것 같던데, 이 남자는 폭력적인 가족력이 있어요. 아서와 엘리자베스는 이에 대해 자세히 알려주지 않았어요. 언급 자체를 꺼리는 것 같더라고요. 그래서 도서관에서 타킨이라는 이름을 검색해 봤어요." 그녀는 손가방에서 인쇄한 종이를 꺼내 매기에게 건네주었다. "지역 신문을 검색해서 찾은 거예요."

첫 페이지는 1972년 7월에 발행된 「퓨리티 위클리」 1면이었다. 보통 세계적인 재난이나 사건에 사용되는 크기의 글꼴로 쓰여 있는 헤드라인은 너무 눈에 잘 띄었고 제목란을 가득 채울 정도였다.

메인 스트리트의 학살

퓨리티 경찰관 포함 5명 사망

수요일 아침, 한 지역 남성이 몰던 밴이 시내 중심가를 질주하다 주차된 차량과 충돌하기 전에 세 명을 치어 숨지게 했습니다. 메인주 퓨리티에 사는 36세의 사무엘 타킨은 퓨리티 경찰관 랜디 펠레티에와 대치했고, 그 후 이어진 몸싸움에서 펠레티에는 자신의 무기로 인해 치명적인 총상을 입었습니다. 이후 타킨은 도널드 워렌 경찰서장이 쏜 총에 맞아 사망했습니다.

이런 비극은 반세기가 지난 후에도 작은 마을에 깊은 상처를 남겼고, 매기는 지금껏 이 사건에 대해 들어본 적이 없다는 사실에 놀랐다. 그녀는 수잔을 바라보았다. "이 살인자, 샘 타킨…"
"네, 루벤의 아버지였어요."
매기는 다음 기사로 넘어갔다. 다음 주의 신문 1면에도 메인 스트리트의 학살 사건이 여전히 머리기사로 실려있었다. 범인을 포함해 사망자 중 세 명은 퓨리티 출신이었고, 두 명의 희생자는 외지에서 관광 온, 범인과는 전혀 관계가 없는 사람들이었다. 학살의 동기는 여전히 미스터리로 남아있었다.
"사무엘 타킨은 네 명을 살해했어요." 수잔이 말했다. "그는 폭력적인 사람이었어요. 그럼, 그의 아들에 대해서도 이 사건이 뭔가를 설명해 주는 것 아닌가요?"
"이 사건이 루벤에 대해 어떤 정보를 준다고 확신할 수는 없겠어요."
"그의 아버지는 밴을 몰아 고의로 세 사람을 죽이고 경찰관 한 명을 무참히 총으로 살해했어요. 기사에서는 타킨이 괴물에 대해 외치고 비명을 지르는 미쳐 날뛰는 사람으로 묘사하고 있어요. 그는 분명 제정신이 아니었던 것 같아요. 가족 중에 정신 질환이 있다면 과연 어떨까요? 그의 아들이 호수 건너편에 살고 있어요."
매기는 다음 페이지로 넘어갔다. 역시 「퓨리티 위클리」였고 3주 후의 기사였다. 샘 타킨의 학살 사건은 여전히 1면에 실려 있었지만, 그 공포가 어느 정도 사라진 것을 반영하듯 활자는 좀 더 작아졌다. 아무리 충격적인 사건이라도 언젠가는 기억에서 사라지기 마련이다.

총격범은 폭력 전과가 없었으며, 동기는 아직 밝혀지지 않았습니다.

"사람들이 그를 자상한 아버지이자 남편으로 묘사하는 게 믿어지세요?" 수잔은 고개를 저으며 쓴웃음을 지었다. "어느 날 아침에 일어나 불현듯 네 사람을 죽이기로 결정한 자상한 아버지이자 남편."

하지만 매기의 관심은 샘 타킨과 시내에서 벌어진 유혈 사태에 관한 기사가 아니었다. 바로 아래 이 사건과 관련 없는 기사를 응시하고 있었다.

여성 실종
퓨리티 경찰은 27세의 비비안 스틸워터 양의 행방에 대한 정보를 공개적으로 요청했습니다. 그녀는 금요일 아침 메이든 호수에 있는 임대 별장에서 마지막으로 목격되었습니다. 그날 오후 보스턴으로 운전해 갈 계획이었으나 도착하지 않아, 여동생인 캐서린 스틸워터에 의해 실종 신고가 접수되었습니다. ……

기사의 나머지 부분은 페이지 하단에서 잘렸다.

수잔은 샘 타킨의 사진을 가리키며 말했다. "그는 너무 평범해 보여요."

호숫가의 집 앞에 서 있는 타킨과 아내의 모습이 찍힌 사진이었다. 그는 온화한 얼굴에 웃는 눈을 하고 있었고, 수잔은 그 사진에서 그가 언젠가 자신의 밴으로 세 명을 치어 죽일 것임을 암시하는 어떤 것도 발견할 수 없었다. 경찰관의 무기를 이용해 경찰관을 처형하게 될 거라는 암시는 더더욱.

"폭력은 가족에게 많은 영향을 미치기도 하죠." 수잔이 말했다.

"그럴 수 있습니다."

"그리고 루벤은 호수 건너편에 살고 있고, 우리를 지켜보고 있어요. 조이가 수영하는 것도 봤을 거예요. 조이가 자신이 그토록 증오하는 코노버 가족이라는 걸 알았겠죠."

매기의 관심은 수잔과의 대화보다는 비비안 스틸워터에 관한 기사에 다시 집중되었다. 큰 눈과 짙고 두꺼운 속눈썹, 어깨까지 내려오는 머리카락을 휘날리는 젊은 여성의 사진. 그녀는 호수에서 건져 올린, 아직 신원이 밝혀지지 않은 젊은 여성의 해골을 떠올리게 했다. 53년 전, 비비안 스틸워터는 같은 호수 근처에서 실종되었다. 그녀를 찾았을까?

"그의 가족력과 바로 건너편에 살고 있다는 사실을 고려해 보면, 경찰에 이 사실을 알려야 하지 않을까요?" 수잔이 말했다.

"네, 그래야죠." 매기는 여전히 비비안 스틸워터의 사진에 시선을 고정하며 말했다. '이 여성에 대해서도.'

22장

-

 이날은 포틀럭과 마티니를 즐기는 평상시의 그날이 아니었지만, 수사에 관한 새로운 소식들이 많았기 때문에 퓨리티 마을 가장자리에 있는 벤 다이아몬드의 집에서 긴급회의를 소집했다. 매기는 오후에 캘리가 묵을 손님용 방을 정리하느라 오늘 밤 포틀럭에 쓸 음식을 준비하지 못했다. 대신 그녀는 가장 가치 있는 기부를 할 예정이었다. 정보.
 이미 네 명의 친구들은 벤의 벽으로 둘러싸인 정원에서 술잔을 들고 서 있었다.
 담장 너머에는 벤의 사유지인 1에이커에 달하는 숲이 둘러싸고 있기 때문에 그들의 대화를 누군가가 엿들을 염려는 없었다. 이 정원은 벤과 메인으로 이주한 지 1년 만에 세상을 떠난 벤의 아내 에블린이 설계하고 심은 것으로, 그녀의 재능을 기리는 기념물로 남아있다. 에블린은 우리와 같은 요원이 아니었기에 매기는 그녀를 잘 알지 못했지만, 이 식물들의 무성함을 보면 에블린은 매기에게는 없는 원예의 재능을 가지고 있었음을 알 수 있다.

"여기요, 매기." 데클란이 차가운 마티니를 건네주었다. "벨베데레, 엑스트라 드라이, 레몬 트위스트."

매기는 한 모금을 마시자 만족스러운 탄성이 나왔다. "왜 아직도 싱글인지 모르겠네요?"

"당신이 계속 거절하니까요."

"제가 프러포즈를 받았었나요?"

"거기 둘, 그만하면 됐네요." 벤이 볼멘소리로 말했다. "매기, 새로운 정보가 있다면서요?"

매기는 맛있고 부드러운 마티니를 정원 테이블에 내려놓았다. "물어보는데 좀 세심함이 필요했어요. 캘리는 겨우 열네 살이고 아직은 여자로서의 신체 기능에 대해 말하는 것에 부끄러움을 느끼기 마련이죠. 하지만 왜 루터의 트럭에 피가 묻었는지에 대한 올바른 판단을 하는 데 도움이 될 것 같아요. 이제 경찰이 제대로 파악할 때까지 기다리기만 하면 됩니다."

"그들에게 요긴한 압력이 필요할까요?"

매기는 고개를 저었다. "조는 자긍심이 있는 여자예요. 자신이 미숙했다고 느끼게는 하지 말자고요. 그녀는 분명 제 힌트를 잘 활용할 겁니다. 여기 도착할 때는 연구소에서 확인서를 받았을 거로 생각합니다." 매기는 잉그리드를 바라보았다. "이제 당신 차례예요. 실종된 비비안 스틸워터에 대해 알아낸 게 뭐죠?"

잉그리드는 한숨을 쉬었고 이는 좋은 징조가 아니었다. 평소처럼 환하게 웃는 대신 잉그리드는 고개를 절레절레 흔들며 패배를 인정했다. "비비안 스틸워터 사건은 수수께끼예요."

"자, 점점 흥미로워지고 있군요." 벤이 말했다.

"그래서 잉그리드는 매우 실망했어요." 로이드는 진의 양을 계량하지 않고 병에서 바로 넉넉하게 따르고, 칵테일 셰이커에 얼음을 떨어뜨리며 말했다. "잉그리드는 보통은 일 처리가 매우 훌륭하죠. 그래도 그녀가 정신이 반쯤 나가 있을 때는 함께 사는 게 즐겁지 않아요."

"상상이 가는군." 벤은 웃음을 지었다. "그 여자가 바로 잉그리드이고, 그게 잉그리드의 모든 것이지."

"아니, 이건 정말 걱정스러운 일이에요. '퓨리티 위클리 아카이브'에 있는 단 한 건의 기사를 제외하고는 그 여성의 실종에 대한 다른 언급을 찾을 수가 없어요. 후속 기사로도 다루지 않았고 다른 지역 신문에서도 이 여성에 관한 기사가 없어요." 잉그리드가 말했다.

"그 기사를 쓴 기자는 찾아봤어요?" 데클란이 물었다.

"사망했죠. 이 기사는 53년 전에 작성됐어요."

"비비안 스틸워터도 결국은 죽었던 걸까요?"

"사망진단서를 찾아봤지만 찾을 수 없었어요. 실은 1972년 이후에는 그 여성에 대한 어떤 정보도 찾을 수가 없었어요. 마치 그녀가 항해를 떠나 석양 속으로 사라진 것 같았어요. 사람의 흔적을 찾는 게 이렇게 어렵지는 않았었는데 말이죠. 이게 저를 가장 신경 쓰이게 하는 점이에요. 종이로 된 흔적이 반드시 존재합니다. 기록이 있어야 하는 거죠."

"현재 우리가 비비안 스틸워터에 대해 아는 게 뭐죠?" 벤이 물었다.

"기사에 쓰인 내용보다 더 많은 게 없어요. 비비안이 호수 근처에 살고 있었고 주말에 동생을 만나러 보스턴으로 갈 계획이었다는 내용이죠. 비비안이 예정 시간에 나타나지 않자 캐서린 스틸워터는 퓨리티 경찰서에 전화를 걸어 실종 신고를 했어요."

"1972년 메이든 호수에서 한 여성이 사라졌어요." 벤이 말했다. "그로부터 53년 후, 같은 호수에서 한 여성의 해골이 발견됐습니다." 그는 친구들을 둘러보았다. "경찰이 연결고리를 찾았어야 하지 않을까요? 그녀의 실종 사건이 아직 미결로 남아있다고 가정했을 때요?"

"반세기가 지났어요. 파일이 손실됐을 가능성이 커요." 매기가 지적했다.

"그럴지도 몰라요. 하지만 정말 의아한 점이 있어요." 잉그리드가 말했다. "1972년 이후 비비안과 관련된 문서를 찾을 수 없는 이유가 뭘까요? 미스터리하죠. 실종신고가 있었는데 그녀의 운명에 대한 공식적인 기록도 사라졌어요. 우리가 아는 거라곤 조그만 마을 신문에 실린 기사 하나뿐이죠. 그리곤 모두가 침묵에 빠졌어요." 잉그리드는 잠시 말을 멈췄다. "이 사실이 나를 자극해요."

로이드가 마티니를 한 모금 들이켜고 말했다. "오 이런, 이제 본격적인 시작이겠군."

실제로는 어디에서든 정보는 흘러나오게 마련이다. 부주의하게 정보를 잘못 배치한 것과 이런 미스터리한 정보의 부족은 전혀 다른 문제였다. 이제 그들은 고의적인 삭제나 편집의 가능성을 염두에 두었고, 이것이 비비안 스틸워터 사건을 훨씬 더 흥미롭게 만들었다.

"보스턴에 있다는 동생은 어때요? 그녀도 추적해 보았어요?" 데클란이 물었다.

"저도 그 여동생을 찾으려고 노력 중인데 아직까지 별다른 성과가 없어요. 다시 말하지만 53년 전의 일이에요. 이름을 바꿨을지도 몰라요. 세상을 떠났을 수도 있고요. 모든 게 정리되면 종합해서 예쁜 리본으로 장식해 조에게 전달해 줄게요."

잉그리드가 말을 마치자 마침 초인종이 울렸다.

"호랑이도 제 말 하면 온다더니." 벤이 문을 열어주기 위해 자리를 떴다.

조가 벤과 함께 정원 테이블로 돌아왔을 때 로이드는 칵테일 셰이커에 얼음과 진을 더 채우고 즐겁게 흔들고 있었다. 지칠 대로 지친 가여운 이 소녀는 독주라도 마실 수 있을 것 같았다. 조는 다섯 명이 치즈와 절인 고기를 먹어 치우고 난 뒤의 애피타이저 쟁반에 남은 음식을 배고픈 표정으로 바라보았다. "오늘도 마티니 클럽 모임인가요?"

"이제 서장님을 명예 회원으로 맞이하겠습니다." 로이드는 칵테일 셰이커의 내용물을 완벽히 차가운 마티니 잔에 부어 조에게 건네주었다.

조가 잔을 받으며 얼굴을 찡그렸다. "전 근무 중이에요. 그리고 이런 건 별로 좋아하지 않습니다."

"아마 제대로 된 칵테일을 마셔본 적이 없어서 그럴 수도 있죠. 누구나 선호하는 칵테일이 있고 그게 바로 제 칵테일입니다.

부들스 진, 베르무트 살짝, 갓 벗긴 레몬 트위스트."

그녀는 마치 독극물이라도 들어있는 것처럼 잔을 받을 때 뻗은 팔 그대로 조심스럽게 탁자에 내려놓았다. 이날 저녁의 조는 차분하고 심지어는 정중해 보이기까지 했다. 이 모임을 처음 알았다는 듯, 이들을 처음 보는 사람이라든 듯 바라보았다. 그녀가 매기에게 말했다. "이미 짐작은 하셨겠죠?"

"루터의 트럭에 있던 피에 관한 얘긴가요?" 매기는 고개를 끄덕였다. "직감이 왔어요. 그리고 캘리와 오늘 오후에 대화하고 나서 제 판단이 옳다는 것을 알았어요."

"그래서 PMB 테스트 결과가 나왔나요?" 잉그리드가 물었다.

조가 잉그리드를 바라보았다. "그 테스트에 대해 알고 있나요?"

"D-이합체 단백질을 감지하죠. 그래서 생리혈과 그 외의 피를 구분합니다. 연구소에서 그 피가 생리혈이라고 나오지 않았나요? 아마도 조이의 속옷을 통과해 흘러나왔을 테고, 루터의 트럭은 너무 더러워서 좌석에 얼룩이 있는 것도 눈치채지 못했을 겁니다."

"그리고 생리통을 겪고 있었을 거예요." 매기가 말했다.

"그걸 어떻게 알아요?" 조가 물었다.

"캘리가 말해 줬어요. 제가 물어봤거든요."

조는 하늘을 보며 탄식했다. "당신들, 여러분들은 나보다 똑똑하다는 것 자체를 즐기는 거군요?"

"하지만 티보듀 서장님도 곧잘, 잘 따라오고 계시잖아요." 로이드는 조에게 술잔을 들어 보였다. "이번에도 해낼 줄 알았어요.

자, 그러니 서장님을 위해 건배합시다!"
"여러분은 건배하지 않아도 될 만한 일이 있나요?"
"인생은 짧습니다. 우리는 할 수 있을 때 즐기고 축하하려고 합니다."

조는 조금 전 테이블에 내려놓은 마티니를 바라보았다. 그리고 잔을 들어 한 모금 마시고는 어깨를 살짝 들썩이고는 다시 잔을 내려놓았다. "진작 깨달아야 했어요." 그녀는 고개를 절레절레 흔들었다. "조이가 왜 그랬는지 이제야 명확해졌네요."

"뭘 말이죠?" 매기가 물었다.

"세탁기에 드레스를 넣었던 거요." 조는 중요한 단서를 놓쳤고 지금은 자책을 하고 있었다. "그 당시에는 그 세부 사항의 중요성을 깨닫지 못했어요. 그런데 오늘 오전 매기가 여성 위생용품에 대해 언급했을 때, 왜 드레스를 세탁했을까 하고 갑자기 의문이 떠올랐어요. 트럭 좌석에 피가 묻어있었던 이유도 연관되었고요. 조이는 집으로 돌아와서 드레스와 속옷이 더러워진 것을 알고는 바로 세탁기에 넣었던 겁니다. 하지만 생리를 한다고 해서 다시 호수로 뛰어들지 말라는 법은 없죠."

"올바른 결론에 도달한 것 같군요." 매기가 미소 지었다.

"하지만 저는 그보다 먼저 총을 들고 루터를 체포하는 데 급급했죠. 알폰드는 묻은 피만으로도 충분하다고 주장했어요."

"당신 잘못이 아니에요, 조. 당시로만 보면 조이의 피가 트럭에서 발견됐기 때문에 합리적인 결론이었던 거예요. 그냥 이번 일에서 또 다른 하나를 배웠고 이제 앞으로 나아가면 되는 거예요. 그리고 뭐라도 좀 먹어요." 매기는 조를 향해 전채요리가 담긴 쟁반을 내밀었다.

유혹을 뿌리칠 수 없었던 조는 모르타델라 한 조각을 집어 들고 몇 입 만에 먹어 치웠다. 주위의 눈치를 보며 조금씩 맛보는 따위는 없었다. 그녀는 무척 배가 고팠던 것 같았다.

"루터 윤트에 대한 혐의가 흔들리고 있는 것 같으니 이제 다른 용의자를 고려해야 할 때입니다. 루벤 타킨."

"안 그래도 수잔 코노버가 그 사람에 대해 물어보더군요." 조는 살라미를 한입 베어 물며 중얼거렸다. "그 남자는 코노버 가족에게 오랫동안 원한을 품고 있었던 것 같아요."

"그 원한의 근원이 뭔지 아시나요?" 잉그리드가 물었다.

"그건 잘 모르겠어요." 조는 파마산 치즈 한 조각을 베어 물었다. "와, 이거 정말 맛있네요."

사람들과 음식을 나누는 걸 좋아하는 로이드가 말했다. "음식을 제가 따로 싸드릴게요. 오늘 음식을 너무 많이 가져왔나 봐요."

"당신은 언제나 그러죠, 여보." 잉그리드가 다른 사람들을 둘러보며 미소를 지었다. "로이드의 가장 큰 두려움은 사람들의 배고픔이에요."

"루벤 타킨에 관한 「퓨리티 위클리」의 기사를 혹시 수잔이 보여줬나요?" 매기는 조에게 복사한 용지들을 건네주었다. "타킨 가문은 문제적인 파란만장한 역사가 있더군요."

조는 헤드라인을 흘끗 보았다. '메인 스트리트에서의 학살'
"1972년?"

"전, 이 사건에 대해 들어본 바가 없어요. 하지만 당신은 알 것 같아서요."

"네, 물론이죠. 제 아버지가 꽤 잘 기억하고 계세요. 하지만 이 사건은 50년 전 일이잖아요. 고대적 뉴스인데요."

"50년이 고대라니요? 그럼 우리는 뭐가 되나요?" 잉그리드가 남편을 바라보며 말했다.

"아버지가 그 사람들을 죽였을 때 루벤은 겨우 열두 살이었어요." 매기가 말했다. "그의 가족들은 어땠나요? 루벤이 문제를 일으킨 적이 있었나요?"

"사소한 사고를 치긴 했어요. 무단 침입, 기물 파손 같은 거요." 조가 대답했다.

"코노버 가족들에게요?"

"그리고 그들의 이웃 몇몇도요."

"어느 이웃이죠?"

"아서 폭스. 그리고 그들이 살아 있었을 때 그런 부부요."

"이 사람을 자세히 살펴봐야 할 것 같네요."

조는 한숨을 내쉬었다. "네, 그래야겠어요."

"그리고 여기 여러분이 살펴보아야 할 또 다른 사람이 있습니다. 비비안 스틸워터라는 여성입니다. 1972년, 그녀는 스물일곱 살이었고 호숫가에 살고 있었습니다."

"왜 그녀가 관심 대상이 되는 거죠?"

"샘 타킨이 광기를 부린 지 몇 주 후에 비비안이 사라졌어요. 「퓨리티 위클리」에 그녀에 관한 기사가 실렸어요." 매기는 조의 손에 들려 있는 종이를 가리켰다.

"네?" 조는 페이지를 넘겨 비비안 스틸워터에 대한 기사를 찾아 읽었다.

"그녀에 대해선 모르고 있었습니까?" 벤이 물었다.

"전혀요."

"호수에서 나온 유골의 신원이 아직 밝혀지지 않았어요. 혹시 비비안의 이름이 유력한 후보로 거론되지 않았어요?"

"모든 실종 관련 파일을 샅샅이 찾아봤어요. 그녀의 이름과 관련된 미해결 사건은 없었습니다." 조는 고개를 들었다. "그 말은 그녀가 분명 발견되었다는 뜻이죠."

"확실한가요, 조?" 매기가 조용히 물었다.

조용하지만 강렬함이 묻어있는 그 질문에 조는 망설여졌다. 지금까지 매기와 친구들이 확인을 요구했을 때, 항상 뭔가 간과한 것이 있었다는 사실을 조는 알고 있다. 그녀는 자신을 지켜보고 있는 다섯 명을 둘러보았다. 마치 그녀를 해부하고 있는 듯 바라보았다. 그들은 오랫동안 사람들을 면밀히 관찰해 왔고, 오랜 습관이 몸에 배어있기에 어쩔 수 없는 노릇이라 생각했다.

조의 휴대폰이 울렸다. 그녀는 전화를 핑계로 대화에서 벗어날 수 있다는 사실에 안도하는 표정을 지었다.

"어 그래, 마이크." 잠시 후 그녀는 갑자기 고개를 갸웃거렸다. 그리고 목 근육이 팽팽하게 당겨졌다. "거기 그대로 있어. 아무것도 하지 마! 지금 갈게."

"뭐죠?" 매기가 물었다. "무슨 일이에요?"

조는 전화를 끊고 매기를 바라보았다. "조이 코노버의 휴대폰이 방금 켜졌답니다."

23장

"이건 아름다운 우정의 서막이라고 생각해요." 로이드가 조의 순찰차를 쫓아 코너를 돌면서 말했다. 다섯 명은 모두 가장 빠른 도주를 대비해 배치된 슬로컴들의 메르세데스 SUV에 올라타 있었다. 매기는 로이드가 운전대를 잡은 차를 타본 것은 처음이었고, 안전벨트를 매려고 허둥대면서 과연 그들이 이 험난한 여정에서 살아남을 수 있을지 의문이었다. 로이드는 CIA 훈련소에 만들어진 험난한 코스에서 훈련받은 적은 없었지만, 마치 러시아 요원과 맹렬한 추격전이라도 벌이는 듯 능숙하게 SUV를 조종했다. 그는 주방에선 범접할 수 없는 거장이며, 골프장에선 재능 있는 골퍼일지 몰라도 이건 과연? 바퀴에서 비명이 들릴 만큼의 코너링과 앞의 차를 추월하기 위해 잠시 반대편 차선을 넘나드는 모습은 완전 무모함 그 자체였다.

"티켓 한 장은 끊게 될 것 같네, 여보." 잉그리드가 미친 듯한 침착함으로 말했다.

"누가 나에게 감히 티켓을 끊어주겠어? 대담무쌍한 경찰서장이 우리 바로 앞에 있는데."

뒷좌석 매기 옆에 앉아 있던 데클란이 그녀의 귀에 속삭였다. "목숨 걸고 모험을 즐기던 시절은 이제 지났다고 생각했더랬죠."

마주 오던 차가 경적을 울렸고 로이드는 때마침 자신의 차선으로 다시 돌아왔다. "젠장할 관광객들." 로이드가 투덜거렸다.

"속도를 좀 늦추면 우리는 살아서 도착할 수 있을지도 몰라." 벤이 말했다.

"이 흥미로운 모험을 놓치자고요? 전 그녀를 놓치고 싶지가 않아요."

잉그리드는 고개를 돌려 뒷좌석 세 명의 승객을 바라보았다. "그이는 항상 현장에서 일하지 않은 것을 후회했답니다."

"제 경력 내내 책상에 갇혀 있었죠." 로이드가 중얼거렸다.

"당신은 훌륭한 첩보원이 됐을 거야. 근데 여보, 이제야 바퀴들이 일직선으로 달리고 있는 건 알지? 만약 또 포트홀에 부딪히면 모든 게 다시 엉망이 될 거야, 조심해."

조는 서쪽으로 방향을 틀었다.

로이드가 코너에서 같은 쪽으로 방향을 너무 갑작스럽게 트는 바람에 모두를 휘청거리게 했다. "대체 어디로 가고 있는 거지?"

그들은 해안에서 멀어지고 있었고 차량도 뜸해지기 시작했다. 간간이 보이던 집들도 나무들에게 자리를 내주었고, 숲은 포위를 시도하려는 군단처럼 다가왔다. 혹독한 겨울과 나무뿌리의 침입으로 인해 갈라지고 서리가 쌓인 길은 장애물 코스로 변했고 차량은 덜컹거리며 내달렸다. 매기는 점점 더 짙어지는 숲을 바라보며 생각했다. '더 깊이 들어간다면 시체를 찾을 수 없을지도 모른다. 그 소녀를 데려온 곳이 여기인가?'

"조가 차를 멈추려고 해." 잉그리드가 말했다.

조는 길가에 세워진 다른 순찰차 바로 뒤에 주차했다. 방탄조끼를 입은 마이크 배첼더 경관이 그녀를 기다리고 있었다. 매기는 배첼더가 방탄조끼까지 입은 것은 처음 보았고 조도 방탄조끼를 입으려 하고 있었기 때문에, 이 시각적 장면만으로도 '이건 심각한 일이야! 유혈 사태가 일어날 수도 있어!'라고 외치는 것 같았다.

로이드도 차를 멈춰 세웠다.

조는 그들을 향해 달려가 차창에 대고 눈을 질끈 감은 채 분노에 찬 얼굴을 했다. "도대체 여기서 뭐 하는 겁니까?"

"백업이라고 생각해 줘요." 벤이 말했다.

"아니요, 안 돼요! 지금 당장 떠나주세요."

"여기가 휴대폰이 켜진 곳인가요?" 잉그리드는 구부러진 나무 기둥 위에 있는 시골 우체통을 바라보며 말했다. 우체통에 적힌 'WADE'라는 이름은 녹이 슨 탓에 한눈에 알아보기 힘들었다. 그 너머로 비포장 진입로가 숲속으로 굽이굽이 이어지다 시야에서 사라졌다. "저 길의 끝에 실제로 사람이 살고 있는 건가요?"

"숲이 너무 우거져서 집이 보이질 않는군." 로이드가 말했다.

"우리가 그 집을 볼 수 없다면 그 집에서도 우릴 볼 수 없겠지. 우리가 기습을 할 수 있는 조건이야."

"이거 보세요, 여러분. 혹시 제 말 들으신 분 계세요?" 조가 말했다.

"어떻게 진행할 계획이신가요?" 이번엔 벤이 물었다.

"진행요? 우선, 여러분을 여기서 나가게 할 계획입니다."

"하지만 저희가 도움이 될 거예요." 로이드가 말했다.

조는 그를 노려보았다. "과연 그럴까요."

"그리고 여긴 공공 도로 아닙니까? 여기에 주차할 권리가 있지 않을까요?"

조는 숨을 고르며 몸을 똑바로 세웠다. "네, 네. 알겠습니다." 그녀는 포니테일 머리에서 삐져나온 머리카락을 뒤로 넘겼다. "그럼, 여기 차 안에 그대로 계세요. 차를 움직이지도 말고 방해되지 않게 해주세요. 그렇지 않으면 제가 맹세컨대 여러분 모두 수갑을 채울 겁니다." 그러고는 그녀는 돌아서서 자신의 자리로 돌아갔다.

로이드가 어깨를 으쓱했다. "진심은 아닐 거야. 누가 수갑을 다섯 켤레나 가지고 다니겠어?"

"일단은 협조해 줍시다. 무슨 일이 일어나는지 지켜보죠." 데클란이 말했다.

그들은 차 안에서 조와 마이크가 우체통을 지나 진입로를 따라 걸어가다 숲속으로 사라지는 것을 지켜보았다. 모두들 숨을 죽이고 있었고, 나무로 우거진 장막 너머에서 무슨 일이 벌어지는지 촉각을 곤두세우고 있었다. 매기는 시계를 흘끗 보며 어두워질 때까지 얼마나 남았는지 가늠해 보았다. 나무가 우거진 이곳은 어스름이 짙게 깔리기 시작하면서 음침한 분위기를 자아냈다. 매기는 맥박이 빨라지고 근육이 조여 오는 것을 느꼈다.

"집주인의 이름은 팔리 웨이드예요." 잉그리드는 휴대폰을 보며 말했다. "지금 그 집의 위성 이미지를 보고 있어요."

"어때요?" 벤이 물었다.

"이동식 주택처럼 보이는 집 근처의 공터를 제외하고는 온통 숲이에요. 주변에 집은 없고 숲만 우거져 있어요. 이곳에서 여자아이를 감금하고 있다면 아무도 그 소리를 듣지 못할 겁니다. 누구도 그 아이가 있다는 걸 알 수 없죠."

매기는 점점 어두워지는 숲을 바라보며 궁금했다. '무슨 일이 벌어지고 있는 거야, 조?'

24장
-
조

날이 점점 어두워지고 있었다. 이는 장점일 수도 단점이 될 수도 있다. 장점은 조와 마이크가 집에 접근할 때 쉽게 눈에 띄지는 않을 거라는 점이고, 단점은 팔리 웨이드가 도망치려고 한다면 이 숲속에서 그를 추적하는데 꽤 어려움을 겪을 것이라는 점이다.

팔리는 끊임없이 어디론가 도망치려는 남자였다. 4학년 때부터 그를 알고 있었는데, 그가 운동장에서 레온 라크루아를 난폭하게 밀쳤고 그때 처음으로 그녀의 관심을 끌게 되었다. 조는 팔리를 두 배로 세게 밀치며 맞대응했었다. 그 이후로 둘의 관계는 나쁜 쪽으로만 흘러갔다. 수년 동안 조 또는 그녀의 동료들이 그를 음주 운전, 절도, 전 여자 친구 스토킹 등 다양한 범죄로 체포했었다. 여성을 스토킹한다는 것은 납치와는 차원이 다른 얘기지만 그의 행동 궤적들을 고려해 보면 그것은 불길한 전조였을 수도 있다는 점을 부인하기 어렵다.

이 진입로 방문이 처음은 아니었지만 항상 순찰차로 이곳을 지나갔었다. 둘은 우편함을 지나 숲속의 차고에 주차된 팔리의 녹슨 트럭을 지나쳤다. 팔리는 이 땅과 두 대로 연결된 이동 주택을 할머니로부터 물려받았다. 할머니가 돌아가신 후로 주변 상황이 악화된 걸로 보아 그는 단 한 번도 개선의 시도를 하지 않았음이 분명하다. 진입로를 따라 자란 묘목은 제대로 관리되지 않았고, 돌출된 나뭇가지들은 비포장도로를 달리는 차에 올가미를 씌울 만큼 가까이 다가와 있었다.

근처에서 갑자기 총성이 울렸다.

조는 즉시 바닥에 엎드렸다.

마이크 또한 그녀 바로 옆에 웅크린 자세로 속삭였다. "젠장, 뭐죠? 우릴 쏘는 겁니까?"

세 발의 총성이 더 울렸다. 탕. 탕. 탕.

조는 미친 듯이 나무 사이를 들여다보며 눈앞의 이동 주택을 관찰하려고 노력했다. 불빛이 번쩍이는 것을 볼 수 있었고 개가 짖는 소리도 들을 수 있었다. 소리의 크기로 보아 제법 큰 개였다. 또 하나의 문젯거리가 있는 셈이다.

다섯 발의 총성이 더 울렸지만 총알이 그들을 겨냥한다는 생각이 들지 않았다. 그럼 도대체 누구에게 쏘고 있는 거지?

그 소녀.

조는 벌떡 일어나 총소리를 향해 달리기 시작했다. 무기에 손을 뻗었다는 생각도 없이 공터로 나왔을 때 총이 마법처럼 그녀의 손에 들려 있었고 총구를 겨냥하며 반격에 나섰다.

하지만 발포는 없었다. 그녀의 갑작스러운 등장에 너무 놀란 팔리 웨이드는 총을 손에 쥐고 입을 굳게 다문 채 얼어붙었다.
"총 내려!" 조가 소리쳤다.
그는 움직이지 않았다. 움직일 수가 없는 것 같았다. 그는 사격장의 종이 과녁처럼 쉽게 맞춰 쓰러뜨릴 수 있는 판지 조각처럼 보였지만 조는 쏘지 않았다. 마이크도 무기를 꺼내 들고 그녀 옆으로 다가갔지만 역시 사격을 하지 않았다. 이동 주택 안에서 개가 짖는 소리가 광란의 울부짖음으로 바뀌었다. 시간이 느리게 흐르면서 몇 초가 지나자 조는 총알구멍이 뚫린 여러 개의 탄산음료 캔이 바닥에 널브러져 있는 것을 발견했다. 세 개의 캔은 톱질을 하기 위한 판자 위에 놓여있었고 마당에는 탄피가 여기저기 흩어져있었다.
"이봐, 팔리. 멍청한 짓 하지 마. 무기를 버려!" 조가 외쳤다.
그는 총을 바닥에 떨어뜨렸다. "제기랄, 조. 이게 뭐야?"
"그냥 할 얘기가 좀 있어서 그래."
"그렇지, 항상 그랬지. 단지 할 얘기가 있을 뿐이라고. 나는 내일에 몰두하고 있을 뿐이야. 젠장할 여기 내 사유지에서."
"휴대폰 어딨어?"
"뭐?"
"소녀의 휴대폰. 네가 가지고 있는 거 알아. 휴대폰 전원을 켰을 때 기지국에서 신호가 잡혔어."
"난 어떤 소녀에 대해서도 아는 바가 없는데."
조는 마이크를 바라보았다. "수갑 채워. 그리고 수색을 시작하자."
팔리는 뒤로 물러섰다. "잠깐만. 영장 같은 거는 필요 없는 거야?"

"누군가가 급박한 위험에 처해 있다고 판단되면 괜찮아."

"누구? 누가 위험한 거야?"

"네가 말씀해 보시지, 팔리." 조는 마이크를 흘끗 쳐다보며 고개를 끄덕였다.

마이크가 수갑을 꺼냈다. 그때 팔리는 재빨리 숲속으로 뛰어갔다.

"지금 장난하는 거야?" 조는 나지막이 신음을 내며 그를 따라 전력 질주했다.

팔리는 발목을 채고 바지를 할퀴는 우거진 덤불 속으로 그녀를 이끌었다. 그는 불과 몇 걸음 앞섰을 뿐이었고, 덤불 사이로 더 이상 나갈 수 없었다. 그러자 그는 왼쪽으로 몸을 돌려 진입로 쪽으로 향했다. 그의 픽업트럭을 향해.

그녀 뒤에서 마이크가 비틀거리며 땅에 쓰러졌다. 그는 평소답지 않은 욕설을 내뱉었다. 팔리는 방탄복을 입지도 않았고 무전기도 없었으며 앞만 보고 내달리고 있었다. 만약 그가 트럭에 도착한다면, 그리고 트럭에 시동을 건다면…….

조는 뒤엉킨 덩굴을 헤치고 진입로 위로 비틀거리며 들어섰다. 곧 트럭의 굉음이 들리고 미등이 멀리서 깜빡이는 것을 볼 거라고 생각했지만 자신의 거친 숨소리만이 들리는 것 같았다. 어디에 있는 거지? 다시 숲으로 들어간 걸까?

그때 조는 자신을 향해 움직이는 형상들을 보았다. 어스름한 황혼 속에서 얼굴 없는 실루엣으로 불길한 소대 하나가 대열을 지어 행진해 오는 모습이었다. 선두에 선 인물이 앞으로 나섰다.

그의 손에는 팔리 웨이드가 꿈틀거리며 저주를 퍼붓고 있었다.
"이 신사분이 당신에게 돌아오기를 원하는 것 같군요?" 벤이 말했다.

조는 항상 벤 다이아몬드의 눈빛과 삭발한 머리를 보면서 깡패의 기질이 있을 것 같다는 생각을 하곤 했다. 이제 그는 노련한 경호원처럼 손쉽게 팔리를 조의 발 아래에 내려놓음으로써 그 이미지에 부응하고 있었다.

팔리는 신음했다. "이건 경찰의 시민에 대한 폭력이에요!"
"아, 우리는 경찰이 아닙니다." 벤이 짜증 섞인 목소리로 말했다.
"그럼 당신은 누군데?"
조는 팔리의 손목에 수갑을 채우고 그의 귀에 속삭였다. "넌 알고 싶지 않을 거야."

∽

마당으로 이동한 마이크의 순찰차에 팔리를 가둔 다음, 조는 마이크와 함께 문 앞에 서서 다음 문제인 개를 어떻게 처리할지 고민하고 있었다. 조가 문고리를 잡기 위해 손을 뻗었을 때 안에서 크고 깊게 짖는 소리가 들려왔다. 조는 개와 엉키는 걸 원하지 않았고 그럴 시간도 없었다.

마이크가 무기를 꺼냈다.

'오, 안돼.' 조는 루시를 생각하며 누군가가 자신의 개를 해친다면 얼마나 가슴이 아플지 생각했다. 우리는 이 개를 쏘지 않을 것이다. 주인이 멍청한 건 개의 잘못이 아니니까.

"생각 좀 해보자고." 그녀가 말했다.
"여자애가 저 안에 있을지도 몰라요. 어서 들어가야 해요."
"그래, 알고 있어." 조는 순찰차로 가서 뒷문에 몸을 기울였다.
"개를 진정시킬 수 있겠어?"
"아니." 팔리가 대답했다.
"너가 협조해 주면 모두가 많은 수고를 덜 수 있을 것 같은데."
"그게 내가 협조하지 않는 이유지."
"이봐, 팔리. 총을 쏴야만 하는 상황을 만들지 말라고."
"상관없어. 내 개도 아닌데 뭘. 할머니가 기르던 개라고."
"그렇다고 그 개에 대한 어떤 감정도 애착도 없는 거야?"
"개 사룟값이 얼마나 비싼데."
그때 누군가 그녀의 어깨를 두드렸다. "실례해요." 로이드 슬로컴이 뒤에 서 있었다.
"지금은 안 돼요." 조는 계속 팔리에게 말을 이어갔다. "그러니까 다시 한번 말하자면, 개가 총에 맞아도 상관없다는 말이지?"
"상관없어."
"실례합니다만." 로이드가 다시 반복했다.
조는 결국 돌아섰다. "뭐죠?"
"파스트라미 샌드위치 반쪽이 있어요. 개 짖는 소리를 듣고 유용할 것 같아서 차에서 가져왔어요." 그는 비닐에 싸인 샌드위치를 그녀에게 건네주었다.
"당신은 마침 지금 상황에, 우연히도 이 샌드위치를 가지고 있었던 겁니까?"
"음식이 없는 곳에 고립될 경우를 대비해 항상 비상용 샌드위치를 챙깁니다." 이 남자의 몸집으로 보아 그런 일은 자주 일어나지 않았던 모양이다.

조는 여전히 무기를 들고 서 있는 마이크를 바라본 다음 샌드위치를 쳐다보았다. 제발, 그녀는 이게 효과가 있기를 바랐다. 개를 죽이는 양심에 어긋나는 일이 발생하지 않기를.

비닐을 벗기자 파스트라미와 머스타드 향이 퍼지면서 자연스레 배에서 꼬르륵 소리가 났다. 저녁 식사를 거르고 마티니 클럽의 맛있었던 전채요리 몇 개만 집어 먹었기 때문이었다. 이 샌드위치가 진정 그녀가 갈망하던 식사였고, 이제 그녀는 이것을 개에게 먹잇감으로 던져주어야만 했다. 조는 조심스럽게 주택의 문을 살짝 밀어보았다. 개가 이빨을 드러내고 으르렁거리며 그녀를 향해 달려드는 모습이 문틈으로 보였다. 마이크가 뒤에서 바짝 따라오는 것이 느껴졌고 그의 손가락이 거의 방아쇠를 당기려 하고 있다는 사실도 느껴졌다. 조는 재빨리 뒤로 손을 흔들었다.

"안녕, 아가야. 배고프지? 내가 뭘 가져왔나 볼래?" 조는 샌드위치의 한 귀퉁이를 찢어 문틈으로 밀어 넣었다. 개는 순식간에 샌드위치를 낚아챘고, 시끄럽게 씹어 먹는 소리를 들을 수 있었다. "더 줄까?" 조는 문을 조금 더 밀어젖혔다. 이번에는 달려들지 않고 혀에서 침을 질질 흘리며 고개를 내밀었다. 또 다른 샌드위치 조각을 내밀었다. 개는 그것을 다시 먹어 치우고 그녀를 쳐다보며 더 달라고 낑낑거렸다. 블랙 래브라도. 덩치는 크지만 공격적이지 않았고 그저 배가 고픈 불쌍한 녀석이었다. 팔리가 언제 마지막으로 먹이를 주었을까 궁금했다. 조심스럽게 손을 넣어 머리를 쓰다듬어 주었다.

개가 그녀의 손을 핥았다. 좋아, 그럼.

개에게 나머지 샌드위치를 준 다음 마이크에게 말했다. "이젠 나오게 해도 될 것 같아."

조가 조심스럽게 문을 열자 개가 꼬리를 흔들며 집 밖으로 뛰쳐나왔다. 하지만 정작 개에게 먹이를 주고 쓰다듬어 준 건 자신이었지만, 개는 실망스럽게도 그 누구보다도 빛나는 벤 다이아몬드에게로 곧장 향했다.

놀랍게도 벤은 즉시 무릎을 꿇고 두툼한 팔로 개를 감쌌다. "오호, 넌 착한 녀석이구나, 그렇지? 누가 착한 개지?" 개는 침을 흘리며 그를 핥았고 그 보상으로 벤의 얼굴에 침이 잔뜩 묻었다.

벤의 갱스터 연기는 거기까지였다. 개 한 마리만 있으면 그의 가면은 금세 벗겨질 수 있었다.

조는 문을 활짝 열었고, 둘은 라텍스 장갑을 착용했다. 내부에 다른 개가 없기를 바라며 현관문 안으로 들어갔고, 즉시 지저분한 트레일러에서의 악취와 마주했다. 그녀는 불을 켰다.

마이크가 탄식했다. "세상에."

팔리는 할머니의 집과 함께 할머니의 니코틴 얼룩과 쓰레기까지 물려받은 것 같았다. 벽과 천장은 역겨운 노란색으로 물들었고, 수십 년 동안 피운 담배 연기로 인한 냄새가 소파와 낡은 녹색 카펫에 스며들었다. 쓰레기통에는 빈 깡통과 맥주병이 넘쳐났고, 싱크대에는 팔리가 마지막으로 먹은 음식 찌꺼기가 묻은 접시가 놓여있었다. 몇 달, 어쩌면 몇 년 동안 아무도 청소기를 돌리거나 먼지를 털지 않은 것 같았고, 검은 개털이 사방에 널려 있었다. 만약 조이가 이곳에 있었다면 그 아이의 법의학적인 흔적은 분명히 남아있을 것이다.

마이크는 침실로 향했고 조는 화장실로 몸을 옮겼다. 조는 바닥과 세면대를 훑어보며 여성의 흔적을 찾으려 했다. 팔리가 조기 탈모가 시작됐는지 아니면 이곳을 한 번도 청소한 적이 없던지 짧은 갈색 머리카락이 엄청나게 보였다. 하지만 조이의 긴 갈색 머리카락과 일치하는 것은 보이지 않았다. 조는 약장을 열었다. 선반 가득히 약병이 보였지만 대부분 유통기한이 지난 것들이었다. 팔리의 할머니는 약을 자주 드셨던 분이었다.

마이크가 침실에서 나왔다. "그 여자아이는 여기 없어요. 하지만 이걸 찾았어요." 그가 네온 핑크색 케이스에 담긴 아이폰을 들어 보이며 말했다. "그리고 제가 또 뭘 찾았는지 와서 보시죠."

조는 침실로 들어갔고, 마이크가 문이 열려있는 옷장을 가리켰다. 그 안에는 플라스틱 통이 수십 개가 쌓여 있었다. 마이크는 그것들 중 하나를 집어 들고 내용물을 보여주었다.

"짜잔!"

조는 보석, 지갑, 시계가 통 안에 뒤섞여 있는 것을 바라보았다. "이런, 어쩜."

마이크는 고개를 끄덕였다. "아주 바빴겠는데요."

25장

-

"어서, 팔리." 조는 식탁 위에 있는 아이폰을 가리키며 말했다. "이걸 어디서 구했는지 말해봐."

그녀와 마이크는 팔리를 제대로 심문하기에 충분한 빛이 있고, 여름철 해 질 녘에 나타나는 벌레 떼를 피할 수 있는 집 안으로 데려왔다. 매기와 친구들도 안으로 들어왔지만 현명하게도 방 구석으로 물러나 조용히 침묵을 지키고 있었다. 조는 팔리를 체포하는 데 도움을 준 공로도 있지만, 개가 울부짖는 것을 막을 수 있는 유일한 사람이 벤 다이아몬드였기 때문에 그들을 밖으로 내쫓을 수는 없었다.

조는 팔리와 시선을 마주치려고 애썼지만, 그의 시선은 요리조리 다른 곳으로 피해 다녔다. "휴대폰, 팔리!"

"그게 내 것이 아니라고 어떻게 판단해?"

"분홍색 케이스를? 그게 네 취향인 줄 몰랐네."

"이 전화기가 도대체 뭐라고 이러는 거야? 누가 신경이나 쓴다고?"

"내가 확실히 신경을 쓰고 있잖아. 자, 다시 시작하지. 이 휴대폰 어떻게 습득했지?"

팔리는 잠시 침묵한 뒤 말했다. "우연히 발견했어."

"어디서?"

"내 픽업트럭 화물칸에 있었어. 버리려고 쌓아둔 쓰레기 밑에. 어떻게 거기에 있었는지는 나도 모르겠어. 오늘 발견했어."

"그러니까 마법처럼 이 휴대폰이 네 트럭에 실리게 되었다는 거지?"

"이봐." 그는 의자를 뒤로 밀어내고 일어섰다. "티보듀, 그런 비아냥거림은 사양하겠어."

"앉아."

"넌 고등학교 이후로 하나도 변하지 않았어, 안 그래? 여전히 못됐어. 네 손가락에 반지가 없는 게 어쩌면 당연한 거야."

"앉으시죠, 웨이드 씨." 마이크가 자리에서 일어나 말했다.

"안 그러면 어쩔 건데?"

"아니면 새로운 테이저건을 시험해 볼 수도 있습니다."

잠시 두 남자는 서로를 노려보다 팔리가 자리에 앉았다.

"다시 묻겠어. 이 휴대폰 어디서 났지?" 조가 말했다.

"다시 대답하겠어. 내 트럭에서 발견했어."

"넌, 이게 누구 휴대폰인지 알고 있어?"

"나야 모르지. 전원을 켰는데 비번이 있더군. 충전을 해놓고 난 총 몇 발 쏘러 나온 것뿐이야."

"월요일에 메이든 호수에서 뭐 했어?"

팔리는 갑작스러운 주제 변경에 당황한 듯 잠시 멈칫했다. "뭐라고?"

"그냥 질문에 대답만 해."

"내가 월요일에 거기 있었다고 생각하는 이유가 뭐지?"

조는 카운터에 놓인 녹색 맥주병을 가리켰다. "하이네켄, 클래식. 길가에 하나 두고 가셨더군."

"내가 버렸다는 증거 있어?"

조는 병을 건네주는 잉그리드 슬로컴을 힐끗 쳐다보았다. 아직 누구의 지문이 이 병에 묻어있는지 몰랐지만 팔리에게는 알릴 필요가 없었다. 조는 그의 눈을 똑바로 바라보았다. "여기 당신 지문이 묻어있어."

그는 침을 삼키고 고개를 돌렸다. 분명 흔들리고 있었다. '잡았다!'

"다시. 메이든 호수에서 뭐 하고 있었어?"

"왜 그게 중요한 거야?"

"옷장에 도난당한 물건들이 있기 때문이지. 그중 일부는 메이든 호수와 카메론 호숫가의 별장에서 도난 신고가 들어온 것들이야. 최소한 팔리, 당신은 여러 건의 절도 혐의로 기소될 거야. 이제 말해봐, 월요일에 메이든 호수에서 뭘 하고 있었지?"

그는 그녀의 시선을 마주하지 않았다. 자신이 곤경에 처했다는 사실을 인지하고 있었다. "난 가끔 그곳에 가, 낚시하러."

"뭘 낚으려고?"

"송어."

"메이든 호수에는 송어가 없어."

"내가 말한 건 농어야. 농어 낚시를 한다고."

조는 비닐봉지에 담긴 휴대폰을 들어 보였다. "대신 이걸 잡은 거고?"

"말했잖아, 내 트럭에서 찾았다고. 쓰레기장에 갖다 버리려고 쌓아둔 쓰레기 더미 밑에 있었다니까. 왜 자꾸 그 휴대폰에 대해 물어보는 건데?"

조는 자신의 휴대폰에 있는 조이 코노버의 사진을 불러와 팔리에게 보여주었다. 행복한 날 찍은 사진으로 보이는데 소녀는 목 주변에 파란 리본이 있는 스피도 수영복을 입고 포즈를 취하고 있었다. 챔피언이 자신의 승리를 축하하는 모습이었다. "이 소녀를 알지?"

"난 모르지. 근데 왜?"

"네가 트럭에서 발견했다고 주장하는 휴대폰의 주인이야. 이 소녀의 이름은 조이 코노버이고 메이든 호수 별장에서 가족과 함께 머물고 있었어. 온라인 뉴스나 마을 곳곳에 붙은 포스터에서 보지 않았어? 월요일부터 실종 상태야."

팔리는 어떤 움직임도 없이 가만히 있었다. 마침내 그는 자신이 얼마나 큰 곤경에 처했는지 깨달았고, 그 곤경은 몰래 침입한 별장이나 옷장에 있는 훔친 물건과는 아무 상관이 없다는 것도 알게 되었다.

"이 집은 물론 숲속 구석구석까지 샅샅이 수색할 거야. 범죄연구소에서 현미경을 들고 이곳과 트럭을 조사할 거고. 그 여자애 머리카락 하나, 속눈썹 하나라도 발견되는 날엔 모든 게 끝이야."

그러니까 그 여자애가 어디 있는지 지금 알려주는 게 좋을 거야."
 그의 몸에서 마치 모든 공기가 빠져나가는 것 같았다. 팔리는 슬프고 기운 빠진 모습으로 의자에 몸을 늘어뜨리고 떨리는 숨을 고르며 말했다. "난 모르는 일이야. 그 아이에 대해선 아무것도 몰라. 호수에 있던 날 저녁에는 어떤 여자애도 보지 못했어. 그리고 난 절대 납치 같은 건 하지 않아. 맹세해, 조!" 그는 조의 눈을 똑바로 바라보았다. "난 맹세한다고!"
 조는 의자에 앉아 떨고 있는 팔리를 바라보면서, 운동장에서 밀친 후 자신의 발밑에 쓰러져있던 팔리에 대한 기억이 소환되었다. 그때도 그랬고 지금도 마찬가지로 싸우고자 하는 기세는 없었다. 그는 다시 그때의 소년으로 돌아가, 잘못된 행동을 하다가 들켜버린 자신의 패배를 인정할 준비가 되어 있었다.
 "좋아." 조는 의자에서 일어났다. "이 이야기는 경찰서에 가서 계속하지."
 "난 여자애를 해치지 않았어!"
 마이크가 팔리를 일으켜 세웠다. "갑시다."
 "내가 안 그랬어. 조!" 팔리는 순찰차로 끌려가며 소리쳤다. "내가 안 그랬다는 거 알잖아!"
 조는 조이의 휴대폰을 집어 들고 이 모든 상황을 목격한 마티니 클럽의 다섯 멤버를 바라보았다. "어때요?"
 "누구든지 트럭에 전화기 정도는 심어놓을 수 있을 거예요." 매기가 의견을 내자 나머지 네 명의 친구도 모두 동의하며 고개를 끄덕였다. "그는 당신이 찾는 남자가 아닌 것 같아요."
 "저도 그렇게 생각해요." 조는 한숨을 쉬었다. "다시 용의자 0명으로 돌아왔네요."
"그렇게만 볼 필요는 없지 않을까요. 너무 낙담하지 마세요."

26장

퓨리티 경찰로 일한 11년 동안 조는 타킨의 집에 세 번 출동한 적이 있었는데, 두 번은 루벤과 코노버 가족의 다툼 때문이었다. 조는 루벤과 코노버 가족이 장기간 불화를 겪고 있다는 것을 알고 있었지만 그 기원은 알 수 없었다. 그러나 지금까지는 핫필드 가족과 맥코이 집안처럼의 폭력으로까지는 발전하지 않았다. 주로 루벤은 데크에 쓰레기를 던져 놓거나 카누에 구멍을 내는 것이 전부였고, 때때로 그런 반목은 아서 폭스의 사유지로까지 확대되기도 했다. 갈등의 원인이 무엇이든, 조가 루벤에게 말한 것처럼 해결책은 간단했다. '그 사람들 곁에서 멀리 떨어져 있으면 됩니다.'

하지만 집이 호수를 사이에 두고 마주 보고 있는 상황에서는 쉽지 않은 일이었다.

조가 최근 타킨 집을 방문한 시기는 1년 전, 루벤의 어머니가 잠든 채로 세상을 떠났을 때였다. 의사에 따르면 타킨 노부인은 여든아홉이었고 수년 동안 서서히 무덤 속으로 물러날 준비를 하는 '쇠약'이라는 병을 앓고 있었기 때문에 그녀의 죽음은 별로 놀랍지 않았다고 했다. 의사는 그녀가 그렇게 오랫동안 버티고 있었다는 사실에 놀라움을 느꼈고, 루벤의 헌신적인 보살핌 덕분이라고 생각했다. 조가 마지막으로 타킨의 집을 방문했던 그날, 어머니 침대 곁 창턱의 야생화 화병과 침실 협탁에 그대로 놓여있던 스파게티와 당근 찜 음식 쟁반은 루벤의 헌신의 증거였다. 그의 누나인 아비게일도 그 집에 같이 살고 있었지만 그녀는 휠체어에 갇힌 신세였다. 그 야생화는 오직 루벤만이 꺾어 올 수 있었다. 루벤만이 어머니의 식사를 준비할 수 있었다.

조는 타킨 집 앞 비포장도로에 차를 세우고 녹색 이끼로 뒤덮인 처진 지붕을 바라보았다. 주택이라고 하기엔 거의 판잣집에 가까웠고 판자는 이끼와 세월의 흔적으로 은빛을 띠고 있었다. 현관문으로 통하는 휠체어 경사로만 비교적 새것처럼 보였는데 이전 경사로가 썩어 교체한 것으로 보였다. 지금은 60대인 루벤과 아비게일 두 남매만이 살고 있었다. 조는 아비게일이 왜 휠체어에 의지하게 됐는지 모른다. 어릴 때부터 걷지 못했고 루벤이 유일한 간병인이었다는 사실만 알고 있다. 그가 정규직으로 일한 적이 없는 것도 당연했다. 그리고 종종 기분이 좋지 않아 보였던 것도 당연할 것이다. 노모와 장애가 있는 누나와 함께 폐허가 된 집에 수년 동안 갇혀있었으니까.

하지만 열다섯 살짜리 소녀에게 화풀이를 할 만큼 분노에 갇혀있었던 것일까?

조는 차에서 내려 현관으로 향하는 계단을 올랐다. 현관문 밖에서 그녀는 잠시 멈춰 엉덩이에 차고 있던 무기를 두드렸다. 총이 제대로 있는지 확인하기 위한 반사적 행동이었다. 루벤은 폭력 전과는 없었지만 그의 아버지가 무슨 짓을 했는지 잘 알고 있었다. 그리고 이곳은 메인주였기 때문에 이 집에 총기가 있다는 것을 가정하고 행동해야 했다. 조는 부엌 창문을 통해 집 안의 움직임을 목격했다. 타이어가 굴러가는 소리, 현관 계단에 체중이 실리며 삐걱거리는 소리를 들었을 테니 누군가 문밖에 있다는 것을 감지했을 것이다.

조는 노크할 기회를 얻지 못했다. 문이 열리고 루벤이 얼굴을 찡그리고 서서 조의 진입을 막고 있었다. 안에서는 텔레비전 광고가 흘러나오고 있었고 아비게일이 외쳤다. "루벤, 누구야?"

"경찰!"

"무슨 짓을 한 거야?"

"아무것도! 난 아무 짓도 안 했어!" 그는 조를 노려보았다. "자, 그럼 여긴 왜 왔어요?"

"그냥 얘기할 게 있어서요." 조가 대답했다.

"뭐, 그렇죠. 항상 그렇게 시작하죠, 안 그래요?"

"지난번에 문뷰를 방문하셨던 일 때문입니다. 코노버 부인을 놀라게 했더군요."

"그럴 의도는 아니었어요. 전 그녀에게 악감정이 없습니다."

"그래도, 그녀는 많이 놀랐던 것 같아요. 그리고 자신의 딸이 실종된 상황에서 그녀는 궁금해하지 않을 수 없…"

"제가 그것과 혹시 관련이 있는지요?" 그는 비웃었다. "당연히 제가 지목되겠군요. 그들이 딱히 누굴 탓하겠어요?"
"들어가도 될까요?"
"제가 거부한다면요?"
"여기에 서서 얘기할 수도, 경찰서에서 얘기할 수도 있어요. 어느 쪽을 선호하시나요?"
"루벤! 제발, 그냥 들어오시라고 해!" 그의 누나가 외쳤다.
그는 마침내 한 발짝 물러섰고 조는 그를 지나 집 안으로 들어섰다. 허름한 외관과 달리 집 안은 깔끔하게 정돈되어 있었다. 주방 조리대는 깨끗했고 싱크대에는 더러운 접시 하나도 없었으며 리놀륨 바닥은 오래되어 누렇게 변했지만 깨끗하게 닦여 있었다.
루벤은 말없이 부엌을 지나 거실로 안내했고, 거실에서 조는 이전에 방문했을 때와 똑같은 낡은 가구들을 보았다. 색이 바랜 소파와 낡은 커버는 손으로 직접 바느질한 소형 쿠션으로 한껏 멋을 부렸다. 오랜 사용으로 인해서인지 누군가의 등 윤곽이 영구히 각인돼 보이는 쿠션이 얹힌 안락의자. 호수를 향해 난 전망창을 통해 건너편 웅장한 문뷰를 바로 볼 수 있었다. 루벤이 증오하는 대상이 항상 그의 시야에 가득 들어차 있는 셈이었다.
조는 휠체어 삐걱거리는 소리를 듣고 고개를 돌려 침실 문 앞에 있는 아비게일을 보았다. 아비게일은 칠순에 가까워 보였지만 여전히 긴 은색 머리를 소녀처럼 땋아 분홍색 폴리에스터 블라우스 위 어깨까지 늘어뜨리고 있었다. 아비게일은 루벤에게 의아한 표정을 지어 보였다. 그는 그저 어깨를 으쓱하며 안락의자에 앉더니 창밖을 응시했다.
"안녕하세요, 타킨 씨. 동생분과 몇 마디 이야길 나누고 싶어서요. 저를 기억하지 못하시겠…"

"글렌 쿠니의 뒤를 이어서 새로운 책임자가 되셨군요, 그렇죠?"

"예, 그렇습니다만 아직은 직무대행입니다."

"글렌은 괜찮은 사람이었어요. 그는 항상 루벤에게 공평하게 대하려고 노력했었죠."

조는 그 문장에서 무언의 메시지를 들을 수 있었다. '글렌처럼 공정할 수 있어요?'

"네, 그분은 저에게 많은 과제를 남기셨죠. 아직은 멀었지만 최선을 다하고 있어요." 조는 그렇게 말하며 자신에게 시선을 주지 않고 팔짱을 낀 채 고집스럽게 앉아 있는 루벤을 바라보았다. 집이 너무 좁아 프라이버시를 지키며 조사를 진행하기는 어려울 것 같아 조는 쿠션 사이 소파에 자리를 잡았다. 아비게일은 그대로 침실 입구에 있었다. 어차피 아비게일은 그들이 하는 말을 모두 들을 수 있다.

조는 루벤에게 물었다. "당신과 코노버 가족 사이에 무슨 불화가 있는 거죠?"

"단지 나에 관한 문제일 뿐입니다. 다른 사람이 신경 쓸 일이 아니에요."

"사실은 이건 제 일이에요. 지금 그 집안의 실종된 소녀를 찾고 있으니까요."

"그런 건 몰라요. 제 불만은 그 가족에게 있어요."

"그 불만은 무엇에 대한 거죠? 돈?"

"아니요."

"그들이 당신에게 무슨 짓을 했나요?"
"나한테 한 짓이 아닙니다."
"그럼 누구에게?"
"루벤." 아비게일이 끼어들었다.
루벤은 입을 굳게 다물고 시선을 다시 창문으로 돌렸다. 조가 이해할 수 없는 이상한 무언가가 남매 사이에 존재하는 것 같았다. 이들은 무엇을 숨기고 있는 걸까?
"그 여자애에 관해 물어보시는 거라면 말했듯이 전 아무것도 모릅니다. 하지만 그 아이의 어머니는 안됐어요. 좋은 분 같았거든요. 그 가족에 얽혀서 안타깝습니다."
"수잔 코노버가 당신이 그녀를 만나러 왔다고 하더군요. 왜죠?"
"그녀는 자신이 어떤 상황에 처했는지 몰라요. 그 사람들이 어떤 사람들인지 모르고요."
"그래서 경고를 해주러 갔다고요?"
"누군가는 해야겠죠."
"재밌네요, 루벤. 코노버 가족은 당신이 위험하다고 생각하거든요. 당신은 반복적으로 그들의 사유지를 무단 침입했어요. 그들의 재산을 파손했고요."
"아마도 그랬겠죠."
"당신은 그들의 직원 중 한 명을 두렵게 했어요. 불쌍한 여성을 스토킹해서 겁에 질려 그만두게 했죠."
"뭐라고요? 누구를?"
"멕시코에서 온 보모 아가씨."

"애나는 저 때문에 그만둔 게 아닙니다. 그들 때문이었지. 그들이 그녀를 비참하게 만들었죠. 저는 친절하게 대하려고 노력했을 뿐입니다."

"그들은 그렇게 생각하지 않던데요."

"그들이 뭐라고 하는데요?"

"당신이 마을에서 그 보모를 따라다녔다고 수잔이 말했어요. 그녀가 그 집의 선착장에 있을 때마다 당신이 노를 저어와서는 그녀를 괴롭혔다고도 했어요."

"괴롭혀요?" 그는 고개를 저었다. "그저 친구가 되려고 노력했을 뿐이에요."

"그녀가 마을을 떠난 후에도 당신은 포기하지 않았다더군요. 가족들이 말하길 당신이 집으로 찾아와서 그녀가 어디로 갔는지 알려달라고 요구했다고 했어요."

"그 노인네가 그렇게 말했죠?" 그는 콧방귀를 뀌었다. "물론 그렇겠죠. 그들의 잘못은 하나도 없겠죠. 비난을 받는 건 항상 우리, 항상 지역 주민들이죠. 우리가 지붕을 고치고 잔디를 깎고 화장실을 청소합니다. 그 예쁜 집들이 여전히 그곳에 있는 이유는 바로 우리 덕분입니다. 그 사람들은 우리를 이용하다가 더 이상 쓸모가 없어지면 버립니다." 그는 조를 똑바로 바라보았다. "당신도 메인 출신이잖아요. 무슨 말인지 잘 알 텐데요."

"실례합니다만." 아비게일이 끼어들었다. "이게 실종된 소녀와 무슨 관련이 있나요?"

조는 루벤의 누나에게 시선을 돌렸다. "당신 동생에게 그 가족과 좋지 않은 내력이 있습니다. 코노버 가족은 그가 그들의 유모를 스토킹했다고 말했어요. 선물도 하고 가만히 놔두질 않았다고 했어요."

"하지만 루벤은 누구도 해치지 않았어요. 그 코노버가의 소녀는 말할 것도 없고요."

"하지만 제가 왜 이런 질문을 할 수밖에 없는지 이해하실 거라 생각됩니다." 조는 루벤을 바라보았다. "월요일 오전 10시부터 오후 4시 사이에 어디 계셨나요?"

"사라진 시간이 그 시간대인가요?" 그가 물었다.

"그냥 질문에 대답만 해요, 루벤."

"외출했을 겁니다. 볼일이 있어서."

"어디로요?"

아비게일이 대신 대답했다. "동생은 저를 병원에 데려가서 몇 가지 건강검진을 받게 했어요. 10시 예약이었는데 2시까지 병원에 있었어요. 그 후 식료품점에 갔고, 그러고 나서 월그린에 가서 약을 탔어요."

"계속 같이 있었다는 겁니까?"

"물론이죠. 이것 때문에 혼자서는 거의 돌아다니지 못하니까요." 그녀는 휠체어를 두드렸다. "그렇지 않아, 루벤?"

루벤은 고개를 가볍게 저으며 끙하는 앓는 소리를 냈다.

"알았어요." 조는 자리에서 일어났다. 그들의 진술은 매우 쉽게 확인이 가능하다. 병원이나 약국에 전화를 걸면 금방 확인될 것들이었다. "오늘은 여기까지입니다. 다른 의문 사항이 있으면 다시 오겠습니다."

"우리는 여기 있을 거예요. 달리 어딜 가겠어요?" 아비게일이 말했다. "아, 그리고 오웬에게 안부 전해주세요."

조는 돌아섰다. "제 아버지를 아세요?"

"고등학교 때부터. 난 항상 당신 아버지를 좋아했었죠. 좋은 사람 중 한 분이었어요. 다른 아이들은 휠체어에 앉아 있는 저를 쳐다보지도 않았지만, 오웬은 건물에 들어가기 위해 경사로를 따라 올라가는 저를 도와주곤 했어요. 그 기억은 절대 잊지 못해요. 정말 좋은 사람이었죠."

'네, 그럼요.' 조는 생각했다.

순찰차에 올라탄 조는 잠시 타킨 남매의 집을 바라보았다. 여전히 그 작은 집에서 휠체어에 갇혀 남동생에게 의지해 살아야 하는 아비게일의 모습을 상상해 보았다. 조가 아는 한 루벤은 제대로 된 직업을 갖고 있지 않았다. 참 슬픈 모습을 한 가정이었다. 장애를 가진 누나와 어두운 구석의 분노에 찬 남동생. 둘은 모두 은둔형 외톨이였다. 반세기 전 아버지가 저지른 잔혹한 행위로 인해 자의 반 타의 반으로 평생을 유배지에서 살아야 했다.

조는 메인스트리트 학살로 사망한 네 명만이 샘 타킨의 희생자는 아니라고 생각했다. 바로 이 집에 두 명이 더 있었다.

27장
루벤

"괜찮을 거야. 모든 게 잘될 거야." 아비게일이 말했다.
"누난 항상 그렇게 말하지."
"그것에 관해 털어놓지 않는 한 이 말은 진실이니까. 우리는 그것에 대해 얘기할 수 없어."
그는 누나에게 말했다. "그래서 우리가 어떻게 됐는지 봐."
"우리가 얻은 것은 머리 위의 지붕과 식탁 위의 음식이야. 그 정도면 가치 있지 않아?"
"더는 아니야." 그는 창밖을 보려고 고개를 돌렸다. '그래서 저들이 나에 대해 퍼뜨리는 거짓말을 보라고.' 자신이 애나를 몰아낸 장본인이라는 것. 애나의 친구가 되려고 노력했을 뿐인데 애나를 겁주고 쫓아다녔다는 거짓.
문뷰의 선착장을 응시했을 때, 그곳에서 마치 기도하듯 고개를 숙이고 맨발로 호수에 발을 담그고 있던, 그녀를 처음 보았을 때의 모습이 생생하게 떠올랐다. 6월의 어느 날 이른 아침이었고 안개가 호수 위로 피어오르고 햇살에 호수는 금빛으로 물들어 있었다. 그 시간에는 깨어 있는 사람이 거의 없었고, 그가 카약을 타고 호수를 가로지르는 동안에는 가끔 울어대는 물오리 소리와 노가 물살을 가르는 소리 외에는 어떤 것도 들리지 않았다. 등 뒤에서 수군거리는 사람들의 시선을 피할 수 있는 새벽은 하루 중 가장 좋아하는 시간대였다. 그는 사람들이 자신에 대해 무슨 말을 하는지 알고 있었다. 그들은 그를 두려워했다. 그들은 그의 아버지가 무슨 짓을 했는지 알고 있었다.

하지만 애나는 두려워하지 않았다.

그녀를 처음 본 날 아침, 애나는 얇은 면 잠옷을 입고 있었고, 검은 머리카락은 방금 침대에서 나온 것처럼 흐트러진 상태로 맨발을 물가에 휘젓고 있었다. 안개 사이로 얇은 흰옷을 입고 머리칼을 휘날리는 그녀의 모습은 현실적이지 않았다. 아니, 이것은 아침 안개 속에서 불려 나온 환영이었고, 오랜 세월의 외로움과 그리움으로 마침내 아버지처럼 자신도 미쳐가는 게 아닌가 생각했다. 그는 그녀가 사라지기를 반쯤 기대하며 눈을 깜빡였다. 그러나 그녀는 여전히 물속을 내려다보며 깊은 생각에 잠겨, 그가 가까이 다가오는 것을 알아차리지 못했다. 갑자기 그녀는 고개를 들어 그를 발견했고, 잠시 동안 두 사람은 사라지는 안개 너머로 서로를 응시했다. 그는 그녀가 자신을 보았을 때 다른 사람들이 그랬던 것처럼 반응할 거라고 예상했다. 허둥지둥 발을 동동 구르며 집 안으로 도망갈 것이라고. 하지만 그녀는 도망가지도 움츠러들지도 않았다. 대신 손을 들어 흔들고 있었다. 그리고 미소를 지었다. 괴물의 아들인 그를 향해 미소를 지었다.

"그 실종된 소녀에 대해 네 탓을 하지는 않을 거야." 누나의 목소리는 돌멩이가 되어 기억의 거울 표면으로 떨어졌다. 애나의 이미지가 물결처럼 사그라지면서 기쁨 없는 현재로 다시 끌어당겨졌다. "조 티보듀는 병원에 전화만 한 통 하면 돼. 우리가 진실을 말했다는 걸 알게 될 거야."

"진실이 언제 우리에게 도움이 된 적 있었어?"

"조는 오웬의 딸이야. 그녀가 옳은 일을 할 거라고 믿어야 해."

28장
-
조

　조는 매주 아버지와의 저녁 식사를 항상 고대했다. 마을의 최신 소식을 접할 수 있는 기회이기도 했고, 아버지가 자신보다는 훨씬 뛰어난 요리사이기도 했기 때문이었다. 그날 저녁 아버지의 집에 도착했을 때 늘 그렇듯 현관문을 잠가놓지 않은 것을 발견했다. 항상 조는 그것이 불만이었지만 오웬 티보듀는 마을에 나쁜 일이 일어나지 않아 문을 잠그는 사람이 아무도 없던 시대에 자랐기 때문이라는 주장을 했다. 요즘 일어나는 모든 나쁜 일의 목록을 제공해 줄 수 있지만 아버지의 순수한 믿음을 흔들 수는 없다는 것을 알았다. 그는 이웃과 마을을 믿었고 지금까지는 누구도 오웬의 집에 침입하지 않았기 때문이다.
　마을 주민 누구나 그의 딸이 경찰이라는 사실을 알고 있다.
　그녀가 부엌으로 들어갔을 때 오웬은 냄비에 감자를 으깨고 있었다.

"왔구나." 그는 돌아보지도 않고 말했다.

"난 몰래 뒤에서 다가오는 도둑일 수도 있었어요."

"근데 아니잖아."

그녀는 냄비의 뚜껑을 열고 끓고 있는 소금에 절인 양배추와 네 개의 거대한 폴란드 소시지의 풍미 있는 김을 들이마셨다. "오늘 밤 이건 어느 군대에게 먹일 생각인가요?"

"핀을 위해 냉동실에 넣어두려고. 핀이 며칠 동안 방문할 계획인데 이걸 얼마나 좋아하는지 알잖아. 냉장고에 맥주 있다. 마시고 싶으면 마셔."

조는 아담스 에일 병을 들고 뚜껑을 땄다. 그녀는 부엌 조리대에 기대어 아빠가 으깬 감자에 버터 한 덩어리를 통째로 넣는 모습을 지켜보았다. 아빠와의 저녁은 칼로리가 높고 맛있는 음식을 먹는다는 것을 의미했다. 엄마가 살아 계실 때도 아침 일찍 일어나 우리의 아침을 차려준 사람은 아빠였고 우유를 섞은 커피를 처음 맛보게 해준 것도 아빠였다.

"아빠를 고등학교 때 알았던 사람과 이야기를 나눴어요."

"오, 그래?"

"아비게일 타킨. 아빠에게 안부 전해 달래요. 학교 때 아빠가 그녀에게 잘해줬다고 고마워하더군요."

"난 항상 모두에게 친절하려고 노력하지." 그는 소금에 절인 양배추와 소시지를 접시 두 개에 담아 식탁으로 옮겼다. "특히 아비게일에게는. 그 나이의 아이들은 무자비하지. 아비게일에게 자비를 베풀지 않더군."

"휠체어를 타고 다녀서요?"

"이유 중 하나가 될 수 있지."

"왜 휠체어를 타게 됐어요?"

"어렸을 때 척추에 종양이 생겼다고 하던데. 내가 그녀를 알았을 땐 이미 휠체어를 타고 있었어." 그는 으깬 감자를 담은 통을 식탁에 올려놓고 자리에 앉았다. "그 일이 있고 난 뒤 아비게일은 힘든 시기를 겪었지. 두 아이 모두 그랬겠지. 몇 달 동안 누구도 말을 걸지 않았고, 쳐다보지도 않았어."

"그 일이란 게 그들의 아버지가 한 짓을 말하는 거죠?"

오웬은 고개를 끄덕였다. "아비게일은 그 후유증을 감당할 수 있을 만큼 충분히 나이가 들었고 평정심을 어떻게든 유지하며 삶을 이어갈 수 있었어. 하지만 루벤은 겨우 열두 살이었어. 특히나 남자아이에게는 너무 어린 나이지. 수치심과 굴욕감을 감당해야 했으니까. 노골적인 증오감도." 오웬은 한숨을 쉬었다. "그 아이는 껍데기 안으로 숨어버리고 다시는 나오지 않았어. 마을에서는 그를 거의 볼 수 없었지. 누나와 함께 메이든 호수의 오두막집에서 숨어 지내다시피 했어."

조는 접시에 감자를 퍼 담으며 말했다. "당시의 그 아이들에게는 정말 끔찍했을 거예요. 미친 아버지를 두었으니까요."

"샘 타킨은 미치지 않았어."

"그는 네 명이나 죽였어요."

"맞아, 그랬지."

"만약 미치지 않았다면, 그럼 뭔가요? 악마?"

아버지는 바로 대답하지 않고 소시지 한 조각을 잘라 씹으며 다음 말을 생각했다. "모든 사람이 멋지고 깔끔한 범주에 속하는 것은 아니지. 샘도 그렇고."

그녀는 접시에서 고개를 들었다. "아는 사람이에요?"

"응, 그럼."

"얼마나요?"

"샘 타킨은 네 할아버지가 이 집을 짓는 것을 도와주었어. 그는 할아버지와 함께 지붕을 얹고 오크 바닥을 깔았지. 난 거의 1년 동안 그가 매일 아버지와 함께 망치질하고 톱질하는 모습을 보았어. 항상 친절했고 믿을 수 있는 분이셨어. 입에서 나쁜 단어는 한 번도 나오지 않았고. 네 할머니는 사람들과 쉽게 친해지는 편이 아니었지만 샘 타킨은 좋아하셨어. 여기서 일할 때마다 점심을 챙겨줄 정도로 그를 좋아하셨지. 할머니가 그랬다는 건 이 마을 남자가 받을 수 있는 최고의 추천서인 셈이야."

"그가 무슨 짓을 할지에 대한 어떤 경고나 암시도 없었어요?"

"어떤 것도. 샘은 해안가를 돌아다니며 건축업자, 도급업자들과 일했지만 아무도 그에 대해 불평하지 않았어. 그는 훌륭한 목수이기도 했지. 바로 저기 있는 수납장도 그가 만들었어." 오웬은 수천 번도 더 여닫았을 부엌의 찬장을 가리켰다. 조는 찬장의 문을 바라보며 생각했다. '저게 살인자의 손으로 만들어졌구나.'

"그럼 왜 그랬을까요? 왜 그 사람들을 죽였을까요? 뭔가가 그를 화나게 한 게 틀림없어요."

"우리 모두 그 질문을 스스로에게 했단다. 그를 아는 사람들 모두가. 특히 네 할머니도. 그가 치어 죽인 사람 중 두 명은 전혀 모르는 사람이었어. 그저 화창한 여름날 길을 걷던 관광객이었지. 그들을 죽일 이유가 전혀 없었어. 그는 경찰관을 포함해 피해자 중 두 명은 알고 있었지만 그들과도 아무런 악연이나 문제가 없었어."

"그의 아내는 어때요? 남편이 이런 짓을 벌일 줄 몰랐었나요?"

"그녀는 그럴 리가 없다고 했지. 물론 아비게일의 병원비 등으로 집안 살림이 빠듯하긴 했지만 이곳의 많은 사람들은 돈이 빠듯하지. 아마도 스트레스에 잡아먹힌 게 아닐까 생각돼. 무언가가 그를 벼랑 끝으로 몰고 갔을 수 있어. 그 장면을 지켜본 사람들은 그가 경찰관을 쏜 후 총을 휘두르며 '괴물'에 대해 뭐라고 소리쳤다더군. 즉시 다른 경찰에게 사살당하지 않았다면 더 많은 사람을 쐈을지도 몰라."

"얘기만 들어보면 그 사람은 정신이 나간 것 같네요."

"나중에 말하길, 어느 정도 정신적인 문제가 있었던 건 맞다더군. 결국은 돈 문제가 그를 괴롭혔을지도. 아비게일의 병원비도 그렇고, 오래된 밴이 그 사건 전부터 자주 고장이 나서 새 밴을 사기 위해 대출도 받아야 했어. 그 모든 압박감이 그를 자극했을 수 있어."

조는 부엌의 찬장을 다시 바라보며 단풍나무를 사포질하고 니스칠하는 샘 타킨의 손을 상상해 보았다. '그는 이 부엌에 서 있었던 것이다. 그는 할머니가 준비한 점심을 먹었다.'

"그의 아이들에 대해 말해주세요." 조가 말했다.

"그들에 대해 뭘?"

"오늘 그 남매 집에 갔었고, 거기서 아비게일도 만났던 거예요."

"무슨 일로?"

"루벤에게 조이 코노버 실종에 관해 물어볼 게 있어서요."

오웬은 살짝 얼굴을 찡그렸다. "루벤이 용의자인 건 아니지?"

"현재로선 아니에요. 조이가 사라진 날 누나와 함께 병원에서 보냈다는 확실한 알리바이가 있어요. 하지만 그는 코노버 가족에 대한 원한이 있는 것 같아요. 혹시 이유를 아세요?"

오웬은 어깨를 으쓱했다. "그들은 돈도 있고 큰 여름 별장도 있지. 그런 사람들은 자신들의 영향력이나 힘을 과시하는 경향이 있단다. 특히 루벤이나 아비게일처럼 가진 게 거의 없는 사람들을 분노하게 만들지."

조는 아비게일의 의료비와 호숫가에 거의 버려지다시피 한 주택에 살며 드는 생활비의 부담을 생각했다. "남매는 어떻게 먹고 사는 거죠? 루벤은 안정적인 직업을 가진 것 같지 않던데요. 그리고 아비게일은 일한 적이 없어서 연금도 없을 거고."

"어… 그건 나도 잘 모르겠다. 아마도 보험이 있지 않았을까."

"그 두 사람에 대해 신경 쓰이는 또 다른 점이 있어요. 전 그들이 완전히 모든 사실을 터놓지 않는다는 느낌을 받았어요. 뭔가 비밀스러운 느낌. 뭔가를 숨기고 있는 것 같은."

"오, 조. 그런 삶을 살다 보면 정말 힘들겠구나. 모두가 무언가를 숨기고 있다고 생각하고 모두가 용의자일 수 있다는 생각을 해야 하니."

"네, 뭐, 전 지금 당장도 용의자가 필요해요. 용의자가 다 떨어졌거든요."

"루터 윤트를 체포했었다고 들었다."

"증거가 충분치 않아서 풀어줘야 했어요."

"글쎄, 난 그가 유죄라고 생각해 본 적도 없다만. 그래, 아무튼 사건은 어디까지 진행됐니?"

그녀는 의자에 등을 기대고 긴 한숨을 내쉬었다. "어떤 것도, 전혀요."

29장
매기

"큰일 날 뻔한 절 구해줬어요, 매기. 어떻게 감사드려야 할지 모르겠어요." 루터가 말했다.

그들은 루터의 부엌 식탁에 앉아 커피를 마시고 있었다. 매기는 루터가 만든 특유의 씁쓸함이 강한 커피에 설탕과 캘리의 저지 젖소에서 얻은 크림을 넉넉하게 넣어 커피를 좀 더 풍미 있게 했다. 건초 냄새가 저녁 바람에 실려 들어왔고, 창문을 통해 매기는 캘리가 염소 무리를 이끌고 들판을 가로질러 헛간으로 돌려보내는 모습을 보았다.

"다시 돌아오게 돼서 기뻐요." 매기가 말했다.

"하지만 제가 수갑을 차고 끌려가는 모습을 보고 캘리는 크게 충격을 받은 것 같아요. 무슨 일이 벌어지는지도 모르고요. 오히려 캘리가 돌봐야 할 동물들이 있어서 다행이에요. 그나마 바쁘게 지낼 수 있으니까요."

"당신은 어때요? 어떻게 지내세요?"

그는 고개를 절레절레 흔들었다. "마치 제 이마에 '납치범을 조심하세요'라는 커다란 경고문이 붙어 있는 것 같습니다. 사람들이 저를 바라보는 시선을 알 수 있어요. 저를 피하려고 멀찍이 떨어지려거나 아예 길을 건너버리기도 하죠. 그들은 제가 뭔가 잘못한 게 있는 건 틀림없다고 생각해요. 그렇지 않으면 경찰이 왜 저를 체포했겠냐고 생각하는 거죠. 또다시 우리 집 앞으로 경찰차가 들어오지나 않는지 가끔씩 조마조마합니다. 그저 당신이 저를 의심하지 않았던 것만으로도 다행스러운 일입니다."

그녀는 커피 한 모금을 마시며 예민한 주제를 꺼낼 준비를 했다. "이제는 저를 위해 뭔가를 해주셨으면 합니다."

"무엇이든지요."

그녀는 머그잔을 내려놓고 그를 바라보았다. "진실을 말해주세요."

"전 거짓말한 적이 없는데요."

"하지만 완전히 솔직하지도 않았어요. 조이 코노버를 호수에 내려주고 어디로 갔는지 말이에요. 어떤 사람을 죽일 계획이었다고 했잖아요."

그는 시선을 떼고 대신 창문을 바라보았다. "진심을 말한 게 아니에요. 그냥 한 말이었어요. 어쨌든, 이제는 상관없잖아요."

"전 아직 상관있습니다. 당신은 제게 솔직하게 대답하지 않았어요. 심지어 손녀에게까지도 어디로 갔는지 진실을 말하지 않으셨어요. 이 문제에 대해 솔직하지 않으면 제가 어떻게 당신이 하는 말을 믿어 줄 수가 있겠어요?"

그는 후회로 가득 찬 무거운 숨을 내쉬었다. 그 순간, 매기가 이제껏 본 모습보다 그는 훨씬 더 늙고 지쳐 보였다. "정말이에요, 매기? 이 모든 일을 같이 겪었는데도 절 못 믿는다는 건가요?"

"경찰에게는 트랙터 부품을 보러 오거스타에 갔다고 말했잖아요. 캘리에게도 그렇게 말했죠. 하지만 저와 제 친구들이 그 지역의 모든 농기계 가게를 확인했었지만 아무도 그날 당신을 본 기억이 없었어요."

그는 침묵했다.

"결국, 경찰은 당신 휴대폰을 추적했고, 오거스타에서 멈추지 않고 곧장 루이스턴까지 운전한 걸 알고 있어요. 왜죠?"

"그곳에 어떤 남자가 있어요. 전 그에게 돈을 빚졌어요."

"그냥 온라인으로 보내도 되지 않았을까요?"

"은행 계좌에 기록이 남는 걸 원치 않았어요."

"그럼, 현금으로 갚았다는 말인가요?"

"예."

"그가 누굽니까?"

"그건 중요하지 않아요."

"루터. 이름을 말해줘요."

그는 수년간의 농장 일과 혹독한 날씨로 얼룩덜룩하고 거칠어진 식탁 위 손을 한참 동안 응시했다. "그의 이름은 제시 배스입니다."

"이 남자가 당신에 관해 뭘 가지고 있는 거죠?"

"저에 대해서요? 아무것도요."

"마치 협박을 당한 것처럼 보이는데요. 그래서 현금을 갈취당하고…"

"협박이 아니에요! 이건…….", 그는 한숨을 쉬었다. "그를 멀리 하게 하려는 거예요. 그가 우리 삶을 망치는 걸 막기 위해서요."

"어떻게 그 사람이 당신 인생을 망칠 수 있죠?"

"그는 캘리의 아버지입니다."

매기는 잠시 충격에 빠진 채 루터를 빤히 쳐다보았다. "캘리의 아버지?"

"가끔은 그냥 그를 죽여버리는 게 더 쉬울 것 같다는 생각이 들 때가 있어요. 네, 그런 생각을 해봤죠. 그가 보스턴에 있는 제 집 문 앞에 나타나 돈을 요구한 이후로요. 제 딸이 죽은 다음 해였죠. 그는 마약 거래로 잡혀 감옥에서 막 출소한 상태였어요. 내 딸 다프니를 죽인 바로 그 마약이에요. 캘리는 그때 겨우 세 살이었어요. 소중한 딸이 죽고는 캘리가 제 인생의 전부예요. 그런데 제게서 캘리를 빼앗아 가겠다고 협박하는 더러운 놈이 여기 있는 겁니다."

"법원은 절대 그에게 양육권을 주지 않을 거예요."

"그렇게 생각하겠지만, 아무튼 그는 캘리의 아버지예요. 그는 끝없는 문제를 일으킬 수 있어요. 제가 딸을 잃은 이유도 그렇고요. 그가 캘리 근처에는 얼씬도 못 하게 하고 싶었어요. 그래서 돈을 주고 멀리 떨어지라고 했죠."

"그리고 이곳 메인으로 이사를 했고요."

그는 고개를 끄덕였다. "저는 대학을 떠났어요. 이 땅을 매입하고 이 집을 지었죠. 탈출에 성공했다고 생각했어요. 이제 그놈과는 끝이라고 생각했죠. 그런데 작년에 그가 우릴 다시 찾아왔어요. 물론 더 많은 돈을 원했죠."

"지금은 그가 캘리를 데려갈 수 없어요, 루터. 지금은 안 돼요. 누구와 어디서 살고 싶은지 결정할 나이가 됐기 때문에요."

"하지만 캘리는 아직 아버지가 어떤 사람인지에 대한 진실을 감당하기에는 너무 어려요. 열여덟 살이 되면, 그래서 진실을 받아들일 준비가 됐다고 생각되면 그때 말해줄 생각이었어요. 아무튼 지금은 아니에요. 당장은 그를 손녀에게서 멀리 떨어뜨려 놓는 게 최선이에요."

"돈을 주면서요?"

"그만한 값어치는 하니까요." 그는 잠시 쉬고는 말했다. "그래도 그놈을 죽이는 게 더 쉬울 것 같긴 하지만요. 누가 그를 그리워하거나 하겠어요? 그의 죽음으로 세상이 조금이나마 더 나은 곳이 될 겁니다."

"당신의 그런 말은 못 들은 걸로 할게요."

"그러면서도 삽은 가져올 거죠?"

두 사람은 서로를 잠시 바라보다가 웃음을 터뜨리고 말았다. 그래, 이 사람이 바로 그녀가 알던 루터, 눈 덮인 들판에서 그녀의 목숨을 구해줬던 그 남자였다. 그의 비밀이 그녀에게는 안전한 것처럼 그녀의 비밀도 안전할 남자.

"삽을 가져갈 필요는 없어요." 매기가 말했다. "더 좋은 생각이 있으니까요."

30장

-

 제시 배스는 루이스턴의 옥스퍼드 거리, 100년이 넘은 그야말로 세월의 흔적이 역력한 아파트에 살고 있었다. 흰색 페인트는 벗겨지고 발코니는 축 늘어졌고, 내부에는 아마 다 낡아빠진 카펫과 이곳저곳 녹슨 화장실이 있을 것이다. 배스 같은 사람이 살기에 딱 좋은 곳이었다.
 매기와 친구들이 배스에 대한 광범위한 자료를 준비하는 데는 그리 오랜 시간이 걸리지 않았다. 그는 연한 갈색 머리에 파란 눈을 가진 38세의 백인 남성으로 키는 178센티미터에 몸무게는 73킬로그램이었다. 적어도 2년 전 MCI 콩코드 교도소에서 출소했을 때의 몸무게는 그 정도였다. 젊은 나이치고는 이미 B급 마약 소지 및 밀매, 폭행, 절도, 불법 총기 소지 등 다양한 전과 기록이 쌓여 있었다. 이러한 혐의로 인해 여러 차례 감옥에 갇히게 되었고, 이런 경험이 그가 하나 정도는 합법적인 직업을 고려하도록 영감을 주었어야 했다. 하지만 제시 배스는 사법 제도에 의해 교화되지 못했고 아직도 협박을 일삼고 있다.

데클란과 매기는 배스의 아파트 건물 건너편에 주차된 차에서 현관 입구를 감시하며 용의자가 나타나기를 기다렸다. 그녀의 무릎 위에는 배스의 머그샷이 놓여 있었는데, 아버지의 좁은 턱과 높은 이마, 이마에 난 V자형 머리털 끝 선을 그대로 물려받은 캘리와 닮은 모습에 왠지 불편함과 불안함을 느꼈다. 이렇게 두 사람이 유전자를 공유했다는 물리적 증거가 있었지만, 매기는 배스의 차가운 눈빛에서 자신이 아끼는 소녀의 다정함과 친절함은 발견할 수 없었다.

루터의 의견과 마찬가지로 매기 또한 몇 년 더 순수함을 누릴 자격이 있는 캘리에게 제시 배스가 가까이 다가오는 것을 원치 않았다. 캘리는 아직 어리기 때문에 아버지가 어떤 사람인지에 대해, 그리고 아버지가 어머니의 죽음에 어떤 기여를 했는지에 대해 아는 것은 버거운 일이다. 시간이 지나 성숙해진다면 감당할 수 있을지도 모르겠지만, 분명한 건 지금은 때가 아니라는 것이다. 만약 매기가 도울 수 있다면. 그래서 매기는 지금 무더운 오후 차 안에 앉아 허름한 아파트를 바라보고 있었다.

"저기, 저 사람이에요." 데클란이 말했다.

제시 배스가 방금 건물 밖으로 나섰다. 회색 티셔츠에 늘어진 청바지를 입은 그는 며칠 동안 면도를 하지 않은 것처럼 보였다. 어두운 색상의 안경을 쓴 그는 인도에서 잠시 걸음을 멈추고 눈부신 햇살에 얼굴을 찡그렸다.

매기는 헤드셋 마이크에 대고 말했다. "벤, 녀석이 방금 건물 밖으로 나왔어요. 지금 옥스퍼드 거리에서 북쪽으로 이동 중이에요. 곧장 당신 쪽으로 향하고 있어요."

배스는 서두르지 않고 마치 인도 중앙이 자신의 소유인 것처럼 느릿하게 걸어가면서 그들로부터 멀어지고 있었다. 히잡을 쓴 한 여성이 유모차에 아이를 태우고 반대 방향에서 다가오고 있었지만 배스는 아랑곳하지 않고 인도를 점령하고 있었고, 그 여성은 어쩔 수 없이 인도 끝으로 비켜 지나가야 했다.

매기는 이어폰을 통해 벤의 목소리를 들었다. "그가 보여요. 지금 쫓고 있어요."

배스가 밖으로 나왔으니 이제 매기가 움직여야 할 때였다. 그녀는 야구 모자의 챙이 눈가로 내려올 만큼 낮게 당긴 다음 도어대시 배달 가방에 손을 뻗었다.

"이게 맞는지 잘 모르겠어요." 데클란이 말했다.

"우리 모두 나여야 한다고 동의한 걸로 알고 있어요."

"전 동의하지 않았어요. 내가 들어가도록 해줘요."

"당신 같은 사람은 사람들이 기억하기 쉬워요. 하지만 전 아니죠. 절 인지하지도 못할 거예요. 그게 저의 큰 장점이기도 하고요, 데클란."

그녀는 에어컨이 켜진 차에서 내려 당밀 속에 있는 것 같은 더위 속으로 들어갔다. 배달 가방을 어깨에 걸치고 셔츠를 잡아당겨 허리춤에 차고 있는 총을 가렸다. 무기를 휴대할 계획은 없었지만 데클란이 끝까지 고집했다. 총은 때때로 상황을 복잡하게 만들곤 한다. 총은 금속 탐지기를 작동시키고, 총을 보게 된 사람을 놀라게 하고, 계단으로 사라지려고 할 때 기억에 남도록 만들었다. 총은 또한 스스로를 과신하게 만들고, 이것이 바로 모든 단점 중에서 가장 위험한 점이기도 하다.

매기는 정문으로 걸어가면서 데클란의 시선을 느꼈다. 그녀는 정문을 뚫기 위한 몇 가지 전략을 구상했었다. 무작위로 초인종을 누르는 것부터 건물을 드나드는 주민들에게 도어대시 가방을 흔들어 보이는 것까지 다양했다. 그들은 노후를 위해 몇 푼의 돈이라도 벌어보려고 애쓰는 눈치 없는 할머니라고 생각할 것이다. 하지만 이러한 전략들은 정문이 돌로 받쳐져 열려 있었기 때문에 필요치 않은 전략임이 드러났다. 그래, 보안은 그 정도면 충분해 보였다.

로비에는 그녀에게 질문할 사람도, 우둔한 할머니 역할을 목격할 사람도 없었다. 너무 쉬워서 실망할 뻔했다. 감시 카메라에 얼굴이 찍히지 않도록 고개를 숙이고 있었지만, 엘리베이터의 서비스 일시 중단 표시로 보건대, 카메라 또한 서비스 중단 상태일 거라 짐작됐다.

매기는 계단을 올라 3층으로 향했다.

숨이 막힐 정도로 더운 날, 많은 주민들이 답답한 아파트를 시원하게 해줄 산들바람을 기대하며 문을 활짝 열어놓고 있었고 아이들의 칭얼거리는 소리와 텔레비전 소리, 물 흐르는 소리 등 가정의 사생활이 쏟아져 나왔다. 3층에 도착해 주위를 훑어보았지만 아무도 보이지 않았다.

그의 아파트 문은 몇 번 세게 발로 차면 열릴 정도로 허술했지만 잠금장치는 의외로 튼튼했다. 문을 여는 데 꼬박 1분을 사용해야 했다. 손재주를 잃었거나 제시 배스가 이웃집보다 방범에 훨씬 많은 투자를 했거나 둘 중 하나였다. 안으로 미끄러져 들어가 문을 닫았다.

재빨리 헤드셋을 다시 장착하고 말했다. "들어왔어요." 벤과 데클란이 동시에 듣고 있었다. "우리의 그 녀석은 지금 어디 있어요?"

"강변 공원에 있어요. 집에서 800미터 정도 거리예요." 벤이 답했다.

"뭐 하고 있죠?"

"그냥 앉아 있어요. 지금은 괜찮을 것 같아요."

데클란의 목소리가 들렸다. "빨리 끝내세요, 알았죠?"

이미 쉬어 버린 오늘의 제물, 햄버거가 들어 있는 도어대시 가방을 내려놓고 재빨리 아파트를 살폈다. 집 안은 그녀의 상상대로 우울 그 자체였다. 거실에는 피자 박스와 맥주 캔이 널려 있었고, 커피 테이블 아래에는 더러운 양말들이 뭉쳐 있었다. 그는 끔찍한 가정부임은 틀림없지만, 법정에서 불리하게 작용할 수 있는 범죄적 증거는 단번에 눈에 띄지는 않았다. 소파에 널브러진 청바지 한 벌을 집어 들고 주머니를 뒤져 밀수품을 찾아보았지만, 지금은 합법이 되어버린 반쯤 피운 마리화나만 발견되었다. 뭔가가 더 있을 것이다. 세 살 버릇 여든 간다고 배스가 그사이 법을 준수하는 시민으로 탈바꿈했을지는 의심스러웠다.

기름기가 여기저기 묻어있는 부엌으로 가서 냉장고를 열었다. 냉동실에서 여러 겹의 비닐에 싸여 있는 현금 한 덩어리를 발견했다. 이제야 흥미로워지기 시작했다. 이건 루터가 준 돈일까? 다시 훔쳐 가고 싶은 유혹이 들었지만 도둑질을 하려고 여기 들어

온 것은 아니다. 매기는 현금을 다시 냉동실에 넣어놓았다.

"매기?" 데클란의 목소리였다.

"아직 아무것도 발견되지 않았어요. 녀석은 뭐 하고 있죠?"

"누군가를 만나고 있어요. 남성, 대머리, 배스 또래. 무언가를 교환하는 듯하네요." 벤이 질문에 대답했다.

"좋은 징조 같은데요?"

"일단 모두 카메라에 담아놨어요. 이제 집으로 돌아갈 거예요."

서둘러야 한다. 매기는 부엌에서 나와 침실로 향했다. 그곳 바닥에서 더러운 속옷과 양말이 쌓여 있는 유독성 쓰레기 더미를 발견했다. 담배 연기와 낡은 신발 냄새도 풍기고 있었다. 옷장으로 가 옷걸이에 걸린 셔츠와 재킷을 빠르게 뒤지고 맨 위 선반에 손을 뻗어 9밀리미터짜리 탄약 상자를 꺼냈다. '정말 말을 듣지 않는 녀석이군.' 메인주의 총기 법이 느슨하긴 하지만 배스처럼 유죄 판결을 받은 중범죄자는 총기를 소유할 수 없었다. 하지만 이것만으로는 그를 충분한 시간 가두어 두기에는 적절치 않은 것 같았다. 좀 더 심각한 혐의가 필요했다.

그녀는 선반 뒤쪽 끝까지 손을 뻗어 비닐봉지 하나를 발견했다. 언뜻 보기에는 비어 있는 것처럼 보였지만 그 안에 파란색 가루가 남아 있는 것을 보았다. 탄약보다는 좀 더 흥미로웠다. 밀수한 마약에서 나온 것일까. 알약 제조 시 사용하는 비활성 첨가제일까? 어느 쪽이든 그것은 그녀가 올바른 방향을 잡았다는 단서일 것이다. 매기는 침대 쪽으로 몸을 돌리곤 한숨을 내쉬었다. 이 침대 밑에서 어떤 추잡한 놀라움을 발견하게 될지 신만이 알고 계실 것이다. 무릎을 꿇고 침대 밑을 들여다보다가 무엇이 숨겨져 있는지 확인하고는 그녀는 승리의 미소를 지었다.

위조 알약을 만들기 위한 압축 기계였다.

매기는 기계에 묻어있을 화학 물질에 노출되지 않도록 장갑을 끼고 사진을 찍다가 똑같은 파란색 잔여물이 묻어있는 것을 발견했다. 마약성 진통제인 펜타닐? 환각제? 무엇이든 간에 제시 배스를 다시 오랫동안 감옥에 가둘 가능성이 높았다.

그때 옆 공간에서 들려오는 소리에 그녀는 주위를 살폈다. 누군가 방금 열쇠로 문을 열고 아파트로 들어왔다. 그리고 문이 닫히는 소리가 들렸다. 심장이 쿵쾅거리며 그녀는 자리에서 벌떡 일어났다.

"이봐, 제시?" 한 남자가 외쳤다. "아직 안 돌아왔어?"

매기는 정신없이 침실을 뒤지며 탈출구를 찾았다. 하지만 탈출구는 보이지 않았고 침대 밑에 몸을 숨길 공간도 충분하지 못했다. 남은 선택지는 옷장에 숨는 것뿐이었다. 옷장 안으로 들어가 문을 닫고 걸려 있는 셔츠 뒤로 몸을 숨겼다. 부엌에서 냉장고 문이 쾅 닫히면서 맥주 캔 따는 소리가 들려왔다.

발소리가 침실 쪽으로 움직였다.

이어폰 너머로 데클란의 목소리가 들렸다. "매기, 떠날 시간이야. 배스가 공원에서 돌아오는 중이야."

뜻밖의 방문객이 침실에 들어와 가까이 있었기 때문에 감히 대답을 할 수가 없었다. 그녀는 몸을 작게 움츠리고 이어폰에서 새어 나올 수 있는 소음을 차단하기 위해 손으로 막았다.

"매기, 들려요? 지금 나가야 해요."

'안 돼요, 갇혔어요.'

발소리가 옷장 문을 지나 바로 옆의 화장실로 들어갔다. 벽이 너무 얇아서인지 소변이 변기에 튀는 소리가 모두 들릴 정도였다.

"매기, 들려요?" 기다리다 못한 데클란이 다급한 목소리로 반복했다. "2분 정도밖에 남지 않았어요. 당장 거기서 나와요."

매기는 그 남자가 화장실에서 나오기 전 지퍼를 닫는 소리를 들었다. 물론 그는 손을 씻지도 않았고 변기 물을 내릴 생각도 전혀 없어 보였다. 제시 배스는 참으로 놀라운 친구를 가지고 있군. 그는 침실에서 나가 다시 거실로 갔다. 그 순간 바닥에 놓아둔 빨간색 도어대시 배달 가방이 떠올랐다. 만약 제시가 그 가방을 보게 된다면 누군가 집에 들어왔다가 아직 나가지 못하고 있다는 사실을 알게 된다.

거실에서 TV가 켜졌다. 남자들의 고함, 총소리, 자동차 추격전으로 인한 타이어 마찰음이 들렸다. 매기의 목소리를 가릴 만큼의 소음이라 생각되었다.

"데클란, 여기서 나갈 수 없게 됐어요."

"상황은?"

"방금 다른 사람이 아파트에 들어왔어요. 옷장 안에 숨었어요. 뭔가의 상황 전환…"

현관문에 열쇠가 꽂히고 다시 문이 열리는 소리와 닫히는 소리가 들렸다. 제시 배스가 돌아왔다.

"됐어!" 배스가 그 남자에게 말했다.

"얼마나?"

"다음 건을 위해 충분할 만큼. 뭐 보고 있었어?"

"몰라, 형편없이 재미없어."

TV가 꺼지고 갑자기 정적이 흘렀다. 그녀의 귀에서 피가 흐르는 소리가 들리는 듯했다. 두 명의 남자와 함께 아파트에 갇혀 있었고 그중 한 명은 무장을 하고 있을 가능성이 컸다. 그리고 가방이 거실에 놓여있었다. 매기도 무장은 했지만 총격전이 벌어지는 것은 그녀가 원했던 그림이 아니었다. 누군가 다칠 수 있고, 아니면 단순한 유혈 사태를 넘어서는 결과가 초래될 수도 있다.

그리고 그녀는 임무를 날려버리고 루터를 구하는 데 실패할 것이다.

매기는 자신의 커리어에서 파국의 벼랑 끝에 섰던 수많은 순간이 떠올랐지만 이렇게 낡은 아파트에서 두 명의 패배자와의 싸움에서 결국 실패하게 되는 장면은 상상하지도 못했다.

"자, 나갈 준비 해야지?" 남자가 말했다.

"셔츠 좀 갈아입고." 배스가 말했다. "밖이 완전 오븐이야. 그 사이 흠뻑 젖었어."

결국 여기서 끝날 것이다. 그녀의 근육이 팽팽해졌다. 이 두 젊은 남자를 상대로 그녀가 가진 단 하나의 장점이라곤 기습이라는 요소였다. '옷장에서 튀어 나가 문을 향해 돌진한다.' 잘 된다면 그들이 미처 반응하기 전에 현관문으로 빠져나갈 수 있다. 누군가 총을 쏘기 전에. 그리고 두 층의 계단을 내려가야 하는데, 그들을 따돌릴 수 있을까?

배스의 발걸음이 침실로 들어와 옷장으로 향했다. 그가 문고리를 잡는 순간 그녀는 무기를 들었다.

그때, 어디선가 화재 경보가 울렸다.

"젠장, 뭐야?" 배스가 말했다.

누군가가 큰 소리로 아파트 문을 두드렸다. 그리고 외치는 소리가 들렸다. "2층에 불이 났어요! 모두 당장 나가요!" 데클란이었다.

"이봐, 빨리 여기서 나가야 해!" 배스의 친구가 소리쳤다.

배스의 발소리가 침실에서 멀어졌다. 그리고 아파트 문이 닫히는 소리가 들렸다.

매기는 남자들이 복도를 떠날 때까지 10초간 기다렸다가 옷장에서 나와 거실을 가로질렀다. 방금 도망친 너무도 똑똑한 두 머저리들이 눈치채지 못한 듯 배달 가방이 바닥에 그대로 놓여있었다. 그녀는 가방을 집어 들고 집 밖으로 빠져나갔다.

복도에서 그녀는 계단을 통해 출구로 이동하는 다른 세입자들과 합류했다. 건물 밖으로 나갔을 때는 이미 그녀의 퇴장을 위장하기에 충분한 많은 인파가 모여 있었다. 그녀는 아무도 알아차리지 못할, 그저 야구모자를 쓴 할머니에 불과했다. 배스와 그의 친구는 그녀가 그들을 지나쳐 데클란이 기다리고 있는 차에 오르는 동안 그녀를 쳐다보지도 않았다.

"재밌었어요." 매기가 말했다.

"정말 간 떨어질 뻔했어요."

"아무튼 정말 고마웠어요. 주의를 돌리지 않았다면 총격전 없이 거기서 빠져나오진 못했을 거예요."

"더 이상 이런 위험을 감당하게 둘 수 없어요. 지켜보는 제가 더 힘들어요. 다음번에는 제가 들어갈게요. 당신이 백업을 해요."

"다음이 또 있나요?"

"우리가 충분히 오래만 산다면요."

그녀는 승리의 미소를 지어 보였다. "우리가 잡았어요, 데클란."

데클란이 매기를 바라보았다. "그래요?"

"검찰은 그를 A급 마약 소지 및 판매 혐의로 기소할 겁니다. 증거는 그의 침대 밑에 있었어요. 사진이 증명할 거예요." 매기는 차창 밖으로 제시 배스를 바라보았고, 그의 벨트 안쪽으로 총기가 불룩하게 튀어나온 것을 확인했다. "불법 총기 소지까지 추가한다면 루터를 오랫동안 괴롭힐 일은 없을 거예요." 매기는 잉그리드에게 전화를 걸기 위해 휴대폰을 꺼냈다. 저녁쯤이면 익명의 제보가 증거 사진과 함께 루이스턴 경찰서와 메인주 경찰에게 전달되고, 곧 본격적인 수사가 착수될 것이다.

하지만 매기가 전화를 걸기 전에 잉그리드에게서 먼저 전화가 걸려 왔다.

"방금 경찰 무전에서 들었어요." 잉그리드가 말했다.

"무슨 일이죠? 뭐예요?"

"조이 코노버를 찾았답니다."

31장
-
조

　야성적이고 거친 눈빛의 수잔 코노버는 그녀의 지긋지긋한 가족을 따라 응급실로 날아들었고 조를 발견하고는 곧장 그녀를 향해 돌진했다.
　"어딨어요? 어딨냐고요!"
　조는 두 손을 번쩍 들고 이미 벌어진 혼란스러운 상황을 진정시키려 애썼다. 병원 대기실은 환자들로 붐비고 있었고, 아기가 비명에 가까운 울음소리를 내고 있었으며, 이내 6명의 코노버 가족이 한꺼번에 도착하면서 소음과 혼란은 더욱 가중되었다.
　"방금 수술실로 데려갔어요." 조가 최대한 침착하게 말했다.
　"수술실은 왜요? 애한테 무슨 일이 생긴 거예요?"
　"일단 의사와 상담을 하시는 게 좋을 것 같아요. 전 도저히 말을 못…"
　"제발 그냥 말해줘요!" 수잔은 울면서 절규했다.

조는 다른 모든 대화가 갑자기 멈춘 대기실을 흘끗 둘러보았다. 유일한 소리는 아이의 끊임없는 울음이었다. 잠시 자신의 아픔과 질병에서 주의를 빼앗긴 사람들은 이제 조와 수잔, 그리고 그들이 펼치는 드라마를 지켜보고 있었다.

조는 수잔의 팔을 잡고 사람들이 엿듣지 못하도록 구석으로 그녀를 이끌었다.

"한 쌍의 등산객이 계곡 바닥에서 따님을 발견했습니다." 조가 조용히 말했다. "조이가 어떻게 그곳에 가게 됐는지는 모르지만 추락으로 인해 여러 군데 골절상을 입었어요. 두개골, 골반, 갈비뼈 몇 군데도 부러졌습니다."

"아이는 살아있는 거죠?" 수잔은 숨을 몰아쉬며 벽에 기대어 흐느꼈다. "오, 하느님 감사합니다. 조이가 살아있어요. 살아있어요."

'지금까지는.' 조는 상황이 언제든 바뀔 수 있다고 생각했다. 현재로선 그럴 가능성이 농후했다. 만약 소녀가 살아남지 못한다면, 지금 수잔의 희망을 키우는 것은 롤러코스터를 태운 뒤에 결국은 절망의 나락으로 내던져버리는 잔인함에 가깝다고 느껴졌다. 구조대원들이 구급차에 들것을 실을 때 피투성이가 된 머리카락과 생명을 잃은 팔다리와 부서진 몸을 보았었다. 소녀의 심장은 여전히 뛰고 있었지만, 그 골절된 두개골 안에 조이 코노버로 알려진 소녀의 흔적은 남아있을까?

에단은 아내를 두 팔로 감싸 안았고 수잔은 몸을 축 늘어뜨렸다. "등산객 한 쌍이 조이를 찾았다고 했죠?" 에단이 물었다.

"네, 조이는 그들이 등산하던 길에서 수십 미터쯤 떨어진 곳에 쓰러져 있었어요. 개가 숲속으로 뛰어 들어가지 않았다면 아마 조이를 발견하지 못했을 거예요. 개가 뭔가 냄새를 맡았거나 소리를 들었던 것 같아요. 개를 쫓아가다 얕은 개울가에 누워있던 딸을 발견한 겁니다. 그래서 따님이 살아남은 것일지도 모르겠어요. 의식이 있었을 동안에 물을 마실 수 있었으니까요. 그리고 다행히 지난 며칠간 밤의 기온도 온화한 편이었습니다."

나머지 코노버 가족도 자세한 내용을 듣기 위해 다가왔고, 대기실에 있는 사람들의 눈과 귀를 막기 위해 자연스레 보호 서클을 형성했다.

"등산 코스가 어디였죠?" 콜린이 물었다.

"스토니 크리크. 기점은 메이든 호수의 서쪽에서 약 13킬로미터 떨어진 곳이에요. 조이는 인디언 헤드 전망대 12미터 바로 아래의 계곡에서 발견됐어요."

"도대체 어떻게 거기까지 가게 된 거죠?"

"저희도 아직은 모르는 상황입니다."

병원 응급실 문이 쾅 하고 열렸다. 조는 잉그리드와 로이드 슬로컴이 마치 임무를 수행 중인 한 조의 커플인 것처럼 대기실로 들어서는 모습을 보고 신음이 나올 뻔했다. 하지만, 그게 바로 그들이 이곳에 온 이유였다. 슬로컴 부부는 항상 임무 수행 중이었으니까.

"티보듀 서장님, 얘기 좀 할 수 있을까요?" 잉그리드가 말했다.

"지금은 안 돼요."

"여자애가 발견됐다고 들었는데…"

"쉿, 그만하면 됐어요." 조는 둘을 코노버 가족에게서 떼어내

출구 쪽으로 향했다.

"그리고 아이는 수영복만 입고 있었다고 했어요." 로이드가 말했다.

'도대체 그걸 어떻게 알았지?' "여기선 안 돼요. 밖으로 나가요." 조가 명령했다.

그들은 응급실 문을 열고 텅 빈 구급차 주차구역 옆에 섰다. 카운티 전체에 서비스를 제공하는 이 지역 병원은 관광객과 지역 주민 모두가 심장마비, 골절, 식중독 등으로 찾아오는 곳이었다. 이 바쁜 여름날, 주차장은 꽉 찼고 구급차가 급히 오가는 소리도 들을 수 있었다.

"그 아이가 수영복을 입고 있었다는 사실을 어떻게 알았죠?" 조가 물었다.

"우리도 나름 출처가 있습니다." 잉그리드가 말했다.

"응급 구조대원들요? 그들이 말해줬나요?"

"여긴 작은 마을이에요. 여자애가 보라색 수영복을 입고 발견됐다고 사람들이 말하죠, 맞나요?"

조는 그들을 노려보았다. "맞아요."

"하지만 루터 윤트가 선착장에 그 아일 내려줬을 때, 그 소녀는 드레스를 입고 있었어요."

"윤트 씨에 따르면 그렇죠."

"우린 그를 믿습니다. 그를 못 믿나요?" 로이드가 말했다.

"윤트 씨가 모든 진실을 말하지 않았기 때문이에요. 그는 무언가를 숨기고 있어요."

"하지만 이 말은 사실이에요. 호수에 그 아이를 내려주었을 때

드레스를 입고 있었다는. 결국 세탁기에 들어가 있던 그 드레스 말이에요. 6일 후, 그 소녀는 수영복을 입은 채 발견됐어요. 그나 저나 신발은 찾았나요?"

조는 한숨을 쉬었다. "샌들 하나만요. 다른 하나는 계곡 어딘 가에 있을 거예요. 아직 샅샅이 수색할 기회가 없었어요."

"아, 우리가 이미 하고 있어요." 잉그리드가 말했다.

"네?"

"우리 사람들이 거기서 찾고 있어요."

'우리 사람들.' 마티니 클럽의 다른 멤버들을 말하는 거겠지. "거긴 범죄 현장입니다, 슬로컴 부인. 당신이나 당신 친구들이 거기 있으면 안 돼요."

"범죄 현장인 것은 의심의 여지가 없죠." 잉그리드가 말했다. "하지만 수영복을 입은 소녀가 왜 마지막으로 목격된 호숫가에서 몇 킬로미터나 떨어진 계곡에서 발견되었는가, 라는 질문으로 돌아가 보도록 하죠. 아세요, 이렇게 되면 사건이 완전히 달라집니다."

"계속 설명해 보세요."

"납치의 이유가 완전히 달라진 겁니다. 왜 소녀의 배낭이 1번 도롯가에 버려졌는지 설명이 됩니다. 왜 소녀의 휴대폰이 팔리 웨이드의 트럭에 심어져 있었는지도요. 네, 이제 모든 게 이해가 돼요." 잉그리드는 잠시 멈칫했다. "혹시 성폭행의 흔적이 있나요?"

조는 갑작스러운 화제 전환에 당황한 채 그녀를 쳐다보았다. "지금 의사들은 그 아이를 살리려고 애쓰고 있어요. 그들은 증거를 수집하러 수술실에 들어간 게 아닙니다!"

"수영복이 손상되지는 않았나요?"

조는 질문에 대한 분노를 삼키며 말했다. "네, 수영복은 온전했지만 성폭행이 있었는지 여부는 알 수 없습니다." 조는 평정을 되찾으려 노력하며 계속 말을 이어갔다. "우리는 조이가 어떻게 그 계곡에 쓰러졌는지에 대한 과정도 아직 알지 못해요."

"그 아이가 당신에게 아무 말도 하지 못했나요?"

"발견 당시 아이는 의식이 없는 상태였습니다. 의사들은 두개골 내부에 출혈이 있을 거라고 판단하고 뇌에 가해지는 압박을 완화하기 위해 지금 수술을 하고 있어요." 조는 응급실 문을 힐끗 쳐다보았다. "지금 아이가 살아있는 것 자체가 기적이에요."

"그 소녀는 운동선수입니다." 로이드가 말했다. "젊고 건강하다는 말이죠. 이 정도의 정신적, 육체적 트라우마에서 살아남을 수 있는 사람이 있다면 바로 그 아이 같은 사람일 겁니다."

"아무튼, 그래서 지금 상태는 어떤가요?" 잉그리드가 물었다. "아이가 우리에게 무슨 일이 있었는지 말하지 못하는 상황이 올 수도 있는 걸까요?"

"그래서 제가 다시 제 일로 돌아가야 하는 겁니다." 조가 말했다.

잉그리드는 천천히 고개를 끄덕였다. "우리도 그래요."

32장
-
매기

매기는 데클란, 벤과 함께 도롯가의 전망대에 서서 계곡 건너편에 있는 독특한 모양의 '인디언 헤드'라는 이름이 붙은 절벽을 바라보고 있었다. 오후의 햇살이 비스듬히 비치는 절벽은 고상한 이마와 뚜렷한 턱을 가진 얼굴처럼 보였다. 시간이 된다면 꼭 한 번 와볼 만한 인상적인 랜드마크였지만, 관광객에게 안내되는 대부분의 여행 코스에 이 경치 좋은 전망대는 어디에서도 추천되지 않았다. 한여름의 기간에도 이곳은 번잡한 도로가 아니었기 때문에 시신을 버리기에는 편리한 장소였을 수 있다. 많은 노력이 필요하지 않았을 것이다. 이쯤 어딘가에 그저 차를 세우고 트렁크를 열면 1분 이내에 시신을 끌어내 전망대의 가장자리로 굴릴 수가 있었다. 그 아래에는 시신을 완전히 삼킬 정도로 빽빽한 관목이 우거진 12미터 높이의 계곡이 있었다. 누군가가 경치를 감상하기 위해 이곳에 들렀다고 하더라도 수풀 사이에 숨어 있는 저 아래를 보지는 못할 가능성이 크다. 며칠 또는 몇 주가 지나면 썩어가는 시체의 악취가 길 쪽으로 올라오기도 하겠지만, 야생에서는 사방에 죽은 것들이 널려있고, 누가 죽은 사슴의 냄새인지 죽은 소녀의 냄새인지 구분할 수 있을까? 등산객 두 명과 그들의 개가 아니었다면 조이 코노버는 여전히 이곳에 누워 발견되지 못했을 것이고, 소녀의 유해는 배고픈 청소부들에게 살이 벗겨지고 뼈가 흩뿌려졌을 것이다.

"개를 데려올 걸 그랬나 봐." 벤이 중얼거렸다. "이렇게 오랫동안 산책을 한다면 좋아했을 텐데."

"재밌네요. 전 당신이 개를 좋아하는 사람이라고 생각한 적이 없었거든요." 매기가 벤을 보고 미소 지으며 말했다.

"내가? 그럴 리가요." 마침 벤은 팔리 웨이드의 블랙 래브라도를 만났고 인간과 개 모두가 서로 첫눈에 반했다. "에블린이 집에서 개를 키우는 것을 허락하지 않았어요. 이제 그 머저리 웨이드가 개를 돌려달라고 하면 정말 화가 날 것 같아요."

"자, 그럼. 스토니 크리크 코스로 가는 가장 빠른 방법은 뭐죠?" 데클란이 물었다.

"이곳에서 서쪽으로 가면 연결되는 길이 있어요." 벤이 휴대폰으로 지도를 살펴보며 말했다. "저 길로 가면 그 코스를 만날 수 있을 거요."

그들은 벤의 차를 갓길에 주차해 두고 표지판이 나올 때까지 서쪽으로 길을 따라 걸어갔다. '스토니 크리크 코스 진입로, 1.2킬로미터.' 무성하게 자란 잡초 사이에는 바늘로 긁어 놓은 듯한 흔적만 보일 뿐 길이 거의 보이지 않았다. 매기는 배낭의 무게를 분산하려고 가슴 끈을 꽉 조였다. 아직 하이킹을 본격적으로 시작도 안 했는데 벌써 땀을 흘리고 있었다. "여러분?"

"내 무릎이 좋아할 리가 없어." 벤이 투덜거렸다.

한 걸음 한 걸음 내디딜 때마다 넘어지거나 발목을 삐는 사고가 일어날 수 있는 일련의 지그재그로 된 길을 따라 내려가야 했다. 그나마 내려가는 건 어찌 가능하겠지만, 이 덥고 벌레가 많은 여름 오후, 다시 경사를 올라오는 것은 상상만 해도 끔찍했다.

블랙베리 덤불을 비롯한 가시 많은 줄기를 뻗어 그들의 바지를 낚아채려는 잡목 숲을 지나고 간간이 가문비나무와 참나무 그늘 아래를 지나치며 길을 따라 내려갔다. 저 아래 개울에서 희미하게 흐르는 물소리가 들려왔다. 듬뿍 뿌려댄 살충제에도 아랑곳하지 않고 모기들이 윙윙거리며 그녀의 얼굴 주위로 몰려들었다. 그녀는 항상 벌레들이 선호하는 피의 공급원이었다. 하이킹을 할 때마다 그놈들은 언제나 남성 동료들은 무시하고 그녀에게 곧장 달려들곤 했었다. 안타깝게도 나이듦이 그녀에 대한 먹잇감으로서의 매력을 줄이진 못한 것 같았다.

그들은 마침내 계곡 바닥의 웅덩이로 뛰어들었다. 두꺼운 구름을 형성하고는 그녀의 머리 위를 맴돌고 있는 이곳의 모기떼는 숫자가 훨씬 많았고 더 탐욕스러워 보였다. 여기는 스토니 크리크의 주요 코스였다. 그들은 조이 코노버가 발견된 곳을 향해 동쪽으로 방향을 틀었다.

남아있는 증거가 과연 어디에 있을 것인가.

수백 미터를 걸어간 후, 개울 가장자리에 응급 구조대원들이 남겼을 여러 개의 갓 새겨진 부츠 자국을 보고 목적지에 다가왔음을 알 수 있었다. 흙더미에는 찢어진 붕대와 주사기 플라스틱 뚜껑이 떨어져 있었다.

데클란이 진흙에 찍힌 동물의 발자국을 가리켰다. "이건 그 소녀를 발견한 개의 흔적이군요." 인간이 감지하지 못하는 공기 중의 수많은 화학 신호를 감지할 수 있는 개의 코가 어떤 기적을 낳았는가? 아니면 어떤 소리였을까? 상처 입은 소녀의 울먹이거나 신음하는 소리, 아니면 날카로운 고음의 고통스러운 소리였을까? 아무튼 무언가가 개의 주의를 끌었고, 개는 주인을 떠나 이 덤불 속을 파고들었다. 그리고 여기, 진흙더미 속에 개가 지나간 흔적이 남아있다. 이제 그들은 개의 발자국을 따라가다 사람들이 남긴 더 많은 발자국을 발견했다. 모기 구름이 더 두꺼워지고 진흙이 밀려오면서 그녀의 부츠를 빨아들였다.

바로 뒤에서 부츠가 나뭇가지를 꺾으며 걷고 있는 데클란의 소리가 들려오자, 젊은 시절 썩은 풀 냄새가 진동하던 미얀마 정글을 숨죽이며 헤쳐가던 때가 떠올랐다. 엄청난 긴장감, 두려움이 섞인 모험이었기 때문에 당시에는 진흙탕에도 아랑곳하지 않고 지금보다도 훨씬 빠른 속도로 움직였다. 포획에 대한 두려움, 그리고 필연적으로 뒤따를 일들에 대한 두려움. 심문, 고문, 처형의 가능성. 그에 비하면 오늘은 친한 친구 두 명과 배낭에 물병을 가득 채우고 떠나는 여름 하이킹에 불과했지만, 그래도 매기는 예전의 그 아드레날린이 솟구치는 것을 느낄 수 있었다. 이 낡은 몸은 아직 그 유령을 포기할 준비가 되어있지 않았다.

마침내 그들은 그토록 찾았던 지점에 도착했다. 그녀는 부러진 나뭇가지와 혼란스럽게 뒤섞인 발자국들을 내려다보았다. 옆에서 벤의 거친 숨소리가 들려왔다.

"저기 우리 바로 위에 전망대가 있어요." 벤은 나무들 사이로 차가 주차된 도로를 올려다보며 말했다.

"여기가 그 소녀가 떨어진 곳이에요." 매기는 소녀를 구조하고 안정시키기 위해 정신없이 노력한 증거인 흩어진 진흙과 의료 파편들을 가리키며 말했다. 구조대원들은 증거 수집이 아니라 생명을 구하는 게 목적이기 때문에 현장을 보존하거나 가해자가 남긴 단서를 찾는 데 신경을 쓰지는 않는다. 조이를 납치한 범인은 아마도 이 계곡으로 내려오지 않았을 가능성이 크기 때문에 그런 단서가 계곡에는 애초에 존재하지 않았을지도 모른다. 범인은 12미터 위의 도롯가에 있었고 거기서 조이를 떨어뜨렸을 것이다. 아마도 그는 그 소녀가 이미 죽었다고 생각했거나, 죽지 않았다 하더라도 이 높이에서 떨어지면 확실히 목숨이 끊어질 거라고 판단했을 것이다. 하지만 범인이 예상하지 못한 것은 소녀가 추락할 때 나뭇가지와 덤불이 완충 작용을 하여 충격을 완화해 준다는 사실이었다.

그리고 여기 계곡에서 조이 코노버는 두 번째 행운을 만났다. 개울 가장자리로의 착지. 심한 부상으로 기어서는 이 계곡을 빠져나갈 수 없었지만, 물웅덩이 사이에서 목을 축일 수 있었다.

"시신을 유기하기에는 편리한 장소군." 벤이 말했다.

"그런데 왜 여기까지 데려왔을까요? 수영복을 입고 있었다면 아마도 호수 근처에서 납치된 것 같은데요. 거기서 바로 처리했을 수도 있죠. 물속에 익사시킨다거나."

"호수 근처에서 납치되지 않았다면? 바닷가는 문뷰에서 3킬로미터밖에 안 떨어져 있어요. 해변으로 가는 차를 얻어 타고 가다가 납치됐을 가능성도 있어요."

"그렇다 해도 왜 시신을 이곳에 버리고 배낭을 멀리 떨어진 1번 도로에 버렸는지 설명이 안 돼요. 그리고 휴대폰은 또 왜 팔리 웨이드의 트럭에 심어놓았을까요?"

벤은 고개를 저었다. "말이 안 되죠."

"어쩌면 그게 요점일지도 몰라요." 매기가 말했다. "혼란을 가중하기 위해서."

그들은 흩어져서 무언가를 찾기 위해 수색을 시작했다. 무엇을 찾기 위해? 아직은 정확히 알 수 없다. 아마도 납치범이 만졌다가 버린 지문이나 DNA가 묻어있는 옷가지 또는 물건일 것이다. 매기가 깨진 유리를 발견했지만 먼지가 두껍게 덮여있는 걸로 보아 아마 몇 년 동안 그곳에 놓여 있던 것 같았다. 여기저기 풍화된 종이 조각이 있었고, 벤은 비어 있는 자외선 차단제 튜브를 집어 들었다. 최근에 사용한 흔적은 보이지 않았다. 그저 부주의한 관광객들이 전망대에서 내려다보면서 쓰레기를 버린 것뿐이었다.

"여기요!" 그때 데클란이 외쳤다.

매기는 가시덤불 사이를 헤치고 그가 서 있는 곳, 우뚝 솟아있는 하얀 소나무 밑으로 걸어갔다. 데클란은 땅을 쳐다보는 것이 아니라 머리 위로 아치형으로 뻗은 나뭇가지를 바라보고 있었다.

얼굴이 빨개지고 땀을 흘리는 벤도 그들과 합류했다. "무슨 일이야?"

"보세요." 데클란이 위쪽을 가리켰다.

그제야 매기는 나뭇가지에 걸려 있는 수영 고글을 발견했다.
"도대체 어떻게 저걸 발견한 거죠?"
"저 위 어딘가에서 새가 노래하는 소리가 들렸다고 생각했어요. 그래서 고개를 들어보니 먼저 눈에 들어온 게 나뭇가지에 매달린 저거였어요." 그는 매기에게 쌍안경을 건넸다.
"정말 엄청난 발견이야." 벤이 감탄했다.
"봤죠? 조류 관찰이 완전히 쓸모없는 취미는 아니라니까요."
"정정하도록 하지. 자, 이제 저걸 어떻게 가져오지?"
"저 좀 도와줘요, 벤. 내가 가져올게요." 데클란이 말했다.
"조 티보듀에게 전화하는 게 나을 수도 있어요." 매기가 휴대폰을 꺼내 들며 말했다.
"우리가 바로 여기 있잖아요. 그냥 한번 해봅시다."
"너무 높아요, 데클란. 경찰에게 맡기는 게 좋겠어요."
하지만 벤은 이미 데클란을 첫 번째 목표 지점까지 밀어 올리고 있었다. 데클란은 훈련소의 장애물 코스에서 밧줄을 타고 장애물을 쉽게 뛰어넘는 등 대원들 중에서 가장 운동신경이 뛰어났었다. 지금은 그때보다 마흔 살이 더 들었고 백발이 성성해졌지만 여전히 나무를 오를 수 있을 만큼의 운동신경은 건재했다. 그는 수경이 걸린 바로 밑까지 나뭇가지와 나뭇가지를 타고 올라갔다. 그는 머리 위 수경을 나뭇가지에서 풀려고 여러 차례 시도하며 고군분투했다. 그리고 드디어.
"잡았다!" 데클란이 소리쳤다.
매기는 우두둑하는 큰 소리를 들었고 순간 공포에 질렸을 때, 데클란이 잡고 있던 나뭇가지가 갑자기 꺾이기 시작했다.

수경이 바닥으로 떨어졌고 데클란도 함께였다.

33장
수잔

조이가 두 살이었을 때 폐렴으로 병원에 입원한 적이 있었다. 수잔은 3일 동안 딸의 침대 옆을 맴돌며 가슴이 오르락내리락하는 걸 지켜보면서 호흡의 변화를 예의주시했다. 수잔은 간호사로서 교육을 받았지만 자신의 아기가 아팠고, 그래서 자신을 자책하는 것을 멈출 수가 없었다. 지난주에 겨울 산책을 할 동안 아기를 충분하게 따뜻이 입히지 않아서였을까? 바이러스가 잠복해 있는 사람이 딸에게 너무 가까이 오도록 방치하지는 않았던가? 다른 아이들은 재채기 몇 번으로 유아기를 무사히 넘겼지만, 수잔의 딸은 병원 침대에 누워 있었고, 조이의 쌕쌕거림과 기침은 엄마의 가장 중요한 임무인 아기 보호에 실패했다는 비난처럼 들려왔다.

이제 다시 딸의 머리맡에 앉아 인공호흡기 소리가 들릴 때마다 조이의 가슴이 오르락내리락하는 것을 지켜보았다. 다시 한번 실패했다는 생각이 들었다. 딸을 보호해야 했는데. 딸을 안전하게 지키고 항상 어린 소녀들을 노리는 괴물들과 싸웠어야 했다. 그리고 수잔은 거기에 없었기 때문에 그 괴물들 중 하나가 딸에게 이런 짓을 한 것이다.

수잔은 지금의 딸을 거의 알아보지 못할 지경이었다. 얼굴 오른쪽은 기괴하게 부풀어 올랐고 눈은 부어 있었다. 신경외과 의사가 두개골을 뚫고 뇌를 압박하는 피를 빼내기 위해 아름다운 갈색 머리카락 절반을 깎아냈다. 의사는 수잔에게 조이의 모든 골절 상태에 관해 설명해 주었지만, 두개골, 골반, 쇄골, 갈비뼈 두 대 등등 그 목록이 너무 길어서 수잔은 거의 기억하지 못했다. 12미터 높이의 계곡으로 떨어졌다면 대부분의 사람은 사망했을 것이다. 그날 추락뿐만 아니라 그 후에도 며칠 동안 살아남았던 건 기적이었다. '당신 딸은 투사예요'라고 의사가 말할 정도였다.

'계속 싸워줄 수 있겠지, 아가야. 제발 엄마에게로 돌아오렴.'

그녀는 중환자실 커튼이 열리는 소리를 듣고 식당에서 에단이 돌아오는 것으로 생각하고 고개를 돌렸다. 하지만 대신 커피 두 잔을 들고 안으로 들어온 사람은 엘리자베스였다. "중환자실에는 한 번에 두 명만 면회가 가능하다더구나. 에단에게 집에 가라고 했다. 잠시 너와 같이 여기 있고 싶구나." 그녀는 수잔에게 컵 하나를 건네주었다. "마실 게 필요할 것 같아서."

"고맙습니다." 수잔은 플라스틱 뚜껑을 열고 커피잔에서 피어오르는 맛있는 김을 들이마셨다. 설탕과 카페인은 지금 그녀에게 꼭 필요한 것이었다.

"괜찮겠니?" 엘리자베스가 다른 의자를 가리켰다. "앉아도 될까?"

"그럼요." 달리 뭐라고 말할 수 있을까? 아니요, 딸과 단둘이 있고 싶다고요,라고? 엘리자베스는 항상 그녀에게 친절했지만, 이 여성에게서는 뭔가의 냉랭함이 있었고, 뉴잉글랜드 금욕주의의 뚫기 힘든 층이 항상 수잔과의 거리를 유지하게 하는 것 같았다. 이제 두 사람은 비좁은 칸막이에 갇힌 채 나란히 앉았고 수잔은 할 말이 떠오르지 않았다.

"조이가 무슨 말이라도 했니?" 엘리자베스가 물었다.

"아니요. 의료적으로 혼수상태를 유도하기 위해 바르비투르산염을 투여했어요. 뇌를 보호하고 부기가 가라앉을 회복할 시간을 주기 위해서래요. 약물을 줄이기 시작하면 정신이 점점 돌아오겠지만 현재로선 조이가 무엇을 기억하는지는 알 수 없어요. 기다려봐야죠."

"정말 안됐구나, 수잔."

"적어도, 아이가 깨어날 가능성은 있으니까요."

"조이는 젊고 강하니까. 인내심을 가지고 기다려 보자꾸나."

조이의 폐에 공기를 채우며 인공호흡기가 순환 작용을 하고 있었다. 간호 학교에서 기관 내 삽관과 인공호흡기를 다뤄본 지 수십 년이 지났다. 만약 지금 뭔가가 잘못된다면, 갑자기 정전이 된다거나 기흉으로 인해 폐에 이상이 생기는 등의 문제가 발생한다면 어떻게 대응해야 할지 기억해 낼 수 있을까? 그 책임감에 대한 무게를 생각만 해도 손에 땀이 났다.

"조이를 더 잘 알 수 있는 기회가 있었으면 좋았을 텐데." 엘리자베스는 조이를 바라보았다. "너와 에단이 결혼했을 때, 난 우리가 함께할 수 있는 시간이 얼마든지 있을 거로 생각했다. 가족이 되는 거. 하지만 항상 이런저런 일들로 상황이 생겨 쉽지가 않더구나."

수잔은 한숨을 쉬었다. "그게 삶이죠."

"그래, 삶이 방해가 되곤 하지. 조지의 건강. 에단의 끝내지 못한 소설. 그리고 학교에서 항상 바쁜 조이. 고백하는데, 난 십 대를 다루는 데 익숙하지 못하단다. 내 아이들이 어렸을 때도 그러지 못했지. 하지만 좀 더 노력할 거란다. 이제 손녀가 생겼으니까."

"키트가 있잖아요."

엘리자베스는 그저 어깨를 으쓱할 뿐이었다. 침묵이 길어질수록 점점 더 의미심장한 분위기가 감돌았다.

"키트에 대해 제가 알아야 할 게 있나요?"

"걘 복잡한 아이란다."

"어렸을 때 많이 아팠다고 들었어요."

"많은 병원을 오가면서도 소아과 의사들은 키트가 왜 그렇게 많은 소화기 질환을 앓았는지 정확히 파악하지 못했어. 유모를 고용한 후 조금 나아졌지. 하지만 1년 후 그 보모가 그만두었고 아이는 상태가 더 나빠졌어. 한때는 너무 말라서 해골처럼 보이기도 했지. 그래서 브룩은 키트 곁을 떠나지 못했을 거야. 콜린이 다른 보모를 고용하려 했을 때 브룩은 강력히 거절했어. 아이를 돌봐줄 다른 누구도 믿지 못했어. 그래서 키트는 엄마에게 너무 애착을 갖게 되었는데, 어떻게 대학에 갈 수 있을지 모르겠다."

엘리자베스는 조이를 바라보았다. "하지만 네 딸은, 그러니까 조이는…… 평범하다고 해야 하나."

'이런 사건만 아니었다면 그랬을 수도 있었죠.'

그들은 잠시 조용히 앉아 인공호흡기 소리를 들으며 커피를 마시고 있었다.

"경찰에게서 새로운 소식은 없었니?"

"아니요, 이미 들었던 내용들만……." 수잔은 관자놀이를 문지르며 몸을 앞으로 숙였다. "세상에, 어떻게 이런 일이 일어났는지 알아낼 수 있으면 좋겠어요. 납득할 만한 이유가 있으면 더 낫고요."

"그건 경찰들의 일이지 네 일이 아니다. 네 일은 딸을 위해 강하고 건강하게 지내는 것이란다." 엘리자베스가 일어섰다. "일어나거라, 집에 데려다줄게."

"전 여기 있어야 해요."

"몇 시간만. 건강을 지키려면 저녁도 먹어야 하고. 옷도 갈아입고."

수잔은 주름진 셔츠를 내려다보며 샤워도 해야겠다고 생각했다. 엘리자베스의 말이 맞았다. 조이를 위해 건강을 유지하고 강해져야 한다.

수잔은 고개를 끄덕이며 자리에서 일어났다. "알겠어요."

∞

수잔은 집에서 샤워를 하고 새 셔츠로 갈아입은 후 조이의 침대 옆에서 밤을 보내는 데 필요한 필수품을 가방에 챙겼다. 중환자실에서 밤을 보낼 수 있는 면회객은 한 명으로 정해져 있고, 조이가 깨어난다면 처음으로 보고 싶은 얼굴은 엄마일 것이기 때문이다. 그래서 수잔은 오늘 밤도 그 자리에 있을 것이다.

의자에 앉아 밤을 보내야 해서 잠을 거의 제대로 자진 못하지만 최대한 편안하게 지내야 했다. 병원은 항상 쌀쌀하기 때문에 슬리퍼와 양말, 스웨터를 작은 여행용 가방에 집어넣었다. 책을 읽을 기운이 있을지 의문스러웠지만 이탈리아에서 휴가를 보내는 세 자매에 관한 가벼운 소설 한 권을 챙겼다. 언젠가 조이를 데리고 가겠다고 스스로에게 약속한 곳이었다. 수잔은 조이, 에단과 이탈리아의 해변에서 모두 건강하고 행복하고 온전한 모습으로 일광욕을 즐기는 모습을 상상하려고 애썼다. 상상할 수 없으면 실제로 일어날 리도 없다. 수잔에겐 미래에 대한 비전 같은 게 필요했다. 기대할 수 있는 무언가.

휴대폰 충전기. 잊어선 안 되는 물건 중 하나.

수잔은 충전기를 올려둔 책상으로 갔다. 그때 책상에서 에단이 손 글씨로 쓴 원고들을 발견했다. 전에는 보지 못했던 새로운 내용들이었다.

수잔은 마지막 문단에서 인상을 찌푸렸다.

그녀가 호수에서 사라진 계절은 여름이었는데, 마치 지구의 가장자리에서 훌쩍 뛰어넘어 사라진 것 같은 너무나 갑작스러운 실종이었다. 물론 경찰에 신고했지만 아무도 아는 사람이 없었다. 그리고 그 실종에 대한 의문은…… 멈춰버렸다. 그게 특이한 지점이었다. 그녀가 발견되었나? 그건 그저 하나의 해프닝일 뿐인가? 누구도 말하지 않았다. 누구도 그것에 대해 말하는 걸 원치 않았다. 시간이 지나면서 그 미스터리는 기억에서 사라졌다. 해답도 없이, 시신도 없이. 마치 그 처녀는 존재하지도 않았던 것처럼.

수잔은 기절하듯 침대에 주저앉았다. 실종된 여성. 호수. 맙소사, 그가 조이의 실종에 대해 쓰고 있었던 걸까? 그들의 딸, 그녀의 딸을 소설 속 등장인물에 불과하게 만든 걸까?

아래층에서 가족들의 대화와 식탁을 차리는 소리가 들리고 저녁 캐서롤의 고소한 냄새도 맡을 수 있었지만 식욕은 전혀 느껴지지 않았다. 그녀는 여기 숨어서 이 문장을 몰래 쓰고 있었을 에단을 상상해 보았다. 다른 남자들은 아내를 두고 내연녀와 바람을 피우지만 에단은 이 소설을 위층에 숨겨두고 수잔을 속였다. 마치 자신의 가족을 잡아먹는 식인종처럼 그는 수잔의 고뇌를 자기 이야기의 자양분으로 삼았다.

에단이 아래층에서 수잔에게 외쳤다. "수잔? 저녁 준비 다 됐어!"

수잔은 대답도 하지 않았고 움직이지도 않았다. 계단을 올라오는 발소리가 들렸을 때도. 에단이 방으로 들어왔을 때조차.

"저녁 생각 없어?" 그가 말했다.

"배가 고프지 않아."

"그래도 뭐라도 좀 먹어야 하지 않을까. 그리고 지난 며칠 거의 잠을 못 잤잖아. 우리 둘이 병원에서 번갈아 가며 자는 건 어때? 오늘 밤은 내가 조이와 같이 보낼게."

"또 다른 플롯 반전으로 좋을 것 같네."

"뭐라고?"

수잔은 남편을 올려다보았다. "어떻게 그 아이에 대해 글을 쓸 수 있어, 에단? 우리 삶의 모든 것이 소설의 소재일 뿐이야?"

"지금 무슨 말을 하는 건지 모르겠어."

"이거 말이야." 수잔은 책상에서 페이지들을 집어 들고 그에게 흔들었다. "실종된 처녀? 정말이야?"

그는 원고들을 보고는 얼굴을 찡그리다가 그녀에게 물었다. "조이에 대해 쓴 거라고 생각하는 거야?"

"그렇지 않아? 우리가 겪고 있는 이 악몽에 대해 글을 쓰고 있다니 믿어지지가 않아. 아니, 내가 겪고 있는 악몽이지. 당신과 당신 가족들은 실제로 이 악몽에 대해 어떤 공감도 하지 않고 있다고 생각이 들어. 조이가 실종됐을 때도 그랬고, 조이가 목숨을 걸고 싸우고 있는 지금도 마찬가지야. 자식을 잃게 될까 봐 이렇게도 무섭고 두려운데 당신은 그런 글을 쓸 강심장을 가지고 있구나."

"그건 사실이 아니야, 수잔."

"바로 여기, 이 원고에 있잖아. 실종된 여성. 여름 별장에 머무는 가족."

"조이에 관한 게 아니야. 그리고 소녀도 아니잖아."

"별장 이름조차도 바꾸는 수고를 하지 않았던데, 문뷰. 정말, 이래도 돼?"

"맹세하는데, 이 이야기는 조이에 관한 게 아니야."

"이런 말이 있지 않아? '좋은 작가는 빌려 쓰고, 위대한 작가는 훔친다?'"

"계속 말하지만, 이 소설은 조이에 관한 이야기가 아니야! 내가 태어나기도 전에 일어난 일에 대해 적어둔 메모일 뿐이야. 1972년에 실종된 여자, 당신이 집에 가져온 신문 기사에 나온 그 여자에 관한 이야기야. 한나는 당시 8살이었는데 그 사건을 기억하고 있었어. 한나가 들려준 이야기를 그대로 따라 적었어. 한나는 경찰이 그녀의 집에 와서 아버지를 심문한 것도 기억하고 있어."

"그녀의 아버지는 왜?"

"실종된 여성은 그린 박사 밑에서 일했거든. 그 여자는 그린 박사의 비서였는데 어디로 갔는지 혹시 알고 있는지 물어봤대. 호수를 수색해야 한다는 주장도 있었지만 결국은 실행하지 않았다고 그러더군. 한나는 결국은 그 여자가 나타났기 때문일 거라고 생각해. 수잔, 난 결코 조이에 관해 쓴 게 아니야." 그는 수잔이 들고 있던 종이들을 보며 말했다. "난 그 여자에 대해 쓰고 있었어."

"미스터리한 실종 여성에 대해?"

"맹세컨대, 그게 사실이야."

수잔은 침대에서 몸을 앞으로 숙이고 샤워 후 아직 축축하고 달콤한 향기가 나는 머리카락을 손으로 쓸어올렸다. "정말, 너무 힘들어. 우리 모두 집에 갔으면 좋겠어. 모든 것이 예전으로 돌아갔으면 더 바랄 게 없어."

"나도 그래." 에단은 옆에 앉아 그녀의 손을 잡았다. "사랑해. 그리고 우리 딸도 사랑해. 우리 딸. 둘보다 나에게 더 중요한 건 없어, 그 어떤 것도. 내 말 믿을 수 있겠어?"

수잔은 아무 말도 하지 않았다.

"수잔?"

그녀는 고개를 저었다. "더 이상 무엇을 믿어야 할지 모르겠어."

갑자기 에단은 자리에서 일어나 책상으로 가서 메모가 적힌 종이를 집어 들었다. 그리고 그녀가 놀랄 틈도 없이 그는 그것들을 반으로 찢은 다음 다시 반으로 찢었다. 나머지 모든 종이도 맹렬하게 공격했고 아무것도 남지 않았다. 그는 모든 것을 쓰레기통에 던져 버리고 지친 몸을 책상에 기대고 뒤로 축 늘어졌다. "여기에 오지 말았어야 했어, 이런 곳에. 이 빌어먹을 집에. 다시 돌아오고 싶지 않았어. 다른 가족들은 여기서 좋은 추억을 가지고 있을지 모르지만 난 그렇지 않아. 부모님이 항상 싸우던 곳이지. 콜린은 내 위에 군림했던 곳이고. 형은 더 크고, 더 빠르고, 더 똑똑해서 내가 절대 따라갈 수 없는 곳에 있었어. 아마 그래서 내가 작가가 된 건지도 몰라. 그러면 난 행복하게 끝나는 결말을 창조할 수 있을 테니까." 그는 수잔을 바라보았다. "당신은 나의 해피엔딩이었어, 수잔. 그런데 이젠 당신을 잃은 것 같은 기분이야. 내 잘못이야, 조이가 납치된 건 내 잘못이야. 내가 여기 있었어야 했어. 조이가 어디에 있는지 정확히 파악하고 있어야 했었는데……." 그는 고개를 저었다. "미안해, 정말 미안해."

수잔은 일어서서 그에게 다가갔다. 그녀가 에단의 어깨를 만졌을 때 그의 몸에서 고통이 파문을 일으키는 것을 느낄 수 있었다. 두 사람은 서로 팔로 감싸안고 포효하듯, 마치 자신들을 끌어내리려는 거센 파도에 맞서듯이 서로를 단단히 붙잡았다.

"내가 쓴 글은 조이와 아무 관련이 없어. 그걸 믿어줬으면 좋겠어. 날 믿는 거지?"
"그래." 그녀는 그렇게 대답했지만, 그녀의 진짜 속마음은 '난 모르겠어'였다.

34장

매기

데클란은 그녀의 거실 소파에 등을 기대고 골절된 왼쪽 발목을 쿠션 위에 떠받치고 있었다. 그는 지금 자신의 처지가 매우 난감한 듯했다. 당연히 그래야만 했다. 벤과 매기는 함께 그 험난한 길들을 데클란을 거의 끌다시피 하면서 올라왔다. 벤의 차에 간신히 도착했을 때, 둘은 그가 나무에 오른 것은 바보 같은 짓이었다는 의견을 공유하는 데 주저함은 없었다. '구급차를 부를 생각은 마세요. 그렇게 상태가 나쁜 건 아니니까'라고 데클란은 계속 주장했다. 남자들 그리고 그들의 우스꽝스러운 자존심. 병원에 도착했을 때 그는 통증으로 창백해지고 식은땀을 흘렸지만 휠체어조차도 꺼렸다.

그때 매기는 그의 헛소리를 더 이상 참을 수 없다고 판단하고 그를 휠체어에 밀어 넣었다. 모르핀 주사를 맞고 깁스를 한 후, 그는 거실에 앉아 자신의 현재 상황에 대해 초라한 표정을 짓고 있었다.

"매기 당신에게 짐을 지우고 싶지 않아요. 제 집에서 정말 잘 관리할 수 있어요."

"아니, 안 돼요."

"왼쪽 다리만 다쳐서 운전은 가능해요. 냉동실에 음식도 쌓여 있고. 그리고 거실 소파에서 잠은 해결하면 돼요."

"아니, 안 돼요."

"항상 이렇게 다른 사람을 쥐고 흔들었나요?"

"주의를 기울여 본 적은 있나요?"

"분명해, 나는 당신 성격의 이런 면을 놓쳤던 거예요."

"적어도 오늘 밤만큼은 저와 여기서 지내야 해요. 아직 진통제에 취해 있고, 드나들 사람도 없는 집에서 혼자 쓰러져 있는 걸 원치 않으니까요. 게다가 전 당신에게 신세를 졌어요."

"무슨 신세요?"

"지난 2월요. 숨을 곳이 필요했을 때 당신이 저를 받아주었잖아요. 그리고 방콕까지 함께 했었죠." 매기는 의자에 앉아 그를 마주했다. "당신은 날 위해 그곳에 갔었죠, 데클란. 이제 내가 당신을 위해 함께 하겠어요. 당연히 그렇게 될 거예요."

"당신 말을 들을 걸 그랬어요."

"그건 대체로 좋은 생각이에요."

"나무에 오른 것 말이에요."

"저도 알아요."

"쉽게 될 줄 알았어요."

"오르는 것은 쉬웠겠죠. 힘든 부분은 내려오는 거였죠."

"그래도 수경은 건졌잖아요."
"네, 그랬죠. 그리고 아마 조가 짜증을 낼 거고요."
"왜요? 증거를 찾아줬는데도요?"
"그렇다는 말은 조와 그녀의 동료들이 놓쳤다는 걸 의미하죠. 뜨끔하겠죠." 매기는 일어섰다. "자, 이제 저녁 식사를 할까요. 구운 닭요리?"
"네, 부탁해요. 그리고 위스키 한 잔도 괜찮다면요."
"모르핀에 위스키요?"
"지금은 제 간 건강보다 그게 훨씬 간절한데요."
 매기는 그의 응석을 받아줄 것이냐, 보모 역할을 할 것이냐 사이에서 그를 바라보며 잠시 흔들렸다. 데클란은 상처를 입고 고통 속에 있지만 누군가에게 응석받이가 되는 것을 좋아하는 타입의 남자가 아니다. 그의 입장이었다면 그녀 또한 위스키가 필요했을 것이다.
 주방에서 감자와 닭고기를 오븐에 넣고 16년산 싱글 몰트 두 잔을 넉넉히 부었다. 한 잔은 그를 위해. 다른 한 잔은 자신을 위해. 잔과 병을 거실로 들고 가 그에게 잔을 건네고 안락의자에 앉았다. 두 사람은 서로를 쳐다보지 않고 조용히 술을 마셨다. 40년 동안 친구로 지내온 사이였지만 이 순간엔 서로 대화를 의식적으로 피하고 있었다. 지금 그들이 처한 어색할 정도로 친밀한 상황 때문이었다. 그들은 연인이었던 적이 없었다. 서로 다른 나라에서 근무하느라 경력의 대부분은 떨어져 지냈고, 대니와의 짧고 비극적인 결혼 생활로 인해 감정적 얽힘을 경계하며 살아왔다. 대니와의 사랑을 통해 누군가를 치열하게 사랑할수록 그 사람을 잃었을 때의 고통은 더 깊어진다는 사실을 깨달았다.
 하지만 그녀는 장님일 수는 없었다. 데클란이 그녀를 바라보던 눈빛, 그녀가 자신을 보고 있다는 사실을 알았을 때 재빨리 시선을 피하는 모습. 세상을 헤쳐 나가는 방법을 그렇게 확신하며 잘 알고 있는 남자치고는 매기 주변에 있으면 뭔가가 불안정해 보였다.
 "저녁 식사 후에 체스 어때요? 옛날처럼 말이에요." 매기가 말했다. "당신, 나 그리고 위스키 한 병."
 "당신은 우리를 알코올 중독자 한 쌍으로 만들려는 셈이군요."
 "뭐, 어쨌든 무언가의 한 쌍이죠."
 "우리가요? 한 쌍?"
 그의 목소리에 담긴 애절한 음성을 듣고 매기는 그를 바라보았다. 이번에는 그도 시선을 피하지 않았다. "데클란, 당신은 저의 소중한 친구라는 거 알죠?"
 "오, 친구라는 말. 그리고 당신은 그 우정을 망치고 싶지 않고. 그게 지금 하려는 말이죠?"
 "아니요, 제가 하고 싶은 말은 저는 누구와도 사랑에 빠질 준비가 되지 않았었다는 거예요. 대니를 잃은 후로 저는 그런 생각을 하면 겁이 났어요. 관계가 잘못될 수 있는 모든 방법과 제가 다시 상처받을 수 있는 모든 경우의 수를 생각하니까요."
 "지금은 어떤데요, 매기?"
 그녀는 자신을 너무나 잘 알고 있는 얼굴을 바라보고 있었다. 수십 년의 세월이 눈가에 주름을 깊게 만들고 검은 머리칼을 은색으로 물들였지만, 고운 피부에 전쟁과 아픔의 상처가 없었던 젊은 시절보다 그를 더 매력적으로 만들었을 뿐이었다.

"이제는……" 매기는 조용히 말했다. "더 이상 시간을 낭비하는 건 부끄러운 일이 될 거예요, 그렇지 않아요?"

그녀는 앞으로 몸을 기울여 그의 입술에 입을 맞췄다. 첫 키스는 어색했다. 데클란은 소파에 고정되어 몸을 제대로 움직일 수도 없었고, 제대로 포옹할 수도 없었다. 그래도 가장 친한 친구와의 키스라는 생각 때문인지 이상하게도 편안한 느낌이 들기도 했다. 이 남자는 그녀가 알아차리지 못했을 때도 항상 자신을 기다렸던 남자였다. 관절은 뻣뻣해지고 머리는 희끗해졌지만 욕망은 갑자기 다시 살아나고 있었다. 그녀의 뺨에 열기가 다가왔고 블라우스 단추를 풀고 있는 그의 손길을 느꼈다. 소파에서 다리에 깁스를 한 채로 얼마나 더 진도가 나갈 수 있을지 몰랐지만, 이보다도 더 어려운 난관을 수도 없이 극복해 왔다. 이 또한 그들이 극복하고자 갈망하는 것 중의 하나였다.

그때 초인종이 울렸다.

둘은 떨어져 가쁜 숨을 몰아쉬며 궁금증이 담긴 눈으로 서로를 바라보았다. 그녀는 웃음을 터뜨렸고 그도 웃음을 터뜨렸다. 매기는 블라우스 단추를 잠그며 현관문으로 향하는 동안에도 여전히 웃고 있었다. 평소처럼 완벽한 타이밍 감각을 발휘해 밖에서 마티니 클럽의 멤버들이 기다리고 있을 거라고 예상했다. 하지만 문을 열었을 때 현관 앞에 서 있는 사람은 조 티보듀였다.

"데클란은 어떤가요?" 조가 현관에 서서 물었다.

"아, 그는 괜찮아졌어요." '그는 괜찮은 것 이상일 겁니다.' "거실에 있으니 얘기하고 싶으면 들어오세요."

조는 고개를 끄덕였다. "고맙다고 말하고 싶었어요. 여러분 모두에게 정말 감사하고 싶었어요."

이것은 변화를 뜻했다. 보통은 조가 그들과 대화를 원할 때면, 선을 넘지 말고 그대로 있거나 자신의 영역을 침범하지 말라는 경고를 하기 위함이었다. "들어오지 그래요? 데클란은 당신에게서 직접 그 말을 듣고 싶어 할 거예요."

조는 집으로 들어선 후 잠깐 멈춰 서서 집안의 냄새를 맡았다. "뭔가 엄청나게 좋은 냄새가 나는군요."

"그냥 닭구이예요."

조는 부엌을 애타게 바라보았다. 매기는 조를 거실로 안내하면서 생각했다. '아무도 이 여자에게 밥을 주지 않는 건가?'

"오호, 퓨리티의 경관님 아니신가요." 데클란은 그렇게 말하면서 조에게 장난스러우면서도 의기양양한 경례를 건넸다.

"발목이 부러진 사람치고는 꽤 괜찮아 보이네요." 조는 손에 든 위스키 잔을 쳐다보았다. "좋은 생각 맞나요?"

"위스키는 언제나 좋은 생각입니다. 이것은 순전히 약이라고 할 수 있죠."

"발목은 좀 어때요?"

"두 달 동안 깁스를 해야 해요. 그동안 못 읽은 책들이나 실컷 읽어둬야죠." 데클란은 고개를 갸웃거렸다. "방문해 주셔서 기쁘긴 한데 무슨 용무로 오신 건가요?"

조는 잠시 멈칫했다. 그리고 그녀의 발을 내려다보며 조용히 말했다. "고맙다고 말하고 싶었어요. 그리고 사과하고 싶었고요."

"뭐 때문에요?"

"당신을 과소평가했던 걸요." 조는 매기를 바라보았다. "그리도 당신들 모두를요. 맹세코 저와 제 동료 네 명은 그 계곡을 샅샅이 다 뒤졌어요. 그런데도 수경을 완전히 놓쳐버렸어요."
"무슨 지문이라도 찾았어요?" 매기가 끼어들었다.
"안타깝게도 없어요. 아무것도."
"그거 말고도 대답이 필요한 질문들이 더 있어요."
"네, 말해보세요."
"오, 그럴게요. 제 친구들이 여기 도착하면 그렇게 할게요."
"또 그 독서 모임인가요?"
"가끔은 그냥 이야기나 하려고 만나기도 해요."
매기는 데클란의 위스키 잔을 바라보았다. "그리고 무엇보다도…"
"한잔하실래요?" 데클란이 물었다.
조는 망설이며 위스키 잔을 바라보았다. "아뇨, 괜찮습니다." 그러고는 한숨을 쉬었다. "지금은 근무 중입니다."
"앉으세요. 코노버 가족의 상황을 검토해야 해요." 매기가 말했다.
놀랍게도 조는 자리에 앉았다. 그들이 그녀의 신뢰를 얻기 시작한 것인지, 아니면 이 사건으로 인해 너무 좌절했던 것인지, 아무튼 그녀는 마침내 기꺼이 그들의 말을 받아들였다.
매기는 자신의 잔에 위스키를 더 따라 한 모금 마시고는 조를 마주 보고 앉았다. "먼저 사실을 한 번 점검해 봐요. 그 소녀는 계곡 바닥에서 수영복을 입은 상태였고 간신히 목숨을 유지한 채로 발견됐죠. 맞나요?"

조는 고개를 끄덕였다. "보라색 스피도요. 샌들 하나도 근처에 놓여 있었어요. 다른 한 짝은 어디로 갔는지 모르겠고요."

"수영복 말고 또 뭘 입고 있었나요?"

"아무것도요. 신축성 있는 머리끈과 금색 귀걸이 하나만 빼고요."

"한쪽만?"

"오른쪽 귀에만요. 왼쪽 귀의 귀걸이가 없어졌어요. 계곡에서 잃어버린 거라면 절대 찾을 수 없을 겁니다. 너무 작아서요."

"자, 우리가 아는 사실은 이렇습니다." 매기가 말했다. "루터 윤트는 메이든 호수 보트 선착장에 여자애를 두고 왔다고 했어요. 조이는 생리혈로 얼룩진 드레스를 세탁기에 넣었기 때문에 문뷰에 돌아왔다는 사실을 알 수 있습니다. 수영복을 입은 것으로 보아 수영을 했거나 수영을 할 계획이었던 것 같아요. 6일 후, 조이는 13킬로미터 떨어진 계곡 바닥에서 수영복만 입은 채 발견됐어요. 맞죠?"

"지금까지는요." 조가 대답했다.

"하지만 이제 두 가지 의아한 세부 사항에 도달합니다. 배낭과 휴대폰 말입니다. 왜 그것들도 함께 계곡에 던지지 않았을까요? 휴대폰은 팔리 웨이드의 트럭에 고의로 심어놓고요. 그는 휴대폰을 발견하자마자 예상대로 행동합니다. 전원을 켜죠. 기지국에서 신호를 잡아 그를 용의자로 만들어 버렸죠. 그는 사실상 막다른 골목에 몰린 것 같은데요?"

조는 코웃음을 쳤다. "여러모로요. 우린 그가 호숫가에 있는 집에 침입한 걸 알아요. 그리고 절도죄를 저질렀죠. 하지만 그의 트럭이나 집에서 여자애의 법의학적인 흔적은 나타나지 않았어요. 그가 납치범으로 보이지는 않아요."

"저도 동의해요."

초인종이 다시 울리자 매기는 데클란에게 아쉬운 표정을 지어 보였다. 둘만의 오붓한 저녁은 이렇게 끝이 났다.

매기는 현관문을 열고 앞에 서 있는 잉그리드와 로이드를 바라보았다. 로이드는 포일로 덮인 캐서롤을 들고 있었고 잉그리드는 피노 누아 두 병을 움켜쥐고 있었다.

"저희는 환자를 확인코자 왔습니다." 잉그리드가 능청스럽게 말했다.

"그리고 생필품 전달도요." 로이드는 캐서롤을 들어 올렸다. "마니코티. 벤에게는 이미 배달하고 왔어요."

"벤은 안 오는 건가요?"

"비디오카메라를 설치하느라 아직 병원에 있어요. 이제 중환자실에 출입하는 모든 방문객을 감시할 수 있게 됐어요. 그가 병원의 보안 시스템이 이 사건을 해결하기에는 부적절하다고 병원 측을 설득했어요."

"조 티보듀는 언제 왔어요?" 잉그리드가 주차된 퓨리티 경찰차를 가리키며 물었다. "우리가 뭐 놓친 게 있어요?"

'잉그리드가 무언가를 놓친다고? 그럴 리가.' 매기는 부부를 거실로 안내하면서 그렇게 생각했다.

저녁은 마니코티와 닭구이, 감자를 곁들인 즉석 포틀럭 디너로 변모했다. 매기가 접시와 식기를 식탁으로 옮기는 동안 잉그리드는 피노 누아를 따서 잔을 채웠다.

"로이드하고 조금 전에 식료품점에 갔었는데 조이 코노버에 관한 얘기들을 많이 하더라고요. 드디어 발견되었다고." 모두가 자리에 앉자 잉그리드가 말했다.

"당연하죠." 조가 접시에서 닭 다리를 꺼내며 말했다. "소문은 빠르게 퍼지는 법이니까요."

'조가 저렇게 음식을 공격하는 걸 보니 많이 굶주렸던 게 분명해.' 매기는 생각했다. 곧이어 닭고기를 씹으면서 마니코티를 먹기 위해 손을 뻗는 모습을 보고 기쁘기까지 했다. 그들은 조가 시몬트가에 있는 방 2개짜리 집에서 혼자 살고 있다는 사실을 알고 있었다. 일하는 싱글 여성이 언제 요리할 시간이 있을까. 그렇다고 냉동 피자로만 살 수는 없는 노릇이고. 이것도 지역 경찰을 응원하는 한 가지 방법은 아닐까.

또한 몇 가지 정보를 추출할 수 있는 훌륭한 기회이기도 하고.

"그런데 문제가 있어요." 잉그리드가 운을 뗐다.

"무슨 문제요?" 조는 먹던 닭 다리를 여전히 들고는 물었다.

"조이가 살아있다는 소문이 퍼지고 있잖아요." 로이드가 말했다. "그럼, 범인이 이 소식을 듣고는…"

"병원 보안을 비상 상태로 해 놓았어요. 중환자실을 24시간 감시하고 있습니다. 병실 출입구는 한 곳뿐이며 가족만 면회가 허용되고 있어요." 조가 대답했다.

"하지만 중환자실에서 일반 병실로 옮기게 되면요?" 잉그리드가 말했다. "이제 데클란은 누워있게 생겼으니 우리 넷만 남았어요. 이대로는 충분치 않아요."

"무엇을 위해 충분치 않다는 말이죠?"

"감시죠." 로이드가 대신 대답했다.

"당신들이 지금 감시를 하고 있다는 거예요?"

"누군가는 해야 하죠. 24시 경비를 하면 더없이 좋겠지만, 우리의 에너지가 예전 같지는 않아요."

"코노버가는 사설 경비원을 고용할 여력이 충분합니다. 아이가 중환자실에서 퇴원한 후에 고용하는 것에 대해 이미 엘리자베스와 이야기를 나눴어요."

"경찰이라면 더 확실할 텐데요. 코노버의 권위가 아닌 당신의 권위에 복종하는 누군가가."

"24시간 경찰을 배치할 예산이 가능할까요? 정규직 경찰관은 저를 포함해 6명뿐이에요. 여름이 한창이어서 관광객들이 몰려오고 있고, 그들의 품행이 모두 좋다고 말할 순 없겠죠. 그게 제가 지금 다시 일터로 돌아가야 하는 이유이고요. 오늘의 두 번째 교대 근무를 위해서요." 조가 일어섰다. "어쨌든, 그 아일 공격한 놈이 누구이건 이미 오래전에 이곳에서 사라졌을 겁니다."

"그렇게 생각하는 근거는 뭐죠?" 잉그리드가 물었다.

"1번 도로에 있는 배낭. 범인이 마을을 떠나면서 그곳에 버렸을 겁니다."

"그냥 버려진 것이 아니라 일부러 혼선을 위해 그곳에 버린 거라면요?"

조는 매기를 바라보다가 데클란을 바라보았다. 마티니 클럽이 이미 한 가지 가설로 뭉쳤다는 사실을 깨닫기 시작했고, 그녀는 그 가설을 들어볼 수밖에 없었다.

"납치범은 메이든 호수에서 서쪽으로 13킬로미터 떨어진 계곡에 조이를 버렸습니다." 잉그리드가 말했다. "그리고 호수에서 남쪽으로 26킬로미터 떨어진 곳에 배낭을 두고 갔어요."

"교통량이 제법 되는 1번 도로죠. 지금은 관광 시즌이고요. 그런데 굳이 도롯가에 던져버린다면 언젠가 운전자의 눈에 띌 가능성이 크죠." 매기가 덧붙였다.

조는 매기가 방금 한 말을 잠시 생각했다. 그리고 같은 결론에 도달했다. "그 배낭은 발견될 운명이었군요."

"우리를 궤도에서 벗어나게 하려고요." 매기가 말을 이었다. "소녀가 남쪽으로 이동되었다고 믿게 만들려는 거죠."

"우리의 시선을 조이가 버려진 곳으로부터 멀리하려는 거였군요." 조는 하나의 집단인 '우리'라는 단어를 사용했다. 고무적인 일이었다.

"아니요, 범인이 우리로부터 시선을 돌리려고 한 것은 조이의 육체가 아니었어요. 소녀는 이미 그 계곡에 잘 숨겨져 있었으니까요. 등산객과 그들의 개가 소녀를 발견한 것은 우연이었을 뿐입니다."

"그렇다면 그는 우리를 무엇으로부터 멀어지게 하려는 걸까요?"

"메이든 호수."

조는 매기의 대답을 이해하려고 얼굴을 찡그리며 생각했다.

곧이어 잉그리드가 설명했다. "아이가 물 근처에서 사라진다면 사람들이 가장 먼저 생각하는 것은 뭘까요? 익사겠죠. 그러면 당국은 자동적으로 시신을 찾기 위해 물속을 수색하겠죠. 하지만 호수 수색을 하기까지 이틀이 지나가 버렸어요."

"배낭 때문에…… 제가 그렇게 수사 방향을 잡았으니까요……." 조는 신음했다. "이런 우라질. 오우, 욕을 해버렸네요, 미안해요."

"더 찰진 것도 많이 알고 있는데요, 뭘." 로이드가 말했다.

"납치범은 조이가 다른 곳으로 납치되었다고 믿게 만들었어요." 매기가 말했다. "남쪽으로 납치되었다는 암시를 주기 위해 1번 도로에 배낭을 두고 간 거죠. 그리고 팔리 웨이드의 트럭에 조이의 휴대폰을 심어 놓았고요. 웨이드는 아주 좋은 용의자였기 때문에 또 한 번 주의를 분산시키기에 충분했어요."

"그리고 당신이 준 맥주병에 그의 지문이 묻어 있었어요." 조가 잉그리드를 바라보며 말했다.

"우린 그가 도둑이라는 걸 알아요. 그리고 호수 주변을 배회했다는 것도 사실이고요. 그의 트럭이 그곳에 주차되어 있었을 테니 조이의 휴대폰을 갖다 놓기에도 편했을 겁니다. 그런 다음 팔리 웨이드는 휴대폰을 실은 채 집으로 도망쳤고 결국 휴대폰을 발견하고 전원을 켜서 조이가 그곳으로 납치된 것처럼 보이게 합니다. 호수를 수색하지 못 하도록 주의를 분산시킬 또 하나의 장치였죠. 그리고 비록 수색을 마친 후였더라도, 그 호수에서 발견된 것에 많은 신경을 못 쓰게 만든 효과도 있었어요."

"그 유해." 조가 말했다.

매기는 고개를 끄덕였다. "호수 속의 그 여자가 열쇠라고 생각해요. 우리가 그 여자가 누군지 알아내야 해요."

"우리요?"

"아니면 혼자 할 수 있나요?" 잉그리드가 말했다.

"아직은 아니요." 조가 인정했다.

"그러면 우리 같이 해결해 나가야 하지 않을까요?"

"알겠어요." 조는 한숨을 쉬었다. "어떻게 진행할 건지 알려주세요."

"1972년 호숫가에서 실종된 비비안 스틸워터부터 시작하죠. 그녀의 파일을 찾아본 적 있나요?"

"아, 그거요." 조는 어깨를 으쓱했다. "그 사건은 48시간 만에 종결됐어요. 지하실에 있는 수십 개의 상자를 뒤져서 찾아야 했어요. 서류가 잘못 철이 되어 있어서요."

"그러면 비비안 스틸워터는 발견이 되었다는 거예요?"

"그런 것 같아요."

"그런 것 같다니요? 어디서 발견됐죠?"

"서류의 마지막 항목에는 단순히 사건이 해결되었고 그 여성은 더 이상 실종된 상태가 아니라고만 적혀 있었어요."

매기는 친구들을 바라보았다. 그런 애매모호한 결론에 대해 그들도 자신만큼이나 불만족스러워하는 것을 느낄 수 있었다. "다른 사항은 없었어요?"

"서류를 보여드릴 수 있지만 별 내용이 없어요. 여동생의 신고 전화에서 참조한 초기 사항들뿐이었어요. 왜 비비안 스틸워터 사건에 집착하는지 잘 모르겠네요. 반세기 전의 일이고 그 여자는 발견된 것으로 보이는데."

"하나의 가설이 있어요." 잉그리드가 말했다. "비비안이 메인으로 온 이유는 무엇인가. 무엇이 그들을 모두 메인으로 오게 했는가."

"그들 모두라뇨?"

"코노버 가족, 그린 가족 그리고 아서 폭스. 모두 1년 이내에 한곳으로 온 셈이에요. 그들 사이에는 이곳으로 오기 전부터 어떤 연관성이 있었다고 생각합니다."

"여기 오기 전부터 서로 알고 지냈나 보죠."

"그럴 수도 있지만 증거는 없어요. 적어도 그들 중 두 명은 연결고리가 있어요. 그린 박사는 약리학자였습니다. 그리고 조지 코노버는 제약 영업 분야에서 일했고요."

"그럼 아서 폭스는요?"

"우리는 그의 배경을 계속 조사 중입니다. 알려진 그의 직업은 '에너지 컨설턴트'였지만 그전에는 메릴랜드주 포트 홀라버드에 주둔한 미 육군에 소속되어 있었습니다. 그 자체로 꽤 흥미로운 일이죠."

조는 고개를 갸웃거렸다. "연결 관계를 찾기 힘든데요."

"비비안 스틸워터 파일을 보내주면 어때요?" 매기가 말했다. "우린 거기서부터 시작해야 될 것 같아요."

"그동안 경찰에선 조이의 페이스북을 살펴보는 것도 좋을 거 같은데요." 잉그리드가 조에게 제안했다.

"이미 해봤어요. 특별하다고 할만한 것은 없더군요."

"다시 한번 보세요."

35장
-
조

　동생 핀처럼 음식을 먹어 치우는 사람도 드물 것이다. 조는 동생이 다섯 번째 소시지 피자를 해치우고 샘 아담스 세 번째 캔으로 위를 씻어낸 후, 아버지가 오븐에서 막 꺼낸 초콜릿 칩 접시에 손을 뻗는 모습을 믿을 수 없다는 표정으로 바라보고 있었다.
　"워, 진정해 제군. 널 보고 있는 것만으로도 배가 아파 와."
　"점심을 놓쳤어. 그것까지 보충해야지."
　"아빠 냉장고도 청소하고?"
　아버지는 웃었다. "핀은 저걸 처리하는 걸 도와주는 셈이야. 그 피자는 아마 10년은 냉동실에 있었을 거다."
　"여전히 맛있어요." 핀이 쿠키를 한입 베어 물며 중얼거렸다.
　핀에게는 모든 것이 맛있었다. 그녀가 아는 사람 중 가장 무던한 입맛을 지닌 핀이 곰팡이가 핀 치즈와 녹색 빛을 띤 통조림 고기를 속쓰림 없이 먹는 것을 수년 동안 지켜보았다. 그렇다고 동생은 살이 찐 적도 없었다. 조는 자신이 먹는 모든 것들의 열량을 계산해야 했지만, 말랐으면서도 단단해 보이는 동생은 도넛과 치즈버거를 100그램도 찌지 않고 먹어 치웠다. 조는 유혹적인 쿠키 접시를 보고 '오, 이런 도대체…' 하며 하나를 집어 들었다.

"잠수에 대해 궁금한 점이 있다고 했지?" 핀이 조에게 물었다.

오웬은 딸을 보며 얼굴을 찡그렸다. "스쿠버를 배울 생각이니? 물을 싫어하는 줄 알았는데."

"저 물 무지 싫어해요. 핀이 호수에서 꺼낸 유골에 관한 이야기예요."

"신원 확인은 됐니?"

"아니요. 하지만 우리는 그 유골이 조이 코노버 납치와 어떤 연관이 있을지도 모른다고 생각하기 시작했어요."

"어떻게 그런 계산이 나오지? 내가 듣기론 그 여자애가 발견된 곳은 호수에서 몇십 킬로미터 떨어진 곳이라고 하던데."

"그럴 만한 이유가 있을 거예요." 조는 핀을 바라보았다. "무호흡 잠수에 대해 좀 알려줘 봐."

핀은 웃음을 머금었다. "훅 들어오네. 아무튼, 그런 건 어디서 들었어?"

"조이의 페이스북에서. 조이는 많은 글들을 올렸어. 학교 수업, 친구들, 옷 등등등 여러 글을 모두 읽어보았지. 수영팀에 대한 글도 많이 올렸더라. 확실히 조이와 다른 팀원들은 '무호흡 잠수'라는 것에 빠져있었어. 매기 버드가 말해주기 전까지는 그게 중요한 사안이라고 인지하지 못했어."

"누나, 매기라는 여자가 그 비밀 요원이야?"

조는 아버지를 바라보았다. "아빠가 말했어요?"
"그들이 요원이라는 거? 큰 비밀도 아니잖아, 안 그래? 지난 2월에 네가 그들이 CIA 요원이었던 것 같다고 했잖아."
"나조차도 그걸 알면 안 되는 거예요."
오웬은 어깨를 으쓱했다. "그럼, 우리 모두를 죽여야겠군."
"우리끼리만 알고 있어야 해, 알겠지?" 조는 핀에게 경고하는 표정을 지으며 말했다.
핀은 손을 들고 말했다. "스카우트의 명예를 걸고."
"이제 무호흡 잠수에 대해 말해봐. 유튜브 보니깐 요즘 이게 유행인 것 같더라."
"맞아. 궁극의 자유 다이빙 경험이지."
"무슨 의미야?"
"스쿠버 장비도, 오리발도, 어떤 짐도 필요가 없지. 오직 몸과 물만 있으면 돼."
"그저 평범한 수영처럼 들리는데." 오웬이 말했다.
"그 이상이에요. 단순한 수영이 아니라 공기 공급 없이 정말 깊은 수심까지 잠수하는 거죠."
"얼마나 깊이?" 조가 물었다.
"25미터에서 30미터까지 잠수한 기록이 있어. 무게감도 없어서 다이버들은 수면 아래로 내려가기 위해 부력과 싸워야 해."
"말도 안 돼."
"하지만 사실이야. 그 깊이는 기록으로 남아 있어."
조는 몸서리를 쳤다. "난 사양하겠어."
"무호흡." 오웬이 커피를 따르기 위해 자리에서 일어났다. "비록 고등학교 생물 교사였지만, 내가 알기론 그건 좋은 행위로 받아들여 지지는 않아."

"의학적인 의미에서 좋지는 않죠. 숨을 쉬지 않기 때문에요." 핀이 말했다. "하지만 이건 의식적으로 숨을 참는 다이빙에 대해 말하고 있는 거예요. 잠수는 고대의 기술이며 인류는 수천 년 동안 이를 수행해 왔어요. 아시아의 해녀들을 생각해 보세요. 그들은 한 번의 호흡으로 18미터, 또는 더 깊은 곳까지 잠수할 수 있어요."

'18미터.' 조는 생각했다. '인간이 할 수 있는 한계치에 다다른 것 같은데.'

오웬은 커피잔을 채우고 다시 자리에 앉아 딸과 마주했다. "이게 네 사건과 무슨 관련이 있는지 말해줄 거니?"

"누군가가 왜 조이를 죽이려 했는지를 설명하려고 노력하는 중이에요. 일반적인 이유 때문이 아닌 것 같아서요. 강도를 당한 것도 아니고, 성폭행을 당했다는 증거도 없어요. 그 아이는 납치되어 호수에서 멀리 떨어진 곳에 죽다시피 한 상태로 버려진 채 발견됐어요. 그리고 수영복을 입은 상태였죠."

"그러니까 그 소녀는 수영을 하다 그렇게 됐다는 말이잖아." 핀이 말했다.

"내 추측이야. 그 유골을 발견한 수심이 얼마나 됐어?"

"약 6미터 정도."

"조이가 무호흡 잠수를 연습했다면 그 깊이까지는 잠수할 수 있었을 거야."

"맞아. 게다가 민물이라 부력이 덜해서 잠수하기는 더 쉬웠을 거야."
"그래서 무슨 일이 벌어졌다고 생각하는 거니. 잠수하다가 그 유골을 발견이라도 했다는 거니?" 오웬이 흥미로운 듯 물었다.
"누군가가 아무도 발견하지 않기를 바랐던 유골. 그래서 조이가 자신이 본 것을 누군가에게 말하기 전에 침묵을 시켜야 했겠죠. 그리고 호수를 수색하지 못하도록 조이의 배낭과 휴대폰을 이용해 우리의 주의를 다른 곳으로 돌렸어요."
"하지만 결국은 수색을 하게 됐지." 오웬이 말했다.
"그리고 우리는 뼈들을 발견했죠. 이 모든 게 그녀와 관련이 있어요." 조가 말했다. "호수 속의 여인."

∞

칸막이 창문을 통해 조는 수잔 코노버가 딸의 침대 옆 의자에서 눈을 감은 채 고개가 고꾸라져 있는 모습을 보았다. 피곤함에 절어 잠든 그녀를 깨우고 싶지 않았지만 수잔만이 대답할 수 있는 질문이 있었기 때문에 칸막이 안으로 들어가 그녀의 이름을 부드럽게 불렀다.
수잔은 잠에서 깨어 멍하니 이 방문객을 바라보았다.
"아직 계셨네요." 조가 인사했다.
"여기 아니면 어디에 있겠어요?"
"집, 침대?"
"그 집에 있는 건 더 이상 견딜 수 없어요. 그 사람들과 함께요."

"가족분들을 말하는 건가요?"

"제 가족은 아니죠. 실제로는요." 수잔은 슬픈 표정으로 고개를 저었다. "터무니없이 들리시겠죠? 하지만 남편조차도 자신을 가족의 일원이라고 느끼지 않는 것 같아요. 그이는 그 집에 가면 여름 손님처럼 느껴진다고 했어요. 아, 그들은 충분히 예의 바르고 저에게 동정심을 보이려고 노력해요. 그런데 그런 것들이 뭔가 강요된 것처럼 느껴진다고 할까요. 이제 이해가 될 것 같아요. 조이는 진정으로 그들 중의 한 명이 아니었던 거예요. 피를 나눈 코노버가가 아닌 거죠. 저도 아닌 것처럼요."

조는 의자를 하나 가져와 옆에 앉았다. "조이는 좀 어때요?"

"약물을 점점 줄이기 시작했고 스스로 숨을 쉬고 있어요. 인공호흡기를 떼어낸 것만으로도 다행이에요. 하지만 의사는 아이가 깨어날 때까지는 뇌의 손상 정도를 확정할 수는 없다더군요."

"조이는 젊어요. 그리고 지금까지 버틸 수 있었던 것만큼 강하고요."

"그래도 아이가 자신에게 무슨 일이 있었는지 기억할 수 있을까요? 내가 엄마라는 사실조차 기억하지 못하면……." 수잔이 손으로 얼굴에서 머리카락을 밀어내자 은빛 몇 가닥이 조명에 반짝였다. 조는 전에는 그녀에게서 그런 흰머리를 눈치채지 못했는데, 지난 며칠 동안의 사건들이 그녀의 머리카락을 은빛으로 물들이고 얼굴에 새로운 주름을 새겨놓은 것 같아 안타까운 마음이 들었다. "이런 일이 생기기 전에 이 아이를 봤으면 좋았을 텐데요." 수잔은 딸을 물끄러미 바라보았다. "조이는 정말 생기가 넘쳤어요. 무엇이든 할 준비가 되어 있었고, 뭐든 해보려고 노력했어요. 그리고 항상 최선을 다했죠."
"수영 같은 거요?"
수잔은 미소를 지었다. "네, 저의 작은 인어공주예요."
"그래서 말인데요, 궁금한 게 있어요. 조이와 수영에 관해서요. 아이의 페이스북에 들어가 다시 자세히 살펴보니, 조이가 친구들과 무호흡 잠수라는 것에 대한 글을 여러 개 공유한 것을 봤어요. 혹시 그런 쪽으로 얘기 들었던 게 있나요?"
"프리 다이빙을 말하는 건가요?" 수잔은 고개를 끄덕였다. "작년에 플로리다에 갔을 때 개인지도를 받았어요."
"얼마나 깊이 잠수할 수 있었을까요?"
"10미터까지는 간 것 같아요."
"바닷물에서 말인가요?"
"네, 그건 왜 물어보시는 거죠?"
"수색 대원이 유골을 수습한 곳이 문뮤 앞 호숫가에서 멀지 않은 곳이었어요. 6미터 정도의 수심이었고요. 조이가 문뮤 앞 호수에서 잠수를 했다면 바닥에서 무언가를 보았을지도 몰라요. 오랫동안 그 아래에 있었던 무언가를요."
이 폭탄선언 같은 누설은 수잔을 의자에 똑바로 앉게 만들었다. "이게 다 그 유골 때문이라고 생각하시는 거예요?"
"아직은 가설일 뿐이에요. 그 여성이 누구인지는 아직 알 수 없고요. 다만 사망 당시 20대의 젊은 여성이었을 거라고 추정만 하고 있어요. 범죄연구소에서 얼굴 복원과 치아 분석을 마칠 때까지 기다려야 합니다. 그러면 사망 연도를 좁히는 데 도움이 될 겁니다. 그래도 여전히 그녀의 이름은 알 수 없어요. 누가 그녀를 그곳에 빠뜨렸는지도 알 수 없고요."

"누가 빠뜨렸다고요?" 수잔은 몸을 앞뒤로 흔들었다. "지금 말하는 건…"

"이건 살인 사건이에요. 현재 주 경찰이 조사 중입니다."

수잔은 이 폭로를 받아들이기 위해 잠시 시간을 가졌다. "얼마나 됐죠? 얼마나 오랫동안 호수 속에 있었죠?"

"수십 년이 지났을 수 있습니다. 실종자 파일을 모두 검토하고 일치하는 사건을 찾아보려고 했지만 아직은 성과가 없어요. 그래서 저는 피해자가 외지에서 온 사람, 우리 지역 사회에서 그 부재를 알아차리지 못할 사람이라고 생각했어요. 쉽게 버려질 수 있고, 주민들이 절대 그리워하지 않을 누군가."

"그리고 그때 제 딸이 수영하러 갔다가……." 수잔이 중얼거렸다.

조는 고개를 끄덕였다. "조이가 아니었다면 우리는 호수를 수색하지도 않았을 겁니다. 그러면 유골은 여전히 거기에 있었겠죠."

수잔은 침묵했다. 이 모든 것을 한꺼번에 받아들이는 게 어려웠을 테고, 지난 며칠 동안 희망과 절망 사이에서 시소처럼 흔들리며 지친 상태였으니 당연한 일이었다. 그런데 지금 조가 또 다른 충격으로 그녀를 놀라게 하고 있었다.

"외지에서 온 여자." 수잔이 조를 바라보며 조용히 말을 꺼냈다. "한나 그린은 비비안 스틸워터가 사라졌을 때 겨우 여덟 살이었지만 아직도 그 일을 기억하고 있대요. 그 말은 엘리자베스도 기억하고 있을 거라는 의미죠. 아서 폭스도 마찬가지고요."

"무얼 기억하고 있을까요?"

수잔은 주머니에서 휴대폰을 꺼냈다. "경관님이 제 시어머니와 얘기해 봐야 해요."

36장

수잔

"나를 살인 사건 수사에 끌어들이겠다는 거니?" 엘리자베스가 말했다. "정말이니, 수잔? 그 경찰관에게 말하기 전에 충분히 생각을 해봤으면 좋았을 텐데. 내가 그 뼈들에 대해 뭔가 알고 있다고 생각하게 만들었잖니."

"이 일을 수잔 탓으로 돌리면 안 돼요." 에단이 끼어들었다. "수잔은 제가 말한 걸 공유했을 뿐이에요. 누군가를 탓할 거면 저를 탓해야 해요, 엄마. 소설을 쓰기 위한 메모를 쓴 건 저예요. 한나에게 자세한 내용을 물어본 것도 저고요."

엘리자베스는 살기가 느껴지는 표정으로 아들을 바라보았지만 에단은 움찔조차도 하지 않았다. 그는 수잔이 전엔 보지 못했던 결연한 표정으로 어머니를 마주하고 있었다. 어머니의 분노 앞에서도 그는 확실히 흔들리지 않았다. 방 안의 다른 사람들은 모두 엘리자베스에게 겁을 먹은 듯 보였고 누구도 감히 이 가족의 대장인 노부인에게 도전하지 못했다. 브룩과 키트는 소파에 나란히 앉았고, 엄마와 아들 그 둘은 마치 시야에서 사라지려는 듯 서로에게 몸을 움츠리고 있었다. 콜린은 구석에 서서 휴대폰에 시선을 고정하고 있었다. 평소 쾌활하던 아서 폭스도 침묵을 지켰고, 창문을 등지고 서 있어 그의 표정을 읽을 수도 없었다. 바깥의 오후 하늘은 집 안의 분위기에 어울리게 위협적인 회색빛으로 변해 있었다.

"그 소설은 정확히 무슨 내용을 담고 있니?" 엘리자베스가 물었다.

"그냥 허구일 뿐이에요."

"비비안 스틸워터에 대해 글을 썼다면서? 그건 허구가 아니잖아."

"아니요, 제 이야기는 그녀의 실종에서 영감을 얻은 것뿐이에요. 수잔이 그 오래된 신문 기사를 집에 가져올 때까지 저는 그 여자의 존재조차 몰랐어요. 그런데 한나가 비비안이 그린 박사의 밑에서 일했고, 실종 후 경찰이 아버지를 조사했기 때문에 비비안을 정확히 기억한다고 했어요. 좋은 이야기가 될 거라고 생각했죠. 사라진 여자. 한 그룹의 여름 손님."

"그리고 넌 이 소설에 우리 가족을 등장시켰어." 엘리자베스가 말했다.

"아니에요. 그러니깐 유사한 점이 있긴 하지만…"

"어떤 유사점?"

"메인주의 호수에서 사는 한 가족에 관한 이야기."

"이 가족은 누구지?"

"저는 그들을 코코란이라고 불렀어요. 두 아들을 둔 부부죠."
"우리처럼."
"네, 하지만…"
"그래서 코코란이라는 이름도 지어주었고? 얼마나 더 가까이 다가갈 셈이니?"
"이름은 그냥 임시의 가칭일 뿐이에요! 그들에게 무슨 일이 일어날지도 결정된 게 없어요."
"내 이름도 거기 있니?" 콜린이 물었다.
"제발, 이건 가상의 등장인물들이야." 에단은 가족을 둘러보았다. "맙소사, 난 작가예요. 다 지어낸 거라구요!"
"허구라고 하더라도 소설이 불편할 정도로 현실에 가깝게 보여. 실종된 여자까지." 엘리자베스가 말했다.
"그럼 조이에 관한 책이 아니었어요?" 키트가 물었다.
모두들 키트를 쳐다보았다. 평소처럼 소년은 대화 내내 석상처럼 침묵을 지키고 있었다. 지금까지는. 아무도 키트가 갑자기 말을 할 거라고는 예상하지 못했다.
"아니야, 키트. 조이에 관한 얘기가 아니야." 에단이 대답을 하고는 가족들을 둘러보았다. "제가 태어나기도 전에 일어난 일이에요. 그린 박사의 비서로 일하던 비비안 스틸워터라는 젊은 여성이 있었어요. 그런데 어느 날 갑자기 사라졌어요. 이게 제 소설의 내용이죠. 그녀에게 정말 무슨 일이 일어났을지도 몰라요." 에단이 어머니를 바라보았다. "비비안, 기억하실 거예요. 그녀가 사라진 여름에 엄마와 아버진 여기서 살고 있었을 거고요. 아서도요."

36장 · 309

엘리자베스는 신음하며 돌아섰다. "정말, 이건 엉망진창이구나. 한나가 너에게 쓸데없는 얘기는 하지 말아야 했어. 그리고 너는 그것에 대해 글을 쓰면 안 돼."

"왜 안 되는 거죠?"

"그건 우리의 사생활을 침해하는 거니까!"

"그 사건이 우리와 무슨 상관이 있는데요?"

"내가 우리 모두를 하나로 묶어두기 위해 얼마나 노력했는지 아니? 가족이 항상 우선이라고 내가 몇 번이나 말했지?"

"끊임없이요." 에단이 중얼거렸다.

엘리자베스는 수잔을 바라보았다. "그리고 넌 경찰을 끌어들이지 말아야 했어."

"하지만 경찰은 알아야 했어요. 조이가 납치된 것과 관련이 있을 수 있으니까요." 수잔이 항변했다.

"나한테 먼저 말했어야지. 경찰을 부르기 전에 나한테 먼저 물어봤어야지. 우리 가족은 항상 다른 모든 것보다 가족에 대한 충실함을 우선시했어. 하지만 이제 네가 그걸 이해하리라고 기대하지는 말아야겠구나."

"네, 전 이해가 안 돼요. 제가 이 가족의 진정한 일원이 아니어서 그런가 보죠. 그렇지 않나요?" 수잔은 자리에서 일어나 현관문으로 향했다.

"수잔, 어디 가는 거야?" 에단이 말했다.

"바람 좀 쐬어야 할 것 같아."

"제발, 이 이야기를 마저 해야지."

"더 할 말 없어. 이 가족의 규율은 잘 새겨들었으니까."

"그럼, 나도 같이 가자."

"그냥 산책하고 싶어서 그래. 혼자 있고 싶어." 그녀는 후드 재킷을 집어 들고 집 밖으로 나섰다.

오늘 오후는 여름 폭풍이 몰아치고 습한 날씨였다. 이런 날씨는 격앙되고 분노에 찬 그녀의 기분과 일치했다. 그녀는 차를 타고 딸이 있는 병원으로 바로 돌아갈까 생각했지만 에단이 차 열쇠를 가지고 있었다. 그리고 저 집으로 다시 돌아가는 것은 지금 그녀가 가장 하고 싶지 않은 일이었다. 당장은 가족을 마주하고 있기가 힘들 것 같아 그녀는 계속 호숫가를 따라 맹렬한 속도로 걷고 있었다. 당장이라도 짐을 싸서 보스턴으로 돌아가고 싶었지만 딸이 병원에 있기 때문에 여의치 않았다. 비밀을 간직한 채 굳게 닫힌 얼굴로 충성을 맹세하는 코노버 가족에게서 어떻게 탈출할 수 있을까?

비가 내리기 시작했다.

주차된 차 한 대를 제외하고는 아무도 없는 보트 선착장에 도착했다. 후드에 빗방울이 튀었고 그녀는 고개를 숙인 채 서 있었다. 비바람이 호수를 휘저었고 그녀의 얼굴을 내리쳤다. 신발과 양말이 흠뻑 젖었지만 집으로, 그 가족에게로 돌아가야 한다는 생각은 훨씬 더 비참한 전망처럼 보였다.

떨어지는 빗소리 사이로 엔진 소리가 들리자 수잔은 고개를 돌려 아서의 파란색 메르세데스가 다가오는 걸 바라보았다. 차는 점점 더 가까이 다가오더니 그녀의 바로 옆에서 멈춰 섰다.

"얘기 좀 해요. 차에 타는 게 어때요?"

"얘기하고 싶지 않아요."

"제발요, 수잔. 지금 흠뻑 젖고 있는데 여기 계속 서 있으면 감기 걸리겠어요. 할 말이 있어요. 그냥 차에 타요, 가고 싶은 곳 어디든 데려다줄게요."

그녀는 재킷에서 빗물이 흘러내려 청바지 속으로 스며드는 것을 느끼자 망설여졌다. 이미 추위로 인해 발이 저리고 몸은 떨리고 있었다. 주변에는 비를 피할 만한 어떤 것도 보이지 않았다. 유일한 대안은 문뷰로 돌아가 그 가족들을 다시 만나는 것뿐이었다.

"병원으로요. 딸과 함께 있고 싶어요."

"물론입니다. 타세요."

수잔은 조수석 문을 열고 자리에 앉았다. 호수에서 차가 멀어지면서 그녀는 젖은 청바지로 인해 이 버터 같은 가죽 시트에 얼룩이 남지는 않을까 걱정하며 불편하게 몸을 움직였다. 한눈에 봐도 무척이나 깔끔한 실내로 판단컨대, 아서 폭스는 실내 장식에 작은 티끌 하나만 있는 무질서조차도 용납하지 않을 사람이라는 걸 알 수 있었다.

"나는 엘리자베스를 아주 오랫동안 알고 지냈어요. 반세기 전, 그녀와 조지가 퓨리티에 처음 왔을 때 만났어요. 그린 부부가 이곳에 온 것도 같은 해였죠. 당시에는 모두가 메인주에 오랫동안 머물 수 있을 만큼 매력적인지 알아보기 위해 일단은 세를 들어 살고 있었어요. 정말, 우리는 모두 유쾌한 무리들이었죠! 매일 저녁 칵테일. 날씨가 좋으면 요트를 타고 즐겼어요. 선착장에 서 있기만 해도 멀미를 하는 그린 부인만 빼고요. 하지만 그린 박사는 바다에서 자랐고 훌륭한 뱃사람이었죠. 조지도 마찬가지였고."

수잔은 그의 이야기가 이것으로 출발해 어디로 갈지 몰랐고 별로 신경 쓰고 싶지도 않았다. 그녀는 그저 병원에 가고 싶었을 뿐이다. 젖은 양말을 말리고 몸을 따뜻하게 하기 위해서라도.

"수잔, 당신이 코노버 가족에 대해 모르는 게 있어요. 엘리자베스는 당신이 알기를 바라지 않았을 거예요. 하지만 엘리자베스가 왜 그런 반응을 보였는지 이해할 수 있도록 누군가 당신에게 말해줄 때가 된 것 같군요."

'지금 그게 정말 중요할까?' 가족에 대한 충성심, 그 무엇보다도 중요한 규율을 어겼으니 코노버 가족과의 관계는 끝난 것이다.

"아이들조차도 이 사실을 몰라요." 그가 덧붙였다.

수잔은 그를 바라보았다. "아이들요?"

그는 씁쓸한 웃음을 지었다. "미안해요, 좀 그렇게 들리겠지만 콜린과 에단이 성장하는 모습을 쭉 지켜봐서 그런지 '소년'이라는 이미지를 지우기가 쉽지 않네요. 애들이 아기였을 때부터 알았으니까요. 엘리자베스는 아기들을 거의 벗은 채로 잔디밭에 풀어놓고 놀게 했죠. 당시에는 뭐, 진드기나 자외선 차단 같은 건 별 신경을 쓰지 않았어요. 그때는 우리도 이렇게 늙을 거라고는 상상도 못 했었네요."

그녀는 그를 유심히 바라보았다. 아서는 날카로운 눈빛과 지성은 여전했지만, 태양 아래서 여름을 너무 많이 보낸 선원처럼 피부가 거칠게 풍화됐고, 82년 간의 세월이 얼굴에 선명하게 새겨져 있었다. 젊은 시절에는 잘생기고, 키가 크고, 탄탄하고 자신감 넘쳤을 것이다. 하지만 그의 말대로 그 젊던 남자는 나이 든 얼굴을 하고 앞을 응시하고 있었다.

"난 그저 당신이 이해해 줬으면 해요. 비비안 스틸워터에 대한 언급이 엘리자베스를 화나게 하는 데에는 이유가 있다는 걸."
"무슨 이유일까요?"
"민감한 얘기라서…."
"어떤 이유이든 어머님이 저나 에단에게 보인 반응을 정당화하지는 못해요."
"그래요, 그럴 거예요. 하지만 그녀의 입장이 되어보면 왜 그녀가 그렇게 과민 반응을 보였는지 알 수 있을 거요. 에단이나 콜린에게 지금 내가 하는 말을 하지 않겠다고 약속해 줘요."
"그들은 모르는 얘기라는 거죠?"
"엘리자베스와 나만이 이 사실을 알고 있는 유일한 생존자예요. 한나도 눈치를 챘을지 모르지만, 당시는 어렸고 그녀의 부모님도 한나가 주위에 있을 땐 이 사실을 언급하지 않을 만큼 조심성은 충분했을 겁니다. 만약 이 일이 아이들에게 전해진다면 그들이 부모에 대해 생각하는 방식이 바뀔 거예요, 특히 아버지에 대해서는. 당신은 이 가족이 처음이라서 그들에 대해 모르는 게 많을 겁니다. 하지만 그들이 무엇보다도 중요하게 생각하는 것은 신중함과 사리 분별입니다. 그 점을 명심해 줬으면 좋겠어요."
수잔은 그가 계속 이야기하길 기다렸지만, 그는 말하려는 충동을 다시 한번 생각해 보는 듯 잠시 멈칫했다. 차에 쏟아지는 빗소리와 와이퍼가 움직이는 소리만이 들렸다. 창문을 가리는 빗줄기 사이로 지나가는 풍경이 간신히 보였다. 그녀가 코노버 가족을 잘 알지 못하는 건 사실이었고, 아서 폭스에 대해서도 마찬가지였다. 그리고 그 누구도 그녀의 위치를 알 수 없는 그의 차 안에 있다는 것도 사실이었다.

그는 그녀의 뇌를 꿰뚫을 만큼의 강렬한 눈빛으로 바라보았다. 그녀는 침을 삼켰다. "이해했어요. 신중하게."

"좋아요." 그는 다시 도로를 바라보았고 그의 시선이 더 이상 그녀를 향하지 않는다는 사실에 안도하며 한숨을 내쉬었다. "자, 그럼 비비안에 대해, 그 사라진 여자."

"한나는 자기 아버지의 비서라고 했어요."

"그렇게 부를 수도 있겠네요. 하지만 그보단 동료에 가까웠습니다. 뛰어난 두뇌, 녹색 눈, 불꽃같이 빨간 머리." 그는 잠시 멈칫했다. "그런 여자가 세 명의 남자 사이에서 어울렸고, 그중 둘은 유부남이었습니다. 그리고 그게…" 그는 고개를 저었다. "그건 안 정적인 상황이 아니었어요."

이제 수잔에게 분명해졌다. 왜 엘리자베스가 비비안 스틸워터의 이름을 언급하는 것만으로도 화가 났는지. 왜 그녀의 아들들이 그 여자의 존재에 대해 듣는 것을 원하지 않았는지.

"비비안이 그들 중 한 명과 연관이 되는군요." 수잔이 말했다.

아서는 한숨을 쉬었다. "맞아요."

"조지 코노버?"

그는 수잔을 바라보았다. "그리고 엘리자베스가 알아차렸죠. 분명 그 상황은 지속될 수 없었겠죠. 여기 메이든 호수에서 아내와 정부가 조지 주위를 맴돌고 있는 상황요. 그 상황은 우리의 끈끈했던 작은 서클에 균열을 일으켰어요. 물론 그린 부인은 경악을 금치 못했고 남편에게 비비안을 해고하라고 말했어요. 저도 동의했고요. 그러던 와중, 어느 날 아침 비비안이 사라졌어요. 아무런 메시지도 남기지 않고 어떤 예고도 없이 그냥 짐을 싸서 떠나버렸어요. 우리는 그녀가 보스턴에 있는 여동생과 함께 지내러 갔을 거라고 생각했지만 그녀는 끝내 나타나지 않았어요. 여동생이 경찰에 신고했고 경찰은 그린 박사에게 비비안의 행방에 대해 물었어요. 그도 몰랐고 우리도 물론 알지 못했죠."

"신고한 사람이 동생뿐이었나요?"

"그렇죠."

"당신들 중 누구라도 경찰에 직접 신고할 생각은 안 하셨나요?"

"상황을 고려해 보면 놀랄 일은 아니었죠. 그녀는 어두운 구름을 드리운 채 퓨리티를 떠났어요. 조지의 결혼 생활을 거의 망칠 뻔했던 여자였어요. 경찰이 우리를 조사했을 때, 비비안은 부끄러워서 자신을 드러내지 못하고 어딘가에서 상처를 보듬고 있을 거라고 말했죠. 호수를 수색했을 때, 그녀가 익사한 건지도 모른다는 생각을 했지만, 그녀의 옷과 차가 함께 사라진 상황이라서 그건 말이 안 되는 거라고 봅니다."

"그리고 나서요?"

"경찰의 조사는 중단됐어요. 경찰은 더 이상 우리에게 연락이 없었어요. 그래서 아마 그녀를 찾았고 사건을 종료한 것으로 생각한 거예요."

"그렇게 생각한 거라고요? 경찰에 직접 문의는 해보지 않으셨어요?"

"우리는 알고 싶지 않았어요. 실은, 모두 그녀가 떠났다는 사실에 안도했으니까요. 물론 엘리자베스도 마찬가지였죠. 엘리자베스와 조지 사이에 힘든 몇 달이 있었지만, 그녀가 말했듯이 그녀는 가족을 하나로 묶어주었죠. 그리고 조지는 상황을 수습하는 데 전념했어요. 우리는 그를 '해결사'라고 불렀어요. 어떤 위기가 닥치더라도 모든 일을 처리하고 엉망진창인 상황을 수습하는 사람이었어요. 그때 아들이 태어났고 가족은 삶의 다음 장으로 넘어갔죠. 과거는 과거일 뿐이니까요. 하지만 이제 모든 것이 다시 돌아와 버렸어요. 비비안 스틸워터. 조지의 외도. 엘리자베스가 반세기가 지난 지금 이 모든 것을 다시 들춰내는 것에 화가 났던 이유를 이해할 수 있어요."

그래, 수잔은 충분히 이해할 수 있었다. 엘리자베스의 고통과 분노를 상상할 수 있었다. 그럼에도 코노버 부부의 결혼 생활은 그 충격에서 살아남아 두 아들을 낳았다. 엘리자베스는 남편의 외도를 어떻게든 받아들였고, 결국 두 사람을 갈라놓은 것은 죽음이었다. 이제 그 오래된 상처가 다시 찢기고 있었고, 수잔이 그 일을 해낸 것이다.

"죄송합니다. 전혀 몰랐어요." 수잔이 조용히 중얼거렸다.

"그래서 애들은 이 사실을 알면 안 돼요. 그렇게 되면 엄마가 모욕감을 느끼게 될 테니까. 그리고 아들들의 아버지에 대한 추억을 망가뜨릴 수도 있어요."

"혹시 그들이 이미 알고 있을 거라고 생각은 안 해보셨나요? 한나가 그들에게 뭔가를 말했을 것 같은데요."

"당시 한나는 겨우 여덟 살이었어요. 한나가 기억하는 것은 아버지의 비서가 사라지고 경찰이 집에 왔었다는 것뿐일 겁니다. 불륜에 대해선 알지 못했을 거예요. 적어도, 그러길 바라야죠."

그는 병원 진입로로 들어서 건물 앞에 차를 세웠다. 비는 여전히 쏟아지고 와이퍼는 좌우로 유리를 긁어대는 가운데 두 사람은 잠시 차에 앉아 있었다. 얼마 전까지만 해도 엘리자베스에게 화가 났지만, 지금은 그녀에게 미안한 마음을 넘어 이상하게도 존경심이 느껴졌다. 엘리자베스는 자신의 신념에 따라 금욕적으로 살아왔고 그 때문에 고통을 겪었다. '그 무엇보다도 가족에 대한 충성심.' 결국엔 코노버 부부는 견뎌 내었다.
"수잔, 오늘 나눈 이야기를 에단에게 하지 않는다면 정말 고마울 거예요. 그의 어머니를 위해서요." 그녀를 바라보는 그의 시선이 너무 직접적이어서 그 시선을 피할 수 없었고 그의 요청을 거역할 수도 없었다.
"말 안 할게요. 약속해요."
"좋아요." 그는 웃었다. "가족의 어떤 비밀은 묻어두는 게 가장 좋을 때가 있어요. 이것도 그중 하나죠."
수잔은 차에서 내려 병원으로 걸어 들어갔다. 하지만 입구에 들어서자마자 고개를 돌려 아서가 차를 몰고 가는 모습을 지켜보았다.
'가족의 어떤 비밀은 묻어두는 게 가장 좋을 때가 있어요. 이것도 그중 하나죠.'
수잔은 얼마나 더 많은 비밀이 있는지 궁금해졌다.

37장

매기

비비안 스틸워터는 지구상에서 사라졌을지 몰라도 그녀의 여동생은 그렇지 않았다.

지금의 캐서린 웨지는(이전에는 스틸워터, 다음에는 듀게이, 그다음으로는 해링턴) 뉴햄프셔주 포츠머스 외곽의 페어 윈즈 은퇴자 커뮤니티에 거주하고 있었다. 그 여자의 파란만장한 결혼 생활과 여러 주를 옮겨 다니고 이동했던 불안정한 경향으로 인해 그녀를 찾는 것은 복잡한 일이었다. 하지만 발견되기를 원하지 않는 사람을 찾는 것은 잉그리드가 좋아하는 종류의 도전이었으며, 언제나 그녀는 목표한 남자를 찾아낼 거라는 기대에 어긋나는 법이 없었다. 또는 이 경우에는 여자를 찾아내는 데 있어서.

쏟아지는 빗속을 4시간 동안 운전한 끝에 매기와 데클란은 페어 윈즈 단지의 주차장에 도착했다. 많은 고급 실버 타운이 그렇듯, 여기도 고객이 체크인은 하지만 체크아웃은 거의 하지 않는 그런 시설로 보이기보다는 컨트리클럽에 가깝게 보이도록 설계되었다. 어쨌든 아직 살아있었다. 그들은 데클란의 볼보에 앉아 건물을 바라보며 이런 곳에서 살게 될 자신들의 미래를 상상했다. 매기는 피할 수 없는 현실이라는 것을 모르는 건 아니었지만 받아들이기에는 고통스러운 미래가 머지않았음을 알고 있다.
"여기는 마티니를 즐기는 밤이 있을까요?" 데클란이 물었다.
"우린 밤이 아니어도 언제든 시작할 수 있어요."
"만약 허용이 된다면 말이죠."
"마티니가 허용되지 않는다면 차라리 죽는 편을 택하겠어요."
데클란은 매기에게 미소를 지었다. "아, 우리는 인생에 있어서 중요한 것들에 대해 동의하는군요."
"긍정적으로 생각하자면, 더 이상 잔디밭을 깎을 필요가 없다는 거네요. 눈을 삽질할 필요도 없구요."
"그건 그렇죠."
"그리고 다음에 다리가 부러지면 다정한 젊은 간호사가 애지중지 돌봐줄 거예요."
"내가 왜 달콤한 젊은 여자를 원하겠어요?" 그는 그녀 쪽으로 몸을 기울여 입술에 키스를 했다. "당신이 내가 감당할 수 있는 전부예요."
페어 윈즈 밴이 건물 현관 앞에 차를 세우고 있었다. 은발의 이곳 주민 대여섯 명이 천천히 나와 건물 안으로 들어갔다. "진심으로, 데클란. 저게 우리의 미래예요?"
"아니, 매기. 우리는 마지막까지 맞서 싸울 거야. 그리고 결국은 나의 차갑게 식은 손에서 마티니 잔을 떼어내야 할 거야." 그는 돌풍이 몰아치는 밖을 향해 문을 열었다. "임무를 시작해 봅시다!"

데클란은 다리에 깁스를 하고 목발에 의지한 채였지만 빠르고 우아한 걸음으로 비에 젖은 주차장을 길고 가느다란 몸을 마치 인간 메트로놈처럼 흔들며 가로질렀다. 매기는 그를 따라잡기 위해 서둘러야 했다.

안으로 들어서자 안내원이 미소를 지으며 맞이해 주었다. "네, 캐시가 오늘 방문객이 올 거라고 했어요. 319호에 계세요." 그녀는 두 사람을 위아래로 살펴봤고, 매기는 이 여자가 무슨 생각을 하는지 알 수 있었다. '노부부, 유력 후보자.' "페어 윈즈에 대한 안내 책자를 좀 드릴까요? 식사도 하시면서 편히 머무세요. 셰프의 멋진 요리를 맛보실 수 있을 거예요. 오늘 밤은 오렌지 소스를 곁들인 오리 요리가 특별 메뉴예요."

"혹시 마티니도 제공합니까?" 데클란이 물었다.

"그럼, 다음에 뵙죠, 고마워요." 매기가 끼어들며 데클란을 엘리베이터 쪽으로 슬쩍 밀어붙였다.

"지극히 합당한 질문이었어요." 3층으로 올라가는 엘리베이터 안에서 그는 항변했다.

"알코올 중독자에게는요."

"만약 내가 이런 시설로 와야 한다면, 바가 잘 갖춰져 있고 동료 수감자들은 유쾌해야 한다고 제안할 거예요."

"그들이 수감자라고 불리지는 않을 거라고 생각해요, 데클란."

엘리베이터에서 내려 옅은 장미색 벽과 베이지색 카펫으로 장식된 복도로 들어섰다. 예쁜 파스텔 색조가 분위기를 잔잔하게 만들었다. 이곳은 너무 조용한 나머지 데클란의 목발이 쿵쿵거리는 소리만 들릴 뿐이었다. 그들은 319호 문 앞에서 초인종을 눌렀다. 이미 캐시 웨지, 즉 스틸워터의 나이는 79세로 알고 있었고, 예전 같았으면 이제 곧 죽음이 다가올 노인이라고만 생각했을 것이다. 하지만 이제 매기는 건강이 허락한다면 그 나이도 인생의 전성기라 불릴 수 있다고 생각했다. 젊은 일흔아홉이 될 수도 있고 늙은 일흔아홉일 수도 있는데 어떤 버전의 노인이 초인종에 응답할지 궁금했다.

문이 열리자 캐시 웨지의 모습은 보이지 않고 파란 간병인 가운을 입은 미소 띤 젊은 남자가 나타났다. "캐시 만나러 오셨어요?"

"매기와 데클란이라고 합니다. 어제 전화드렸습니다." 매기가 말했다.

"들어와요, 들어오세요! 캐시가 아침 내내 그 얘기만 했어요. 작은 사고가 있었는데, 이후 방 안에만 갇혀서 너무 지루해하더라고요."

"사고요?"

"지난주에 연석에 걸려 넘어져서 발가락이 부러져 한동안 누워 있어야 할 것 같아요." 그는 데클란이 다리에 깁스한 것을 흘끗 쳐다보았다. "그쪽은 어쩐 일로…?"

"나무에서 떨어졌어요."

남자는 희미한 미소를 지었다. "오호, 그게 훨씬 흥미로운 스토리네요."

데클란은 그 청년에게 사실이라고, 정말 나무에서 떨어졌다고 말하지 않았다. 왜냐하면 그것은 사람들이 믿지 못할 사실들의 긴 목록에 들어있을 항목의 하나일 뿐이기 때문이다. 그들은 간병인을 따라 거실로 들어갔고, 캐시 웨지는 붕대를 감은 발을 간이의자에 올려놓고 앉아 있었다. 그녀는 젊은 시절 미모의 여성이었을 얼굴이었고, 굵은 은색 머리카락을 뒤로 넘겨 거북이 등딱지 무늬의 머리핀으로 고정했다. 몸은 일시적인 장애를 가졌을지 모르지만, 경계하는 눈빛을 보면 그 어두운 눈동자 뒤로 총총한 정신이 있다는 걸 알 수 있었다. 밖에서는 빗방울이 창문을 시끄럽게 때리고 거실의 불빛은 그녀의 머리 주변에 희미한 후광을 드리우고 있었다.

"비비안 때문에 오셨군요. 언젠가 한 번은 누군가가 비비안에 관해 물어볼 거라 예상은 했어요."

"지금까지 다른 사람은 없었나요?" 매기가 물었다.

"제 가족을 제외하고는 당신이 처음이에요." 그녀는 젊은 간병인 청년을 바라보았다. "그리고 여기 버티도요. 하지만 가족이나 마찬가지죠."

버티는 미소 지었다. "어쨌든 우린 가족처럼 싸우긴 하죠. 차 좀 가져올까요, 캐시?"

"네. 그리고 버터 쿠키도요. 버터 쿠키를 거절하는 사람은 없으니까요." 그녀는 손님들을 바라보았다. "앉으세요."

버티가 주방으로 향하고 데클란과 매기는 의자에 앉았다. 잠시 동안 주전자에 물이 채워지는 소리와 도자기 그릇이 부딪치는 소리만이 들렸다. 캐시는 갑자기 자신의 거실에 착륙한 낯선 종을 연구라도 하듯이 고개를 옆으로 기울인 채 쳐다보고 있었다.

"왜 언니에 대해 알고 싶은지 말해주세요. 어떻게 알게 된 거죠?"

"1972년 퓨리티 마을 지역 신문에 기사가 하나 실렸어요." 매기가 말했다. "실종된 언니를 찾는 기사였어요. 당신이 경찰에 신고한 사람이라고 쓰여 있었죠."

캐시는 고개를 끄덕였다. "비비안은 보스턴으로 와 며칠 동안 저와 함께 지내다가 워싱턴으로 갈 계획이었어요. 그날 밤 저는 저녁 식사 시간에 맞춰 언니가 우리 집에 올 것으로 예상했죠. 손님방을 꾸미고 오븐에 요리도 했어요. 기다리고 또 기다렸지만 언니는 나타나지 않았고 전화도 없었어요. 전혀 비비안답지 않은 행동이었어요. 연락을 해서, 일이 생겨 다른 어딘가에 있을 거라고 말했다면 그렇게 믿었겠죠. 자정이 되어도 도착하지 않았을 때 저는 언니에게 무슨 일이 생겼다는 걸 직감했어요. 그래서 경찰에 신고했죠."

"퓨리티에, 아니면 보스턴에요?"

"둘 다요. 많을수록 좋다고 생각했죠." 그녀는 씁쓸하게 덧붙였다. "그들은 언니가 실종된 지 오래되지 않았다고 말했어요. 아마 피곤해서 낮잠을 자려고 오던 길을 멈췄을 거라고 하더군요. 아니면 계획을 지키지도 못하는 칠칠맞은 여자처럼 마음을 바꿔버린 것일 수도 있고요. 저는 비비안은 그럴 사람이 아니라고 말했지만 경찰은 제 말을 믿으려 하지 않았던 것 같아요. 마침내 저의 신고를 진지하게 받아들이기까지는 이틀이나 걸렸어요." 그녀는 고개를 돌려 벽에 걸린 사진을 보았다. "그때 제 언니는 뉴햄프셔의 한 병원에 혼수상태로 누워 있었던 거고요."

"뉴햄프셔?" 매기는 그녀를 쳐다보았다. "그렇다면 메인주를 벗어난 거였군요."

"간신히요. 사고가 났을 때 비비안은 뉴햄프셔주 경계 바로 안쪽에 있었어요. 3년 동안 혼수상태로 지내다가……." 캐시의 목소리가 희미해졌다.

"돌아가시게 된 건가요?"

캐시는 고개를 끄덕였다. "난 언니의 유골을 바다에 뿌렸어요, 낸터킷섬에서."

38장

비비안 스틸워터는 호수의 여인이 아니었다.

매기가 데클란을 바라보니 그도 그녀만큼이나 새로운 정보에 당황해하는 모습이었다. 잉그리드가 비비안의 운명에 대해 검색한 결과, 입원 내역이나 화장한 기록, 사망진단서 등 어떤 것도 찾을 수 없었다. 비비안은 모든 공식 기록에서 사실상 지워진 상태였다.

"어떻게 병원에 입원했던 거죠? 사고가 났다고 하셨잖아요." 데클란이 물었다.

캐시는 고개를 끄덕였다. "이상한 일이죠. 뉴햄프셔주 경계선 근처 도랑에 버려진 차가 나중에 발견되었기 때문에 언니가 퓨리티에서 여기까지 운전해 왔다는 것을 알 수 있었어요. 경찰은 언니가 차에 치였을 당시 몇 킬로미터 떨어진 도로를 맨발로 걷고 있었다고 말했어요. 그렇기 때문에 정신이 혼란스러웠거나 길을 잃었을 것으로 추정하더군요. 당시 비비안은 지갑도 없었고 신원을 확인할 수 있는 것도 없었기 때문에 신원 미상이라는 이름으로 병원에 입원했어요. 며칠이 지나서야 언니가 어디 있는지 알 수 있었어요." 캐시는 잠시 멈칫하며 조용히 말했다. "언니는 결국 혼수상태에서 깨어나지 못했어요."

매기는 벽에 걸린 사진에서 빨간 머리가 바람에 날리고 두 눈은 웃음을 머금은 채 눈가의 주름이 진 젊은 두 여성의 모습을 자세히 바라보았다. "저 사진이 당신과 언니인가요?"

"네. 우리는 그랜드 캐니언으로 여행을 떠났죠. 언니는 하이킹을 좋아했어요. 저는 별로지만. 그래도 브라이트 엔젤 트레일을 걸었던 날은 제 인생 최고의 날이었어요."

버티는 찻잔 쟁반과 덴마크 버터 쿠키 한 접시를 들고 거실로 돌아왔다. 비비안의 비극적인 이야기는 방에 어두운 그림자를 드리웠고 쿠키 접시는 그대로 놓여있었다. 버티가 재스민과 코코넛이 섞인 이국적인 향이 나는 차를 따라 잔을 나눠주는 동안 그들은 침묵을 지켰다.

"슬픈 이야기예요, 그렇지 않나요?" 버티가 말했다. "비비안을 만나지 못한 게 유감이에요."

"비비안은 당신을 좋아했을 거예요, 버티." 캐시가 말했다. "그녀도 저만큼이나 섹시한 젊은 남자를 좋아했거든요." 그녀는 후회하는 듯 고개를 저었다. "그래서 제가 세 번이나 결혼한 거겠죠."

"그녀가 병원에 입원한 후 누가 면회를 왔었나요?" 매기가 부드럽게 물었다.

"어떤 누구도요. 저만 있었죠. 상태가 호전되지 않을 게 분명해지자 언니는 장기 요양 시설로 옮겨졌어요. 다행히 언니의 건강 보험으로 모든 비용을 충당할 수 있었어요. 제가 그걸 감당할 여력이 안 됐기 때문에 다행이었죠. 그리고 제 아름다운 언니는 그곳에서 생을 마감했어요. 3년 동안 혼수상태로 누워 쪼그라든 비비안 미라가 되어버렸죠. 그런 언니를 보는 게 너무 속상했지만 언니를 방문하는 걸 멈추지 않았어요. 주말마다 저는 비비안의 침대 옆에 앉아 제 목소리에 반응하기를 바랐어요. 제 손을 꽉 쥔다거나 눈을 깜빡이거나, 뭐라도요." 캐시는 한숨을 쉬었다. "그러던 어느 날 아침, 밤중에 언니가 숨을 거두었다는 전화를 받았어요. 3년 동안 혼수상태에 빠져 있다가 세상을 떠난 거죠. 예쁘고 똑똑한 언니였는데……."

버티가 그녀의 손을 잡아주었다. 서로를 바라보는 눈빛에서 단순한 간병인이 아니라 서로를 가족처럼 여긴다는 걸 알 수 있었다. 두 사람은 말 한마디 없이 함께 앉아 있는 것만으로도 편안해 보였다.

"언니가 건강 보험에 가입했다고 하셨죠?" 데클란이 물었다. "직장에서 가입한 건가요?"

"네. 워싱턴에 있는 정부 연구 기관요."

"그녀는 당신을 방문하고 나서 어디로 갈 계획이었나요?"

"언니는 새로운 직장에 대해 알아보려고 거기로 누군가를 만나러 가려고 했어요, 제 생각에요. 메인주에서 하던 일이 마음에 들지 않았던 것으로 알고 있어요. 동료들, 특히 책임자와 의견 차이가 있었나 봐요."

"그 책임자라는 사람이 혹시 그린 박사일까요?" 매기가 물었다.
"비비안은 저에게 그들의 이름을 전혀 말해주지 않았어요. 연구 프로젝트에 대해서도 자세하게는 말하지 않았고요. 정부에서 하는 일이니 쉬쉬했겠죠. 아시잖아요. 그리고 비비안은 자세히 들어가면 제가 지루해할 거라고 말했고, 그 말이 맞을 거예요. 저는 수학이나 과학에 소질이나 흥미가 없었지만 비비안은 그런 걸 좋아했거든요. 함께 일하는 사람들을 별로 좋아하지는 않았더라도 말이죠."
"동료들과는 무슨 문제가 있었던 거죠?"
"언니는 그들이 자신을 인정하지 않고 자신의 의견도 경청하지 않는다고 느꼈어요. 언니는 그 누구보다 똑똑했을 텐데, 그 당시에는 여성이라면 누구나 그랬을 만한 일들이죠. 남자들보다 두 배는 더 열심히 일할 수 있었지만 가치를 인정받거나 의견을 귀담아들어 주지 않았죠. 심지어 신경화학 석사 학위를 받았더라도요."
"신경화학요?" 데클란이 매기를 흘끗 쳐다보며 말했다.
"그게 뭘 뜻하는지는 모르겠지만 덕분에 대학원을 졸업하자마자 직장을 구할 수 있었어요."
밖에는 비가 이슬비로 바뀌고 안개가 창밖을 뿌옇게 뒤덮어 풍경이 우울한 회색빛으로 흐려졌다. 매기의 잔에 담긴 차는 미지근했고 향기는 사라졌지만 방금 듣게 된 것들을 곰곰이 생각하면서 잔을 두 손으로 꼭 쥐고 있었다. 비비안 스틸워터는 신경화학자로 신뢰받는 유망한 여성이었다. '일이 생겨 다른 어딘가에 있을 거라고 말했다면 그렇게 믿었겠죠'라고 캐시는 말했다. 하지만 똑똑하고 믿을만한 비비안은 어떻게 된 일인지는 몰라도 차를 도랑에 빠뜨렸고, 맨발에 정신이 혼미한 상태로 고속도로를 헤매고 있었다.

"메인주에서 진행 중이던 프로젝트는 의약품 테스트와 관련이 있었나요?" 매기가 말했다.

캐시는 찻잔에서 눈을 올려다보며 눈썹을 치켜들었다. "어떻게 알았죠?"

∞

그날 저녁 집으로 돌아갈 무렵에는 안개가 더욱 짙어져 세상의 모든 것이 사라진 것처럼 느껴질 정도였고, 매기와 데클란은 헤드라이트로도 통과하기 쉽지 않은 유령 같은 분위기의 풍경 속을 운전하고 있었다.

"그녀의 기록은 고의로 지워졌어요." 매기가 말했다. "그래서 잉그리드는 비비안 스틸워터에게 무슨 일이 일어났는지 알 수 없었죠. 사망 진단서, 병원 입원 기록, 사고에 대한 경찰 보고서 등 모든 것이 삭제됐어요. 누군가 그 정보를 숨기기 위해 많은 노력을 기울인 것 같아요."

"하지만 그들은 예전 「퓨리티 위클리」의 뉴스는 다행히도 지우지 않았네요." 데클란이 말했다.

"발행 부수가 무려 천 부나 되는 작은 마을의 신문을요?" 매기는 고개를 저으며 웃었다. "그들은 아마도 그럴만한 가치가 없다고 생각했을 거예요. 그래도 그들은 거의 모든 방법으로 그녀를 이 세상에서 지워버렸어요. 20, 30년 후엔 비비안이 어떻게 죽었는지 기억하는 사람이 아무도 남지 않을 거예요. 그녀가 메인에서 무엇을 하고 있었는지도요."

"이제 우리는 원래의 미스터리로 돌아가야겠군요. 호수에 있던 유골이 비비안 게 아니라면 누구의 것일까요?"

"잘은 모르겠지만, 이 모든 것이 연결되어 있다는 직감이 들어요. 비비안 스틸워터. 호수의 여인. 조이 코노버에 대한 공격." 그녀는 안개 속을 들여다보았다. 어둠이 내리기 시작했고 헤드라이트의 불빛이 포장도로 위로 피어오르는 안개의 변화무쌍한 풍경을 비추고 있었다. "적어도 이제는 비비안이 누구를 위해 일했는지는 알 것 같네요. 모두 누구를 위해 일하고 있었는지요."

39장

밤새 새로운 폭풍 전선이 밀려왔고, 먹구름 아래 메이든 호수의 수면은 검게 물들고 바람이 휘몰아쳤다. 매기와 데클란은 보트 선착장 주차장에서 데클란의 볼보에 앉아 쌍안경을 통해 호숫가를 따라 늘어선 집들을 들여다보았다. 불과 이틀 전만 해도 화창하고 따뜻했지만 메인주의 날씨는 변덕스럽기로 유명했고 머리 위 불길한 구름으로 보아 천둥과 비가 곧 내릴 것 같았다.
"종일 궂은 날씨겠군." 데클란이 말했다. "오늘 하루는 모두 실내에 머물러야 할 것 같은데……. 어, 생각해 보니 꽤 좋은 생각 같네요. 따뜻한 벽난로 앞에 앉아 아이리시 커피를 마시면서…"
"그녀는 집에 머물 것 같지가 않네요." 매기는 쌍안경으로 집에서 막 나온 인물을 주시했다. "한나 그린이 차에 타고 있어요. 어디로 가는 걸까요?"
데클란은 주머니에서 수첩을 꺼냈다. "한나 그린은 부모님으로부터 이 별장을 물려받았어요. 해롤드 그린. 우리의 친구 베티 존스에 따르면 그린 박사는 1968년에 이 집을 구매했는데, 처음에는 일 년 내내 살 계획이었다고 해요. 9개월 후, 조지와 엘리자베스 코노버 부부는 그린 부부의 옆집을 사들였어요. 둘 다 현금으로 구매했어요. 그 이후로 그 집들은 대대적인 업데이트를 했죠. 이제는 비록 여름 별장으로만 사용하고 있지만."

매기는 그에게 즐거운 눈빛을 보냈다. "베티에게서 그 정보를 다 알아낸 거예요?"

"메리골드의 크랜베리 호두 머핀 한 상자만 있으면 돼요. 내가 말할 수 있는 건, 우리 부동산 중개인 베티는 단것을 매우 좋아한다는 사실이죠."

"아니면 매력적인 신사분에 대한 취향이 있든가요."

그는 겸손하게 어깨를 으쓱했다. "난 나만의 재능을 가지고 있죠."

"화이팅입니다요." 매기는 멀어져 가는 한나의 차에 다시 초점을 맞췄다. "한나가 61세라고요?"

"비비안 스틸워터가 회사를 그만두고 떠났을 때 그녀는 8살이었을 겁니다. 그 어린 소녀는 아버지의 직업이 실제로 어떤 일인지 전혀 몰랐을 거예요."

매기는 쌍안경을 내려놓았다. "아버지에 대한 진실을 알게 된다면 이젠 아버지에 대해 어떻게 생각할지 궁금하네요. 아버지가 했던 일에 대해."

"사람들은 거의 모든 것을 정당화할 수 있어요, 매기. 그래서 역사는 꾸준히 반복되는 것이죠."

매기도 자신이 직장 생활을 하면서 정당화해야만 했던 선택들, 지금은 후회하는 선택들을 생각했다. 직무 수행 중에는 거의 모든 행동을 정당화할 수 있지만 대개는 대가를 치러야 했다. 매기에게 그 대가는 참을 수 없을 정도로 비극적이었다.

매기는 해롤드 그린 박사가 자신의 선택을 후회한 적이 있었을지 궁금했다.

"저기 앞에서 폭스가 보이네요." 데클란이 말했다.

그녀는 다시 쌍안경을 들고 폭스가 뒤쪽 데크에서 계단을 내려가 잔디밭을 지나 물가로 향하는 모습을 지켜보았다. "정말 여든두 살이에요? 나이에 비해 매우 건강해 보이는데요."

"이틀 전만 해도, 나도 나이에 비해 건강한 편이었죠."

그녀는 코웃음을 쳤다. "이틀 전만 해도 당신은 어리고 어리석었죠. 나무를 타고 올라갔었으니까요."

"우리의 몸짱 미스터 폭스가 15세 소녀를 계곡에 던질 수 있을 것 같아요?"

매기는 폭스가 카약을 물가에서 끌어올려 잔디밭의 안전한 장소로 끌고 가는 것을 지켜보았다. "그럴 것 같네요."

데클란은 다시 수첩을 넘겼다. "잉그리드에 따르면 폭스 씨는 자신을 '은퇴한 에너지 컨설턴트'라고 부른답니다."

"가짜 경력에서도 실마리 하나 남기지 않네요."

"그는 결혼한 적도 없고 우리가 아는 한 자녀도 없어요. 그의 미 육군 복무 시절이 흥미로워요. 그는 메릴랜드주 포트 홀라버드에 주둔했었어요."

매기는 그를 바라보았다. "미 육군 정보국."

"잉그리드도 그렇게 생각해요. 여기에 또 다른 흥미로운 사실이 있어요. 10년 전, 그는 목사로도 임명됐어요. 아마도 양심의 위기를 겪었던 것 같네요."

"양심이 있다는 가정하에서요."

폭스는 다시 집으로 사라졌고 매기는 문뷰로 시선을 돌렸다. 두 대의 코노버 차량이 모두 집에 주차되어 있었기 때문에 가족 모두가 집에 있을 거로 추측되었다. 누군가 아래층 창문을 지나갔다가 다시 창문으로 돌아와 지나쳤지만 아무도 밖으로 나오지는 않았다. 오늘은 야외 활동을 하기에는 너무 춥고 습한 날씨였다. 매기는 시댁 식구들 사이의 소용돌이치는 긴장감 속에서 집 안에 갇혀 있을 수잔을 생각했다.

매기는 이보다 더 괴로운 상황은 상상할 수 없었다.

매기는 반대편 해안으로 시선을 돌려 루벤과 아비게일 타킨이 살고 있는 슬픈 작은 오두막을 쌍안경으로 바라보았다. 여름에만 거주하는 코노버 가족과 달리 루벤과 그의 누나는 이곳에서 일 년 내내 살아야 했다. 타킨 집안처럼 진정한 메인주의 주민들에게 혹독한 겨울과 진흙의 계절인 봄은 몇 달의 소중한 여름을 보내기 위해 지불해야 하는 대가였다.

그녀는 쌍안경을 내려놓았다. "베티 존스가 타킨 가족에 대해 뭐라고 말하던가요?"

"저곳은 집안 대대로 내려온 땅이라고 하더군요. 호수와 습지, 모기가 많은 좋지 않은 환경이죠. 집이 너무 오래되어서 아마 아직도 옛날 방식의 정화조를 사용하고 있을 거예요."

"제 말은, 그들의 부동산 가치에 대한 것보다는 타킨 가족 자체에 대해 뭐라고 말하던 건 없었나요?"
"어머니는 작년에 돌아가셔서 루벤과 누나 아비게일에게 집을 물려주었어요. 둘 다 결혼한 적은 없고요. 베티 말로는 샘 타킨이 시내 중심가에서 그 사건을 일으킨 이후로 이 가족은 마을에서 거의 외면당했다고 하더군요."
매기가 쌍안경을 내려놓았다. "좋아요, 이제 가죠."
"어디를?"
"루벤 타킨이 코노버 집안을 싫어하는 진짜 이유를 들어볼 시간이에요."

∞

루벤은 비록 이끼로 지붕이 덮인 오두막집에 불과한 궁전이었지만, 궁전을 지키려는 친위병이라도 되는 듯 굳건한 모습으로 문 앞에 서 있었다. 그는 키가 크지 않았고 머리는 거의 희끗해진 예순다섯 살의 나이였지만 여전히 건장하고 근육질이며 마음만 먹으면 충분히 문제를 일으킬 만큼 힘이 세 보였다. 매기는 혼자인 여자가 루벤에겐 덜 위협적으로 보일 거라고 생각해 데클란에게는 차 안에서 기다리라고 요청했다.
하지만 이제 그녀는 자신이 혹시 잘못 계산한 것은 아닌지, 루벤은 혼자 있는 여성을 단순히 정복하기 쉬운 존재로 여기는 것은 아닌지 궁금해지기 시작했다.
"타킨 씨, 제 이름은 매기 버드라고 합니다. 조 티보듀와 함께 조이 코노버를 납치한 범인을 찾고 있어요."

"저는 아무 관련이 없습니다만."
"알고 있어요."
"그럼 왜 절 찾아온 거죠?"
"당신이 우리를 도울 수 있을지도 모른다고 생각해서요. 호수 건너편에 있는 사람들에 대한 정보가 필요합니다."
"코노버 가족을 말하는 거요?"
"그리고 아서 폭스요. 또 고인이 되신 그린 박사님도요. 그들은 함께 일하지 않았나요?"
그의 다음 행동은 너무 갑작스러워서 매기는 반응할 시간조차 없었다. 그는 갑자기 그녀를 향해 돌진했고 거의 일격을 가하거나 밀치려고 하는 행동처럼 보였다. 하지만 그는 문을 뒤로 닫고 거의 코와 코가 맞닿을 정도의 거리로 다가오며 은밀히 말했다. "누나가 자고 있어요. 누나가 이 대화를 듣지 않았으면 좋겠어요."
"그럼 다른 곳으로 갈까요? 얘기를 나눌 수 있는 곳으로요."
그는 잠시 생각하다가 고개를 저었다. "아뇨. 그냥 제가 그곳으로 데려다드리는 게 더 낫겠어요."
"어디로 데려다준다는 거죠?"
"따라오세요."
루벤은 진입로를 따라 걸으며 볼보가 주차된 곳으로 향했다. 그러다 그는 갑자기 걸음을 멈추고 차에서 막 내리는 목발 짚은 남자를 쳐다보았다. 이런 상황에서 남자로서의 행동으로 적합한 것은 무엇이든 할 준비가 된 데클란이었다.
"아, 여긴 데클란 로즈입니다." 매기가 재빨리 루벤에게 그를 소개했다. "그는 제 친구예요. 믿어도 됩니다."
"그는 우리와 함께 갈 수 없습니다."
"매기가 간다면 저도 함께 가야겠습니다." 데클란이 목발을 짚은 채 그를 향해 몸을 흔들며 다소 위압적인 말투로 말했다.
루벤은 어림없다는 듯이 말했다. "당신은 절대 따라오지 못할 거요. 그런 상태로는."
"우리가 어디로 가는 건데요?" 매기가 물었다.
루벤은 길을 가리켰다. "가야 할 산길은 저기서 시작해 산의 반쯤까지 올라가야 합니다. 지금은 나무가 무성해서 차를 끌고 올라갈 수도 없어요. 걸어가는 수밖에." 그는 데클란의 깁스를 바라보았다. "속도만 늦어질 뿐입니다."
"전 괜찮을 거예요." 그녀가 데클란에게 말했다. "그냥, 여기서 기다려주세요."
데클란은 분명 불안한 상황이었지만 목발을 짚고 언덕을 오를 수 없다는 사실을 인정해야 했다. 그는 루벤을 굳은 표정으로 바라보았다. "당신이 돌아올 때까지 여기서 기다리겠습니다. 둘 모두를요."
루벤은 고개를 끄덕이고는 길을 따라 걷기 시작했다. 그녀도 곧 그를 따랐다.
왜 이곳이 메이든 호수에서 매력이 없는 곳인지 길을 걷기 시작하며 곧 알 수 있었다. 호숫가 근처는 대부분 습지였고 물은 사초와 퇴적물투성이였다. 또한 이 늪지대에서 번식하는 모기와 진딧물이 이틀 동안 내린 비로 인해 생긴 웅덩이에서 떼 지어 올라와 그녀를 괴롭혔다. 하지만 루벤은 그것들을 별로 신경 쓰지 않는 듯 쫓지도 않았다. 그는 그런 사소한 자극에는 아랑곳하지 않고 그냥 앞으로 전진했다. 그녀는 잉그리드와 로이드가 루벤 타킨에 대해 정리한 서류를 읽어보았다. 생년월일, 가계도, 학교 성적표, 체포 기록 등 서류상으로는 그에 대해 많은 것을 알고 있었지만, 그것은 질감 없는 차가운 데이터일 뿐이었다. 그는 메인주에서 오랫동안 거주한 혈통의 후손이었다. 누나인 아비게일은 어렸을 때 수술이 필요했던 척추 성상세포종으로 인해 평생을 휠체어에 의지해 살았고, 아버지인 사무엘은 마을에서 유명한 목수였다는 사실도 알고 있었다.

시내에서 4명을 죽인 후 퓨리티 경찰의 총에 맞아 사망하기 전까지는.

데이터는 그저 종이에서 읽을 수 있는 세부 정보에 불과했고, 인간이란 그렇게 쉽게 규정되지 않는다. 앞에 걸어가는 침울함 속에 갇힌 침묵의 남자는 그녀를 미지의 목적지로 이끄는 별다른 특이점이 없는, 살인자의 아들이라기보단 평범한 인물에 지나지 않았다.

그들은 호수가 내려다보이는 언덕으로 올라가는 경사진 자갈길 초입에 도착했다. 분명 몇 년 동안 이 언덕을 올라간 차는 없었을 것이고, 길에는 수풀들이 무성하게 자라있었다. 곧 자연의 끈질긴 침입자인 숲에 완전히 삼켜질 것 같았다. 루벤은 경사진 언덕길을 오르기 시작했다.

그는 숨을 고르거나 그녀가 따라오는지 뒤를 돌아볼 겨를도 없이 젊은 남자의 발걸음 속도로 움직였다. 그녀는 창고용 오두막과 체인으로 된 울타리를 지나 언덕길을 오르는 동안 그의 속도를 맞추기 위해 애를 썼다. 이 자갈길이 어디로 향하는지 알려주는 정보는 없었지만 빛바랜 '무단 침입 금지' 표지판과 녹슨 철조망이 그곳은 출입이 금지된 구역임을 알려주었다. 이제 울타리는 무너졌기 때문에 이 힘든 등반을 제외하고는 침입자를 막을 수 있는 것은 아무것도 없는 셈이었다.

루벤이 걸음을 멈췄고 매기도 그의 옆에 멈춰 섰다. 수풀 사이로 건물이 보였다. 음침하고 밀실 공포증을 불러일으킬 정도의 이 숲속을 헤치고 온 이유가 저 건물임을 알 수 있었다. 폭우는 아니었지만 비가 내리기 시작했고 낙엽 위로 꾸준히 물방울이 떨어졌다.

"그들은 이곳을 산장이라고 불렀죠." 루벤이 말했다.

세월과 흰개미가 건물을 훼손하기 전까지는 소박한 휴양지 역할을 했을 곳을 가리켰다. 지금은 지붕이 주저앉고 현관 난간이 썩어 무너져 내렸다. 현관은 서쪽을 향하고 있었고, 예전에는 호수와 산 너머까지 파노라마처럼 펼쳐지는 경치를 볼 수 있었을지는 몰라도 지금은 우거진 나무들이 시야를 가리고 있었다.

"여기가 뭐 하는 곳이죠?" 매기가 물었다.

"여기가 바로 그들이 사람들을 데려온 곳입니다. '50달러를 벌고 싶으세요? 지금 바로 산장으로 올라오세요'라고 그들은 말했죠." 그는 현관을 가리켰다. "아버지가 저 계단을 수리하고 난간을 만들었어요. 그 어느 때보다 훌륭하고 견고하게 만들었어요. 지금 보세요." 그는 고개를 저었다. "영원한 것은 없어요. 어떤 것도 영원히 같은 상태로 유지되지 못하죠."

"아버님이 그들을 위해 일을 한 건가요?"

루벤은 고개를 끄덕였다. "호숫가에 있는 그들의 집을 고쳤어요. 망치질을 할 사람이 필요하면 가장 먼저 아버지를 불렀죠. 아버진 캐비닛을 설치하고 채광창을 교체하고 데크를 만들었어요. 일주일 내내 일하면서 생활비를 벌었어요. 제 동생에게 들어가는 비용을 지불해야 했기 때문에요. 그래서 돈을 조금 더 벌고 싶냐고 물었을 때 아버지는 당연히 그렇다고 대답했겠죠. 그래서 여기까지 오게 된 겁니다."

그녀는 이미 샘 타킨이 무엇을 위해 여기까지 왔는지 짐작하고 있었지만 아무 말도 하지 않았다. 매기는 루벤이 자신의 시간에 침묵을 채우도록 내버려두었다. 그는 더 이상 말하지 않고 무너져 내리는 계단을 올라가 현관으로 향했고, 부서진 판자 사이의 틈새를 조심스럽게 밟았다. 문은 잠겨 있지는 않았지만 여름철 습기로 인해 부풀어 있었고 두 번을 발로 차고 나서야 문을 떼어내는 데 성공했다. 문이 쾅 하고 열렸다.

그녀는 그를 따라 안으로 들어갔다.

건물은 먼지가 쌓였고 곰팡내와 반세기 동안 쌓인 쥐 배설물 냄새가 났다. 창문 중 하나는 깨졌고 낙엽이 바닥에 흩어져 있었다. 그녀가 돌로 만든 벽난로로 다가가자 널빤지는 체중에 의해 삐걱거렸다. 그곳에서 차갑게 식은 잿더미와 담배꽁초 대여섯 개를 보았다. 당연히 침입자가 있었던 걸로 보였다. 십 대들은 버려진 건물이라면 언제나 재빨리 찾아내 악용했고 바닥에 널려 있는 빈 맥주 캔과 벽의 낙서 등 그 증거가 곳곳에 있었다.

"그들은 벽난로 주위에 둥글게 모여 앉았어요." 루벤이 말했다. "아버지가 말하길 모두들 편안한 방석에 앉아 그들이 베푸는 호의를 즐겼다고 했어요. 마치 파티를 연 것처럼. 그동안 그린 박사와 그의 동료들은 지켜보면서 무언가 열심히 메모를 했다더군요. 아버지에게 계속 참여하면 돈도 계속 지급할 거라고 했대요. 약은 완벽하게 안전하고 정부에서 검사를 거쳤다고 말했고, 아버지는 그 말을 믿었습니다. 정말, 그녀는 설득력이 있었죠."

'그녀.' "그럼 아버지를 끌어들인 사람이 비비안 스틸워터였군요?"

"아니요." 그는 돌아서서 매기를 바라보았다. "엘리자베스 코노버였어요."

매기는 그를 빤히 쳐다보았다. 물론 이 가능성도 고려해야 했지만 의외인 건 사실이었다. 결혼한 팀은 장점이 뚜렷하다. 서로에게 비밀을 숨길 필요가 없이 함께 일할 수 있다. 만약 엘리자베스도 이 프로젝트에 참여했고 실제로 샘 타킨을 실험에 모집한 사람이 그녀라면 루벤이 코노버 가족에 대해 분노하는 이유를 설명할 수 있다.

"사건이 일어난 후 경찰이 어머니를 만나러 왔어요. 경찰은 모든 것이 어머니의 잘못인 것처럼 보이게 만들었어요. 어머니가 남편이 미쳐가는 걸 알았을 텐데 어떻게 그렇게 방치했냐고 비난했어요. 어머니는 그들이 아버지에게 주는 것들이 위험하다는 것을 몰랐어요. 하지만 그들은 분명 알고 있었을 거예요. 코노버 부부, 그린 박사. 그런데도 아무 말도, 한마디의 경고도 해주지 않았어요. 우리 가족은 무슨 일이 벌어질지 전혀 알 수 없었죠, 그때까진요. 아버지가 그날… 그날……." 그의 목소리가 무너져 내렸다. 그는 돌아서서 건물 밖으로 성큼성큼 걸어 나갔다.

매기도 건물 밖으로 나와 열 걸음 정도 떨어진 나무들 사이에서 자신을 잃은 채 외롭게 서 있는 그를 발견했다. 빗방울이 그의 얼굴을 따라 흘러내려 셔츠 깃으로 스며드는 것도 느끼지 못하는 듯했다.

"왜 이 사실을 아무에게도 말하지 않았나요?"
"말할 수 없었어요. 허락받지 못했기 때문에."
"그게 무슨 뜻이죠?"
"제 어머니와 그들이 맺은 계약의 하나였죠."
"그 계약은 누가 만들었죠?"
"그린 박사와 그의 사람들. 그는 우리가 실험에 대해 아무에게도 말하지 않고 비밀로 하면 정부에서 계속 지원금을 줄 거라고 했어요. 동생에게 필요한 모든 치료비를 내기에 충분한 돈이었죠. 세금을 충당하고 식탁에 음식을 올리기 위해 우리는 침묵을 지키고 돈을 받았어요. 그동안 저는 말하고 싶었고 진실을 외치고 싶었지만 그럴 수 없었어요. 어머니와 누나가 허락하지 않았거든요."
"그러면 왜 지금은 말씀하시는 거죠?"
"이제 더는 그럴 가치가 없으니까요! 우리의 영혼을 팔고 제 아버지의 명예를 더럽히면서까지." 그는 긴 심호흡을 내쉬었고 그 숨결들로 억눌렸던 분노를 풀어내는 듯했다. "어쨌든 지금은 상관없어요." 그는 조용히 그녀를 바라보며 말했다. "의사가 아비게일에게 암이 생겼다고 했어요. 6개월 뒤면 그 돈은 더 이상 필요 없을 거예요."

비는 그들의 머리 위로 꾸준히 내리고 있었고, 매기는 타킨 부부와 같이 이름도 알려지지 않은 평범한 사람들이 입은 피해에 대해 생각해 보았다. 반세기 동안 루벤은 수치심을 느끼며 침묵 속에서 고통스럽게 살아왔다. 그의 분노는 당연하고 정당한 것이었다. 자신의 삶을 산산조각 내고도 정부에서 지급하는 돈으로 안락한 은퇴 생활을 누리는 코노버 부부를 경멸한 것도 당연했다. 루벤은 매일 아침 문뷰를 바라볼 때마다 인생이 불공평하다는 사실을 상기하곤 했을 것이다. 타킨 가족 같은 사람들에게는 말이다.

"지금 이것을 우리가 폭로하게 되면 타킨 씨, 그러니까 당신이 우리에게 이 정보를 제공한 것이 밝혀지면 당신에게 어떤 결과가 따를 겁니다. 계약서에 서명을 했으니까요. 돈이 끊길 수도 있어요."

"저는 53년 동안 그 결과를 안고 살아왔습니다." 그는 매기를 바라보았다. "이제 그들의 차례입니다."

40장

조

 그들이 여기에 있다. 그들 다섯 명은 포위망을 형성한 군대처럼 그녀의 책상 앞에 그렇게 자리했다. 조는 이 분대의 건너편에 있는 마이크를 힐끗 쳐다보았지만 그는 순찰을 시작하기 위해 문밖으로 나가면서 힘없이 어깨만 으쓱할 뿐이었다. 그가 달리 무엇을 할 수 있을까? 마티니 클럽이 주의 요구를 원한다면, 양보할 수밖에 도리가 없다.
 "이 사람들이 모두 서로를 아는 데는 이유가 있어요." 매기가 말했다. "코노버 가족, 그린 가족 그리고 아서 폭스."
 "물론 그들은 서로를 잘 알고 있어요. 이웃이잖아요. 매년 여름이면 같은 호수에서 시간을 보내지요."
 "하지만 애초에 이곳 퓨리티를 선택하게 된 이유가 뭘까요?"
 "다른 사람들이 이곳을 찾는 이유와 같지 않을까요. 여러분 모두가 이곳으로 이사 온 이유와도 같겠네요. 조용하고, 아름답고,

그리고 다름 아닌 메인주잖아요." 조는 잠시 말을 멈추고 단호하게 덧붙였다. "대부분 사람들이 자기 자신의 일에만 신경 쓰는 곳이죠."

잉그리드는 네 명의 동료들을 보며 미소를 지었다. "그녀가 정답에 가까워지고 있어요."

"오늘은 또 제가 뭘 깨닫게 되는 걸까요?" 조가 물었다.

벤이 말했다. "우리의 당당한 메인주의 모든 장점을 고려해 보세요. 특히 퓨리티처럼 멀리 외딴곳에 있는, 사람들의 시선으로부터도 멀리 떨어진 작은 마을의 장점. 사람들이 각자의 사생활을 존중하는 곳이죠. 그리고 여러분이 왜 이곳에 정착하게 됐는지, 직업이 무엇인지에 대해 너무 많은 질문을 하지 않는 곳입니다."

"랍스터도 언제든 바로 구할 수 있는 곳이죠." 로이드가 덧붙였다.

"그린 가족, 코노버 가족, 아서 폭스 모두 1967년 같은 해에 퓨리티에 등장한 것이 너무 우연이라고는 생각하지 않나요?" 잉그리드가 말했다.

"그걸 어떻게 알았어요?"

데클란 로즈가 손을 들었다. "우리 지역 부동산 중개인 베티 존스 부인께서 제공한 작지만 소중한 정보입니다. 그녀는 매매든 임대차 계약이든 자신의 사무실을 거쳐 간 모든 부동산 거래에 대한 기록을 훌륭하게도 잘 보관하고 계십니다. 그녀는 세 집 모두 1967년에 임대 계약서에 서명했다고 말했습니다."

"그리고 카운티의 세금 도표를 사용해 그들이 나중에 메이든 호수에서 부동산을 구입한 날짜를 확인했어요. 모두 2년 이내였습니다." 잉그리드가 데클란의 설명에 덧붙였다.

"그때가 부동산을 사기에 좋은 시절이었나 보죠."

"1967년은 비비안 스틸워터가 이곳으로 이사 온 해이기도 합니다." 데클란이 계속 설명했다. "그녀는 부동산을 구입한 적은 없지만 별장을 빌렸어요, 호숫가의."

"어떻게 베티 존스에게 이 모든 것을 털어놓게 만들었나요?"

데클란은 조의 책상 위로 몸을 기울이며 속삭였다. "맛있게 구워진 식품이 있죠."

매기가 말을 이었다. "요점은 1972년에는 이들 모두가 호수에서 일 년 내내 보냈다는 겁니다. 그린 가족, 코노버 가족, 아서 폭스, 비비안 스틸워터. 그들은 서로를 아주 잘 알고 있었죠. 그런데 비비안이 갑자기 짐을 싸서 떠났고 아무도 그녀가 어디로 갔는지 몰랐습니다. 누구도 질문하거나 궁금해하지 않았어요. 마치 그녀에게 무슨 일이 일어났는지를 알고 싶어하지 않는 듯 말이죠."

"뉴햄프셔에서 차에 치였다고 하셨죠? 장기 요양 시설에서 돌아가셨고요." 조가 말했다.

"여기서 흥미로운 점이 생깁니다." 잉그리드가 말했다. "왜 그녀를 추적하기가 그렇게 어려웠을까요? 그것은 비비안 스틸워터의 죽음과 관련된 모든 것들이 공식 문서에서 사라졌기 때문입니다. 사고 보고서, 입원 기록, 사망 진단서. 마치 누군가 그녀에게 일어난 일의 흔적을 지우려고 한 것처럼요. 절 믿어도 좋아요, 제가 직접 확인했으니까요."

그럼요. 조는 확실히 그녀를 믿었다. 잉그리드 슬로컴이 마음만 먹으면 아주 멀리 떨어진 계곡에서 실종된 고양이도 찾을 수 있다고 믿었다.

"좋아요." 조는 한숨을 쉬었다. "방금 비비안 스틸워터가 호수 속의 여인이 아닌 이유를 잘 들었습니다. 그렇다면 그녀가 이 사건과 무슨 관련이 있는 거죠? 왜 우리가 비비안에 대해 이야기하고 있는 걸까요? 그들에 대해서도요?"

"애초에 이들 모두가 메인에 온 데에는 이유가 있기 때문입니다. 그리고 그 이유가 우리의 화창한 여름 날씨는 아닌 게 확실하고요."

"그들에게 그냥 막 질문을 했던 건가요?"

"엘리자베스나 아서가 하는 말을 믿으면 안 됩니다. 그들은 어떤 압력을 받아도 진실을 숨기는 방법을 알고 있어요. 그들은 그렇게 하도록 훈련받았으니까요." 잉그리드는 친구들을 둘러보았다. "우릴 믿으세요, 우리는 알아낼 겁니다."

'우리는 알아낼 겁니다.' 조는 알고 있었다, 그것이 무엇을 의미하는지. 감정을 숨기는 데 능숙한 다섯 명의 얼굴은 꿰뚫어 볼 수 없는 표정으로 그녀를 바라보았다. "그럼, 지금부턴 제가 놓쳤던 모든 것들을 말해줄 시간이네요."

"공정하게 말하자면, 우리도 최고의 실력을 갖추지는 못했던 거죠." 매기가 말했다. "비비안 스틸워터가 누구를 위해 일했는지, 왜 워싱턴 DC로 가려 했는지 더 빨리 알아냈어야 했어요. 이런 것들은 당신이 알아내기 힘들었을 겁니다."

"왜냐하면 저는 작은 마을의 경찰일 뿐이니까요."

"아주 좋은 경찰요, 조. 하지만 이건 일반적인 경찰 수사를 벗어난 문제이고, 당신이 태어나기도 전에 일어난 일이죠. 우리 다섯이 개인적으로 연루되지는 않았지만 우리가 자랑스러워하지 않는 역사의 한 부분이에요. 그 때문에 적지 않은 사람들이 상처를 입었어요. 타킨 가족 같은 사람들요."

조금 전까지만 해도 비비안 스틸워터에 대해 이야기하고 있었기 때문에 조는 혼란스러웠다. 갑자기 완전히 다른 주제로 넘어가고 있다. 조는 자신과 마주 보고 있는 이 다섯 명을 바라보았다. 모두 비밀을 숨겨야만 하는 배경을 가진 사람들이었다. 그리고 그들은 비밀을 지키는 방법을 알고 있었다. 또한 다른 사람들의 비밀을 알아내는 방법도 알고 있었고, 조를 신뢰의 범위 안으로 끌어들이려 하고 있다.

"'MK 울트라'에 대해 들어본 적 있나요?" 데클란이 물었다.

"무슨 슈퍼히어로 이름 같은 건가요?"

데클란은 웃었다. "아니요. '프로젝트 MK-Ultra'는 1950년대부터 70년대까지 우리 정부가 수행한 인체 실험 프로그램이었어요. 냉전 시대였고 우리는 러시아와 무기 경쟁을 벌이고 있었죠. 여기서 말하는 '무기'는 총과 폭탄뿐만 아니라 그 이상을 의미합니다. 우리는 마인드 컨트롤을 마스터하려고 노력했어요. 약물이나 최면을 통해 인간의 뇌를 조작하여 스파이가 비밀을 지키는 걸 포기하게 만들 방법이 없을까? 아니면 우리 요원들의 초감각적인 능력을 연마하는 데 도움을 줄 방법이 있을까?"

"초감각이 뭘 의미하죠?"

"바로 이런 거예요. 초능력. 염력. 투시력. 러시아가 이런 연구에 깊이 빠져 있다는 걸 알고 있었고, 우리도 뒤처지고 싶지 않았던 거죠. 지금은 터무니없게 들리겠지만 당시 우리 정부는 이런 것들이 실제로 가능하다고 생각했어요. 그들은 다양한 정신 변화 약물과 화학 물질을 테스트하고 사람들에게 미치는 영향을 관찰하기 시작했죠. 실험 대상자들은 돈을 받고 참여한 지원자들이 대부분이었어요. 하지만 어떤 사람들은 자신이 우리 정부에 의해 실험용 쥐로 이용당하고 있다는 사실을 전혀 몰랐을 수도 있어요."

"어떤 종류의 약물을 말하는 건가요?"

"LSD부터 바르비투르산염, 메스칼린, 실로시빈까지 다양했어요. 향정신성 화학 물질 전반에 걸쳐 있었고 그중 일부는 합법적이지 않았던 것도 있었죠. 적에게 유용한 모든 것들."

"그런데 이 사람들 중 일부는 자신이 그런 약물을 복용하고 있다는 사실조차도 몰랐다고요? 그건 정말 비윤리적인 거 아닌가요?"

"비윤리적이었죠. 하지만 시대를 생각해 보세요. MK 울트라 프로젝트는 소련에 대한 편집증이 만연하던 시기에 시작되었어요. 우리는 적보다 앞서 나가야 했습니다. 적의 비밀을 밝혀낼 수 있는 새로운 무기가 필요했어요. 그래서 당시에는 이 프로젝트가 정당화된 겁니다."

조의 눈이 좁아졌다. "대강 추측해 보죠. 그러니까 당신들의 그 기관이 그 쇼를 진행했다는 거죠?"

데클란은 움찔했다. "이 모든 일은 우리 시대 이전에 일어난 겁니다."

"여전히 같은 CIA이긴 하죠?"

"우리는 그것을 불명예스럽게 생각해요. 전쟁이란 건 결코 아름답지 못하죠. 때때로 윤리적인 경계가 모호해지기도 합니다. 하지만 우리는 실수로부터 배우려고 노력합니다. 아무튼 몇 번의 불행한 사건 이후 MK 울트라는 중단됐습니다."

"불행한 사건? 그게 무슨 의미죠?"

"사람들이 죽었습니다."

조는 데클란을 빤히 쳐다보았다. "몇 명이나 되는 거죠?"

"우리는 결코 해답을 알지 못할 겁니다. 헬름스 CIA 국장은 기관을 보호하기 위해 MK 울트라 프로젝트와 관련된 기록의 파기를 명령했어요."

"어떻게 처벌을 받지 않고 빠져나갈 수 있었죠?"

"물론 심각한 스캔들이었죠, 당시. 그래서 의회가 청문회를 열어 진실을 밝히려고 노력했지만 별다른 성과를 거두지는 못했어요. 그래도 일부 세부적인 사항 몇 개는 유출되었어요. 우리는 그 약물들이 이 나라뿐만 아니라 전 세계의 현장에서 테스트 되었다는 것을 알고 있습니다. 미국인을 대상으로요."

"어디에서요?"

"샌프란시스코, 뉴욕…"

"그리고 퓨리티." 매기가 말했다.

조는 매기를 쳐다보았다. "여기요?"

"이곳의 장점을 생각해 보세요. 사람들은 서로의 사생활을 존중하고 너무 많은 질문을 하지 않는 곳이죠. 숲으로 둘러싸인 외딴 마을로, 사람들의 시선으로부터도 멀리 떨어져있어요."

"그 부분은 프로젝트를 운영함에 있어 작은 시발점이 되었을 겁니다." 데클란이 말했다. "그래서 조지 코노버, 그린 박사, 아서 폭스, 비비안 스틸워터가 메인으로 오게 되었다고 생각해요. 비비안 스틸워터는 신경화학 석사 학위가 있었죠. 한나의 아버지인 그린 박사는 미군과 연관이 있는 약리학자였어요. 아서 폭스 역시 군인으로서 육군 정보국에 소속되어 있었지만, 자신은 단지 에너지 컨설턴트였다고 주장하죠."

"은연중에라도 진실을 드러내지 않고 있어요." 잉그리드가 말했다.

"그리고 코노버가 있죠." 매기가 말했다. "조지 코노버는 제약 영업에 종사했던 것으로 알려졌지만 그가 일했던 회사는 더 이상 존재하지 않더군요. 만약 실제로 존재했다면요."

"알겠어요." 조가 말했다. "그렇담, 오래전 네 명의 비밀 공작원이었던 셈이군요. 그중 세 명은 죽었고 이제 아서 폭스만이 남았어요."

"한 명 더 있어요." 매기가 말했다.

"아서 폭스 외에 누가 또 있다는 거죠?"

"엘리자베스 코노버."

"그 노부인이 CIA였다고요?"

"저희 기관이 부부를 고용하는 것은 그리 드문 일은 아니었어요. 관련된 모든 사람에게 편리한 방식이죠. 서로 기밀 정보를 자유롭게 공유할 수 있으니까요. 그리고 진실을 숨기는 걸 공고히 하는 데도 도움이 됩니다."

로이드는 아내에게 윙크를 보냈다. "저 역시도 적극 추천합니다."

"워워, 후……. 잠깐만요." 조가 말했다. "MK 울트라에 대해 너무 많은 얘기를 해서서 정리하기가 힘드네요. 그런데 이것들이 호수에 있던 유골과는 무슨 상관이 있는 거죠? 비비안은 요양 시설에서 죽었기 때문에 비비안의 것은 아니라는 걸 알잖아요."

"그런데 왜 그 요양원에 들어가게 된 걸까요?" 매기가 물었다.

"무엇이 그녀를 혼수상태에 빠뜨린 걸까요?"

"당신이 말하길 차가 다니는 도로를 헤맸다고 했어요. 결국 차에 치였고요."

"생각해 봐요, 조. 똑똑하고 능력 있는 여성이 도랑에 차를 박았어요. 그리고는 맨발로 몇 킬로미터를 달리다가 차도로 뛰어들었죠."

"그럼, 누군가로부터 도망치고 있었던 걸까요?"

"오직 머릿속에서만 존재했던 사람으로부터."

조는 이 다섯 명이 자신이 어서 그들을 따라잡기를 인내심을 가지고 기다리고 있다는 것을 느낄 수 있었다. 왜 조는 항상 이 사람들보다 몇십 걸음은 뒤처져 있는 것처럼 보일까?

조는 마침내 말했다. "MK 울트라. 그들이 테스트하던 그 약……."

매기는 고개를 끄덕였다. "일시적인 정신병으로 이어질 수 있어요. 환각, 망상, 기억 상실. 파일이 파기되었기 때문에 얼마나 많은 실험 대상자에게 이런 일이 일어났는지는 알 수 없지만, 이 약물로 인해 적어도 한 남자가 사망한 것은 확실합니다. 그의 이름은 공개 기록의 일부이며 구글에서 찾아볼 수 있어요. 이 남성의 이름은 프랭크 올슨으로, CIA에서 근무한 생화학전 전문가였습니다. 그의 가족은 그가 프로젝트에 환멸을 느끼고 사직할 계획이었다고 믿고 있어요. 누군가, 아마도 그의 동료 중 한 명이 그의 술에 LSD를 탔을 겁니다. 올슨은 뉴욕에 있는 스태틀러 호텔의 10층 창문에서 뛰어내렸어요. 아니면 밀려서였거나. 그의 사고 시기는 너무 노골적으로 공교롭죠, 사직을 준비하고 있었으니까요. 입을 막기 위해 약물이 투여됐을까요? 내부고발을 막기 위해?"

이제 조는 왜 MK 울트라 프로젝트가 관련성이 있는지 이해하기 시작했다. 비비안의 죽음이 단순한 사고가 아니었을 수 있는 이유였다.

"비비안도 이 프로젝트에 대해 도덕적 불만을 품고 탈퇴를 원했던 것 같아요." 매기가 말했다. "우리는 그녀가 워싱턴에서 누군가를 만날 계획이었다는 걸 알아냈어요. 여동생은 새 직장에 관한 일이라고 생각하지만 비비안은 이 프로그램을 폭로할 계획이었고, 실행에 옮기러 가던 중이었을 겁니다."

"하지만 그녀의 동료들은 그녀가 결코 그곳에 가지 못하도록 한 거군요." 조가 말했다.

"아마도 그들은 그녀를 죽일 의도까지는 아니었을 겁니다. 하지만 그녀에게 준 약이 무엇이었든 간에 그녀는 정신적 쇠약 상태가 되었을 겁니다. 그녀가 살아남았다고 해도 증인으로서 얼마나 신뢰를 얻었을까요? 그것도 의회에서? 누가 잠시나마라도 미쳐버렸던 여성의 증언을 믿을 수 있을까요?" 매기는 조의 책상 위로 몸을 기울였고, 그녀의 눈빛은 조를 의자 뒤로 물러나게 할 만큼 매서웠다. "문제는, 왜 비비안이 갑자기 프로젝트와 동료들,

심지어 기관에까지 등을 돌리게 된 것일까요? 그녀는 왜 그 특정 시점에 MK 울트라를 폭로하기로 결심했을까요? 여기 퓨리티에서 무슨 일이 있었을 겁니다. 뭔가 아주 잘못된 일이 말이죠."

"호수의 유골, 그 여자에게 무슨 문제가 있었던 걸까요?" 조가 물었다.

"그럴 가능성도 있죠. 그들이 은폐해야만 했던 죽음, 그들이 처리해야 했던 희생자일 수도요. 하지만 그 시점에 상당히 공개적인 문제가, 너무나 큰 재앙이 발생했죠. 단순히 호수에 처박아 버릴 수 없는."

조는 그 답을 알기 위해 어떤 힌트도, 어떤 자극도 필요하지 않았다. 그녀는 메이든 호수의 허름한 집을 방문했을 때를 생각했다. 루벤과 그의 누나. 아버지가 저지른 일로 인해 그들의 미래가 어떻게 파괴되었는지에 대해 생각했다. 그런데 결국은 그가 사악하거나 미쳤기 때문이 아니라 그에게 먹인 화학 물질로 인해 뇌가 불타고 있었기 때문이었다.

"샘 타킨." 조가 말했다.

매기는 고개를 끄덕였다. "한 번도 문제를 일으킨 적이 없는 사람이었죠. 아내와 두 아이를 부양하고 있었고 그중 한 명은 휠체어를 타고 있었어요. 어느 날 예고도 없이 광기에 휩싸여 시내 중심가에서 네 명을 죽인 남자."

"아무도 그가 왜 그랬는지 알지 못했어요."

"CIA가 타킨의 아내와 조용히 거래를 했기 때문이죠. 그들은 아비게일의 의료비용을 지급할 수 있을 만큼의 돈을 평생 동안 지원하겠다고 약속했어요. 하지만 대신 가족은 침묵을 지켜야 했죠. 이런 식이 MK 울트라 프로젝트의 비밀을 지킬 수 있었던 방법 중 하나였어요. 보상금, 합의금. 우리는 얼마나 많은 사람들이 피해를 보았는지 결코 제대로 알아내지 못할 겁니다. 왜냐하면 기관에서 그 비밀이 절대 밝혀지지 않도록 조치를 했기 때문입니다."

"누군가가 메인에 있는 호수에서 그것들을 건져 올리지 않는 한은." 벤이 말했다.

조는 생각했다. '호수의 여인.' 그녀는 자리에서 일어나 서류 캐비닛으로 가서 폴더 하나를 꺼냈다. "방금 검시관실에서 시신의 치열에 대한 보고서를 받았어요. 피해자의 위쪽 어금니 중 하나에 때운 흔적이 있었고, 때운 아말감에 대한 잠정 분석 결과가 나왔어요. 이 혼합합금 형태의 제품은 1962년에 처음 출시된 제품입니다." 조는 폴더를 매기에게 건네주었다. "타이밍이 딱 맞아요."

매기는 고개를 끄덕였다. "MK 울트라 프로젝트가 가동되던 시기였죠."

조는 벽에 걸린 카운티 지도 쪽으로 걸어가 메이든 호수에 집중했다. 지도상으론 아주 작은 파란색 얼룩에 불과한 작은 호수였지만 비극은 마치 블랙홀에 빨려 들어가는 빛처럼 계속 그 호수로 향하고 있었다. 한 세기 전, 한 소녀의 익사로 인해 생긴 호수의 이름 그 자체도 비극적이었다. 나쁜 일이 일어났던 곳. 나쁜 일이 계속 일어나는 곳.

조가 말했다. "지금의 이 모든 것들이 그 프로젝트를 은폐하기 위한 것이라면, 아직 이 사건에 가담했던 사람이 두 명 생존하고 있습니다."

"엘리자베스 코노버와 아서 폭스." 매기가 말했다.

조는 매기를 바라보았다. "엘리자베스가 정말 이 비밀을 지키기 위해 손녀를 해치려 한 걸까요?"

"만약 그들이 그 시체를 호수에 넣은 거라면, 엘리자베스와 아서 폭스는 감옥에 갈 수 있을 겁니다."

"그렇겠죠. 하지만 그래도 자신의 손녀를?"

"의붓손녀죠. 당신은 엘리자베스를 만난 적이 있었죠, 우리에게 말해보세요."

조는 엘리자베스 코노버를 처음 만났던 날 밤을 떠올렸다. 그 여인의 냉철한 눈빛의 권위와 가족에 대한 의심할 여지 없는 지배력이 떠올랐다. 조이는 혈육이 아니라 자식의 결혼을 통해 얻게 된 아이였다. 엘리자베스가 유대감을 형성할 기회가 없었던 소녀. 자신의 위험을 고려할 때 일회용이라고 생각할 수 있는 소녀.

"그녀를 데려와 심문을 해봐야겠어요." 조가 말했다. "아서 폭스도요."

"행운을 빌게요." 잉그리드가 말했다. "조 서장님. 그들이 모든 사실을 부인할 거라는 걸 알잖아요. 그리고 증거도 없어요."

"모든 것이 조이에게 달려 있을지도 몰라요." 매기가 말했다. "그 아이가 깨어났을 때 무엇을 기억하고 있느냐에 따라 상황은 변하겠죠."

'조이.'

조가 말했다. "조금 전 중환자실에서 퇴원했다더군요. 병원에서는 병실 호수를 철저히 비밀로 하고 있지만 가족들은 알고 있습니다. 엘리자베스도요." 조는 전화기를 들었다. "조이는 범인에게 손쉬운 목표물이 될 수도 있어요."

"그 아이는 또한 기회이기도 합니다." 벤이 말했다.

그 말에 조는 잠시 멈칫했다. 그녀는 전화기를 내려놓고 그를 바라보았다. "그런 방식이 마음에 드는지 잘 모르겠네요."

"경찰 입장에선 조사가 필요는 하겠지만 엘리자베스나 아서에게서 유용한 정보를 얻을 수는 없을 겁니다. 또 다른 전략도 필요하다는 뜻이죠. 병원의 협조가 필요합니다."

"계획이 있으신가요?"

벤은 친구들을 바라보았고 그들 모두 고개를 끄덕였다. "우리에겐 계획이 있습니다."

41장

실수처럼 느껴지기 시작했다. 그것도 아주 큰 실수. 엘리자베스 코노버는 탁자를 사이에 두고 조를 마주 보고 앉았고, 조의 어떤 질문에도 흔들리지 않는 입술로 반쯤은 웃고 있었다. 엘리자베스가 한때 CIA에서 일한 적이 있었다면 아무리 가혹한 심문 기술도 견뎌낼 수 있도록 훈련받았을 것이다. 그렇다면 조가 그녀에게서 진실을 끌어내는 것이 이토록 어려운 것도 당연했다. 두 사람은 30분 동안 대화를 나눴고 엘리자베스는 친절하고 협조적인 태도를 보였지만 호수에 빠진 여성의 정체에 대해서는 전혀 모른다고 부인했다. 옆방에서 아서 폭스를 심문하고 있는 알폰드 형사는 좀 더 나은 상태인지 궁금했다.

"정말이에요, 티보듀 서장님. 전 그 뼈가 누구의 것인지 전혀 몰라요. 왜 제가 무언가를 알 거라고 생각하는지 모르겠네요."

"매년 여름을 메이든 호수에서 보내죠."

"다른 사람들도 마찬가지예요."

"귀하와 남편분께서 1968년부터 소유한 별장에서."

엘리자베스가 미소 지었다. "당신에겐 아마 석기 시대 이야기처럼 들리겠네요."

"이 여성의 뼈는 문뷰에서 불과 수십 미터 떨어진 해안 밑에서 발견됐어요."

"그렇다고 해서 그녀가 누구인지, 어떻게 그 자리에 있게 되었는지 알 수는 없어요."

조는 잠시 손가락으로 탁자를 두드렸다. '뭐 어때, 그냥 한 대 먹이고 반응을 보자.'

"아서 폭스, 그린 박사와 같은 해에 퓨리티에 왔다는 점이 흥미롭더군요."

"그래요? 흥미롭나요?"

"비비안 스틸워터가 이곳으로 이사한 해이기도 합니다."

잠깐의 멈칫. "그런가요?"

"그렇다는 거 알잖아요, 코노버 부인. 당신도 팀의 일원이었으니까요."

엘리자베스의 입술이 경련을 일으켰다. 마침내 눈으로 확인 가능한 반응이 나타났다. 방 안의 공기가 갑자기 긴장감으로 가득 차는 것 같았다. 엘리자베스는 자신의 과거가 곧 드러날 것임을 깨달은 것이 분명했다.

"사실 여러분 모두는 특별한 이유가 있어서 퓨리티에 오신 거죠?"

"매년 여름 수천 명의 관광객이 찾아오는 것도 같은 이유일 겁니다."

"하지만 당신은 관광객이 아니었죠. 아서 폭스나 그린 박사도 마찬가지고요. 비비안 스틸워터도 그렇겠군요. 1~2년 안으로 당신과 그린 부부, 아서 폭스 모두 퓨리티에 땅을 구입했어요. 그리고 여름에만 이곳에 온 게 아니었죠. 처음 몇 년 동안은 일 년 내내 머물렀어요. 그렇다면 여름 날씨를 즐기기 위해서만은 아니었으니, 일을 하러 온 거였네요."

엘리자베스의 얼굴이 굳어졌고 조와 눈을 마주치지 않으려 했다. 대신 그녀는 조의 어깨 위 한 지점에 집중했다. 마티니 클럽이 마침내 올바른 결론에 도달한 것 같았다.

"흥미로운 사람들의 조합이더군요. 그린 박사는 약리학자, 비비안 스틸워터는 신경화학자. 그리고 실제로는 존재하지도 않은 제약 회사에서 일한다고 주장한 남편 조지도 있군요. 당신들 모두는 이 작은 마을에서 매우 조용히 사생활을 엄격히 지키며 살아왔죠."

"도대체 어디로 이야기를 뻗어가려고 이러는 거죠?" 엘리자베스는 손목시계를 빤히 내려다보았다. "벌써 시간이 이렇게 됐네요. 너무 오래 걸렸어요. 전화로 면담을 요청했을 땐, 몇 분이면 끝날 거라고 하셨잖아요. 당신이 이런 쓸데없는 질문을 하는 동안 제 아들 에단은 저 밖에 앉아서 저를 집에 데려다주려고 하릴없이 기다리고 있어요. 우리 가족 모두의 저녁 시간을 망치고 있어요."

"제 질문에 대답만 하세요, 코노버 부인."

"아니요." 엘리자베스는 의자에 곧게 앉으며 말했다. 조금 전까지만 해도 그녀는 수사에 협조적인 할머니의 역할을 맡으며 수사를 도와줄 준비가 된 것처럼 보였다. 이제 다른 유형의 엘리자베스가 냉정하고 단호한 표정으로 조를 쳐다보고 있었다. "우린 이제 여기서 끝내야겠어요. 왜 이런 질문을 하는지, 저에 대해 뭘 알고 있다고 생각하는지 모르겠지만 분명히 잘못된 정보를 들으신 것 같군요. 제가 지금 체포되지 않는 한 집으로 돌아가겠습니다." 그녀는 자리에서 일어나 문 쪽으로 돌아섰다.

"MK 울트라 프로젝트에 대해 알려주세요."

엘리자베스가 순간 얼어붙었다.

"당연히 다 알고 계시겠죠. 그것 때문에 메인에 오셨으니까요."

엘리자베스는 천천히 조를 향해 고개를 돌렸다. "당신은 지금 선을 넘고 있어요."

"당신과 당신의 남편은 그 프로젝트의 일부였어요. 아서 폭스와 그린 박사도 마찬가지였죠. 비비안 스틸워터까지도."

침묵이 흘렀다.

"하지만 비비안이 문제가 되었죠? 샘 타킨에게 일어난 일 이후 양심의 가책을 느낀 겁니다. 다섯 명이 죽었습니다. 만약 진실이 밝혀지면 당신들에게는 큰 재앙이 될 거였어요. 타킨에게 어떤 약을 먹인 거죠? LSD? 아니면 다른 환각제? 그것들이 그의 정신을 망가뜨리고 피해망상에 빠뜨려 환영을 보게 만들었어요. 시내 중심가에 있던 사람들을 괴물로 보게 만들었고, 그래서 그가 그 사람들을 죽인 거예요. 모두가 생각하는 것처럼 그가 사악하거나 미쳐서가 아니라 당신들의 실험에 착오가 있었기 때문이었습니다. 당신들은 자신을 드러낼 수가 없었기 때문에 세상 모든 사람이 단순히 샘 타킨이 미친 사람이라고 믿게 했어요. 이 불행한 사건을 덮어버리고 당신들의 프로젝트와는 아무 관련이 없는 것처럼 행동하기는 쉬웠을 겁니다. 하지만 당신들과 달리 비비안에게는 양심이란 게 있었던 거죠. 그녀는 떠나기로 결심합니다. 모든 것을 폭로할 준비가 되어 있었고, 워싱턴 DC에서 누군가를 만날 계획을 세웠죠. 당신과 동료들은 당황했을 거고, 비비안의 신뢰를 망가뜨릴 필요가 있었어요. 그렇다면 정신병적인 상태를 유도하는 것보다 더 편리한 방법이 있었을까요? 누가 그녀에게 약을 줬나요, 코노버 부인? 이후에 비비안에게 벌어진 일에는 누가 책임을 져야 하는 거죠?"

엘리자베스는 아무 말도 하지 않았다.

"남편이 그랬나요? 아니면 아서 폭스? 당신이 그녀에게 몰래 약을 먹였나요? 아마 와인 잔에 떨어뜨렸겠죠? 아니면 진토닉이었을까요?"

조는 이제 그 단체가 무슨 짓을 했는지, 시내 중심가의 학살이 진정으로 누구의 책임인지 모든 것을 공개적으로 드러내고 있었다. 엘리자베스의 반응으로 보아 조는 진실의 핵심을 건드린 것 같았다.

어깨를 축 늘어뜨린 엘리자베스는 탁자로 돌아와 천천히 의자에 앉았다. "전 아니었어요." 그녀가 작은 소리로 중얼거렸다.

"그럼, 누구였습니까?"

"그린 박사. 그가 프로젝트의 책임자였어요. 그가 모든 결정을 내렸죠."

마침내 그녀로부터 대답이 돌아왔다. 모든 것이 진실은 아닐지라도, 이 대답은 조가 방금 말한 것들이 사실임을 확인시켜 주는 것이었다.

"그럼 다른 사람들은요? 비비안 스틸워터를 그렇게 처리하는데 모두 동의했나요?"

"말했듯이 그가 책임자였습니다. 최종 결정은 그의 몫이죠." 엘리자베스는 조를 바라보았다. "MK 울트라가 이 마을과 관련 있다는 걸 어떻게 알게 됐죠?"

"출처가 있습니다."

그녀의 눈썹이 올라갔다. "정말요?"

"제가 그저 작은 마을의 경찰일 뿐이라고 생각하시는 거 압니다. 그래도 주어진 정보를 종합해 생각할 줄은 알아요. 비비안 스틸워터가 당신과 동료들에게는 골칫거리였겠죠. 그녀는 무엇이 잘못되었는지 폭로하려고 했고, 그래서 당신들은 그 문제를 해결하기 위해 약물을 먹인 거죠. 그로 인해 비비안이 사고를 당하고 혼수상태에 빠졌다는 사실에 당신들 누구 하나 양심의 가책을 느끼긴 했나요? 아름답고 뛰어난 한 여성의 삶이 망가졌다는 사실이 당신들을 괴롭히진 않았나요? 너무 안타깝고 너무 슬프다거나 말이죠. 그렇게들 생각하셨나요?"

"우리는 그렇게 무정하지 않습니다."

"하지만 당신의 프로젝트는 그랬어요. 어설프게 사람들의 정신을 건드렸죠. 그들의 삶을 파괴했고요. 호수에 버려졌던 그 여자는 또 다른 비비안이었던가요? 돌에 매달아 호수에 버림으로써 그 문제를 사라지게 만들고 싶었나요?"

"터무니없는 소리 하지 마세요."

"그 여자는 누구였죠, 코노버 부인?"

"전혀 아는 바 없어요."

"당신들의 연구를 위해 현지의 여학생을 채용한 건가요? 아니면 여름휴가를 맞아 메인에 방문한 사람들에게 약에 취해 보라고 했다가 끔찍한 결과가 발생한 건가요?"

"전 그 유골에 대해 아무것도 모릅니다."

"손녀 조이가 캘리 윤트와 함께 놀았던 그날, 잠수를 하다가 뼈를 발견했을 거예요. 조이는 아마 깜짝 놀라 이 사실을 말했겠죠. 당신은 그 뼛조각들로 인해 비밀이 폭로될 거라는 걸 알고 있었어요. 그래서 조이마저도 처리해야 했던 거고요."

"잠깐만요. 당신은 지금…… 내가 상상조차도 못할 일들을……." 엘리자베스는 믿기지 않는다는 듯 헛웃음을 지었다. "내가 손녀를 해쳤을 거라고 생각한다면 당신은 단단히 미친 겁니다."

"조이가 그 부족한 부분을 채우도록 하겠습니다. 그 아인 곧 깨어날 겁니다. 깨어나면 조이가 모든 걸 말해 줄……." 조는 엘리자베스가 명백한 결론에 도달하도록 잠시 말을 멈추었다. 조이가 깨어나면 누가 자신을 공격했는지 밝힐 거라는 당연한 결론. 조이가 단 한 가지라도 기억해 낼 수 있을지 확신할 수 없었지만, 그 가능성만으로도 유용한 가치가 있었다. 그 가능성이 엘리자베스를 압박할 것이기 때문에. "결국엔 그 유골의 신원을 알아낼 겁니다. 아마도 그때엔 누구의 뼈인지 기억하실 겁니다."

"제 기억력에는 아무런 문제가 없습니다." 엘리자베스가 반격했다. "그리고 서장님은 오늘 저에게 보인 이 무례함에 대해 후회하게 될 겁니다. 당신은 지금 누구를, 무엇을 상대하고 있는지 전혀 모르고 있습니다."

"아, 누구와 상대하는지 잘 알아요, 코노버 부인. 당신은 CIA에서 일했으니까요."

"네, 저는 조국을 위해 봉사했습니다. 돌이켜보면 우리가 한 일이 해를 끼쳤을 수도 있었겠지만 전쟁 중이었다는 사실을 기억하세요. 지금의 시대에 태어난 여러분은 당시 우리가 직면했던 전 세계적인 위협을 공감하지 못할 겁니다. 우릴 둘러싼 핵전쟁의 위협, 정부와 군대에 침투한 적들. 지금의 세대가 도덕적으로 더 우월하다고 느끼기 쉽겠지만, 그 당시 우리나라를 지키기 위해 싸웠던 현장에 있지 않았다면 우리를 판단할 권리가 없습니다."

문에서 날카로운 노크 소리가 들렸다. 조는 알폰드 형사가 방에 고개를 들이미는 것을 바라보았다.

"티보듀 서장, 얘기 좀 하죠."

"저는 아직…"

"지금요."

그 한마디와 조를 바라보는 표정은 오늘 그녀의 저녁이 훨씬 더 나빠질 것임을 상징했다. 마지못해 자리에서 일어난 그녀는 그를 따라 복도로 나갔고 엘리자베스는 자리에 그대로 앉아 있었다. 엘리자베스가 듣지 못하도록 조는 문을 닫았다.

"이거 완전 엉망진창인데요." 알폰드가 말했다.

"왜요? 무슨 일이에요?"

"당신은 나와 저들의 시간을 낭비했어요. 이 사람들은 만만한 사람들이 아니에요. 고위직에 친구도 있고 고액 변호사도 있을 겁니다. 폭스 씨는 이미 집으로 돌려보냈으니 코노버 씨도 정식으로 사과하고 보내줘야 해요. 이 사람들은 호수의 유골과는 아무 관련이 없어요."

"아서 폭스가 그렇게 말했나요? 당연히 그러겠죠. 첫 번째 조사에서 바로 자백하진 않을 겁니다."

"폭스 씨는 한 마디도 변명할 필요가 없었어요. 방금 올라온 범죄연구소의 보고서가 모든 것을 말해줬으니까요." 그는 종이를 내밀었다. "두개골의 안면 복원 결과가 나왔어요."

조는 얼굴을 찡그렸다. "그녀의 치아 충전물에 관한 것도요?"

"최종 분석을 보시죠."

조는 페이지 하단을 훑어보다가 상형문자로 써진 것 같은 모호한 단어들이 있는 문장에 집중했다. 아말감 복원, 폴리카복실레이트 접착 덧씌움, 복합 레진. "이게 무슨 뜻이죠?"

"결론을 읽어보세요. 반대편요."

그녀는 결론이 적힌 쪽으로 종이를 뒤집었다.

고인의 치아 구조에 아말감을 결합하는 데 사용된 복합 레진의 존재는 이 치과 치료가 이런 레진이 아말감 복원을 위해 처음 도입된 이후의 언젠가에 시행되었음을 나타냅니다. 그러므로 시체의 사후 시간에 대한 추정치를 수정해야 합니다. 이 사건 사망 시기는 1980년대 중반 이후로 추정됩니다.

"당신의 모든 가설이 물거품이 된 셈이죠. 신원 미상의 여성은 누군지는 몰라도 당신이 생각했던 것보다 최소 10년 후에 사망했어요. MK 울트라 프로젝트가 끝난 지 몇 년 후에요. 도대체 누가 이 두 노인이 그녀의 죽음과 관련이 있다는 미친 생각을 한 거죠?"

조의 시선은 여전히 보고서에 고정되어 있었다. '어떻게 이게 틀릴 수가……?'

"티보듀 서장님? 출처가 어디였죠?"

"음, 내부 정보를 가진 사람요."

"그들의 정보는 명백히 잘못됐습니다."

"하지만 그들은 이 보고서에 대해 알지 못했습니다. 사망 추정 시간이 최소 10년 이상 어긋난다는 사실을 모르죠. 이 보고서가 모든 걸 바꿨어요."

"혹시 당신의 정보원과 이런 정보들을 공유하고 있나요? 그렇다면 그 출처가 누군지 알아야겠어요."

"말씀드릴 수 없습니다."

"잠깐, 뭐라고요?"

조는 그를 올려다보았다. "미안하지만 그렇게는 안 돼요. 주목받으면 안 되는 기밀 정보원이라서요." '그리고 그들은 곤경에서 벗어나고 나만 온갖 질책을 뒤집어쓰게 되겠지.'

"국가 기관에 소속되어 있어요?"

"아니요."

"법 집행 기관과 일합니까?"

조는 한숨을 쉬었다. "아니요."

"그러면 아마추어라는 겁니까?" 그는 고개를 뒤로 젖혔다. "맙소사, 내가 빌어먹을 '제시카의 추리극장' 뭐 이런 드라마 한 편에 출연하고 있는 겁니까!"

조사실의 문이 열렸다. 엘리자베스 코노버가 복도로 들어서자 두 사람은 고개를 돌렸다. "집에 가고 싶어요. 저와의 대화가 끝났다면요."

"물론이죠, 코노버 부인." 알폰드의 태도가 순식간에 정중한 공무원의 태도로 바뀌었다. "그리고 이 오해에 대해 사과드리고 싶습니다."

"요즘은 괴롭힘이란 말을 그렇게 부르나요?"

"우리는 불완전한 정보에 근거해 수사를 진행한 것 같습니다. 범죄연구소에서 방금 새로운 보고가 왔는데, 이 젊은 여성의 죽음은 우리가 생각했던 것과는 완전히 다른 시기에 일어난 것이 분명합니다. 이리 오시죠, 제가 안내해 드리겠습니다. 커피 한 잔 드릴까요?"

조는 그가 엘리자베스를 민원실로 안내하는 모습을 보고 화가 치밀었다. 엘리자베스가 무언가를 숨기고 있다고 확신했지만, 알폰드의 말대로 그녀는 고위층에 친구가 있을 것이다. 물론 그렇겠지. 코노버 집안과 아서 폭스 같은 사람들은 곤경에 처했을 때 구해줄 친구와 변호사가 있을 수밖에 없으니까. 조는 두 사람을 따라 에단이 어머니를 기다리고 있는 민원실로 들어갔다.

"이제 끝났구나, 집으로 가자." 엘리자베스가 아들에게 말했다.

"이게 다 무슨 일이죠?" 그가 물었다.

"호수 속의 해골." 엘리자베스는 고개를 저으며 웃었다. "내가 뭔가를 알 거라고 생각했나 보구나."

"왜 엄마가 그걸…"

"저희가 불완전한 법의학 정보를 바탕으로 조사를 진행했습니다." 알폰드가 급히 말을 잘랐다. "최근의 범죄연구소의 보고서에 따르면 여성의 사망 시기가 추정치보다 더 최근이라고 합니다. 이제 그녀의 얼굴에 이름을 붙이는 일만 남았습니다. 누군가가 그녀를 알아볼 수 있기만을 바랄 뿐입니다."

엘리자베스는 알폰드를 바라보았다. "그녀를 알아볼 수 있기를 바란다니요? 어떻게 생겼었는지 알 수 있어요?"

"대충은요. 두개골로부터의 얼굴 복원을 기반으로 했습니다."

"저도 볼 수 있을까요?"

알폰드는 휴대폰을 꺼내 이메일을 훑으며 연구소의 보고서를 확인했다. "이 얼굴 복원 프로그램은 지난 몇 년 동안 정말 많은 발전을 이루었죠. 이 이미지를 대중과 공유할 테니 누군가는 그녀를 알아볼 수 있기를 바랄 뿐입니다." 그는 엘리자베스에게 휴대폰을 건네주었다.

그녀는 미동도 하지 않았다. 아무 말도, 어떤 반응도 보이지 않았다. 얼굴을 찡그리지도, 숨을 헐떡이지도 않았지만, 그 몇 초간의 얼어붙은 듯한 침묵이 조의 주의를 끌었다. 엘리자베스는 알폰드에게 휴대폰을 다시 건네주었다. "누구든 될 수 있는 얼굴이네요. 에단, 집으로 가자."

조는 어머니와 아들이 경찰서 밖으로 걸어 나가는 모습을 지켜보고 말했다. "그녀의 얼굴 반응 봤어요? 뭔가 알고 있나 본데요."

"아무 반응도 보지 못했는데요."

"그렇게 훈련받았기 때문이겠죠. 아무것도 보여주지 않으려면 아무것도 드러내지 말아야 하는 법이니까요."

"오, 제발, 저 사람들 좀 내버려둬요." 알폰드가 문 쪽으로 돌아섰다. "그리고 당신이 가장 잘하는 일로 돌아가세요. 가서 딱지나 몇 개 끊어요."

조는 그가 건물 밖으로 나가는 모습을 지켜보며 오늘 저녁의 굴욕을 언젠간 잊을 수 있을지 궁금했다. 마티니 클럽의 주장을 믿었던 것도 그녀 자신이었기 때문에 이 모든 것을 그들의 탓으로 돌릴 수는 없었다. 아서 폭스와 엘리자베스 코노버를 심문하기 위해 불러들인 것도 자신이었으니까. 그래도 조사 결과 마티니 클럽의 주장 한 가지는 맞았다. 엘리자베스가 CIA에서 일했다는 것. 하지만 그 사실은 호수에서 발견된 유골과는 전혀 상관이 없는 건이었다.

아니, 정말 상관이 없는 걸까?

조는 자신의 책상에 앉아 컴퓨터에서 범죄연구소의 보고서를 열었다. 그리고 거기서 신원 미상의 얼굴 복원 이미지를 클릭했다. 대부분의 컴퓨터 복원 이미지가 그렇듯 얼굴은 밋밋하고 무표정했지만, 엘리자베스는 그 이미지를 보고 자신을 순간적으로 얼어붙게 만들 정도의 무언가를 찾았을 것이다.

'엘리자베스는 이 여자를 알아본 거야. 그녀가 누군지 알고 있어.' 조는 생각했다. '그렇다면, 누가 그녀를 죽였는지도 알고 있나?'

42장

매기

데클란의 볼보는 마치 왕실의 유람선처럼 아스팔트 포장 도로 위가 아니라 물 위를 미끄러지는 듯한 부드러운 승차감을 선사했다. 매기는 충격 흡수 장치가 너무 경직돼 도로의 모든 굴곡이 느껴지는 농장용 트럭을 운전하는 것에 익숙했기 때문에, 비록 앞 차량에 너무 집중하느라 제대로 된 이 차의 맛을 음미하진 못하더라도 잘 갖춰진 세단을 운전할 기회가 주어졌다는 사실에 감사했다. 퓨리티 경찰서를 떠날 때부터 에단과 그의 어머니를 추적하며 두 차량 사이에 조심스럽게 간격을 유지했지만, 에단과 같은 일반인 운전자를 미행할 때 그런 예방 조치가 필요한지 의심스러웠다. 미행을 따돌리는 몇 가지 요령을 터득하고 있을 엘리자베스가 오히려 걱정이었다. 하지만, 이 희미한 빛 아래에서는 그녀조차도 파란색 볼보가 미행하고 있다는 사실을 알아차리기 어려웠을 것이다.

"흥미로운데. 그들은 집으로 가고 있지 않네요." 보조석에서 데클란이 말했다.

실제로 에단의 차는 메이든 호수로 가는 분기점을 지나고 있었다. 대신 그들은 1번 국도를 계속 타고 마을 경계를 넘어 북쪽으로 향했다.

매기의 휴대폰이 울렸다. 그녀는 전화를 받고 스피커폰으로 설정했다.

"한 가지는 맞았어요." 휴대폰 건너편에서 조의 목소리가 들려왔다.

"딱 한 가지만?"

"그들은 MK 울트라 프로젝트를 위해 이곳에 왔어요. 하지만 그 유골은 우리의 추측이 틀렸어요. 그들과는 아무런 상관이 없어요."

"엘리자베스가 그렇게 말했어요?"

"범죄연구소요. 치아 아말감 분석 결과 사망 시기는 80년대 중반 이후라고 합니다. MK 울트라가 끝난 지 몇 년 후입니다."

매기는 데클란을 힐끗 쳐다보았다. 그의 눈썹이 올라간 것을 보고 그도 그녀만큼이나 새로운 정보에 놀랐다는 걸 알 수 있었다.

"지금 저는 뜨거운 물이 끓는 거대한 랍스터 냄비 안에 들어와 있어요." 조가 계속 말했다. "알폰드는 저에게 화를 냈고 엘리자베스는 책임을 묻기 위해 변호사를 보내겠다고 으름장을 놓고 있어요. 선택의 여지가 없는 것 같아요. 이제 물러서야 할 때입니다. 당신들도요."

매기는 운전을 하며 잠시 생각했다. 조이의 공격에 대한 동기의 이론은 카드로 만든 집처럼 불안정한 기반을 바탕으로 한 것일까? 포식자와 소녀가 잘못된 장소 잘못된 시간에 우연히 만났을 뿐인, 슬프지만 너무나 흔한 사건일 뿐이었는데도 우리들 스스로를 속이고 세련된 음모론을 꾸민 것이었나?
"여보세요, 지금 듣고 계세요?" 조가 물었다.
"네, 듣고 있어요."
"친구분들에게 코노버를 그만 내버려두라고 하세요. 독서 모임으로 돌아가서 마티니 몇 잔 마시면서 은퇴를 즐기세요."
"이것이 우리가 은퇴를 즐기는 방법입니다." 매기는 앞 도로를 바라보다가 에단의 차가 병원으로 방향을 트는 것을 발견했다.
"이제 그들과 떨어지세요. 알겠죠?"
"알았어요." 매기는 그렇게 말하며 에단과 엘리자베스를 따라 병원 쪽으로 차를 몰았다.
그녀는 주차장에 들어서 차를 정차하고 에단이 정문으로 차를 몰고 가 세우는 모습을 지켜보았다. 엘리자베스가 차에서 내려 건물 안으로 걸어 들어갔다.
매기는 에단이 차를 몰고 떠나는 것을 지켜보았다. "저 여자는 여기서 뭘 하려는 거지?"
"손녀 방문?"
"그게 제가 두려워하는 거예요." 그녀는 휴대폰을 꺼내 벤에게 전화를 걸었다. "조심해요, 엘리자베스가 방금 건물에 들어갔어요."
잠시 침묵이 흐른 뒤 벤이 대답했다. "방금 그녀가 엘리베이터에서 내리는 모습이 보였습니다. 간호사 스테이션을 지나고 있어요."

"조이의 입원실로 가고 있는 것 같아요. 지금 갈게요. 계속 지켜봐 주세요."

"그래서 제가 여기 있는 겁니다."

매기는 안전벨트를 풀었다. "여기서 기다려요."

데클란은 한숨을 쉬었다. "코노버를 멀리하라고 했으니 난 그 지시를 충실히 따르도록 할게요."

매기는 병원으로 들어가 계단을 통해 2층으로 올라갔다. 8시가 되어 일반 면회 시간이 막 끝났고, 사람들이 별로 없어 살인범이 눈에 띄지 않고 잠입하기에 완벽한 시간대였다. 하지만 벤이 열심히 자신의 일을 하고 있기 때문에 이 복도에서 눈에 띄지 않는 것은 어떤 것도 없다. 매기는 242호실 문틀 위에 설치된 벤의 카메라 한 대와 건너편에 설치된 또 다른 카메라 한 대를 발견했다. 242호는 조이의 방이었다.

매기는 242호실을 지나 대신 243호로 들어섰다.

어두운 방에서 컴퓨터 모니터의 불빛이 벤의 얼굴을 비추고 있었고, 6대의 카메라에서 전송되는 영상이 표시되고 있었는데, 그중 2대는 조이 코노버가 잠든 입원실 침대에 초점을 맞추고 있었다. 매기는 몸을 숙여 벤의 어깨 너머로 화면을 보았다.

엘리자베스는 조이의 어두운 방에 서서 손녀를 내려다보고 있었다. 스피커에서 엘리자베스가 깊은 한숨을 내쉬는 소리가 들렸다.

"그냥 서 있기만 하는데." 벤이 말했다.

마침내 엘리자베스는 한 걸음 앞으로 나아갔다. 매기는 저 여자가 조이의 머리 쪽으로 움직이거나 침대 옆 스탠드 불빛에 희미하게 보이는 정맥 주사 줄에 손을 뻗을 것이라고 반쯤은 그렇게 예상했다. 그녀가 소녀를 해치려는 움직임을 조금이라도 보인다면 매기는 방으로 쳐들어가 그녀를 막을 준비가 되어 있었다. 그때 엘리자베스가 예상치 못한 행동을 했고, 그 행동은 매기로 하여금 전체 상황을 재고하게 만들었다.

엘리자베스는 의자를 가져와 앉았다. 시간이 지날수록 그녀는 움직이지도, 말도 하지 않았다.

"뭘 기다리는 거지?" 벤이 말했다.

매기는 고개를 저었다. "전혀 모르겠네요."

43장
수잔

'다들 어딨는 거지?' 수잔은 집으로 다가올지도 모를 헤드라이트 불빛을 보기 위해 다시 창밖을 내다보았지만 아직 두 대의 차 모두 돌아오지 않고 있었다. 엘리자베스와 에단은 몇 시간 전에 경찰서로 떠났고, 엘리자베스가 몇 가지 질문에 응하기 위해 잠깐 들르는 것뿐이라고 했다. 콜린과 브룩은 저녁 식사 거리를 사러 식료품점이 있는 시내로 나갔다. 오래 걸리지 않을 거라고, 금방 돌아올 거라고 브룩은 장담했다. 하지만 날이 어두워졌는데도 아무도 돌아오지 않았고 수잔은 평소처럼 다락방에 숨어 지내는 키트와 함께 집에 혼자 남겨졌다.

그녀는 창문 옆을 서성이며 한나에게 병원으로 태워달라고 연락해야 할지 고민했다. 이제 조이는 중환자실에서 퇴원했고 약물을 줄이고 있어서 언제든 혼수상태에서 깨어날 수 있었다. 딸이 눈을 떴을 때 수잔은 그 자리에 있고 싶었다. 그녀는 그곳에 있어야만 했다.

수잔은 휴대폰으로 병원에서 온 메시지가 있는지 확인했다. 그녀는 병원에서 많은 시간을 보냈기 때문에 그곳의 매일의 리듬을 알고 있었다. 이 시간이면 자원봉사자들이 환자들의 저녁 식판을 수거하여 식판 카트에 밀어 넣고, 간호사 스테이션에서는 전화벨이 울리고, 처방 간호사가 저녁 약을 전달하기 위해 곧 카트를 끌고 복도로 나설 것이다. 그리고 242호실에서는 조이가 엄마를 기다리며 잠을 자고 있다.

'곧 갈게 딸. 최대한 빨리 갈게.'

그녀는 에단에게 문자를 보냈다. '어디야?' 거실을 누비다 메이든 호수에서의 코노버 집안 역사가 담긴 벽에 걸린 사진 갤러리를 지나갔다. 콜린과 브룩이 아이인 키트와 검은 머리 유모와 함께한 사진, 엘리자베스와 조지가 유아기의 아들과 함께한 사진. 이제 수잔은 시간을 거슬러 올라가 조지와 엘리자베스가 아직 젊고 활기차던 시절 이웃인 아서, 그린 부부와 함께였던 시절로 거슬러 올라갔다. 수잔은 이제야 어린 한나 옆의 팔에 관심을 기울였다. 나머지 신체는 사진에서 잘려 나가고 팔만 사진에 남아있었다. 비비안 스틸워터. 당연히 엘리자베스가 사진에서 비비안을 잘라냈을 것이다. 어떤 아내도 남편의 내연녀가 벽에서 영원토록 활짝 웃고 있는 모습을 보고 싶지는 않을 것이기에.

집 앞으로 차가 들어오는 소리를 들었다. 마침내 에단이 돌아왔다고 생각했지만 창밖을 내다보니 브룩과 콜린이었다. 그녀는 그들이 트렁크에서 짐을 내리는 동안 밖으로 나섰다.

"엄마는 아직 안 돌아왔어요?" 콜린이 물었다.

"아직 경찰서에 있는 것 같아요."

"이렇게 오래 걸릴 줄은 몰랐는데. 엄마가 뭘 안다고 이렇게 오랫동안 물어보는 거지?" 그는 트렁크에서 와인 병으로 가득 찬 상자를 꺼냈다. 그들이 쇼핑하는 데 이렇게 오랜 시간이 걸린 이유를 알 것도 같다. 마트에서 파는 카베르네 와인은 콜린의 기준에 미치지 못해 와인 전문점을 찾아간 것이 분명했다.

"제가 도와드릴게요." 수잔이 말했다.

"그렇다면 수박만 좀 부탁드릴게요. 그것 말곤 없어요." 그는 그렇게 말하고 상자를 들고 집 안으로 들어갔다.

수잔은 수박을 들어올리기 위해 트렁크에 손을 뻗었다. 그때 트렁크 라이트의 불빛 아래에서 금속성 물체가 그녀를 향해 반짝거렸다. 그것은 카펫의 가장자리에 있었고 아주 미세한 반사였지만 짙은 파란색의 바닥에 대비되어 밝게 빛나 보였다. 그녀는 카펫의 모서리를 걷어내고 밑에 놓여 있던 것을 보고는 눈살을 찌푸렸다.

작은 금색 귀걸이였다. 특별히 독특하거나 눈에 띄는 것은 아니었지만 그것을 보는 순간 섬뜩할 정도로 친숙해서 그녀는 잠시 얼어붙었다.

"수잔, 괜찮아요? 무거우면 두세요!" 콜린이 외쳤다.

그녀는 고개를 똑바로 들고 그가 현관문 앞에서 자신을 지켜보는 걸 보았다. "네, 네 괜찮아요!" 그녀는 급히 귀걸이를 주머니에 집어넣고 수박을 집어 들었다. "그냥 트렁크에 다른 건 없는지 확인하려고요."

"트렁크 좀 닫아 주실래요?"

"그럼요." 수잔은 트렁크를 닫고 수박을 집 안으로 옮겼다.

주방에서 브룩은 식료품 포장을 풀고 우유와 달걀을 냉장고에 차곡차곡 넣고 있었다. 다락방 은신처에서 드디어 모습을 드러낸 은둔형 뱀파이어 키트는 캡틴 크런치 시리얼 한 그릇을 먹기 위해 부엌으로 비틀거리며 들어왔다.

"저녁 먹기 전에 먹으면 식욕이 떨어질 거야." 브룩이 말했다.

"그냥 간식으로 조금만."

"한 그릇만, 알았지?"

키트는 알아들을 수 없는 중얼거림으로 대답하더니 시리얼을 먹기 시작했다.

브룩과 콜린은 지극히 일상적으로 보였다. 그들을 지켜보던 수잔은 그런 생각이 들었다. 아들이 시리얼을 바삭바삭 씹는 동안 냉장고를 여닫고, 상자를 캐비닛에 넣고 있는 평범한 일상의 평범한 가족.

귀걸이는 주머니 속 터지기 일보 직전의 수류탄처럼 느껴졌다. 수잔은 주방에서 나와 위층 침실로 올라가 문을 닫았다. 침대 옆 램프를 켜고 주머니 속에서 귀걸이를 꺼냈다. 뒤쪽 고리가 떨어져 나간 걸로 보아 귀에서 빠질 때 인지를 못 했을 것이다. 수잔은 조이와 함께 보석 가게에 가서 이와 비슷한 귀걸이를 샀던 날이 생각났다. '화려한 건 싫어요, 엄마.' 조이는 그렇게 말했었다. 아니, 수영 고글에 걸리지 않는 단순한 것이어야 했다. 수잔은 이 특정한 보석에서 딸과 연결할 만한 단서를 찾기 위해 귀걸이를 몇 번이고 이리저리 뒤집어 보았지만, 다른 수많은 귀걸이와 마찬가지로 익명의 금덩어리일 뿐이었다. 브룩이 이와 비슷한 걸

착용한 적이 있었나? 여성들은 항상 귀걸이를 잃어버리곤 한다. 차에서 짐을 내릴 때 쉽게 일어날 수 있는 일이었다. 허리를 굽혀 트렁크에서 여행 가방을 들어 올리면 귀걸이가 귀에서 미끄러져 떨어질 수 있다. 그래, 그런 일은 일어날 가능성이 높으며 브룩의 귀걸이가 틀림없을 것이다.

'그런데 브룩의 것이 아니라면? 만약 조이의 것이라면?'

수잔은 조 티보듀에게 전화를 하려고 휴대폰을 꺼냈다가 멈췄다. '뭐라고 말하지?' 그리고 그 얘기가 가족들에게 어떻게 전달될지도 걱정이었다. '수잔은 이 집의 누군가가 자신의 딸을 죽이려 한다고 생각합니다.' 이미 수잔과 가족들 사이에는 팽팽한 긴장감이 감돌고 있었고, 이건 아마 핵전쟁을 선포하는 것과 마찬가지 효과일 것이다.

저녁이 깊어지면서 수잔은 방을 서성이며 다음에 무엇을 해야 할지 고민했다. 에단에게 연락해야 하나? 경찰을 부를까?

아래층에서 전화벨이 울렸다.

그녀는 멈춰서서 귀를 기울여 보았지만 콜린의 불명료한 목소리만 들려왔다. 잠시 후 엔진이 시끄럽게 울려 퍼졌고, 창밖으로 차가 떠나는 것이 보였다. 그들은 수잔이 병원으로 돌아갈 차가 필요하다는 걸 알고 있었음에도, 그녀에게 차를 몰고 떠난다는 말조차 하지 않았다.

'병원. 조이.'

그녀는 작고 너무 평범한 금색 귀걸이를 바라보았다. 한 짝은 어디 있을까?

방을 나서니 위층에서 들려오는 전자 총소리를 들을 수 있었다. 키트는 다락방에서 비디오 게임을 하면서 적의 무리를 쓰러뜨리는 데 집중하고 있었기 때문에 집안에서 무슨 일이 일어나고 있는지 전혀 알아차리지 못했다.

그녀는 복도를 따라가 브룩과 콜린의 방으로 이동했다.

침실 문을 열어보니 침대는 깔끔하게 정돈되어 있었다. 침대 커버는 매끈하고 침대 머리맡에 이불과 베개가 가지런히 정리되어 있었다. 깔끔쟁이 브룩. 수잔은 곧장 서랍장으로 가서 맨 위 서랍을 열었다. 여성이 보석류를 보관할 가능성이 높은 곳이었다. 두 번째 서랍까지 샅샅이 뒤졌지만 값비싸고 꼼꼼하게 접혀 있는 란제리만 발견했을 뿐이었다. 요즘 누가 이렇게 속옷을 개는 데 신경을 쓰지? 보통 사람들은 이럴 시간이나 있을까?

그녀는 돌아서서 화장실로 향했고, 세면대 옆에는 브룩의 분홍색 세면도구 케이스가 놓여 있었다. 그녀는 지퍼를 열어 화장품이 뒤엉켜 있는 것을 확인했다. 립스틱과 아이라이너, 블러셔, 마스카라 등을 샅샅이 뒤졌다. 여기도 마찬가지였다.

하지만 욕실 수납장을 열어 맨 위 칸을 보았을 때 상황은 달라졌다. 이런 메인주 같은 소박한 휴가지로 떠나는 여성이 가져갈 만한 보석 몇 개를 담을 수 있는 크기의 파우치를 발견했다. 그녀는 내용물을 욕실 카운터에 비웠다.

팔찌, 후프 귀걸이, 펜던트 목걸이, 사파이어 반지가 쏟아졌다.

그리고 금색 귀걸이도. 양쪽 모두가 뒷침이 끼워진 채 잘 보관되어 있었다.

그녀는 차 트렁크에서 발견한 외로운 귀걸이 한 짝을 바라보았다. '네 짝은 어디 있는 거지? 브룩이 잃어버린 게 아니라면, 그

렇다면 이건…'
"내 방에서 뭐 하는 거죠?"
수잔은 몸을 돌렸다. 브룩이 욕실 문 앞에 서 있었다.

44장

매기

엘리자베스 코노버는 아직 어떤 움직임도 없었다.

십여 분이 넘게 할머니는 의자에서 꼼짝도 하지 않고 침대에서 푹 자고 있는 손녀의 모습을 바라보며 최면에 걸린 듯 무아지경에 빠져있다.

"이상한데요." 매기가 말했다. "그냥 지켜보고만 있네요."

"우리가 예상했던 것과는 다른 상황이네요." 벤이 말했다.

전혀 예상하지 못했던 전개였다. 조 티보듀는 조이를 미끼로 삼는다는 생각에 망설였지만, 마티니 클럽은 전혀 개의치 않았다. 조이가 더 이상 중환자실 직원의 보호를 받지 못하니 병원 보안이 적절한지 알아보기 위한 일상적인 감시일 뿐이라고 그녀에게 주장했다. 그들이 침입해 올 때 경고해 주는 오디오 시스템을 포함한 다양한 채널로 감시할 거라고는 그녀에게 말하지 않았다. 엘리자베스가 병원에 들어섰을 때, 그들의 덫은 곧 튀어 오를 것만 같았고 엘리자베스는 마침내 행동을 개시할 거라고 생각했다. 대신 저 여자는 그냥 앉아서 지켜보고만 있을 뿐이었다. '뭘 기다리는 거지?'

전화벨이 울렸다. "누가 방금 병원에 들어왔게요?" 데클란이 차에서 전화를 걸었다. "콜린이에요."

이건 놀랄만한 일이다. 2층 복도의 카메라는 엘리베이터에서 내리는 콜린의 모습을 비추고 있었다. 콜린이 조이의 방으로 걸어가고 있다.

"인제 어쩌지?" 벤이 물었다.

콜린은 문을 열고 조이의 병실로 들어섰다. 어둠 속에서 어머니를 바라보며 서 있는 그의 뒤로 문이 닫혔다.

"이게 다 뭐예요, 엄마?" 콜린이 물었다. "에단과 함께 있는 줄 알았는데요. 차에서 전화할 때 에단이 운전하고 있었잖아요."

"날 병원에 내려주고 집으로 가라고 했다."

"중요하게 할 말이 있다고 하셨잖아요."

"맞아. 우리 얘기를 좀 해야겠다. 우리 둘이서만."

"집에서 해도 되잖아요, 왜 병원까지 부른 거예요? 그리고 여기서 뭐 하시는 거고요?"

"조이가 안전한지 확인해야 해서. 이 아이에게 다른 일이 생기면 안 되니까."

"그건 경찰이 하는 일이에요. 그냥 경찰이 알아서 하게 놔둬…"

"그들에게 뭐 하라고?" 엘리자베스가 날카롭게 말했다. "현행범으로 널 잡히게 두라고?"

"도대체 무슨 말씀을 하시는 거예요?"
"난 너를 보호하려는 거야. 네가 상황을 더 악화시키지 않게 하려고."
"엄마, 무슨 말도 안 되는 소리를 하는 거예요?"
"난 알아, 콜린. 애나에게 무슨 일이 있었는지."
긴 침묵이 흘렀다. 콜린은 얼어붙은 채로 어머니를 바라보았다. "왜 여기서 애나 얘기를 하는 거예요?" 그가 부드럽게 물었다.
"호수에 있는 그 뼈들? 그것들은 애나의 것이야. 경찰이 얼굴 복원을 보여줬어. 일반인들에게 배포할 모양인데, 나만 그 아일 알아볼 수 있는 건 아니겠지. 아서도 알아볼 거고, 한나도. 그들은 그 아이의 얼굴을 보고 모든 걸 종합해 보는 데 그리 오랜 시간이 걸리지 않을 거야. 멕시코에 있는 가족들이 그 소문을 듣고 알아차리는 데 얼마나 걸릴까? 몇 년 동안을 그녀의 가족들은 애나가 어디로 갔는지 계속 추궁했고, 난 모른다고만 대답했지. 그냥 일을 그만두고 떠났다고만 말했어. 하지만 사실은 떠나지 않았던 거야. 그 아인 계속 그곳에 있었어. 호수 속에."
콜린은 고개를 저었다. "아니, 그럴 리가 없어요. 아버지가 공항까지 직접 데려다주셨다고 했어요. 그리고 떠날 수 있도록 많은 돈도 줬다고 했고요."
"그러면 그 아인 왜 떠나야 했니?"
"세상에, 오래전 일이잖아요. 이제 와서 무슨 상관이죠? 왜 갑자기…"
"왜 그 애가 떠나야 했냐고!"
그는 침묵했다. 땅을 내려다보며 한숨을 내쉬었다. "절대…

난 절대 그런 일이 일어나길 바라지 않았어요. 그냥… 그렇게 됐어요."

"너와 애나."

"아기는 항상 아팠어요. 브룩은 점점 기분이 나빠지고 우울해져서 저와 거의 말도 하지 않았어요. 마치 우리 집이 시체 안치소 같았어요. 하지만 애나는 항상 제 말을 들어줄 준비가 되어 있었어요. 언제나 제 말을 들어…"

"보모와 바람을 피워?" 엘리자베스는 천장을 올려다보며 웃었다. "얼마나 더 멍청할 수 있겠니? 정말 변변찮구나."

"제가 누구를 의지할 수 있었겠어요? 브룩은 완전히…"

"브룩 탓하지 마! 바람을 피운 건 너야!" 그녀는 조롱 섞인 코웃음을 쳤다. "오, 세상에. 네 아버지와 똑같구나."

"뭐라고요?"

"너도 그 사람처럼, 잘 빠져나갔다고 생각했지, 안 그래? 그리고 네 아버지는 그걸 도왔고, 맞지? 허, 조지는 항상 뒷정리가 뛰어났지. 마치 그게 그가 가진 초능력이라도 되듯이 문제를 사라지게 해버리지. 물론 네가 어질러 놓은 것도 잘 치웠을 거야. 코노버 남자들은 곤경에 처하면 항상 상처 하나 없이 빠져나가곤 하지. 하지만 사람을 죽인다는 건 달라."

"무엇 때문에 저를 비난하는 거죠?"

"애나는 살해당했어."

"전 아무런 관련이 없어요."

"내 면전에서 그걸 부정하는 거야? 너와 애나의 관계를 부…"

"아니요, 불륜을 부인하는 게 아니에요." 그는 의자에 주저앉아 신음했다. "자랑스러운 일은 아니죠. 하지만 그냥 일어난 일이에요."

"내가 전에 누구에게서 이런 말을 들어봤더라?"

"그 후 모든 것이 복잡해졌어요. 그녀가…"

"임신?" 엘리자베스는 그를 쳐다보았다. "그런 일이 있었던 거지?"

그는 비참한 표정으로 고개를 끄덕였다.

"그래, 그건 문제가 될 수 있었지." 그녀는 고개를 저었다. "나한테 말했어야지. 내가 알았더라면…"

"그녀가 떠난 뒤에는 말할 필요가 없었어요. 아버지는 현금으로 돈을 주고 다시는 연락하지 말라고 당부한 다음 애나를 떠나보냈다고 했어요. 저는 회의 때문에 보스턴에 있었는데 집에 돌아왔을 때 애나는 이미 떠난 뒤였어요. 저는 문제가 해결된 줄 알았죠. 아버지는 애나가 멕시코로 돌아갈 거고, 모든 것을 처리했다고 말씀하셨어요."

"하지만 걘 떠나지 못했어, 콜린. 그 아이는 오랫동안 호수에서 썩어가고 있었어. 그걸 네 아버지 탓으로 돌릴 거니?"

"아니요."

"하지만 네 아버지는 너가 애나를 제거하는 걸 도와줬어. 어쩌다 그렇게 됐니? 네가 엉망진창으로 만들어 놓은 걸 정리해야 할 사람이 필요해서, 그래서 그런 일에 숙달된 사람에게 의지하고자 한 거야?"

"정말 아버지가 이런 일을 은폐했다고 생각하시는 거예요?"

"허, 네 아버진 많은 것들이 가능하지."

"살인을 숨기는 것도요."

긴 침묵이 있었다. "모르겠다." 엘리자베스가 중얼거렸다. "나이가 들수록 내가 안다고 생각하는 사람이 점점 줄어드는 거 같아. 심지어 나의 아들들도." 그녀는 몸을 앞으로 숙이고 관자놀이를 문질렀다. "내가 원했던 건 오직 이 가족을 하나로 묶는 것뿐이었어. 난 네 아버지 때문에 지옥을 겪었어. 그의 거짓말과 바람 때문에."

"몰랐어요, 엄마."

"당연히 몰랐겠지. 그게 나의 초능력이거든, 비밀을 지키는 것. 하지만 이건 내가 숨길 수 없는 비밀이야. 경찰은 결국 그 뼈가 애나의 것이라고 밝혀낼 거야. 조이가 깨어났을 때 네가 자신을 공격한 걸 기억한다면 난 너를 보호해 줄 수 없어. 널 보호하지 않을 거야."

"내 말을 조금이라도 듣고 있는 거예요? 조이를 해칠 이유가 난 없다고요! 그리고 애나가 죽은 줄도 몰랐어요. 아버지는 애나에게 떠나라고 돈을 줬다고 했어요. 브룩은 자신이 애나가 짐 싸는 걸 도와줬다고 했어요. 그리고……." 그는 말을 멈췄다.

엘리자베스가 조용히 중얼거렸다. "브…… 룩?"

엄마와 아들이 서로를 바라보는 동안 방 안은 조용해졌다.

매기는 휴대폰을 꺼내 들었다.

45장
수잔

"다시 말할게요, 내 방에서 뭘 하고 있는 거죠?" 브룩이 물었다.

수잔은 브룩의 방을 뒤진 행위를 정당화할 변명도, 준비된 설명도 없었다. 그리고 욕실 카운터에 자신의 죄책감에 대한 명백한 증거인 브룩의 보석을 펼쳐놓고 있었다.

"콜린과 떠난 줄 알았는데…… 몰랐어요."

브룩은 보석을 내려다보며 믿을 수 없다는 듯 웃었다. "훔치려는 거예요?"

"아니, 아니요. 난…"

"그럼 뭐죠, 수잔? 여기서 뭐 하는 거죠?"

"이게 당신 것이 맞는지 알고 싶었어요." 수잔은 그 귀걸이를 내밀었다.

브룩은 얼굴을 찡그렸다. "어디서 찾았어요?"

"차 트렁크 밑에서요. 식료품을 내릴 때 발견했어요."

"아." 브룩은 잠시 멈칫하다가 희미한 웃음을 터뜨렸다. "거기가 잃어버린 곳이었군요."
"아니요, 당신 것은 여기 있어요." 수잔은 브룩의 귀걸이 한 쌍을 가리켰다. "둘 다요."
"그럼, 저건 어디서 온 건지 모르겠네요."
"조이도 이런 비슷한 걸 한 쌍 가지고 있었어요. 계곡에서 조이를 발견했을 때 그중 하나가 없어졌다고 했어요." 수잔은 자그마한 금덩이를 내밀었다. "이게 어떻게 당신들 차 트렁크에 있었던 거죠?"
수잔은 브룩이 이 정보를 처리하는 과정을 지켜보았다. 그리고 의미심장한 표정이 그녀에게서 서서히 드러나기 시작했다.
하지만 곧 브룩은 고개를 천천히 저었다. 그리고 부드럽게 말했다. "이건 말이 안 돼요."
"생각해 봐요, 브룩. 내 딸의 잃어버린 귀걸이가 당신들 차에 있었어요. 어떻게 거기 있게 됐을까요?"
"콜린은 절대…"
"내 딸을 트렁크에 태워? 그 멀리까지 가서 계곡에 던져버리려고? 그런 짓을 할 만큼 힘이 센 사람이 또 누가 있겠어요? 당신은 아니죠."
"틀렸어요. 당신은 잘못된 생각에 빠진 거예요!" 갑자기 다리가 휘청거리며 브룩은 뒤로 비틀거리다가 침대에 주저앉았다.
"미안해요, 브룩." 수잔이 침착히 말했다. "경찰에 신고해야겠어요."
브룩은 떨리는 숨을 몰아쉬며 고개를 손바닥으로 떨궜다. "맙소사, 이해가 안 돼요. 그이가 왜 이런 짓을 한 거죠? 왜 조이를 해친 거죠?"

"그건 경찰이 알아서 처리할 일이에요." 수잔은 방을 나섰다.

복도에서 수잔은 심호흡을 하며 뛰는 심장을 진정시키기 위해 잠시 멈춰 섰다. 그리고 휴대폰을 꺼내 손에 쥐었다. 지금 그녀가 하려는 행동은 돌이킬 수 없는 연쇄 반응을 촉발하게 된다. 일단은 경찰이 몰려와 콜린의 차는 물론 집 전체를 수색하기 시작할 것이다. 그리고 부유하고 힘 있는 콜린은 체포되어 세간의 이목을 집중시키게 될 것이다. 수잔은 엘리자베스의 말이 떠올랐다. 그 무엇보다도 가족에 대한 충성심. '지옥에나 가라고 해. 내 딸이 우선이야.' 그녀는 브룩이 듣지 않도록 아래층에서 조 티보듀에게 전화를 걸기 위해 계단으로 향했다. 통화가 되면 코노버 가족으로부터, 이 집으로부터 드디어 탈출하게 된다. 가족을 꼭두각시로 여기듯 조종하는, 모든 말에 복종을 강요하는 엘리자베스로부터. 그녀는 착륙장으로 향했고 첫발을 내딛기 위해 계단 앞에 도착했다.

그때 두 손이 그녀의 등을 내리쳤고, 그 힘이 너무 강력해 그녀는 앞으로 튕겨 나갔다. 날개가 부러진 새처럼 팔을 휘청거리며 하강 속도를 늦추려고 애썼지만 중력의 끈질긴 끌림에 저항할 수 없었다. 계단들이 눈앞에 펼쳐지고, 수잔은 바닥을 향해 불가해할 정도로 긴 시간 추락하고 또 추락했다. '브룩.' 그리고 이 단어가 그녀의 마지막 생각이었다. '왜?'

∞

어둠을 뚫고 가장 먼저 들려온 것은 절박하고 간절하게 호소하는 키트의 목소리였다. "다시는 이러고 싶지 않아요, 엄마. 제발 이러지 말아주세요."

그때 머릿속에서 망치가 두개골을 몇 번이고 두드리는 것 같은 고통이 폭발했다. 그 잔인한 망치질 사이사이 목소리는 사라졌다 다시 희미하게 들리기를 반복했다.

"우리는 해야만 해, 아들." 브룩이 말했다.

"왜요? 숙모는 아무것도 몰라요."

"아니, 알아. 그리고 경찰에 신고할 거야. 이 여자는 실제로는 우리 가족이 아니야. 할머니가 늘 하시는 말씀 기억해. '가족이 우선이다.' 자, 서둘러!"

두 손이 수잔의 손목을 감싸고 잡아당겨 바닥을 가로질러 끌고 갔다. 그 무자비한 망치는 계속 그녀의 머리를 두드렸다. 그녀는 눈을 뜨고 머리 위의 얼굴에 집중하려고 애썼지만, 빛이 두개골을 깊숙이 파고들어 고통을 더 깊게 할 뿐이었다.

"어디로 데려가는 거예요?" 키트가 물었다. "아빠가 차를 몰고 나갔잖아요."

"호수에 넣을 거야."

"익사시키려는 거예요?"

"우리가 아니라 물이 할 일이야. 우린 살인을 하지 않아, 키트."

키트는 갑자기 수잔의 손목을 놓았다. "못 하겠어요."

"아니, 넌 할 수 있어. 우리 약속 기억하지? 난 너를 보호하고, 넌 엄마를 보호하기로. 기억나?"

속삭임이 들렸다. "네."

"이제, 해보자."

수잔은 손이 이끌린 채 질질 밖으로 끌려 나갔고, 빛은 점점 그림자 속으로 사라졌다. 얼굴에 밤공기의 한기가 느껴졌고 힘겨워하는 브룩의 숨소리가 들렸다. 수잔은 신음하며 손을 풀기 위해 몸부림쳤다.

"깨어났어요!" 키트가 말했다.

"상관없어. 어서 당겨."

브룩의 손목을 조이는 힘은 강철 밴드라고 해도 될 만큼 압도적 힘이었다. 수잔은 이제 잔디밭에서 끌려가고 있었고 잔디의 축축한 물기가 블라우스에 스며들었다. 비탈길을 내려가면서 그들은 그녀를 호수에 점점 더 가까이 끌어당겼다. 수잔은 물결이 부딪히는 소리와 선착장의 삐걱이는 소리를 들었다. 브룩의 숨소리가 거칠어지고 광란적으로 변했다.

그들의 신발이 나무에 탁탁 부딪혔다.

공포가 수잔의 팔다리에 새로운 힘을 불어넣었다. 그녀는 팔을 휘두르고 발을 차면서 그들과 맞서 싸웠지만, 두 명을 상대해야 했고, 여전히 두통으로 인해 반쯤 정신이 없는 상태로 앞이 잘 보이지 않았고 힘도 제대로 들어가지 않았다.

그들은 어떤 망설임도 없이 단 한 번의 굴림으로 선착장에서 그녀를 호수로 떨어뜨렸다.

차가운 물의 충격은 수잔을 완전히 깨어나게 했다. 그녀는 수면 위로 튀어 올라와 숨을 헐떡였다. 어렴풋이 나타난 브룩과 키트는 별이 빛나는 밤하늘의 배경을 두 개의 검은 형체로 도려낸 채 그녀를 내려다보았다.

"제발, 키트!" 수잔은 숨을 헐떡였다. "이러지 마!"

"잡아서 밀어 넣어!" 브룩이 명령했다.

키트는 선착장 가장자리에 웅크린 채 얼어붙어 있었다.

필사적으로 수잔은 손을 뻗어 선착장 모서리를 잡았다. 그리고 선착장으로 올라오려고 몸을 들어 올렸다.

"키트!" 엄마가 명령했지만 아들은 움직이지 않았다. 브룩은 자리에서 일어나 발을 들고 수잔의 손을 내리찍었다.

수잔은 비명을 지르며 손을 놓았고, 다시 춥고 어두운 물속으로 내려갔다. 그리고 곧장 다시 수면 위로 떠오른 수잔은 숨을 들이마셨다.

'헤엄을 쳐서 도망치자. 그들에게서 멀어져야 해.'

호수 건너 루벤 타킨의 집에는 불빛이 환하게 빛나고 있었다. 저기에 닿을 수만 있다면, 그래서 도와달라고 소리친다면…….

브룩은 수잔의 머리카락을 잡고 무자비하게 뒤로 당겨 머리가 선착장에 부딪히도록 했다. 다시 물속으로 빠지기 전, 한 번의 심호흡을 할 기회를 가졌다. 이건 이길 수 없는 싸움이었다. 수잔을 강제로 밀어 넣고 있는 이 여자는 신원 미상의 여인을 호수 바닥의 무덤으로 끌고 갔던 그 돌덩이처럼 가차 없고 잔혹했다. 수잔은 물속에서 브룩의 손을 온 힘을 다해 붙잡고 뿌리치려 했지만, 그 손은 꿈쩍도 하지 않았다. 심장이 쿵쾅거렸다. 수잔의 폐는 공기를 요구하며 비명을 지르고 있었다. 더 이상 숨을 참을 수가 없었다.

'조이, 엄마가 사랑해.'

그녀가 입을 벌리자 목구멍으로 물이 쏟아져 들어왔다.

46장
-
조

집 안 어딘가에서 전화벨이 울리고 있었다.

조는 데크에 서서 열린 문을 바라보았다. 누군가가 이렇게 문을 활짝 열어놓았다는 사실 하나만으로도 놀랄만한 일이었다. 그런데 더 놀라운 사실은 바닥에 빨갛게 질질 끌린 자국이 있다는 것이다. '피?'

"여보세요?" 조는 문밖에서 안을 향해 외쳤다. "수잔?"

대답이 없었다. 조는 핏자국을 피해 집 안으로 조심스럽게 진입했다. 모든 불이 켜져 있었고 마치 집주인은 방금 밖으로 나갔고 금방 다시 돌아올 것만 같은 분위기였다. 그녀는 주방을 흘끗 들여다본 다음 거실과 욕실, 엘리자베스의 침실을 빠르게 훑어보았다. 아무도 없었다. 조는 계단으로 이동했고 계단 근처에서 더욱 많은 피를 발견했다.

어디에 있는지 모를 유령 같은 전화기의 벨 소리는 멈췄다. 정적 속에서 그녀는 자신의 심장 박동 소리가 귓전을 통해 울리는 것을 들을 수 있었다.

바닥의 피에 대해선 깔끔한 설명이 있을 수 있다. 사고일 수도. 누군가 계단에서 굴러 머리를 바닥에 부딪혀 급히 병원으로 이송되었다든가 하는. 이런 사고야 미국의 어느 가정에서나 벌어질 수 있는 일이지만, 하지만…….

조는 본능적으로 무기를 뽑아 들었다. 그리고 다시 외쳤다.
"수잔?"

그녀는 이미 마이크에게 지원 요청을 한 상태이지만 바닥에 흘린 피의 양으로 보아 당장 무언가를 해야 한다는 생각이 들었다. 맥박이 빨라지면서 그녀는 계단을 뛰어 올라갔다.

2층 계단 앞에서 그녀는 양쪽을 흘끗 보았다. 먼저 조이의 방과 수잔의 방을 살폈다. 아무도 없었다. 그리고 브룩과 콜린의 방으로 이동했다.

거기서 조는 잠시 멈춰 서랍장을 바라보았다. 서랍이 열려있었고 속옷들이 쏟아져 나와 있었다. 다른 모든 것이 깔끔하고 정연하게 정돈된 방에서 이것은 하나의 경고음이었다. 욕실에서 그녀는 또 다른 무질서를 발견했다. 세면대 카운터 위에 반짝이는 보석들이 아무렇게나 흐트러져 있었다.

집 안으로 들어오는 쿵쿵거리는 발소리를 듣고 생각했다. '마이크가 도착했군.'

하지만 조가 들은 것은 에단의 목소리였다. "수잔? 수잔, 어딨어?"

조는 침실에서 나와 계단 밑에 서 있는 그를 보았다. 그는 바닥을 내려다보고 있었다. 피를 보고 있다. "수잔은 여기 없어요." 조가 말했다.

그는 고개를 들어 조를 노려보았다. "무슨 일입니까? 수잔은 어딨죠?"

"저도 모르겠습니다."

"계속 전화를 했는데 받지를 않아요."

"브룩은 어디 있는지 아세요?"

"브룩?" 그는 고개를 저었다. "전 그냥 제 아내를 찾고 싶어요. 아내가 무사한지 알아야…" 그는 말을 멈추고 몸을 돌려 열린 현관문 쪽을 바라보았다. "저 소리 들려요?"

"뭘 들어요? 에단?"

하지만 그는 이미 문밖을 나서고 있었다.

조는 계단을 허겁지겁 내려와 데크로 뛰어나갔다. 밖으로 나온 뒤 잠시 멈춰 서서 어둠에 적응하기 위해 밤을 응시했다. 하늘에는 달이 희미하게 떠 있었고 집 안의 불빛이 어둠을 바라보는 시야를 가리고 있었다. 에단은 어디로 간 걸까? 그때 어둠 속 어딘가에서 외치는 소리를 들었다. 비명 소리.

'호수?'

맹목적으로 밤 속으로 뛰어든 그녀는 어둠 사이를 비틀거리며 경사진 잔디밭을 내려가 물가로 향했다. 그녀는 어둠에 익숙해지면서 점점 더 많은 세부적인 것들을 알아볼 수 있었다. 호수에서 반사되는 별빛의 반짝임. 오른쪽으로 어렴풋이 보이는 소나무의 실루엣. 그리고 바로 앞에서 무언가가 움직이고 있었다.

어둠 속에서 한 형체가 나타나 두 팔에 짊어진 짐의 무게에 짓

눌려 비틀거리며 그녀를 향해 다가왔다. 그는 경사면을 힘겹게 올라오고 있었다.

"도와주세요." 에단이 애원했다. 그는 비틀거리며 무릎을 꿇었다. 그리고 조심스럽게 사람을 잔디밭에 눕혀놓았다. "수잔을 도와주세요."

집 안에서 흘러나오는 희미한 불빛 속에 수잔이 누워 있었다. 젖은 머리카락 아래 수잔의 피부는 창백했고 얼굴은 돌처럼 생기가 없어 보였다. 너무 늦지 않았을까 걱정하며 조는 허리를 굽혀 수잔의 목을 손가락으로 눌러보았다. 아직 맥박이 떨리는 것을 느꼈다. 아니면 그냥 그녀의 상상이나 바람이었나?

조는 숨을 들이마시고 몸을 숙여 수잔의 입술에 입을 맞췄다. 입술이 너무 차가워 얼음덩어리에 키스하는 것 같은 느낌이었다. 그녀는 숨을 불어넣어 생기가 없는 폐에 공기를 밀어 넣었다. 다시 한번, 그리고 세 번.

수잔의 머리카락에서는 물이 흘러내렸고 그녀는 꼼짝하지 않고 누워 있었다.

"안 돼, 안 돼." 에단은 조를 옆으로 밀치고 수잔의 입에 입을 맞췄다. 그는 아내를 위해 몇 번이고 숨을 몰아쉬었다. "제발, 여보." 그가 애원했다. 그는 아내의 얼굴을 손으로 잡고 폐에 다시 숨을 불어넣었다. "제발, 돌아와. 돌아와 줘."

조는 구급차를 불렀지만 너무 늦었다는 것을 알았다. 에단이 아무리 간절히 애원하고 아내를 위해 몇 번의 숨을 몰아쉬어도 수잔은 숨을 쉬지 않았다. 구급차를 타게 되면 응급실로 가는 것이 아니라 영안실로 가게 될 판이었다.

거의 체념한 듯 조는 무릎을 꿇고 마지막 희망이라 생각하고 목에 손가락을 댔다. 아무것도 느끼지 못하리라 생각했지만 손가락 아래에서 희미하게 무언가가 꿈틀거렸다. 이건 상상이나 바람이 아니었다. 맥박이었다. 일정한 맥박.

 갑자기 수잔은 몸을 떨었다. 그리고 기침.

 "그래, 그래!" 에단은 흐느끼기 시작했다.

 두 사람은 함께 수잔을 옆으로 눕혔다. 조는 수잔의 견갑골 사이를 필사적으로 잔인하다시피 때리기 시작했다. 수잔은 다시 기침을 했고, 이번에는 입에서 물이 튀어나올 정도로 격렬한 기침이었다. 수잔은 여전히 호수 위로 떠 오르려는 듯 발버둥을 치고 몸부림치며 허공을 할퀴기 시작했다. 그러면서 눈을 크게 뜨고 사납게 주위를 둘러보았다.

 "나야 여보! 나 여기 있어!" 에단이 흐느끼며 말했다. "여보, 우리가 옆에 있어!" 에단은 그녀의 뺨을 양 손바닥으로 잡고는 자신을 바라보게 했다. 그제야 그녀의 몸부림이 멈췄다. 그는 수잔을 가슴에 안고 흔들거리며 속삭였다. "괜찮아, 이제 괜찮…"

 "브룩은 어딨어요?" 조가 물었지만 에단은 아내에게 집중하느라 말을 듣지 못했다. "에단? 브룩은 어딨냐고요." 반복해서 물었다.

 "물가에요." 그는 겨우 말을 이어갔다. "모두 저 아래에 있어요."

 "모두라뇨? 대체 무슨 일이죠?"

 "루벤과 얘기해 보세요."

 조는 자리에서 일어나 호수 쪽으로 향했다. 희미한 달이 나무

위로 떠 올랐고 옅은 빛 속에서 물가에 웅크리고 있는 두 사람 위로 루벤 타킨의 실루엣이 어렴풋이 보였다. 그리고 조는 바람의 속삭임일지도 모를 만큼의 흐릿한 중얼거림을 들었다.

브룩이었다. "그녀의 잘못이야. 모두 그녀의 잘못이에요."

브룩은 조가 다가갔지만 반응하지 않았고 세 사람 바로 옆에 도착했을 때도 고개를 움직이지 않았다. 그녀는 계속 앞뒤로 몸을 흔들며 중얼거렸다. 물이 선착장에 부딪히며 튀어 올랐다. 호수 어딘가에서 아비새의 울음소리가 들려왔다.

"그 여자를 익사시키려고 했어요." 루벤이 말했다. "저들이 그 여자를 집 밖으로 끌고 나가는 것을 봤어요. 제가 도착했을 때 이들은 그녀의 머리를 물속으로 밀어 넣고 있었어요. 막으려 했지만 이 여자는 미친 사람처럼 저와 싸웠어요. 그러자 이 남자애도 나에게 달려들었어요." 루벤은 고개를 저었다. "제가 좀 거칠게 해서 이빨 몇 개가 부러졌을지도 몰라요. 제 탓으로 돌리겠죠. 코노버 가족은 항상 제 탓을 하죠."

"이번엔 아닐 겁니다." 조가 말했다. 코노버 가족은 이번만은 마침내 그에 따른 결과를 마주하게 될 것이다. 조는 둘을 내려다보았다. "브룩?"

브룩은 조의 말을 듣지 않는 것 같았다. 그녀는 아들을 두 팔로 감싸 안고 앞뒤로 흔들며 "다 그녀 잘못이야"라고 중얼거렸다.

"이게 어떻게 수잔의 잘못인가요?" 조가 물었다.

"수잔이 아니라 그 여자라고! 그 창녀 같은 년. 그리고 그년의 아기. 나에게 말했어, 콜린의 아기를 가졌다고. 난 우리가 그녀와의 관계가 끝났다고 생각했어. 그런데 그녀는 그대로 떠나지 않왔지. 다시 돌아와서 모든 것을 망쳐놓으려 했어."

브룩이 호수의 여인에 대해 이야기하고 있다고 조는 생각했다. 오랫동안 호수의 바닥에 누워 있던 그 여자.

"아드님이 다친 것 같아요." 조가 말했다. "제가 한번 살펴볼게요."

"아뇨, 됐어요."

"다치지 않았는지 살펴봐야 해요."

"아니." 브룩은 고개를 들어 달빛을 받아 하얗고 사나운 이빨을 드러냈다. "이 애는 내 아이야. 내가 돌볼 거야, 오직 나만."

조는 고개를 돌려 나무 사이로 번쩍이는 불빛을 보았다. 마이크가 도착했고 저 멀리서 구급차가 다가오는 소리도 들렸다. 이 여자에게서 아들을 떼어내고 두 사람을 구치소에 수감하려면 마이크의 도움이 필요할 것 같았다. 그리고 이것은 앞으로 닥칠 시련의 시작에 불과했다. 보고서를 작성해야 하고, 코노버 집안의 변호사와 싸워야 할 것이고, 법정에서 법적 다툼을 해야 할 것이다. 하지만 애나라는 한 여성에게는 마침내 정의가 실현될 것이다. 16년이라는 긴 세월 동안, 계절이 바뀌고 혹독한 겨울에 얼어붙었다가 봄에 녹는 과정을 수없이 거치면서, 애나는 메이든 호수 바닥에 숨어 누군가의 발견을 기다렸다. 따뜻한 여름날 수영을 하던 십 대 소녀가 자신이 뚜렷하게 보일 정도로 깊이 잠수하는 순간을 기다렸던 것이다.

애나는 충분히 오래 기다렸다.

조는 수갑을 꺼내 들었다.

47장

루벤

아비게일은 죽어가고 있었다.

이번 달이나 다음 달에 일어날 일은 아니었지만, 지구 위를 걷고 있는 모든 사람들에게 닥칠 종말은 눈앞에 다가왔고 피할 수 없는 것이었다. 언제나처럼 금욕적인 아비게일은 히스테리도 눈물도 없이 진단을 받아들였다. 화학 요법 첫날이 두려웠을 테고, 자신이 항상 자랑스러워하던 길고 풍성한 머리카락을 잃게 될 거라는 걸 알면서도 그녀는 병원으로 휠체어를 타고 들어오는 동안 고개를 높이 쳐들고 있었고, 심지어 간호사가 수액실로 데려갈 땐 미소를 지으며 손을 흔들기도 했다.

정작 눈물을 흘리는 사람은 루벤이었다. 정신을 가다듬기 위해 밖으로 도망쳐야 할 사람도 자신이었다.

루벤은 작은 정원의 층층나무 그늘 아래에 있는 벤치에 앉았다. 이곳은 잡초를 뽑고 뿌리덮개를 해주는 자원봉사자들에 의해 유지되는 예쁘고 아기자기한 정원이었다. 6월의 이날은 해당화가 만개해 공중으로 향기를 뿜어대고 있었다. 그는 아비게일이 없는 삶은 어떨지 상상해 보았다. 물론 인정하기에는 부끄러움을 느낄 만하지만, 그에게 있어서 삶은 더 쉬울 것이다.

인생의 많은 부분을 누나를 보살피는 데 썼다. 그녀를 목욕시키고, 요리를 해주고, 약속 장소로 데려다주었다. 그런데 아비게일이 떠나고 나면 그 시간들을 어떻게 채워나가야 할지 막막한 것도 사실이었다. 아니, 그는 아직은 그런 미래를 생각할 수가 없었다. 그것은 무례한 생각이었다. 그리고 상상도 할 수 없는 일이었다. 그는 평생을 아비게일의 필요를, 또 어머니의 필요를 채우는 데 대부분의 시간을 보냈기 때문에 자기 자신을 돌보는 방법을 거의 알지 못했다. 이제 그의 인생 모든 것들이 바뀌려 하고 있다.

코노버 집안과 마찬가지로.

그는 수잔 코노버가 어떻게 지내고 있는지 궁금해하며 건물 쪽을 바라보았다. 그때 조 티보듀가 건물 밖으로 걸어 나오는 것이 보였다. 두 사람은 동시에 서로를 발견했고, 불행히도 법과 마주쳐야 했던 적이 많았던 그는 그녀를 보자마자 자동으로 몸이 긴장했다. 그녀는 순찰차에 오르는 대신 곧장 그에게로 향했다.

조가 다가와 물었다. "타킨 씨, 괜찮으세요?"

그녀의 질문에 루벤은 깜짝 놀랐다. 그녀의 눈빛에 담긴 걱정 어린 표정에도 마찬가지였다. 당황한 그는 대답 대신 고개만을 끄덕일 뿐이었다.

"그냥 궁금해서요. 당신이 여기, 병원에 와 있는 걸 보고요."

이제야 그는 그녀의 질문이 갖는 의미를 이해했다. "누나를 데려왔어요. 오늘이 첫 항암치료 받는 날이거든요."

"오." 불편한 대화의 멈춤. 암이 대화에 끼치는 영향은 바로 이런 것이다. 모든 사람들은 잘못된 말을 하게 될까 봐 긴장하게 된다. "그녀는 좋은 동생이 있어서 운이 좋았어요."

그는 어깨를 으쓱했다. "더 잘할 수도 있었을 텐데요." 이건 보편적 진리나 다름없다. 사랑하는 사람에 관해서라면 우리는 모두 더 잘할 수 있다. "코노버 부인은 좀 어떠세요?"

"수잔은 폐렴 치료를 하고 있어요. 호수의 물을 너무 많이 흡입해서 폐렴에 걸렸어요. 하지만 의사 말로는 며칠 내에 집으로 돌아갈 수 있을 거래요."

"딸은요?"

"조이는 깨어났어요. 앞으로 몇 달간 재활치료를 받아야 하지만 아직 젊으니까요. 부러진 뼈는 곧 회복될 겁니다."

"정말 다행입니다." 코노버 가족 중 두 명이나 되는 사람에게 그렇게 말한다니 기분이 묘했다. 오랫동안 루벤은 자신의 괴로움에 집착했고, 그것을 세상으로부터 자신을 보호하는 방패로 사용했다. 이제 그 괴로움, 쓰라림을 놓아 버리고, 그 방패가 사라지게 되자 자신이 세상에 취약한 존재로 느껴졌다. 표류하는 느낌.

놀랍게도 조는 그의 옆에 앉았다. "조이는 누가 자신을 공격했는지 기억하지 못해요. 의사는 역행성 기억상실증이라고 하더군요. 머리에 심한 외상을 입은 후에 발생할 수 있대요. 조이가 가장 먼저 기억했던 것은 개울가에서 깨어났던 거예요."

"언젠가 기억해 낼 수 있을까요?"

"아마 힘들 겁니다. 하지만 기억상실 증상만 빼면 회복이 될 겁니다. 좋은 소식이에요."

그는 고개를 끄덕였다. 그는 코노버 가족에 대해 절대 하지 않을 것 같았던 말을 다시 반복했다. "다행이네요."

"고맙다는 말을 전하고 싶었어요, 루벤. 당신이 수잔의 목숨을 구했어요."

그는 그녀의 군건했던 시선이 동요되는 것을 보고는 시선을 돌렸다. 대신 달콤하고 화려한 꽃을 피운 장미 덤불에 시선을 고정했다. "제가 뭘 더 할 수 있었겠어요? 그들이 그녀를 집 밖으로 끌고 나가는 걸 보았고, 울음소리도 들렸어요."

"만약 당신이 개입하지 않았더라면 그녀에게 무슨 일이 일어났을지 장담하지 못해요. 지금도 우리는 여전히 조각을 맞춰나가고 있어요. 호수 속의 유골이 관련되었다는 건 확실하지만요. 16년 전 브룩이 살해한 여성."

"애나." 그는 부드럽게 그 이름을 불렀다.

"당신은 그녀를 기억해 주고 있군요."

갑자기 시야가 흐려지면서 그는 손으로 눈을 쓸어내렸다. "저 때문에 그만두었다고 하더군요. 제가 겁을 줬다는 거예요. 제가 한 일이라곤 꽃을 가져다준 것뿐인데 말이에요."

"왜죠?"

그는 마침내 조의 시선을 다시 마주했다. "그녀는 저에게 친절했기 때문이에요."

루벤은 그녀가 마을 사람들과는 달리 자신을 보고도 움찔하지 않고 쳐다봐 주는 것만으로도 충분했다. 그것도 남성이 아닌 여성이. 그가 야생 데이지나 미나리아재비, 야생 당근 꽃 등을 선물로 가져올 때마다 비록 짧은 순간이었지만 조금이나마 슬픔을 걷어낸 애나의 미소를 보았다. 그 미소엔 여전히 슬픔이 간직되어 있긴 했지만 그를 향한 애나의 미소는 진심이었다. 매일 아침 그녀는 문뷰의 선착장에 앉아 그를 기다렸다.

그녀가 나타나지 않았던 그날 아침까지는.

"당신은 그녀에게 겁을 주지 않았어요, 타킨 씨. 실은, 당신이 그녀에게는 이곳에서의 유일한 친구였을지도 몰라요."

지금까지 그는 조 티보듀가 어떤 사람인지 잘 몰랐고, 그녀의 유니폼이 의미하는 여러 이유로 그녀를 제대로 쳐다보기가 두려웠다. 하지만 이제 그는 자신을 존경의 눈빛으로 바라보는 한 여성을 편안히 마주했다. 사각 모양의 턱에 꾸밈없는 얼굴의 건장한 메인주의 소녀 같은 여자였다.

"당신과 대화를 나누고 싶어 하는 사람이 있어요." 그녀가 말했다.

"네?"

그녀는 방금 병원 문을 나서는 에단 코노버를 가리켰다. "에단은 당신이 자신과 얘기하고 싶지 않을 거라고 걱정하고 있어요. 이제 둘은 화해할 때가 된 것 같지 않나요?"

에단이 그들을 향해 걸어오자 루벤은 긴장하며 자리에서 일어나 준비를 했다. 그런데 무슨 준비를 하는 거지? 너무 오랜 세월 동안 코노버 가족과 루벤은 호수를 사이에 두고 서로를 경계하며 살았다. 이제 에단은 루벤과 손을 맞잡을 수 있을 만큼 가까이 와 있었다.

"미안하다고 말하고 싶었어요." 에단이 말했다. "전 몰랐어요, 루벤. 당신의 아버지에 대해 알지 못했고, 그분에게 실제로 무슨 일이 벌어졌는지에 대해서도 몰랐어요. 우리 부모님이 그 분에게 무슨 짓……" 그는 침을 삼켰다. "이제 알겠습니다. 왜 우리를 그렇게 미워했는지."

루벤은 침묵했다.

"수잔을 구해준 것에 대해서도 감사하고 싶습니다. 제가 없을 때 곁에 있어 줘서 정말 고마워요. 내가 있어야 할 때……." 에단의 목소리가 끊어져 더 이상 말을 잇지 못했다. 대신 그는 손을 뻗어 루벤의 어깨에 얹었다.

루벤은 그 손의 무게를 느끼며 이 제스처를 어떻게 받아들여야 할지 몰라 당황한 채 서 있었다. 잠시 후 에단이 손을 내려놓았을 때 그는 안도감을 느꼈다. 루벤은 두 사람 사이에 안전거리를 두려는 듯 한 걸음 뒤로 물러섰다.

"수잔이 좀 나으면, 그래서 퇴원하게 되면 직접 감사 인사를 드리고 싶어 할 겁니다." 에단이 말했다. "만약 그래도 괜찮으시다면요, 타킨 씨?"

고개를 옆으로 기울인 채 그의 대답을 기다리는 조를 바라보며 루벤은 마침내 대답했다. "괜찮을 것 같네요."

"보스턴에 오시면 언제든 저희 집에 오셔도 좋습니다. 그냥 하는 말이 아닙니다. 꼭 저희를 방문해 주세요."

루벤은 고개를 끄덕였지만 그럴 일은 없을 거라는 걸 알았다. 그들은 여름 손님들이었고, 루벤은 지역 주민이었다. 아무리 좋은 의도로 초대를 한다고 해도 건너기에는 너무 넓은 틈이 존재했다.

에단이 떠나자 조는 루벤에게 물었다. "드디어 코노버가와 불화는 끝난 건가요?"

"그렇게까지는 아닌 것 같습니다."

"적어도 이제는 그 가족의 일부와 대화를 나누긴 했잖아요. 그게 시작점이죠."

무엇의 시작일까? 그는 잘 알지는 못했지만, 수잔이 회복될 거라고 하니 기뻤고, 에단은 괜찮은 사람일지도 모른다고 생각했다. 아마도 이 두 사람에게는 기회를 줘야 한다고 생각했다. 결국엔, 모든 사람들은 두 번째 기회를 받을 자격이 있으니까.

코노버에게조차도.

48장

매기

 "인정하기 부끄럽지만, 우리는 나무만 보고 숲을 보지 못했어요." 로이드가 말했다. "아니면 이 경우에는, 숲이 가장 중요한 나무 하나를 보는 데 방해가 된 것 같기도 하고요."
 "어떤 식으로 표현하든 여보, 당혹스러운 건 맞는 것 같아." 잉그리드가 말했다. "우리가 더 잘 해야 했었죠."
 다섯 명은 매기의 집에 모여 벤의 파에야, 로이드의 라타투이, 매기가 냉동실에서 급히 꺼낸 즉석식품 시금치 수플레로 구성된 저녁 식사를 하며 임무 종료 후기를 시작했다. 냉동식품은 게으름의 지름길이고 자랑스럽지 않은 선택이었지만, 오후에 잔디를 깎고 닭장을 옮기고 울타리를 다시 조립하는 데 많은 시간을 보내야 했다. 스파이라면 하루 정도는 쉴 수 있겠지만 농부는 그럴 수 없었다. 발목이 부러진 데클란은 저녁 식사에 요리를 제공하지는 못했지만 30년 된 로랜드 싱글 몰트 한 병을 준비해 이 공동체의 실패에 대한 상실감을 덜어주었다. 이미 식탁에서 한 바퀴 병을 돌린 후였고 매기에게 다시 병이 돌아왔다. 잔에 술을 다시 따르고 데클란에게 병을 건네주었다. 은색 줄무늬의 앞머리가 눈썹 위로 멋지고 날렵하게 늘어진 그는 오늘 밤 유난히 근사해 보였다. 이제는 목발을 짚고 다니는 데 능숙해져서 혼자서도 쉽게 이동이 가능하지만, 매기는 오히려 그와 함께하는 일상들, 무엇보다도 티격태격하는 소소함들이 좋아 옆에서 여전히 돌보고 있었다.

"우리가 완전히 빗나간 것은 아닙니다." 벤이 말했다. "우리는 조이의 배낭이 고의로 길가에 버려졌다는 결론을 정확하게 내렸어요. 경찰이 조이가 납치되어 남쪽으로 끌려갔다고 생각하도록 그곳에 가방을 놓아둔 것이죠. 경찰이 호수 수색을 생각하지 못하도록 말이죠."

"맞아요, 그 부분은 우리가 옳았어요." 잉그리드가 말했다. "하지만 호수에서 유골이 발견된 후 우리는 잡초 속으로 끌려 들어갔죠. 너무 깊이 생각했어요. 음모론으로 빠져들기 시작했죠."

로이드는 아내의 무릎을 두드렸다. "그게 바로 당신이 하는 일이니까, 여보. 그리고 당신은 그걸 꽤 잘 해내곤 했지."

"코노버 부부가 MK 울트라의 일원이었다는 사실을 알게 된 순간부터 음모론이 떠오른 건 당연한 일입니다." 매기가 지적했다. "바위를 뒤집었더니 스파이의 둥지가 발견됐어요. 그러면 그들이 무언가 음모를 꾸미고 있다고 생각하는 것은 당연한 일입니다."

데클란이 웃으며 말했다. "지금 우리가 왜 이렇게 반성을 해야 되죠?"

"우리는 이 일을 교훈으로 삼아야 해요." 잉그리드가 말했다. "네, 음모는 존재해요. 우리는 항상 더 큰 그림을 보도록, 사방으로 뻗어있는 촉수를 가진 더 큰 유기체가 있다고 가정하도록 훈련받았어요. 배후에 정부가 있다든가 아니면 범죄 조직이나 기업. 하지만 이번에는 그런 큰 그림이 아니었어요. 아주 작은 인간적인 그림이었죠. 결혼. 불륜."

"어떤 면에서는 음모라고도 할 수 있어요." 매기가 말했다.

"브룩과 그녀의 아들?"

"그리고 브룩과 시아버지 조지 코노버 사이에서도요. 엘리자베스의 말처럼, 고인이 된 남편의 놀라운 능력은 정리, 뒤처리였죠. 그는 시내 중심가의 학살 사건에서 MK 울트라의 역할을 감추거나 비비안 스틸워터를 침묵시키는 등 일이 잘못될 때마다 혼란을 수습하는 데 능숙했어요. 브룩이 혼자서는 감당할 수 없는 애나의 죽음을 은폐하는 데도 도움을 주었어요. 그는 거기에 있었고 자기 가족의 스캔들에 직면했죠. 임신한 유모가 분노한 아들의 아내에 의해 계단 아래로 밀려 떨어지는 장면. 브룩이 살인죄로 감옥에 끌려간다. 이 일이 알려지면 MK 울트라 프로젝트를 포함해 CIA와 벌이는 일들과 가족의 모든 비밀이 폭로될 수도 있다. 조지 코노버는 살인을 은폐하고 애나의 시신을 호수에 버리는 것이 최선의 방법이라고 판단한 것 같아요. 브룩을 보호할 수 있고, 가족이 함께할 수 있고, 모든 비밀을 보호할 수 있었겠죠." 매기는 친구들을 둘러보았다. "우리 같은 사람들이었어요. 우리는 비밀을 묻어두는 데 능숙하죠. 때론 너무 능숙하기도 했지만."

"거의 성공할 뻔했어요." 벤이 말했다. "어쨌든 16년 동안은."

잉그리드는 고개를 저었다. "그 불쌍한 아가씨, 애나. 그동안 가족들은 그녀에게 무슨 일이 일어났는지 전혀 몰랐어요."

"조지 코노버의 마음속에서 애나는 소모품에 불과했을 거예요." 매기가 말했다. "그저 멕시코에서 온 젊은 여자였고, 그녀의 가족들은 이 나라에서 그녀를 찾을 방법을 전혀 몰랐을 겁니다." 매기는 고개를 저었다. "맞아요, 조지 코노버는 청소 전문가였어요."

잠시 침묵이 흘렀고 매기는 두 번이나 피해자가 된 애나를 떠올렸다. 먼저, 그녀는 유부남인 고용주에게 유혹을 당해 임신까지 했다. 그리고 그의 아내에게는 수잔 코노버가 쓰러진 계단에서 똑같이 밀쳐 떨어져 죽음에까지 이르는, 그 불륜에 대한 벌을 받았다. 브룩은 애나를 죽일 의도는 없었을지 모른다. 순간의 분노, 통제할 수 없는 충동이 브룩의 공격을 이끌었을 수도 있겠지만, 그 결과는 시신과 곧 닥쳐올 위기였다.

조지 코노버에게로 들어가 보자. 그날 밤 엘리자베스와 콜린은 모두 부재중이었기 때문에 가족 중 누구도 무슨 일이 있었는지 알 필요가 없었다. 조지는 평소처럼 능숙하게 며느리와 가족, 그리고 자신의 비밀을 보호하기 시작했다.

그리고 16년 동안 그 비밀은 묻혀 있었다. 그러던 어느 날 조이가 물속으로 뛰어들어 호수 바닥에 있는 것을 발견하기 전까지는. 매기는 그 소녀가 미친 듯이 헤엄쳐 수면 위로 올라와 물 밖으로 나오는 모습을 상상했다. 그리고 잔디밭을 허겁지겁 걸어가다 처음 마주친 사람에게 '연못에 해골이 있어요!'라고 외치는 모습을 상상해 보았다.

브룩.

이번에는 브룩을 불 속에서 구출해 내고 이 목격자를 무력화할 수 있도록 도와줄 조지 코노버가 없었다. 당황한 브룩은 조이의 머리를 타격하여 스스로 문제를 해결했다. 그러고 나서 의식을 잃은 시신을 어떻게 차 트렁크에 실을 것인가라는 문제에 직면했다. 이를 위해 그녀는 소녀를 들어 올릴 수 있을 만큼 힘이 있는 사람, 자신의 명령을 따르고 절대 배신하지 않을 사람이 필요했다. 그녀의 아들, 키트.

MK 울트라의 유령을 쫓는 동안 진짜 범인은 종일 그 집에 있었고, 같은 지붕 아래에서 코노버 집안의 식탁에 앉아 식사를 하고 침실에서 잠을 자고 있었다.

"우리가 미끄러진 거 맞죠?" 잉그리드가 조용히 물었다. "이번 건에서 우리에게 많은 오류가 있었다는 사실이…… 이 사실이 의아하기도 하고, 또 나를 불안하게 만들어요."

잉그리드의 그 말이 또한 매기를 불안하게 만들었다. 의심할 여지없이 모두를 불안하게 만들고 있었다. 그들이 그들의 날카로움과 예리함을 잃었을 가능성, 앞으로 노년기에 접어들면서 다가올 끊임없는 쇠퇴의 가능성 때문에.

관절이 더 이상 유연하지 않고, 젊은 시절보다 더 멀리, 더 빨리 달릴 수 없다는 사실은 받아들였지만, 그런 신체적 변화는 적응을 하거나 보완할 수 있는 방법을 찾으면 된다고 생각했다. 하지만 예리한 정신은 그들이 하는 일과 그들이 누구인지에 대한 정체성의 핵심이었으며, 잘 연마된 기술이 퇴보하기 시작하는 걸 느끼는 것은 그 자체로 죽음과도 같았다.

벤이 침묵을 깼다. "비록 삐끗했더라도 우린 여전히 경찰보다 앞서 있었어요."

"그건 좀 낮은 기준 아닐까요." 잉그리드가 코를 훌쩍이며 볼멘소리를 했다.

"그래도, 그런 생각이 우리를 조금이나마 위로해 줄 수 있죠."

"그리고 우리는 여기서 무언가를 배울 수 있어요." 매기가 덧붙였다. "앞으로 우리가 기억해야 할 교훈입니다."

"무슨 교훈요?" 잉그리드가 물었다.

매기는 인생의 황혼으로 향하는 이 여정에 함께한 친구들, 여행의 동반자들을 둘러보았다. 그녀의 시선은 데클란에게로 향했고, 그에게 미소를 지어 보였다. "모든 화의 근원인 인간의 마음을 간과해서는 안 된다는 사실."

문을 두드리는 소리가 들리자 매기는 의자에서 일어났다. 그들 모두는 누구인지 알고 있다.

시원한 여름밤에 제복을 벗고 청바지와 플리스 재킷을 입은 조가 집에 들어섰을 때, 매기는 이 젊은 여성이 민간인 복장을 한 모습을 본 적이 없었다는 사실에 놀랐고, 어느 면에선 안타깝기도 했다. 직업에 헌신하는 것도 좋지만 젊음이란 덧없이 흘러가기 마련, 끝없는 순찰과 911 신고보다는 좀 더 많은 것에 관심을 가지길 조에게서 바랐다.

"막 저녁 식사를 놓쳤네요." 현관문에서 조를 바라보며 매기가 미소 지었다.

"혹시 남은 음식이 있나요?"

"아무도 식사를 챙겨주는 사람이 없나요?" 매기가 짓궂게 물었다.

"여러분들이 제공해 주는 그런 음식은 아니어서요."

"파에야와 라타투이."

"네?"

"그게 오늘 저녁 식사였어요. 당신을 위해 좀 남겨뒀어요. 그리고… 그들 모두 주방에 함께 있답니다, 자신들을 자책하면서 말이죠."

"왜요?"

"우리가 더 잘했어야 했어요. 살인범이 바로 눈앞에 있었는데도 여러분을 잘못된 길로 인도한 것에 대해 사과드려요. 로이드의 말처럼 우리는 나무만 보고 숲을 보지 못했어요."

"방해가 되는 나무가 너무 많았기 때문이죠."

대화를 하며 주방에 들어섰을 때, 매기의 친구들은 이미 식탁에 조를 위한 자리를 마련해 놓았다. 그녀가 앉자마자 로이드가 음식 접시를 내밀었고 데클란이 위스키를 따라주었다. 처음 조를 만났을 때 그녀는 스카치를 좋아하지 않는 것 같았지만 지금은 데클란이 따라준 위스키를 기꺼이 한 모금 마셨다. 이런 부류의 사람들과 많은 시간을 함께 보내다 보면 긍정적이라고는 볼 수 없는 습관인, 훌륭한 독주라는 타락에 오염되는 법이다. 오늘 밤 조는 지금까지 보여온 꽉 막힌 조 티보듀의 모습이 아니라 축하할 일이라도 생긴 듯 행복해 보였다.

"자, 그래서, 여러분들이 이불 킥을 하면서 스스로를 반성하고 있다고 들었습니다만." 그녀는 매우 유쾌하게 장난치듯 말했다.

"우리는 눈앞의 실마리를 놓쳤어요." 잉그리드가 말했다. "MK

울트라니 비비안 스틸워터니 하는 사건의 본질에서 멀어진 이슈에 집중하게 되었죠."

"하지만 그 이슈들이 결국에는 루벤 타킨과는 관련이 있었던 거죠."

"글쎄요…… 그렇긴 합니다만."

"루벤이 아니었다면 수잔 코노버는 죽었을 겁니다."

"그것도 사실이긴 하지만……." 잉그리드가 주저하며 인정했다.

"그래서 어떻게 보면, 모두 관련성이 있었던 거죠." 조는 식탁을 둘러보았다. "이 사건은 여러 개의 움직이는 부품들로 이루어진 하나의 큰 기계였어요. 루벤과 그의 아버지, 코노버 집안, MK 울트라 프로젝트. 그리고 당신들의 기관이 여기서 저지른 폐해."

"우리는 관여하지 않았다는 사실을 상기시켜 드리고 싶네요." 벤이 말했다.

"맞아요. 하늘에서 내리는 눈처럼 순수한 여러분."

그들은 딱히 성자라고 주장할 만한 위치에 있지 않았기 때문에 그녀의 이 발언은 슬며시 넘겨야 했다.

"이번 일을 계기로 마을 사람들이 루벤을 바라보는 시선이 달라질 거예요." 매기가 말했다. "사람들이 그에게 좀 더 친절해졌으면 좋겠어요."

"이번 사건은 확실히 엘리자베스와 아서에 대해서도 변화를 불러왔죠. 사람들이 그들에 대해 뭐라고 하는지 들어보세요. 그들이 그렇게 빨리 마을을 도망치듯 떠난 것도 당연하죠." 조는 위스키 잔을 들었다. "그건 축하할 만한 일입니다."

"그런데 오늘 밤은 특히 기분이 좋아 보이는군요." 데클란이 그녀의 오늘 밤 태도에 대한 의견을 기꺼이 꺼내 들었다.

"네, 그런 것 같네요."

"무슨 이유라도 있나요?"

조는 그들의 얼굴을 둘러보며 숨을 한번 내쉬었다. "이미 소식 들으셨죠, 그렇죠? 세상에, 여러분을 놀래키는 건 불가능하네요."

"어쨌든, 그게 뭔지 말해주세요."

"방금 퓨리티 행정 관리자로부터 전화를 받았습니다. 저는 이제 더 이상 경찰서장 대행이 아닙니다. 공식적으로 메인주 퓨리티의 경찰서장이 되었습니다." 모두들 이 말에 놀라는 표정이 없자 조는 잔을 내려놓았다. "오, 왜 이래요. 최소한 놀란 척이라도 좀 해보시죠."

매기는 잉그리드를 흘끗 쳐다보았다. 그리고 잉그리드는 벤을 흘끗 보았다. 그들 누구도 이 결정에 대해 미리 알지 못했지만, 모두들 자존심이 너무 강해 그 사실을 인정하고 싶지는 않았다. 이번엔 확실히 삐끗한 게 틀림없었.

그때 데클란이 잔을 번쩍 들었다. "새 경찰서장을 위하여! 역대 최연소죠, 제가 알기론? 첫 여성이기도 하고요?"

"네, 두 가지 모두 맞습니다." 조가 말했다. "그리고 여러분 모두에게 감사해야 하죠."

"뭐에 대해서요?" 매기가 물었다.

"더 깊이 파고들 수 있었으니까요. 무엇보다도 꾸준히 절 성가시게 해주신 덕분에 뻔한 것 너머를 바라볼 수 있게 해주셨어요."

"감사해야 할 것처럼 들리진 않는데요." 벤이 말했다.

"여러분은 제 일을 더 쉽게도 더 어렵게도 만들었어요. MK 울트라를 소개해 주신 덕분에 알폰드 형사와 얽히고 곤경에 처하게 하셨죠. 하지만 당신들이 결국에는 엘리자베스와 콜린의 대화에서 브룩이 한 짓을 알아내 저에게 연락을 주셨고, 전 곤경에서 빠져나오게 되었습니다." 그녀는 테이블을 둘러보았다. "저를 위해 해주신 일에 대해 정말 감사드려요. 그리고 우리 마을을 위해서도요."

"여긴 우리 마을이기도 하죠, 조." 매기가 말했다. "그리고 또, 도움이 필요하게 되면 우리는 여기 있을 거고요."

"비공식적으로요." 조가 끼어들었다.

"그렇죠, 비공식적으로." 매기도 동의했다. 매기는 자신의 경력을 숨기고 살아온 친구들을 둘러보았다. 그들은 한때 진실을 숨기고 자신이 아닌 척하며 사는 것에 삶의 성패가 달려있었다. 은퇴 이후엔 조심스럽게 빛 속으로 조금씩 발을 내디딜 수 있게 됐지만, 그들은 여전히 그림자 속에 숨는 오랜 습관을 고수하는 걸 마다하지 않는다. "우리들끼리의 비밀로 유지하는 것에 동의하는 한 마티니 클럽은 언제나 도울 준비가 되어 있어요."

"비밀을 지킬 수 있습니다." 조는 그들을 안심시켰다.

매기는 미소를 지었다. "우리도 그럴 수 있어요."

49장
수잔

 수잔은 자신이 죽을 뻔했던 호숫가에 서서 아침 햇살에 금빛 비단처럼 반짝이는 수면을 바라보았다.
 "엄마, 우리가 다시 이곳으로 돌아올 수 있을까?" 조이가 물었다.
 "여기서 그런 일이 있었는데도? 안 될 것 같아." 수잔은 마침내 자신의 모습을 되찾기 시작한 딸을 바라보았다. 조이는 여전히 수술을 위해 밀었던 부위에 머리카락이 없는 상태였고 고관절 골절이 아물 때까지 보행 보조기를 사용해야 했지만, 하루하루가 지나며 멍이 사라지고 뼈가 아물면서 점점 더 예전의 겁 없는 조이를 닮아가고 있었다.
 "호수의 잘못은 아니었잖아." 조이가 말했다.
 "무슨 뜻이야?"
 "호수는 우리를 죽이려 하지 않았다고요. 사람들이 그랬죠."

조이는 물을 바라보며 한숨을 쉬었다. "수영하고 싶어."

"진심이야?"

"난 인어공주잖아, 기억 안 나?"

수잔은 웃으며 조이를 끌어안았다. "물론이지, 딸." 죽기를 거부한 인어공주. 그 모든 일이 있고 난 뒤에도 다시 물속으로 뛰어들고 싶어 하는 아이. 딸을 꼭 안은 수잔은 딸이 숨을 쉴 때마다, 딸의 피부가 따뜻하게 달아오르는 것에 감사했다. 딸이 자신의 품에 있고, 살아있다는 사실에 감사했다.

"헤이, 아가씨들, 준비됐어?" 에단이 진입로에서 외쳤다. 그는 방금 여행 가방을 모두 트렁크에 싣고 차 옆에 서서 그녀들을 기다리고 있었다.

"이제 가요!" 수잔이 말했다.

조이는 보행 보조기를 사용했지만 경사진 잔디밭을 따라 진입로까지 거뜬히 올라갈 수 있었다. 에단이 뒷문을 열어 조이를 차에 태워주었다. 뒷좌석에는 캘리 윤트의 이별 선물인 목에 보라색 리본이 달린 갈색 소 인형이 놓여 있었다. '나를 잊지 말아줘'라고 캘리가 말했었다. 마치 그게 가능이라도 하다는 듯이.

"잠깐만, 집을 한 번 더 확인하고 싶어." 수잔이 에단에게 말했다.

그녀는 계단을 올라 데크에 오른 후 문을 열고 안으로 들어갔다. 잠시나마 그녀는 딸이 죽었을지도 모른다는 두려움에 떨며 정신없이 시간을 보냈던 거실에 서 있었다. 그 공포의 메아리가 아직도 거실에 남아 있는 것 같았다. 수잔은 코노버 가족사진이 걸려 있던 벽을 지나갔다. 지금은 엘리자베스가 사진을 모두 떼어내 집으로 보내버렸고 그 벽은 텅 비어 있었다. 엘리자베스는 다시는 돌아오지 않을 계획이었다. 하지만 수잔은 여전히 오랜 세월에 의해 벽에 새겨진 액자의 윤곽선을 볼 수 있었다. '코노버의 과거 유령들.'

그 행복한 가족은 사라지고 살인에 의해 스캔들로 얼룩진 새로운 버전의 코노버 가족이 대체되었다. 그녀는 이 가족의 일원이 되고자 원했던 적이 없었다. 하지만 그 점이 바로 가족이라는 공동체의 문제이다. 가족은 스스로 선택할 수 없다는 것이다. 선택할 수 있는 것은 내가 사랑할 사람뿐이다. 수잔은 에단이 자신을 선택했던 것처럼 에단을 선택했다.

그것은 좋든 싫든 엘리자베스는 그들 삶의 일부로 남을 거라는 뜻이었다. 골치 아픈 부분이지만, 그들은 그녀를 대하는 법을 배웠다.

그녀는 주방으로 걸어가 가스레인지가 잠겨 있고 모든 전기 코드가 뽑혀 있는지 확인했다. 이 주방에도 여전히 공포의 메아리가 울리는 것 같았다. 수잔은 자동차 트렁크에서 조이의 귀걸이를 발견한 후 이곳에 서서 브룩과 콜린이 침착하게 식료품을 정리하는 모습을 지켜보던 기억이 떠올랐다. 혹시 이들 중 한 명이 딸을 죽이려 한 것은 아닌지 궁금해하며.

수잔은 침실과 욕실을 마지막으로 점검하기 위해 위층으로 올라갔다. 옷장은 비어 있었고 서랍장의 서랍들은 깨끗하게 정리되어 있었다. 그녀는 생각했다. '아무것도 남기지 말아야 해. 왜냐하면 다시는 돌아오지 않을 테니까.'

그녀는 유령들을 남겨두고 집 밖으로 나가 문을 잠갔다.

"다 끝났어?" 에단이 물었다.

"네, 이제 가요." 하지만 수잔은 차에 타기 전 호수 건너편을 마지막으로 한 번 더 바라볼 수밖에 없었다. 오늘 아침 루벤은 누나와 함께 병원에 갔기 때문에 반대편 호숫가에서는 작별 인사를 할 사람이 아무도 없었다. 수잔은 이미 루벤과 작별 인사를 나눴지만, 그에게 다시 한번 감사할 기회를, 코노버 가족이 그에게 행한 일과 오해에 대해 속죄할 기회를 얻고 싶었다. 그녀가 루벤에게 직접 고통을 준 것은 아니었지만, 그녀의 이름에 코노버가 들어가 있기 때문에 책임감을 느끼지 않을 수 없었다.

수잔은 차에 올라탔다. "여기는 정말 아름다워." 그녀는 인정했다. "호수, 나무들……. 하지만……."

"하지만 뭐?"

"이 빌어먹을 곳을 다시는 보고 싶지 않아."

"나도 동감이야." 에단은 그녀의 손을 잡고 가벼운 키스를 했다. "자, 이제 집으로 가자."

50장
루벤

여름 손님들이 사라졌다.

어젯밤의 강추위에 오늘 아침 루벤은 호수에서 카약을 저으며 유리처럼 반투명한 얼음 조각이 떠다니는 것을 보았다. 정오가 되면 얼음이 녹아 없어지긴 하겠지만, 바람에 날리는 불꽃인 듯한 붉은 단풍잎과 함께 오늘 아침의 이것들은 몇 주 앞으로 다가올 추위, 그 긴 여정의 전조였다. 여름이 얼마나 바삐 서둘렀는지 마치 북동풍처럼 순식간에 왔다 다시 사라졌다.

여름의 사람들, 그들처럼.

그들의 집은 이제 텅 비어 있었고, 창문은 닫혀 있었으며, 데크에 놓였던 가구와 카누는 다음에 다가올 계절을 위해 보관되었다. 루벤은 이미 낙엽으로 뒤덮인 아서 폭스의 집을 지나고 한나 그린의 집 앞도 지나갔다. 창백한 여인 한나가 일광욕을 즐기던 뒤쪽 데크에는 부러진 나뭇가지가 흩어져 있었다.

그는 문뷰를 향해 노를 저었다.

다른 집들과 마찬가지로 그 집도 텅 비어 있었다. 개인 선착장은 물 밖으로 철수되어 있었고, 집은 마치 자신 안으로 숨어 버리려는 듯 모든 셔터가 닫힌 채였고, 보호벽 뒤로 모든 촉수를 거둬들였다. 한때 호수 건너 문뷰의 존재는 아물지 않는 상처로 다가왔지만, 이제 호수 건너편을 바라보면 그냥 집이 보일 뿐 그 이상은 아니었다. 그가 듣기론 이제 그 집은 매물로 나와 있다.

당연한 일이었다. 브룩과 아들이 체포된 직후, 사람들의 따가운 시선과 지역 주민들의 쑥덕임과 분노 때문에 엘리자베스와 콜린은 퓨리티를 떠날 수밖에 없었다. 루벤은 그 두 사람의 최후를 보게 되어 기뻤지만, 에단과 그의 가족도 떠났고 다시는 돌아오지 못할 것 같아 안타까웠다. 당연하게도 그들이 이곳에 돌아올 이유가 단 하나라도 있을까? 퓨리티는 수잔과 조이가 목숨을 잃을 뻔한 장소였으니, 그들에게 여기는 언제나 저주받은 곳일 것이다. 곧 문뷰에는 낙엽이 쌓이게 되고, 뒤이어 벨벳처럼 부드러운 눈으로 뒤덮일 것이다. 해가 다시 높이 떠오르고 나무에 새잎이 돋아나면 다른 주인이 문뷰로 이사 올지도 모른다. 아이가 있는 사람이었으면 좋겠다고 그는 생각했다. 그리고 자신을 향한 두려움에 사로잡히지 않고 기꺼이 손을 흔들어주는 문뷰의 아이들을 보고 싶었다.

그때까지 문뷰는 애나라는 여자의 유령에 시달리는 빈집에 불과하다.

그는 오늘 아침 꺾은 꽃다발에 손을 뻗었다. 데이지나 미나리아재비를 찾기에는 너무 늦었기 때문에 길가에서 보라색 과꽃을 따서 줄기를 끈으로 묶었다. 슬프고 초라한 헌화였지만 애나는 신경 쓰지 않을 것이다. 언제나 그랬듯이 미소를 지으며 받아들일 테니까. 그는 꽃다발을 호수에 놓고 햇살에 반짝이는 물 위로 보라색 꽃 한 송이가 천천히 떠내려가는 것을 지켜보았다.

아침 햇살에 눈을 가늘게 뜨고 바라보니 하얀 잠옷을 입은 채 선착장에 서 있는 그녀의 모습이 희미하게 보였다. 그리고 눈을 한번 깜빡이자 이내 그 모습은 사라졌지만, 그녀는 사라진 것이 아니었다. 그가 애나를 잊지 않는 한 그녀는 미소를 지으며 언제나 그곳에 있을 것이다. 나에게 손을 흔들며.

그는 팔을 들고 손을 흔들어 화답했다.

그런 다음 노를 물에 담그고 카약을 반대편 호숫가로 돌려 나무들이 단풍으로 물들어 있는 곳으로 향했다. 오늘 아침, 그는 날씨 변화의 냄새를 맡을 수 있었다. 폭풍우를 대비해 창문을 단단히 하고, 창고에서 눈삽을 꺼내고, 장작을 더 준비해야 할 시간이다. 다가올 길고 어두운 밤을 위해 스스로를 단단히 채비해야 할 시간이었다.

겨울이 다가오고 있었다. 루벤 타킨은 언제나처럼 겨울을 맞이할 준비를 하고 있다.

여름 손님들

초판 1쇄 2025년 7월 21일
초판 4쇄 2025년 8월 11일

지은이 테스 게리첸
옮긴이 박지민
펴낸이 김윤태
기획·관리 박정윤
편집 김윤태
디자인 정초희

펴낸곳 도서출판 미래지향
출판등록 2011년 11월 18일 제2013-000129호
주소 서울시 마포구 마포대로 53 B동 1603호
전자우편 book@miraejbook.com
대표전화 02-780-4842
팩스 02-707-2475
홈페이지 www.miraejihyang.com
ISBN 979-11-85851-32-7

값은 뒤표지에 있습니다.
잘못된 책은 구입하신 서점에서 바꾸어 드립니다.